Prisonnière d'un mensonge

Le voile blanc du danger

ELLE JAMES

Prisonnière d'un mensonge

BLACK *ROSE*

éditions HARLEQUIN

Collection : BLACK ROSE

Titre original : ENGAGED WITH THE BOSS

Traduction française de CAROLE PAUWELS

HARLEQUIN®
est une marque déposée par le Groupe Harlequin

BLACK ROSE®
est une marque déposée par Harlequin S.A.

Photo de couverture
Couple : © GETTY IMAGES/PURESTOCK/ROYALTY FREE

83-85, boulevard Vincent-Auriol, 75646 PARIS CEDEX 13.
Service Lectrices — Tél. : 01 45 82 47 47
www.harlequin.fr
ISBN 978-2-2802-4648-4— ISSN 1950-2753

1

Comme presque tous les soirs depuis un mois, Devin Kendall quitta la société familiale Kendall Communications bien après le départ des employés, le seul point positif à ce surcroît de travail étant d'éviter l'heure de pointe sur la rocade.

Tandis que la porte métallique du parking en sous-sol se refermait en claquant derrière lui, il vit passer la voiture de son oncle Craig, et salua ce dernier d'un geste de la main.

En proie à une immense fatigue, Devin monta dans sa Lexus et s'accorda quelques instants de détente dans les profonds sièges de cuir.

Dans l'état d'épuisement où il se trouvait, il aurait très bien pu s'endormir là. Il lui suffisait d'incliner le dossier et de fermer les yeux…

La tentation était grande, étant donné qu'il n'avait quasiment pas dormi ces dernières nuits. Comment l'aurait-il pu avec le poids qu'il portait sur les épaules ? Il était responsable de la sécurité de sa famille, et c'était une charge terrible.

Pendant des années, ils avaient cru que l'assassin de ses parents avait été mis hors d'état de nuire, mais cette rassurante certitude avait volé en éclats quelques semaines plus tôt. Vingt ans après avoir été condamné à la prison à perpétuité, Rick Campbell avait en effet obtenu une révision de son procès, et de nouvelles analyses ADN avaient permis d'établir qu'il n'avait rien à voir avec le meurtre.

La police s'était trompée de coupable et le jury avait envoyé un innocent en prison.

Quant à l'assassin de ses parents, il courait toujours. Et c'était précisément cela qui empêchait Devin de dormir.

S'arrachant à sa somnolence, il attacha sa ceinture de sécurité, tourna la clé dans le contact et monta la rampe du parking.

Au moment de s'insérer dans la circulation – relativement fluide à cette heure dans le quartier d'affaires de Saint-Louis – il vit la BMW de son oncle tourner à gauche vers Market Street. Alors qu'il arrivait à sa hauteur, un 4x4 garé en double file déboîta, lui coupant la route, et accéléra pour rattraper la berline de Craig.

Le conducteur n'avait pas allumé ses phares et, même si la lumière des réverbères était suffisante pour expliquer un oubli, quelque chose dans la façon dont le lourd véhicule s'était faufilé derrière son oncle donna la chair de poule à Devin.

Au lieu de tourner à droite vers le quartier du Warehouse District où il vivait, il prit subitement la décision de suivre Craig le long de quelques pâtés de maisons.

Par simple précaution.

Il resta suffisamment loin derrière les deux voitures pour ne pas attirer l'attention, jusqu'à ce qu'il prenne conscience que le 4x4 n'avait pas de plaques minéralogiques. De plus en plus inquiet, il appuya sur l'accélérateur et réduisit la distance qui le séparait de ceux qui le précédaient.

Ses réflexes ne furent pas assez rapides.

Lorsque son oncle prit la voie de dégagement à gauche pour tourner dans Jefferson Avenue, le 4x4 accéléra brutalement, dépassa par la droite la berline de Craig et l'envoya percuter le poteau des feux tricolores, avant de prendre la fuite en laissant des traces de pneus sur la chaussée.

Devin s'arrêta derrière la voiture de son oncle, actionna ses feux de détresse et bondit à l'extérieur.

Constatant que le côté conducteur était bloqué par le pylône, il se précipita vers la portière côté passager. Déformée par l'impact, celle-ci opposait une telle résistance qu'il dut poser le pied sur le montant et tirer de toutes ses forces pour la faire céder.

Entravé par l'airbag, Craig tâtonnait pour détacher sa ceinture de sécurité. Hagard, il tourna la tête vers Devin quand la portière s'ouvrit.

— Que s'est-il passé ?

Devin se pencha à l'intérieur et défit la ceinture.

— Ce fou t'a fait quitter la route. Tu n'as rien ?

— Ça va. Je suis seulement un peu secoué.

Voyant que son oncle essayait de se glisser vers le siège passager, Devin posa une main sur son épaule et insista pour qu'il ne bouge pas.

— J'appelle une ambulance.

— C'est inutile. Je t'assure que je vais bien. Ce n'était qu'un accident mineur.

— Je ne suis pas d'accord, et je crois qu'il faut également appeler la police. J'avais l'intuition que quelque chose de ce genre se produirait.

— Que veux-tu dire ?

— Ce n'était pas un accident. Celui qui t'a percuté savait exactement ce qu'il faisait. C'était une agression délibérée.

— Ce qui est arrivé à oncle Craig la nuit dernière n'était pas un accident, déclara Devin tout en arpentant son vaste bureau à grandes enjambées nerveuses.

Cessant tout à coup ses allées et venues, il fit face à sa famille, réunie à sa demande.

— Je ne sais pas pour vous, mais je n'ai pas dormi depuis une éternité.

Le vingtième anniversaire de la mort de leurs parents planait au-dessus de leurs têtes comme un monstre maléfique capable de frapper à tout moment.

Et l'agression de son oncle la veille semblait en être la preuve.

Dans ces conditions, un conseil de famille s'imposait.

Il ne manquait que son frère Thad à l'appel. Grand reporter, ce dernier était en mission quelque part dans le monde. Les contacts avec lui étaient limités, et la date de son retour semblait relever du secret d'Etat.

— Que pouvons-nous faire qui n'ait pas déjà été tenté ?

Assis sur le canapé de cuir noir, Craig se massait distraitement le front, ne gardant en souvenir de sa collision avec un feu tricolore qu'une légère ecchymose.

— La voiture qui m'a heurté n'a pas été retrouvée, reprit-il. Il faisait trop sombre pour identifier avec certitude le modèle ou la couleur.

Il soupira.

— En gros, la police n'a rien à se mettre sous la dent.

— La personne qui a tué nos parents est toujours dehors, quelque part, rappela Devin. Et la mort suspecte de Rick Campbell ne fait que rendre la situation encore plus dangereuse.

Bien que blanchi du crime pour lequel il avait passé vingt ans derrière les barreaux, Campbell n'avait guère eu le temps de profiter de sa liberté – et encore moins de se venger des Kendall, comme Devin l'avait un temps redouté – puisqu'il avait à son tour été assassiné quelques jours après sa sortie de prison.

La sœur de Devin, Natalie, s'avança sur l'assise de son fauteuil.

— Celui qui a fait ça n'a pas cherché à s'en prendre au reste de la famille.

Avec ses longs cheveux blonds et ses yeux verts, Natalie était le portrait de leur mère. Elle avait également hérité son fort caractère, et occupait brillamment le poste de directrice du marketing de Kendall Communications, sans jamais s'en laisser conter par quiconque.

Mais Devin n'était pas certain qu'elle puisse tenir tête à un assassin.

— Supposons que l'un de nous lui rappelle nos parents, et qu'il ressente de nouveau le besoin de tuer, suggéra-t-il.

— Tu as trop d'imagination, protesta son frère Ash. Mes collègues de la police de Saint-Louis ont rouvert l'enquête, et je suis certain qu'ils font tout leur possible.

Devin ne put s'empêcher de ricaner.

— Excuse-moi, mon vieux, mais je te rappelle qu'ils se sont trompés de coupable, il y a vingt ans. Qu'est-ce qui te fait croire qu'ils feront mieux, cette fois ?

Vexé, Ash pinça les lèvres, et toisa sévèrement Devin.

— Cette fois, nous n'avons pas affaire à un inspecteur incompétent qui cherche uniquement la célébrité. Et nous ne sommes plus des enfants prêts à accepter n'importe quelle réponse.

Devin sentit son cœur se serrer en songeant à ce triste matin où il avait appris l'assassinat de ses parents, tandis que la culpabilité l'étouffait comme une main serrée autour de son cou.

Cette nuit-là, il était sorti. Au petit matin, il s'était glissé dans la maison, tel un voleur. La découverte des deux corps, et de Natalie en état de choc, lui avait amèrement fait regretter sa désertion.

S'il avait été là, il aurait sans doute pu neutraliser le meurtrier et épargner cette horreur à sa petite sœur.

Jodie Carson, son assistante, apparut à côté de lui avec une tasse de café, et cette présence le rasséréna quelque peu.

L'engager avait été l'une des décisions les plus sensées qu'il eût jamais prise. Depuis six ans, elle le secondait avec une rare efficacité, organisant son emploi du temps et sa vie, au point qu'il aurait été perdu sans elle.

Il la remercia pour le café et porta la tasse à ses lèvres. Noir, avec une pincée de cannelle, exactement comme il l'aimait.

— Nous ne sommes plus des enfants, admit-il.

Posant la tasse sur son bureau, il croisa les bras et poursuivit :

— C'est ce qui fait de nous des cibles, aujourd'hui.

— Que proposes-tu ?

Une moue dubitative se dessina sur le visage de Natalie.

— Tu ne veux quand même pas que nous nous terrions chez nous jusqu'à ce que le véritable assassin soit arrêté ?

Elle se leva, les épaules raides et les joues empourprées.

— Je ne vais pas mettre ma vie entre parenthèses à cause d'un hypothétique assassin. Vingt ans, ça fait long. S'il avait dû s'en prendre à l'un de nous, il l'aurait déjà fait. J'ai un travail, comme tout le monde ici.

Jodie marqua un temps d'arrêt, alors qu'elle faisait demi-tour vers son bureau.

— Natalie a raison. Si vous montrez que vous avez peur, le tueur aura gagné.

Devin adressa un regard sévère à son assistante, mais celle-ci lui tint tête, menton levé et main sur la hanche, le mettant au défi de la contredire devant ses proches.

Il se promit d'en discuter plus tard avec elle. Ses conseils étaient souvent judicieux, et il respectait son opinion, mais Natalie ne semblait pas se rendre compte à quel point la situation était dangereuse.

— Natalie et Jodie sont dans le vrai, déclara Craig en

se levant à son tour. Nous ne pouvons pas vivre perpétuellement dans la peur. Nous avons des occupations, une vie, une affaire à faire tourner.

Si Devin l'avait pu, il aurait enfermé sa famille dans le manoir des Kendall jusqu'à ce que l'assassin soit confondu.

Il eut envie de le leur dire, mais se rendit compte qu'ils se battraient avec lui bec et ongles. Chacun d'entre eux avait hérité du légendaire entêtement Kendall. C'était d'ailleurs ce qui expliquait leur réussite professionnelle. Ils ne renonçaient pas, ils ne baissaient pas les bras à la moindre peccadille, ils ne prenaient pas la fuite.

Malheureusement, cela ne soulageait en rien son inquiétude.

— Je vous demande une simple faveur, dit-il.

Son frère, sa sœur et son oncle attendirent avant de s'engager.

— Soyez prudents. Surveillez vos arrières, et ne prenez rien pour argent comptant. Si vous voyez quelque chose ou quelqu'un de suspicieux, prévenez-moi immédiatement. On ne prend jamais trop de précautions.

Son message était adressé à tous, mais son regard restait fixé sur Natalie.

Celle-ci se rembrunit.

— Je suis toujours prudente. Essaie seulement de m'attaquer, et nous verrons bien qui mordra la poussière.

Elle se mit en position de combat, mais sa jupe étroite et son chemisier ajusté entravèrent quelque peu ses mouvements.

Jodie gloussa.

— Je suis terrorisée !

— Vous pouvez l'être, déclara Ash en donnant une tape amicale sur l'épaule de sa sœur. Natalie est ceinture noire de karaté.

— Il y a une grande différence entre s'entraîner et se défendre, protesta Devin, le regard sombre.

Natalie était sa petite sœur, et il se sentait responsable de sa sécurité, même si elle était une adulte de vingt-six ans.

— Je crois que c'est une poule mouillée, confia cette dernière à Ash. Mais je laisse passer pour cette fois. Je ne voudrais pas déchirer ma jupe préférée.

Coulant un regard narquois à Devin, elle ajouta :

— Autre chose, mon cher frère ?

— Oui. J'ai besoin de ce plan marketing d'ici la fin de la journée. Je te suggère de te mettre au travail avant que le directeur général ne te mette à la porte.

Natalie éclata de rire.

— Personne n'a jamais dit au directeur général qu'il était le roi des casse-pieds ?

— Attention, cela pourrait être considéré comme de l'insubordination.

Il agita la main dans sa direction.

— Fiche le camp.

Natalie pivota sur ses talons aiguilles et s'arrêta à la hauteur de Jodie.

— Nous dînons toujours ensemble, ce soir ?

— Et comment ! Je meurs d'envie d'essayer ce nouveau restaurant asiatique au coin de la rue.

— Moi aussi.

Natalie jeta un coup d'œil à ses frères par-dessus son épaule.

— Et ne vous en faites pas. J'ai des yeux dans le dos.

Craig boutonna la veste de son costume anthracite.

— Je suis désolé que tout cela resurgisse. Votre tante Angela est folle d'inquiétude.

— Comme Natalie l'a fait remarquer, nous sommes capables de prendre soin de nous, affirma Ash.

Affectueusement, il passa un bras autour des épaules de son oncle.

— Je suis beaucoup plus inquiet pour tante Angela et toi. Vous avez fait tellement pour nous…

— J'ai fait renforcer la sécurité autour du manoir, expliqua Craig. Je voudrais engager un garde du corps, mais Angela s'y oppose formellement.

— Et je la comprends, lança Natalie, depuis le seuil du bureau. Je détesterais avoir en permanence quelqu'un sur mes talons. Ça me rendrait folle.

Elle tourna la tête vers Jodie.

— A tout à l'heure donc.

Esquissant un sourire, Jodie ferma la porte derrière Natalie.

Ses cheveux roux étaient tirés en un chignon sévère qui soulignait la ligne délicate de son cou diaphane. L'observant d'un œil distrait, Devin se demanda à quoi elle ressemblerait avec les cheveux détachés.

Avec son tailleur gris clair, dont la jupe couvrait sagement ses genoux, et ses mocassins plus pratiques qu'esthétiques, elle était somme toute assez ordinaire. Tout chez elle était sage et propret, excepté son franc-parler et son sens de l'humour passablement tordu.

Mais il ne lui déplaisait pas qu'elle ait du caractère. Ils n'étaient après tout pas si nombreux à oser lui tenir tête.

— Je file, déclara Ash. Le devoir m'appelle.

— Si tu pouvais avoir accès au dossier, cela nous aiderait, suggéra Devin. Les policiers de l'époque sont peut-être passés à côté de quelque chose.

— Compte sur moi.

Au moment où Ash s'avançait vers la porte, Natalie fit irruption dans le bureau, visiblement hors d'elle.

— Vous n'allez pas le croire !

Elle se dirigea vers le grand écran plat accroché au mur,

et joua avec la télécommande jusqu'à ce qu'elle tombe sur une chaîne d'informations en continu.

Le visage du procureur général apparut, lors de ce qui devait être une conférence de presse devant le tribunal de Saint-Louis.

Un journaliste lui glissa un micro sous le nez.

— Il semblerait que le dossier du « meurtre de la Saint-Sylvestre » ait été rouvert. Comment pensez-vous résoudre l'affaire ?

Se tenant très droit, le procureur s'adressa directement à la caméra.

— Grâce à l'amélioration des techniques médico-légales, une analyse ADN a permis d'innocenter Rick Campbell. Le département de police de Saint-Louis a repris l'enquête, et met tout en œuvre pour arrêter le vrai coupable.

— Vous avez une piste sérieuse ?

— Il est trop tôt pour en parler. Laissons la police faire son travail.

Le procureur fronça les sourcils, et son regard s'assombrit.

— Mais nous allons concentrer nos efforts sur la famille Kendall. Comme les statistiques le prouvent, la majorité des assassinats sont le fait d'une personne de l'entourage, et plus généralement d'un membre de la famille.

Jodie poussa un petit cri de surprise.

Devin, Ash et Craig jurèrent de concert.

— Vous avez entendu ? demanda Natalie, rouge de colère. Comment ose-t-il s'en prendre à nous comme ça ?

— Il est sans doute en manque de publicité, commenta Jodie. En braquant les projecteurs sur les Kendall, il est sûr de faire parler de lui.

— Mais pourquoi ? s'étonna Natalie. Il n'y a pas d'élections cette année, donc il ne brigue pas de nouveau mandat.

— Non, et il n'aurait pas mon vote si c'était le cas, rétorqua Devin.

Eteignant la télévision, il ajouta :

— Ne vous laissez pas impressionner par lui. Nous n'avons rien à nous reprocher.

— Oui, mais la presse va nous harceler dans l'espoir de découvrir de vilains petits secrets, fit remarquer Craig. Et s'ils ne trouvent rien, ils inventeront.

— Il va falloir redoubler de prudence, et éviter de se faire coincer par les paparazzi, recommanda Devin.

Ash ricana.

— Plus facile à dire qu'à faire. A plus tard, frangin. Et pense à te reposer. Tu as une mine affreuse.

— Merci. Tu n'as pas l'air plus en forme. Fais attention à ta fiancée. Elle pourrait courir plus de risques que nous, dans la mesure où elle a découvert la preuve ADN qui a fait libérer Rick Campbell.

— Rachel est une grande fille. Mais je serais ravi de la surveiller de près… De *très* près.

Devin leva les yeux au ciel.

— Je ne comprendrai jamais ce qu'elle peut bien te trouver.

Ash adressa un sourire entendu à Jodie.

— Mon grand frère ne comprend décidément rien à l'amour. Si la femme de sa vie se trouvait juste sous son nez, il ne la verrait même pas.

Il adressa un clin d'œil à Devin.

— Je n'ai pas raison ?

— Tais-toi, et file !

Un sourire aux lèvres, Devin secoua la tête. Coureur de jupons invétéré, Ash avait trouvé son âme sœur en la personne de Rachel. Cela ne voulait pas dire qu'il devait lui aussi suivre la voie du mariage. De toute façon, il avait déjà bien trop à faire pour envisager une relation suivie.

*
* *

— J'ai quelques scrupules à avoir abandonné Devin en plein travail, avoua Jodie tout en essayant de saisir une bouchée de riz avec ses baguettes.

— Il s'en sortira très bien. Tu n'es pas mariée avec ton travail, tu sais.

Natalie sourit en voyant les efforts infructueux de Jodie pour se nourrir à la mode asiatique.

— Tu devrais prendre une fourchette.

Obstinée, Jodie parvint presque à porter six grains de riz à ses lèvres avant que les baguettes ne glissent, et que le riz ne s'éparpille sur ses genoux.

— Je renonce, déclara-t-elle en posant avec brusquerie les baguettes sur la table. Je ne réussirai pas à me faire passer pour une grande voyageuse aux manières sophistiquées.

Sur ces mots, elle empoigna sa fourchette et attaqua son plat avec un bel appétit.

— Alors, dis-moi ce que tu as pensé de notre petite réunion familiale, demanda Natalie.

Jodie haussa les épaules.

— Je ne sais pas quoi penser de la situation en général.

— Oh ! je t'en prie. Tu essaies de me faire croire que Jodie Carson n'a pas d'opinion ? Ce serait une première.

Jodie grimaça.

— D'accord, j'en ai une. Mais je ne voudrais pas critiquer Devin. Il prend cela beaucoup trop à cœur. Cela fait des jours qu'il dort à peine. Et qu'il ne s'alimente pour ainsi dire pas.

— Oh ! donc le repas à emporter que tu as commandé n'est pas pour toi.

Un silence gêné retomba entre les deux amies.

— Ne t'inquiète pas. Je ne retiendrai pas ce petit mensonge contre toi.

Natalie esquissa un sourire.

— Donc, tu vas passer chez mon frère pour t'assurer qu'il se nourrit correctement ?

Les joues de Jodie s'empourprèrent.

Natalie se pencha au-dessus de la table et lui prit la main.

— Tu lui as dit ce que tu ressentais pour lui ?

— Je ne vois pas de quoi tu parles, rétorqua Jodie en retirant sa main.

— Désolée, ça ne prend pas. Je sais que tu es amoureuse de lui.

Jodie envisagea de mentir, mais son amie méritait la vérité, si navrante fût-elle.

— Depuis six ans, répondit-elle en soupirant.

— Eh bien ! Quand vas-tu lui dire ?

— Jamais.

Jodie se redressa sur sa chaise, et tança Natalie.

— Et toi non plus.

— Mais quel est l'intérêt de se taire ?

— Je travaille pour lui. S'il apprend que je l'aime, il me renverra sur-le-champ.

— Et tu préfères rester à ses côtés en l'aimant en secret ?

Jodie pinça les lèvres.

— C'est pitoyable, n'est-ce pas ?

Un coude en appui sur la table, Natalie posa le menton au creux de sa paume et soupira.

— Non, je trouve ça plutôt romantique. J'aimerais être follement amoureuse d'un homme.

— Ça viendra. Il fera irruption dans ta vie au moment où tu t'y attendras le moins.

Natalie soupira de nouveau.

— J'espère que ça arrivera avant que je sois aussi vieille que toi.

Jodie lui jeta sa serviette.

— Merci ! Traite-moi de vieille fille, pendant que tu y es.

— En parlant d'apparition…

Natalie se redressa, les sourcils froncés.

— Il est encore là.

— Qui ?

— Le type assis près de la porte.

— Celui qui tient un menu devant son visage ?

— Oui, mais il ne s'est pas toujours caché derrière un menu.

Elle renvoya sa serviette à Jodie.

— Je suis sûre que c'est lui qui me suit depuis des jours.

— Quoi ? Tu en as parlé à Devin ?

— Surtout pas ! Il m'obligerait à avoir un garde du corps. Je préfère me débrouiller seule plutôt que de me retrouver enfermée à double tour par un frère surprotecteur.

— Il se fait du souci pour toi. Et pour toute sa famille.

— Il est agaçant et envahissant. On pourrait croire qu'il est mon père.

— En tant qu'aîné, il se sent responsable de vous tous.

— Il serait temps qu'il arrête. Bon, il faut que je rentre. Ça ne t'ennuie pas de déposer le plan marketing chez Devin ?

Elle gloussa.

— Je le lui avais promis pour la fin de la journée, mais je n'avais pas précisé à quelle heure.

— Je lui donnerai.

— Et assure-toi qu'il mange le repas que tu as prévu pour lui. J'ai remarqué qu'il perdait du poids.

— Qui se fait du souci, maintenant ? plaisanta Jodie. Je resterai à côté de lui jusqu'à ce qu'il ait avalé la dernière bouchée.

— Je t'imagine très bien en sergent-chef irascible.

Natalie retrouva soudain son sérieux.

— J'ai à moitié envie de lui ouvrir les yeux sur son assistante.

— Ne fais pas ça.

— C'est donnant-donnant. Tu ne lui dis pas que quelqu'un me suit, et je ne lui parle pas de tes sentiments.

Jodie regrettait déjà d'avoir confié à Natalie son amour secret pour Devin. Sur le moment, elle avait éprouvé du soulagement à se confier, mais elle savait bien que la situation était sans issue.

Elle était la mieux placée pour savoir que Devin consacrait tout son temps à son travail et à sa famille. Il n'y avait pas de place pour une femme dans sa vie. Elle l'avait compris et accepté depuis le début. Mais elle venait de fêter ses trente ans, et elle commençait à percevoir le tic-tac de son horloge biologique.

Au fond de son cœur, elle avait toujours voulu des enfants et un mari aimant, et elle n'obtiendrait jamais cela de Devin Kendall. Ne serait-ce que parce qu'ils appartenaient à deux mondes très différents.

Elle rassembla ses affaires, le sac contenant le repas à emporter, et accompagna Natalie à sa voiture.

L'homme que cette dernière soupçonnait de la suivre avait quitté le restaurant avant elles, et cela l'ennuyait de laisser son amie rentrer seule.

Malgré sa promesse de ne pas en parler à Devin, elle savait qu'elle le ferait. La sécurité de Natalie était plus importante que sa vie amoureuse.

Ou son absence de vie amoureuse, pour être plus précise.

Déposant son sac et le dîner sur le siège passager, elle démarra et prit la direction de l'appartement de Devin, en proie à une soudaine poussée d'adrénaline à l'idée de voir son patron en dehors du bureau.

2

Devin bondit sur ses pieds quand la sonnette retentit, et se dirigea en grommelant vers le couloir.

Franchement, était-ce une heure pour se présenter chez les gens ?

Plus que jamais, il regrettait sa décision de ne pas avoir acheté un appartement dans un immeuble sécurisé, avec un gardien dans le hall.

Il ouvrit brusquement la porte, prêt à renvoyer le représentant ou le prêcheur de bonne parole qui n'allait pas manquer de lui débiter son laïus.

A sa grande surprise, Jodie se tenait sur le seuil, dans des effluves de sauce soja et d'épices

— Vous avez faim ?

— Que faites-vous ici à cette heure ? Je pensais qu'au moins l'un de nous deux aurait une vie privée.

Jodie leva les yeux au ciel et le suivit dans le salon.

— Comme si je pouvais avoir une vie, alors que vous me bombardez d'appels et de SMS jour et nuit. Aucun des hommes avec qui j'ai essayé de sortir n'a pu l'accepter.

— Ah bon, parce que vous sortez avec des hommes ?

Jodie déposa le repas sur le comptoir de la cuisine américaine.

— Je le pourrais si j'avais un jour de congé.

— Pourquoi êtes-vous venue ?

Et pourquoi était-elle aussi ravissante ? ajouta-t-il en son for intérieur.

Elle avait quelque chose de différent, mais il ne parvenait pas à déterminer ce que c'était.

— Je vous ai apporté le plan marketing de Natalie.

Elle sortit le document de sa volumineuse besace et le posa à côté du sac en papier contenant les différents récipients de nourriture chinoise.

— Elle aurait pu l'apporter elle-même.

— Elle avait prévu autre chose, et votre appartement est sur ma route.

— C'est vrai que vous dîniez ensemble.

— En effet.

Devin croisa les bras.

— Je n'aime pas la savoir seule dehors, à la nuit tombée.

— Elle a vingt-six ans. Elle est largement en âge de se débrouiller toute seule.

— C'est ma petite sœur.

— Justement ! Vous êtes son frère, pas son père. Laissez-la respirer.

— Je ne peux pas. Cette enquête me ronge.

— Dans ce cas, engagez un garde du corps pour la surveiller, et arrêtez de vous inquiéter. Elle a remarqué qu'un homme la suivait, et ce ne serait pas plus mal que quelqu'un la protège.

— Ce n'est pas la peine de me dire ce que j'ai à faire. J'ai déjà prévu d'engager quelqu'un. Qu'y a-t-il dans ce sac en papier ?

— Votre dîner. Où sont les assiettes ?

— Je n'ai pas faim.

— Ah bon ? On peut savoir à quand remonte votre dernier repas ?

— Ce midi.

— Faux ! Vous avez sauté le déjeuner pour préparer la prochaine réunion avec le conseil d'administration. Et, puisque vous ne voulez pas me dire où sont les assiettes, je vais fouiller toute la cuisine.

Il soupira.

— Placard du haut, à droite de l'évier. Et les couverts sont dans le tiroir de gauche du comptoir.

Quelques instants plus tard, Jodie lui plaçait de force une assiette de poulet *Kung Pao* dans les mains et le poussait vers le canapé.

— Asseyez-vous, mangez… Et ensuite, vous pourrez recommencer à vous inquiéter si vous en avez envie.

— Je mangerai quand j'aurai faim.

— Et ce sera quand ? J'ai reçu l'ordre de rester jusqu'à ce que vous ayez dîné. Alors, je vous en prie, mangez pour que je puisse rentrer chez moi.

Devin se laissa tomber sur le canapé, en observant avec étonnement la robe-chemisier beige qui soulignait la rondeur des seins de Jodie et la courbe de ses hanches, ainsi que les escarpins qui affinaient encore la ligne de ses jambes.

— Vous semblez différente.

Elle haussa les épaules.

— Je suis la même personne depuis six ans. Je ne vois pas comment je pourrais être différente.

Elle s'assit sur la table basse, croisa les jambes, et lui présenta une fourchetée de nourriture.

— Vous allez vous nourrir vous-même, ou je dois le faire ?

Il ouvrit la bouche, et la laissa placer la fourchette entre ses dents.

— Mmm, ce n'est pas mauvais. Comment avez-vous fait ?

— Pour vous nourrir ? C'est facile, je m'imagine que j'ai un bébé en face de moi.

— Non, comment avez-vous fait pour vous transformer comme ça ?

Il toucha ses cheveux, laissant les boucles souples s'enrouler autour de ses doigts.

— Je sais… C'est votre coiffure.

Elle le dévisagea intensément, la lèvre inférieure pincée entre ses dents, la poitrine soulevée par sa respiration soudain altérée.

S'il avait été homme à prendre des paris, il aurait juré qu'elle éprouvait à cet instant la même attirance que lui.

Bon sang, pourquoi ne s'en était-il pas rendu compte plus tôt ? Pourquoi lui avait-il fallu autant de temps pour la regarder vraiment ?

Jodie Carson travaillait pour lui depuis six ans, et c'était la première fois qu'il la voyait avec les cheveux détachés. Ainsi, elle n'avait plus rien de l'efficace et discrète assistante de direction qu'il en était venu à considérer comme faisant partie du paysage.

Tandis qu'elle esquissait un mouvement pour se lever, elle trébucha contre le pied de la table basse, perdit l'équilibre… et atterrit sur ses genoux.

— Oh ! je suis désolée, dit-elle en se trémoussant pour se relever. Je suis d'une maladresse !

Devin l'immobilisa en passant un bras autour de sa taille.

— Détendez-vous. Je ne vais pas vous mordre… A moins que vous ne me le demandiez.

Il rit, et son torse agité de spasmes effleura le dos de Jodie.

— Vous sentez bon, dit-il, surpris par la fraîche odeur citronnée qui lui parvenait soudain.

Plongeant le nez dans sa chevelure de feu, il inspira profondément.

— Qu'est-ce que c'est ? De l'eau de Cologne ?

— Ce n'est que mon shampooing.

De nouveau, elle se tortilla, achevant de réveiller un désir dont la preuve ne pouvait plus désormais être dissimulée.

— Laissez-moi me relever, monsieur Kendall.

— Alors c'est monsieur Kendall, maintenant ?

Il savait qu'il aurait dû la libérer, mais la sensation de ce corps aux courbes affolantes pressé contre le sien était trop agréable.

Imaginant ses longues jambes nouées autour de sa taille tandis qu'il plongeait en elle, il sentit le sang affluer dans ses veines telle une coulée de lave en fusion.

Oublié le directeur général soucieux de l'éthique. L'homme qui sommeillait en lui venait de se réveiller à la vie, à l'image d'un animal sortant d'hibernation.

— Quelle est la vraie raison de votre visite, ce soir ?

Tandis qu'il murmurait à son oreille, il eut bien du mal à résister à la tentation d'en mordiller le lobe.

— Je pensais que vous auriez peut-être faim.

— C'est vrai que j'ai faim…

Effleurant de ses lèvres le cou gracile de Jodie, il ajouta :

— Mais pas de nourriture.

Il la fit pivoter sur ses genoux, et mit ses mains en coupe autour de son visage.

— Où te cachais-tu ?

Son regard vert jade plongea dans le sien.

— J'ai toujours été là.

Fasciné par ses lèvres entrouvertes d'où s'échappait son souffle court, Devin ne put résister à l'envie d'y goûter.

L'attirant plus étroitement contre lui, il captura sa bouche pleine et sensuelle en un baiser conquérant et passionné.

Très vite, leurs vêtements devinrent une barrière entre eux, et il déboutonna le haut de sa robe, révélant un soutien-gorge de dentelle blanche qui ne cachait presque rien de ses seins.

La renversant en dessous de lui sur les coussins du

canapé, il fit courir ses lèvres le long de son cou, et descendit lentement vers sa poitrine, qu'il voyait se gonfler et se creuser selon un rythme de plus en plus rapide, comme un écho aux battements de son propre cœur.

— Devin, gémit Jodie. Tu sais ce que tu fais ? demanda-t-elle en le tutoyant le plus naturellement du monde.

— Ça me semble évident.

— Ce n'est pas le manque de sommeil qui te fait divaguer ?

— Je n'ai jamais été aussi certain de ce que je voulais.

Etendue sur le cuir souple et tiède du canapé, le souffle court et le corps en feu, Jodie était tout entière à l'écoute des sensations que lui procurait la caresse de l'air frais sur sa peau dénudée, et celle plus brûlante des doigts experts de Devin entre ses cuisses.

Pendant six ans, elle avait secrètement rêvé de faire l'amour avec son patron, mais la réalité était bien plus vibrante, plus directe et plus excitante.

Haletant déjà de plaisir, le ventre envahi d'une chaleur insoutenable, elle l'implora de venir en elle.

— Non, dit-il, c'est impossible.

Elle gémit de frustration, ne pouvant croire à ce soudain revirement.

— Quoi ?

— Pas sans protection.

— Oh… Tu en as ?

Il se leva et la vue de sa nudité lui laissa la bouche aussi sèche que du carton.

Elle avait déjà vu des hommes nus, mais jamais aucun qui puisse soutenir la comparaison avec lui.

Et si elle avait souvent imaginé en rêve les mains de Devin sur sa peau, leurs deux corps enlacés dans une étreinte passionnée, rien ne l'avait préparée au choc de cette virilité triomphante et si réelle qui s'offrait à son regard.

Tant pis pour le cliché, mais elle ne put s'empêcher de songer à un dieu grec.

Cette peau ferme, tonique, hâlée... Ces épaules puissantes, ces pectoraux saillants, cette ceinture abdominale dessinée parfaitement...

Comment un homme d'une telle perfection physique pouvait-il s'intéresser à une fille aussi banale qu'elle ?

Soudain affreusement gênée, elle se pencha pour attraper sa robe tombée à terre et s'en couvrit maladroitement, tandis qu'elle essayait de repérer son soutien-gorge.

— Je suis désolée, balbutia-t-elle. Je n'aurais pas dû me laisser emporter ainsi.

Penché sur elle, il lui prit le menton et l'obligea à le regarder.

— Ne me dis pas que tu as changé d'avis. Tu es tellement belle que ça me rend fou.

— Moi ?

— Oui, toi.

Lui prenant la main, il la guida vers son sexe dressé.

— Je ne suis pas dans cet état par hasard. C'est toi qui m'inspires.

— Vraiment ?

Pour une professionnelle de la communication, elle semblait soudain manquer de mots. Mais elle s'en moquait. Les paroles de Devin lui réchauffaient le cœur.

— Mais si tu veux que j'arrête, je le ferai, reprit-il.

Il soupira.

— Je ne sais pas comment, mais je le ferai. Tu n'as qu'un mot à dire.

Elle plongea dans ses yeux un regard vibrant de passion, tandis que ses doigts se resserraient autour lui.

— Ne t'arrête pas, murmura-t-elle. J'en ai autant envie que toi.

Relâchant son souffle dans un gémissement, il la souleva dans ses bras.

Déséquilibrée, Jodie poussa un petit cri de surprise et noua les bras autour de son cou, se grisant du contact de sa peau nue sur la sienne.

Traversant à grandes enjambées l'immense salon, Devin poussa la porte d'une vaste chambre à la décoration dépouillée, au centre de laquelle trônait un lit king size.

Il l'y déposa puis, s'agenouillant devant elle, il écarta ses jambes et les souleva sur ses épaules.

Le souffle coupé, elle le regarda tracer un chemin de baisers sur la peau tendre à l'intérieur de ses cuisses. Et quand sa bouche se posa sur le centre de sa féminité, elle gémit en crispant les doigts sur le couvre-lit.

Prenant naissance à l'endroit que taquinait audacieusement sa langue, une décharge électrique se répercuta dans tout son corps.

Répétée et insistante, cette caresse d'une folle intimité acheva de la bouleverser, et ce fut avec un cri de soulagement qu'elle succomba à la vague impérieuse du plaisir.

Les yeux hébétés, le souffle court, elle le regarda se détourner d'elle le temps qu'il prenne une pochette d'aluminium dans le tiroir de la table de chevet, avant de dérouler le préservatif sur son sexe dressé.

Leurs yeux ne se quittèrent pas un instant tandis qu'il venait lentement en elle, avec une retenue qui ne fit qu'attiser un peu plus son désir.

Enfin, il se perdit jusqu'au plus profond d'elle et la sensation de plénitude qu'en éprouva Jodie fut au-delà de tout ce qu'elle avait pu imaginer.

D'autant qu'elle savait que le meilleur restait à venir.

*
* *

Blottie dans la chaleur de Devin et son odeur enivrante, la joue pressée contre son torse, Jodie écouta les battements de son cœur reprendre un rythme normal et sa respiration se ralentir. Il fut bientôt si calme qu'elle sut qu'il était endormi.

Le corps vibrant d'une formidable énergie qui refusait de décroître, elle restait attentive aux zones de son corps encore sensibles d'avoir été éveillées, pressées et délicieusement malmenées par les caresses inventives de Devin, aux frémissements incontrôlés d'un plaisir qui ne demandait qu'à renaître.

Elle aurait voulu faire l'amour de nouveau, ramener Devin à la conscience par ses baisers et ses caresses, combler cette faim dévorante de lui qui semblait ne pouvoir être rassasiée. Mais elle savait qu'il manquait de sommeil, et n'eut pas le cœur de le réveiller.

Observant son visage paisible, elle songea qu'il ressemblait dans l'abandon du sommeil à un petit garçon perdu, très loin de l'image d'homme d'affaires énergique et implacable qu'il donnait habituellement.

Pendant six longues années, elle avait rêvé de passer une nuit avec lui. A présent, elle ne savait plus comment affronter la réalité.

Devait-elle rester et connaître l'embarras du lendemain matin ?

Peut-être aurait-il des regrets, ou lui en voudrait-il ?

Et si ce bref intermède, si épanouissant fût-il sur le plan physique, détériorait à jamais leurs relations professionnelles ?

Elle ne tarda pas à inventer des scénarios plus sombres les uns que les autres.

Il ne fallut pas longtemps pour qu'elle cède à la panique, au point de ne plus être capable de se raisonner.

La seule chose dont elle était certaine, c'était qu'elle devait quitter le plus rapidement possible l'appartement de Devin.

Après un dernier regard à l'homme dont elle était tombée amoureuse le jour où il l'avait engagée, elle quitta le lit, et rassembla ses affaires éparpillées dans le salon.

Dans le feu de la passion, Devin avait déchiré sa fine culotte de dentelle, et elle enfouit celle-ci au fond de son sac.

Pour gagner du temps, elle ne prit pas non plus la peine d'enfiler son soutien-gorge, et se contenta de revêtir sa robe-chemisier, qu'elle boutonna sommairement.

Rhabillée en hâte, et soucieuse de s'en aller sans réveiller Devin, Jodie se glissa hors de l'appartement peu après minuit.

Après être sortie du hall, elle s'arrêta brièvement sur le perron pour achever de boutonner le bas de sa robe, ouvert jusqu'à mi-cuisses, révélant ainsi dans l'échancrure du corsage la naissance de ses seins, libres de toute entrave.

Un éclair de lumière l'aveugla soudain et elle poussa un cri, cachant son visage avec son bras, alors qu'il était déjà trop tard.

— Merci, ma jolie ! cria un homme armé d'un imposant appareil photo, avant de bondir dans une voiture et de disparaître.

— Fichus paparazzi ! marmonna-t-elle en pressant le pas pour gagner sa voiture.

Inutile d'être devin pour savoir que la journée du lendemain serait un enfer.

3

Jodie passa le reste de la nuit à faire les cent pas dans son petit appartement, situé à quelques kilomètres de celui de Devin, dans un quartier nettement moins chic.

Elle avait essayé de dormir, mais dès qu'elle s'était retrouvée entre les draps, le souvenir de son étreinte avec Devin avait mis ses sens en ébullition.

La peau brûlante, le souffle court et le ventre noué par le désir, elle avait vite compris que le sommeil se refuserait à elle.

A présent qu'elle avait sauté le pas avec son patron, elle allait devoir prendre des décisions.

Mais si, en temps normal, elle était une personne méthodique, habituée à l'ordre et à la rigueur, elle eut la surprise ce soir de découvrir qu'elle était incapable de se concentrer plus de dix secondes sur quoi que ce soit.

Après avoir fait vingt fois le tour de son canapé, elle s'arrêta et se prit la tête entre les mains en gémissant.

Qu'avait-elle fait ?

Comment avait-elle pu être aussi stupide ?

Un simple geste de sympathie s'était transformé en une des plus grandes erreurs de sa vie. Et pourtant, elle ne pouvait totalement regretter ce qui s'était passé…

Elle avait toujours voulu savoir quel amant était Devin Kendall, et la réalité dépassait ses rêves les plus audacieux.

Mais elle ne voulait pas pour autant perdre son emploi.

Elle avait besoin de la présence de Devin, et ne se voyait pas travailler loin de lui.

En outre, elle aimait travailler pour Kendall Communications. Les projets de développement de la société étaient enthousiasmants, et elle appréciait le rythme soutenu de son emploi du temps.

De toute façon, si la rumeur courait qu'elle avait couché avec son patron, qui voudrait l'engager ?

Quelle histoire, mais quelle histoire !

Après dix nouveaux tours du salon, elle vérifia l'heure sur l'écran de son lecteur de DVD. Il ne restait plus qu'une heure avant le moment où elle aurait de toute façon dû se lever.

Peut-être ferait-elle tout aussi bien de se préparer à aller travailler. En arrivant tôt au bureau, elle aurait peut-être le temps de traiter les e-mails et le courrier en attente, avant l'arrivée de Devin.

Et si leur nouveau mode de relation ne fonctionnait pas, il faudrait qu'elle tourne la page.

Elle se demanda si Devin lui fournirait une lettre de recommandation, et rit amèrement en songeant à ce que cela pourrait donner :

« Assistante efficace, ponctuelle et très organisée, excellent relationnel… et plutôt douée au lit. »

Seigneur, comment pourrait-elle le regarder en face, ce matin ?

Elle se dirigea vers la salle de bains, se déshabilla et se glissa sous la douche.

L'eau ruissela sur son corps, tiède et humide comme elle l'était quand Devin s'était glissé en elle…

Versant le gel douche au creux de sa main, elle passa celle-ci sur son corps, insinuant les doigts entre ses cuisses, là où battait une sourde douleur…

Elle se reprit. Pourquoi ne parvenait-elle pas à chasser Devin de son esprit ?

Elle diminua progressivement l'eau chaude, jusqu'à ce qu'il ne sorte plus du robinet qu'un jet glacé.

Lorsqu'elle sortit de la douche, sa peau était couverte de chair de poule, et elle frissonnait.

Elle fouilla dans sa penderie, à la recherche du tailleur le plus passe-partout et le moins seyant qu'elle possédât.

Elle n'eut pas de mal à en trouver un. Tous ses tailleurs étaient d'un ennui mortel, noirs ou dans des variantes de gris, d'une coupe classique qui ne serait jamais démodée – ni d'ailleurs réellement à la mode.

De toute façon, même si elle avait possédé quelque chose de différent, ce n'était pas le moment d'essayer de paraître à son avantage.

Devin ne faisait pas attention à la façon dont elle était habillée, et plus vite ils retrouveraient un mode de fonctionnement uniquement professionnel, mieux ce serait.

Elle avait travaillé dur pour devenir l'assistante de direction idéale, faisant les sacrifices nécessaires pour payer ses études et obtenir le style de vie dont elle rêvait.

Tandis qu'elle enfilait sa jupe, ses mains se mirent à trembler sur ses hanches… des hanches que Devin avait effleurées en la déshabillant…

Elle se brossa les cheveux et commença à les nouer en chignon, comme elle en avait l'habitude.

Elle s'interrompit en observant son reflet dans le miroir.

Sa peau était plus éclatante, ses yeux brillaient d'un éclat inconnu, et elle semblait réellement différente. Au dernier moment, elle décida de laisser ses cheveux flotter sur ses épaules.

Devin avait remarqué sa coiffure, soulignant qu'elle paraissait plus douce, moins inaccessible.

Mais pourquoi cela devrait-il influencer sa façon de se coiffer ?

En quelques gestes rapides et sûrs, elle eut relevé ses cheveux, et fut prête pour une nouvelle journée de travail.

Cependant, paraître normale n'avait rien d'aisé quand une furieuse bataille se livrait en elle.

Avant d'ouvrir sa porte d'entrée, elle lissa sa jupe et prit une profonde inspiration avant de relâcher lentement son souffle.

Comme tous les matins, le journal avait été déposé sur son paillasson, roulé et maintenu par une bande élastique.

Elle le glissa sous son bras et partit travailler.

Garder son calme, contrôler la situation, ce n'était qu'un jeu d'enfant pour elle.

Devin fut réveillé par un violent tambourinement à sa porte.

Il ouvrit les yeux en cillant, aveuglé par le rai de lumière qui passait dans l'entrebâillement des rideaux.

Il lui fallut dix bonnes secondes pour comprendre que c'était le matin.

Et pas un matin de week-end.

Bon sang, il avait dormi comme une souche !

Son regard tomba sur la pendulette posée sur la table de chevet, et il bondit hors de son lit, affolé. Il aurait déjà dû être au bureau depuis une heure.

Les coups reprirent, et il prit conscience que quelqu'un frappait à la porte.

— Une minute ! J'arrive, cria-t-il en enfilant le pantalon qu'il portait la veille.

Le vacarme gagna en intensité jusqu'à ce qu'il ouvre la porte.

— Il y a le feu quelque part ?

Ash claqua quelque chose contre son torse et entra à la hussarde dans l'appartement.

— Ferme la porte.

— Bonjour à toi aussi.

— Garde tes sarcasmes pour plus tard. Nous avons un problème.

— Nous ?

— Toi.

— Moi ?

Devin secoua la tête dans un effort pour déloger de son esprit les dernières brumes du sommeil.

Ash fila vers la cuisine et ouvrit tous les placards en claquant les portes les unes après les autres.

— Où est ton fichu café ? J'ai besoin de ma dose de caféine, sinon je ne suis bon à rien.

— Tout simplement à côté de la cafetière.

Devin rejoignit son frère en bâillant.

— De quoi parles-tu ?

Ash déposa le café moulu dans le filtre et versa l'eau dans le bac.

— J'en déduis que tu n'as pas lu le journal de ce matin ?

Devin baissa les yeux vers la une du quotidien que son frère lui avait lancé en entrant. Le visage effaré d'une Jodie échevelée et débraillée le fixait.

— Qu'est-ce que cela signifie ?

— Lis la légende.

NUIT MOUVEMENTÉE CHEZ LE D.G. DE KENDALL COMMUNICATIONS.

Devin jura et voulut déchirer le journal, mais Ash l'en empêcha.

— Continue à lire, dit-il en désignant le second paragraphe. Apparemment, ce type était là quand Jodie est arrivée, et il a attendu qu'elle ressorte de chez toi.

Devin Kendall s'offre du bon temps, alors que l'affaire du « meurtre de la Saint-Sylvestre » renaît de ses cendres.

Quel rôle a-t-il joué dans la disparition de ses parents, et à quelles activités se livre le directeur général derrière les portes closes de son bureau ? Voilà des réponses qu'aimeraient connaître les membres du conseil d'administration.

Sous le choc, Devin se passa une main dans les cheveux.

— Jodie va être effondrée. Elle qui est si fière de son professionnalisme !

— Je ne comprends pas que vous ne vous soyez pas montrés plus prudents. Surtout avec cette enquête en cours. Tu devais bien te douter que la presse nous harcèlerait.

Devin soupira.

— Je sais, je sais.

— Et alors ?

— Que veux-tu que je te dise ?

En proie à un mal de tête grandissant, il jeta le journal sur le comptoir et se mit à arpenter la pièce, pieds nus.

— Où est Jodie ?

— Au bureau. Elle m'a appelé en voyant que tu n'étais pas à l'heure.

— Pourquoi ne m'a-t-elle pas appelé, moi ? marmonna Devin. Je n'en reviens pas d'avoir dormi aussi longtemps. J'en ai pour cinq minutes à m'habiller, et nous allons réparer ce désastre.

— Je ne vois pas comment. Le mal est fait.

— Je te dis que je vais arranger ça.

Il le fallait.

Jodie ne supporterait pas de voir sa vie étalée à la une des journaux. D'autant que le paparazzi transformait en quelque chose de sordide ce qui avait été… eh bien, l'expérience sexuelle la plus satisfaisante qu'il eût jamais connue.

D'ailleurs, cela ne se résumait pas uniquement à ça, mais il n'avait pas le temps d'y réfléchir.

Pour le moment, il ne s'inquiétait que de la réaction de Jodie. Ensemble ils devaient très vite mettre en place une stratégie pour éviter que Kendall Communications soit traîné dans la boue.

Il connaissait, pour en avoir déjà fait les frais, les pratiques de ce genre de presse. En tant que célibataire le plus recherché de Saint-Louis, membre d'une famille puissante et fortunée, et dirigeant d'une entreprise à succès, il savait qu'il représentait la cible idéale.

Quant à Jodie, il devinait déjà les qualificatifs dont on l'affublerait : aventurière, chasseuse de mari, ou pire encore.

Elle ne méritait pas ça. Après tout, elle n'avait rien demandé. C'était lui qui s'était soudain enflammé et lui avait presque forcé la main.

Après quatre minutes sous une douche glacée, Devin avait trouvé une idée.

Sa famille n'apprécierait sans doute pas la soudaineté de son annonce, mais il devait le faire pour éviter le cirque médiatique que provoquerait une liaison inopportune.

Ash le suivit dans sa propre voiture à travers les rues de Saint-Louis et arriva quelques secondes après qu'il se fut garé sur son emplacement réservé.

Ils prirent l'ascenseur et ne desserrèrent pas les dents jusqu'au vingt-quatrième étage.

Les têtes se tournèrent sur leur passage tandis qu'ils traversaient un premier espace de travail composé de boxes, avant de longer un couloir aux portes ouvertes sur des bureaux privatifs.

Lorsqu'il gagna la zone qui lui était réservée, Devin

passa comme tous les matins par le bureau de Jodie, qui communiquait avec le sien.

Il n'eut droit ni à un regard, ni à une parole de bienvenue, et il comprit qu'il avait fait un beau gâchis.

Mais il allait tout arranger. Il avait un plan.

Entrant dans son bureau d'un pas décidé, il aboya :

— Jodie ! Venez ici.

Bon, ce n'était pas exactement ainsi qu'il avait prévu de débuter cette conversation, mais il était tellement furieux contre lui-même qu'il ne parvenait pas à se contrôler suffisamment pour se montrer courtois.

Jodie attrapa un bloc de sténo et se glissa dans la pièce d'un air penaud.

Le personnel suffisamment inconscient pour traîner dans les parages, dans l'espoir peut-être d'apprendre un détail croustillant, fit les frais de sa mauvaise humeur.

— Vous croyez que je vous paie à rien faire ? Au travail, et que ça saute !

Sur ces mots, il voulut claquer la porte, mais Ash se trouvait dans le passage.

— Fiche le camp.

— Toute la famille est concernée.

— Pas maintenant. Je dois avoir une conversation avec Jodie.

Si Devin avait pu cracher du feu tel un dragon, il l'aurait fait. Ash le sentit et céda.

— Dépêche-toi. Une réunion de crise s'impose. Je vais chercher Craig et Natalie.

Devin ferma la porte au nez de son frère et se tourna vers Jodie. Il ressentit un petit pincement au cœur en découvrant son apparence guindée.

Plus personne ne la verrait ainsi désormais. A commencer

par lui, qui avait encore en tête les images de son corps nu étendu sur son lit.

Quant au public, il verrait à jamais la femme de la une, avec ses boucles rousses tombant en cascade sur ses épaules, ses seins offerts dans l'échancrure d'un décolleté trop profond, et cette aura de sensualité trahissant de torrides ébats…

Qu'avait-elle fait pour mériter ce genre d'attention malsaine ?

Elle s'était montrée attentionnée envers lui. Et il en avait profité.

— Si c'est à propos du journal, je suis désolée, commença-t-elle. Je ne savais pas que le photographe était là. Je n'y ai pas pensé. Je me dépêchais de…

Devin leva la main pour interrompre ce flot de paroles.

— Ce n'est pas ta faute. Je ne te reproche pas ce qui s'est passé. En fait, tous les torts me reviennent.

Elle secoua la tête, ouvrit la bouche pour protester…

— Laisse-moi terminer.

Devin s'avança vers elle et la prit par les épaules.

— Je n'aurais pas dû profiter de ta générosité, alors que tu étais venue m'apporter un repas.

Même à ses propres oreilles, sa voix semblait froide, désabusée, tellement différente du message qu'il voulait y faire passer !

— Je n'aurais jamais dû t'embrasser.

Elle le regarda, et il crut se noyer dans les eaux vertes et limpides de ses yeux.

— Je n'aurais pas dû te rendre ton baiser, répondit-elle.

— Ce qui est fait est fait. Maintenant, il faut faire en sorte que la presse ne traîne pas les Kendall dans la boue durant cette enquête criminelle. Je ne veux pas non plus qu'ils s'en prennent à toi et détruisent ta réputation.

— Je comprends. Je suis prête à démissionner si ça peut arranger les choses.

— Non !

Devin se rendit compte que l'exclamation avait jailli de ses lèvres avec plus de force qu'il n'en avait eu l'intention.

L'idée de perdre une assistante si parfaite à cause de sa mauvaise conduite l'énervait prodigieusement.

— J'ai une autre proposition à te faire.

Le front de Jodie se plissa de perplexité.

— C'est-à-dire ?

— Puisque je t'ai mêlée aux problèmes de ma famille, il faut que je désamorce la situation.

— Et comment vas-tu faire ça ?

— En annonçant nos fiançailles.

4

Jodie vacilla en arrière, prise de vertiges.

Quand ses jambes heurtèrent l'assise d'un fauteuil, elle s'y laissa tomber, en portant une main à sa joue.

Elle ne pouvait plus respirer. Son cœur semblait même s'être arrêté de battre depuis que Devin avait prononcé le mot de fiançailles.

Se pouvait-il que son rêve le plus fou se réalise ?

— C'est la seule façon de sauver la situation et de neutraliser l'inquisition des médias, expliqua-t-il.

Il se mit à arpenter son bureau à grandes enjambées nerveuses.

— Il s'agira naturellement de fausses fiançailles. Je ne vais pas t'obliger à m'épouser.

Jodie eut l'impression de recevoir une gifle. Le sang monta à ses joues, tandis que les battements de son cœur s'accéléraient brutalement.

Elle crispa les doigts autour du bloc posé sur ses genoux, les yeux baissés sur ses chaussures pour ne surtout pas croiser le regard de Devin.

Comment avait-elle pu être assez stupide pour imaginer qu'un homme tel que lui pourrait avoir envie d'épouser une petite secrétaire comme elle ?

Ils évoluaient dans des mondes à des années de lumière l'un de l'autre.

Pendant que Devin dînait de caviar, elle achetait sa nourriture dans des supermarchés à prix cassés. Ce n'était pas qu'elle gagnait mal sa vie, mais elle n'avait pas les revenus pour dépenser sans compter et se permettre toutes les extravagances.

— Nous serons les seuls à le savoir, reprit Devin. Ma famille doit croire que ces fiançailles sont réelles pour convaincre les paparazzi.

— Ne crois-tu pas qu'ils méritent de connaître la vérité ?

— C'est plus prudent de leur mentir. Ainsi, nous serons les seuls à devoir jouer la comédie. Un impair est si vite arrivé.

Jodie se leva.

— Et si je n'ai pas envie de participer à cette mascarade ?

— Pourquoi refuserais-tu ? C'est pour te protéger d'un cauchemar médiatique, et mettre Kendall Communications à l'abri du scandale. Pendant que la meute de paparazzi sera occupée par le mariage, ils oublieront les soupçons portés sur la famille par le procureur, et nous pourrons mener notre propre enquête de notre côté.

Elle déglutit avec peine, la gorge nouée par les larmes. Seigneur, il ne fallait surtout pas qu'elle pleure devant lui, Devin détestait ça !

— Je crois qu'il est préférable que je démissionne.

Comment pourrait-elle continuer à le voir jour après jour, et à taire l'amour qu'elle éprouvait pour lui ?

Le sol moquetté étouffa les pas de Devin, mais chaque terminaison nerveuse du corps de Jodie devina qu'il avait franchi la distance entre eux.

Lorsqu'il posa les mains sur ses épaules, elle retint son souffle.

Devin lui fit faire volte-face.

— Les médias nous crucifieront si tu démissionnes maintenant. Je me moque de ce qui peut m'arriver, mais je ne veux pas que tu souffres de mon erreur.

Jodie se crispa.

Une *erreur*, c'était ainsi qu'il voyait ce merveilleux moment d'intimité et de complicité qu'ils avaient partagé.

Elle relâcha son souffle et durcit sa voix pour répondre :

— Je suis forte. Je ne vais pas me briser. De toute façon, comment veux-tu que nous travaillions ensemble maintenant que nous avons fait… cette *erreur* ?

— Je pourrais te promettre de ne plus jamais te toucher, mais je sais déjà que je ne pourrai pas m'y tenir.

De bout des doigts, il lui souleva le menton.

— Fais-le pour moi. Sois ma fiancée. Quand la folie sera retombée, nous pourrons rompre et tout rentrera dans l'ordre.

Son regard bleu se fit implorant. Ses cheveux bruns retombaient sur son front comme s'il n'avait pas eu le temps de les coiffer ce matin, lui donnant un air vulnérable.

Quand il la regardait ainsi, comment pouvait-elle résister ?

Seigneur, elle était pitoyable !

— D'accord, dit-elle en soupirant. Je vais le faire. Mais quand le calme sera revenu, il faudra que nous ayons une conversation sérieuse.

— Nous le ferons. Plus tard.

Visiblement soulagé, Devin s'autorisa un semblant de sourire.

— Ash rassemble la famille. J'aurais voulu que Thad soit là, mais on ne peut rien y changer. Nous pouvons annoncer immédiatement nos fiançailles pour désamorcer leur colère face aux nouvelles du matin.

Jodie hocha la tête.

— Eh bien, il semblerait que nous soyons fiancés. Si on veut…

Son rire sembla forcé, même à ses propres oreilles.

— Je dois dire que j'avais imaginé autrement ma toute première demande en mariage.

Elle haussa les épaules, essayant de conserver une attitude nonchalante, alors qu'elle ne désirait rien d'autre que se cacher au fond d'un placard sombre pour y pleurer toutes les larmes de son corps.

Un long silence s'installa entre eux, tandis que les mains de Devin s'attardaient sur ses épaules.

Leurs regards restèrent un moment rivés l'un à l'autre. Puis, le front plissé comme s'il essayait de résoudre un problème, il la dévisagea intensément.

— Quoi ? J'ai une tache sur le visage ?

— Non, j'avais seulement…

— Envie de faire machine arrière ? L'idée qu'un Kendall épouse une petite secrétaire te paraît soudain monstrueuse ?

— Quoi ?

Il secoua la tête.

— Ne sois pas bête. Je pensais que nous devrions sceller notre accord d'une manière ou d'une autre.

Une main placée sur sa nuque, il attira son visage vers le sien.

— Peut-être par un baiser…

Une tension presque palpable envahit soudain l'atmosphère.

Comme hypnotisée, troublée par les souvenirs de la nuit qu'ils avaient partagée, elle lui tendit ses lèvres.

Devin écrasa sauvagement sa bouche sur la sienne. Incapable de lutter contre l'émotion qui la faisait palpiter, la poussait à enlacer l'homme qu'elle aimait, elle répondit à son baiser avec une ardeur équivalente à la sienne.

Un son pénétra soudain sa conscience : le craquement d'une porte qui s'entrouvrait, le grincement d'un gond…

— Oh ! désolée, je ne voulais pas vous déranger.

Jodie fit un bond en arrière, les yeux écarquillés, le cœur battant à se rompre.

Natalie se tenait sur le seuil, l'air amusé.

— Je peux repasser quand vous aurez terminé votre… réunion.

— Et puis quoi encore ! grommela Ash en forçant le passage.

Il fut suivi de Craig, qui affichait une grimace réprobatrice.

— Nous avons du pain sur la planche pour redresser la situation, dit ce dernier d'un ton sévère. Et vous ne nous aidez pas en batifolant sur votre temps de travail.

Tandis que Jodie rougissait et baissait la tête, Devin la prit par la taille et l'attira contre lui.

— Je suis ravi que vous soyez tous là. Je suppose que vous avez lu la presse ?

Un bel ensemble de hochements de tête lui répondit.

Devin se redressa de toute sa hauteur et affronta les regards inquisiteurs de sa famille.

— J'ai une explication à ça.

— Je serais ravi de l'entendre, répliqua Craig avec sarcasme.

Les bras croisés, il ajouta :

— Nous t'écoutons.

— Jodie et moi avons une annonce à vous faire.

Natalie écarquilla les yeux.

— Impossible ! marmonna-t-elle.

Devin la toisa.

— Je n'ai encore rien dit, et tu te montres déjà négative ?

— Je n'y crois pas, continua-t-elle d'un ton toujours aussi médusé.

Aussi excitée qu'une collégienne, elle posa la main sur sa bouche.

— C'est bon, je me tais. Oh ! bon sang, dépêche-toi de le dire !

Devin leva les yeux au ciel.

— Mais quel âge as-tu ?

— Vingt-six ans.

Elle gloussa.

— Je sais, je ne les fais pas.

Si Jodie n'avait pas eu la gorge aussi nouée par le stress, elle aurait ri de l'enthousiasme de Natalie. Mais la situation était surréaliste, comme si c'était à une autre que tout cela arrivait.

Devin lui sourit et lui adressa un clin d'œil.

Immédiatement, son monde s'illumina, et sa nervosité s'apaisa. Elle pouvait tout supporter si Devin la regardait toujours ainsi.

— Jodie et moi sommes fiancés.

Natalie poussa un cri strident et se rua pour serrer Jodie dans ses bras.

— Je le savais. Je le savais.

— Comment ça, tu le savais ? demanda Ash. Personne n'était au courant jusqu'à cet instant.

— Je t'en prie Ash. Pour un flic, tu n'es pas très observateur. Je l'ai deviné à l'expression de Jodie.

— Tu veux dire mon expression complètement hébétée ? demanda l'intéressée en plaquant les mains sur ses joues brûlantes. Je suis aussi surprise que vous tous. Je n'arrive pas encore à réaliser que c'est bien vrai.

— Enfin je vais avoir une sœur, déclara Natalie avec enthousiasme. Je ne serai plus en infériorité numérique face aux hommes.

Ash toisa sévèrement son frère.

— Alors c'est comme ça que vous allez jouer la partie ?

Devin soutint son regard sans flancher.

— Nous ne jouons pas. Jodie et moi allons nous marier.

— Quand ?

Luttant pour ne pas laisser transparaître son irritation, Devin répondit :

— Nous n'avons pas encore fixé de date.

— Ash, ça suffit, intervint Natalie.

Mais ce dernier n'était pas prêt à s'en laisser conter.

— Je veux la vérité.

Levant la tête vers Devin, Jodie l'enveloppa d'un regard amoureux qu'elle n'eut pas à feindre.

— Devin vient de me faire sa demande. Je n'ai pas encore réfléchi à la façon dont nous allons organiser tout cela. J'en suis encore à me pincer pour être sûre que je ne rêve pas.

Ash se radoucit.

— Je ne veux tout simplement pas que vous vous lanciez dans quelque chose que vous allez regretter, à cause d'une photographie dans un journal.

— Nous devrions les laisser respirer un peu, suggéra Craig. En tout cas, Angela sera ravie de vous aider à préparer le mariage.

— Bon, eh bien, puisque tout est réglé, je suppose que les félicitations sont de rigueur, déclara Ash. Mais comment vas-tu faire pour travailler sans Jodie ?

Devin se rembrunit.

— Je n'y avais pas pensé.

— Il n'y a pas d'urgence, affirma Jodie. J'ai l'intention de continuer à l'assister jusqu'à ce que j'aie trouvé et formé ma remplaçante.

Se libérant des bras de Devin, elle esquissa un pas vers la porte, mais il la retint par le poignet.

— Tu es officiellement libérée de tes obligations à 15 heures.

— Mais j'ai beaucoup trop à faire pour partir aussi tôt ! protesta Jodie.

— Tu as besoin de temps pour trouver une robe. Natalie t'aidera.

Il plongea la main dans sa poche, ouvrit son portefeuille, et lui tendit une carte de crédit.

Jodie agita les mains en signe de refus.

— Je n'ai pas besoin de robe.

— Il t'en faut une pour ce soir. Il s'agit d'une occasion spéciale. Nous devons assister à la soirée de donation en faveur de l'hôpital pour enfants.

— Je peux très bien mettre la robe que je portais à la soirée de Noël de l'entreprise.

— Non.

Il plaça la carte de crédit au creux de la main de Jodie et replia ses doigts dessus.

— Tu vas t'acheter une nouvelle robe. Et aussi des chaussures. Nous annoncerons officiellement nos fiançailles au cours du gala.

Jodie ouvrit la bouche pour protester, puis se tut.

Devin ne cacha pas son amusement.

— Tu peux me rappeler quelle est ta maxime préférée ?

Elle soupira.

— *Arrête de trouver des raisons pour ne pas le faire, et commence à en chercher pour agir*, récita-t-elle d'un ton monocorde

Elle bouda quelques instants, puis son visage s'éclaira.

— Tu as absolument raison. Je vais prendre ma journée. Après tout, ce n'est pas évident de trouver la robe idéale.

Elle se tourna vers Natalie.

— Tu peux te libérer ?

— Je suppose que oui.

Rejetant ses longs cheveux par-dessus son épaule, Natalie glissa son bras sous celui de Jodie et entraîna son amie vers la porte.

— Si vous voulez bien m'excuser, tous les deux, dit Craig, je dois également me préparer pour le gala. Nous faisons une donation importante, et je vais aller m'assurer que la comptabilité a préparé le chèque. Félicitations, mon garçon.

Devin se sentit mal à l'aise.

Comment pouvait-il mentir à ceux qu'il aimait sur un sujet aussi important que des fiançailles ? Mais après tout, il le faisait pour les protéger.

— Merci.

Dès que la porte se fut refermée derrière le vieil homme, Devin se blinda contre l'interrogatoire qu'allait lui faire subir son frère.

— Pourquoi ? demanda Ash.

Devin marcha vers la baie vitrée qui occupait toute la façade, offrant une vue à couper le souffle sur la ville que baignait un soleil radieux.

— Il me semble que c'est évident, répondit-il en tournant le dos à son frère. Nous nous aimons.

Il s'étonna de la facilité avec laquelle le mensonge avait franchi ses lèvres.

Ash sembla toutefois ne pas en être dupe.

— Nous apprécions tous beaucoup Jodie, mais je crois que c'est la peur du scandale qui te pousse à faire quelque chose que tu ne souhaites pas vraiment.

Devin lui lança un coup d'œil par-dessus son épaule.

— Tu m'as déjà vu faire quelque chose parce que j'y étais obligé ?

Le soupir d'Ash lui apprit combien sa réponse lui coûtait.

— Non.

— Alors laisse tomber. Jodie et moi allons nous marier. Nous rendrons la nouvelle publique ce soir.

Ash enfouit les mains dans les poches de son pantalon et se balança d'avant en arrière sur ses talons.

— Ces fiançailles auront au moins le mérite de faire taire les rumeurs.

Devin hocha la tête.

— Tu as découvert quelque chose dans le rapport d'enquête ?

— Tu changes de sujet.

— Non. La conversation précédente était terminée.

Ash, qui visiblement n'en pensait pas moins, esquissa un sourire.

— Rachel et moi avons passé en revue ce qu'il restait des pièces à conviction datant de vingt ans. Ça n'a rien donné. Le fichier national des données ADN n'a pas permis d'établir de nouvelles correspondances.

— Ce n'est pas très encourageant.

— C'est vrai. La seule chose qu'il faut en conclure, c'est que le meurtrier de nos parents n'a jamais été condamné pour un autre crime.

— Tu crois vraiment qu'il pourrait s'en prendre à nous aujourd'hui, après être resté caché pendant toutes ces années ?

— Pourquoi pas ? Il est possible qu'un événement l'ait décidé à refaire surface. A moins que la réouverture de l'enquête ne fournisse à quelqu'un d'autre la possibilité de faire porter le chapeau à un tueur existant.

— Ce n'est pas un peu tordu, comme raisonnement ?

— Il ne faut négliger aucune piste. C'est pourquoi je voudrais établir la liste de toutes les personnes qui haïssent les Kendall et pourraient vouloir nous éliminer.

— Ça risque de faire du monde. Dès qu'on occupe une situation en vue, il y a des gens que ça énerve.

— Je m'intéresse en premier lieu aux anciens employés qui auraient une revanche à prendre. Il me faudrait la liste de ceux que tu as renvoyés ces dernières années. Ajoutes-y ceux qui n'ont pas eu la promotion qu'ils espéraient, et les concurrents à qui tu as soufflé des marchés.

— Je demande à Jodie de s'en occuper.

Revenant vers son bureau, Devin pressa le bouton de l'Interphone.

Ash ne put retenir un sourire.

— Elle est sortie.

— Ah oui ! J'avais oublié.

Il se rembrunit.

— Mais comment vais-je faire sans elle ? grommela-t-il en fixant son bureau comme s'il s'agissait d'un objet totalement incongru à cet endroit.

— Tu trouveras bien une solution. Si tu pouvais m'envoyer la liste avant la fin de la journée… Je voudrais vérifier leurs antécédents le plus vite possible.

— N'oublie pas que tu es attendu au gala.

Ash afficha une moue désabusée.

— Je n'y ai pas ma place.

— Tu t'appelles bien Kendall ?

— Oui, et alors ?

Ash croisa les bras sur son torse.

— Je ne fais pas partie de Kendall Communications. Je suis flic.

— Mais tu es un membre de la famille. De toute façon, je ne vois pas pourquoi tu fais toutes ces simagrées. Nous assistons toujours à ce gala tous les deux.

— Je sais. Je te faisais marcher. De toute façon, Rachel m'écorcherait vif si je ne l'y emmenais pas. Elle veut porter une robe rouge ultrasexy, d'après ce que j'ai compris.

Il esquissa un sourire.

— En fait, je suis impatient de la voir avec…

Son sourire se fit franchement polisson.

— Et sans ! A la réflexion, nous pourrions faire l'impasse sur le gala.

— Il faut que tu viennes. C'est pour les enfants. Et puis, qui sait, le tueur sera peut-être là.

— On peut toujours rêver. En attendant, personne ne se déplace seul, ce soir.

— J'ai prévu deux limousines. Nous prendrons Jodie au passage.

— Bon, eh bien, je n'ai plus qu'à filer. N'oublie pas ma liste.

— Oui, oui…

Dès que la porte se fut refermée derrière Ash, Devin se laissa tomber dans son fauteuil et commença à griffonner sur une feuille de papier les noms qui lui venaient à l'esprit.

Mais ses pensées ne tardèrent pas à dériver vers Jodie. Contrairement à ce qu'il avait sous-entendu en parlant d'erreur, il ne regrettait pas ce qui s'était passé la nuit précédente.

Il ne le regrettait pas, et il ne pouvait pas l'oublier.

Mais il était responsable de sa famille, et rien ne devait venir le distraire de son devoir.

C'était sa façon d'expier son absence le soir où ses parents avaient été tués.

Ce qu'il voulait lui devait forcément se trouver relégué au second plan.

Et l'arrestation du tueur de la Saint-Sylvestre figurait en haut de sa liste des priorités.

5

— Essaie celle-ci.

Natalie tendit à Jodie une robe de satin noir à fines bretelles qui évoquait davantage un déshabillé qu'une tenue de soirée.

— Je ne peux pas porter ça en public. On verrait mes bourrelets et toutes mes imperfections.

— Quelles imperfections ? Tu es superbe.

Natalie récupéra la robe que Jodie lui tendait à l'aveuglette, et rajusta le rideau de la cabine d'essayage.

— Tu n'as jamais songé à devenir mannequin ?

— Tu plaisantes ? Je ne suis pas assez grande.

— Tu n'es pas loin du standard. Combien mesures-tu ?

— Un mètre soixante-quatorze.

Jodie sortit de la cabine dans une robe bustier blanche, dont la jupe s'évasait en plissé soleil.

— Mes seins sont trop gros, et je suis ordinaire.

— Tu as les rondeurs qu'il faut pour être un mannequin lingerie. Et tu n'es pas ordinaire. Tu as une beauté classique.

Jodie grimaça.

— Je ne trouve pas… En tout cas, je ne vois pas pourquoi Devin veut m'exhiber devant la moitié de la ville.

Natalie leva les yeux au ciel.

— Tu plaisantes ?

Elle fit faire demi-tour à Jodie et la poussa dans la cabine.

— D'abord, il t'épouse, et il ne le ferait pas s'il n'était pas amoureux de toi.

Jodie flancha derrière le rideau. *Mensonge numéro un.*

— Le manque de sommeil le fait divaguer.

— Deuxièmement, tu es intelligente et sympathique…

— Je ne suis pas du même milieu que votre famille.

— Et tu crois que Devin s'en soucie ?

— Il devrait.

— Je vais finir par croire que tu es snob !

— Non, je ne vois tout simplement pas comment je pourrais trouver ma place dans la famille Kendall. Vous êtes de sacrés personnages.

— Nous sommes des personnes comme toutes les autres. Comme toi. Il n'y a rien de magique, et Devin n'est pas le prince charmant. Tiens, essaie celle-ci.

Natalie lui passa une robe verte.

— Et tu es très belle. Il suffit de trouver les vêtements qui mettent ton corps en valeur.

— Tu peux mettre un tutu rose à une vache, elle restera toujours une vache.

— Tu n'es pas une vache, et je ne te proposerai jamais de porter du rose. Pas avec ces cheveux flamboyants.

— Encore un autre défaut. Etre rousse, c'est une calamité.

— Arrête de dire des bêtises et habille-toi.

Jodie serra les lèvres et enfila la robe. La couleur rehaussait l'éclat ivoire de sa peau, au lieu de lui donner un air maladif, et elle devait admettre que la coupe Empire flattait sa silhouette.

— Oh ! mon Dieu ! s'exclama avec emphase Natalie, dès qu'elle mit un pied hors de la cabine. C'est la bonne. C'est *LA* robe.

Elle regarda autour d'elle.

— Où est la vendeuse ?

— Je ne suis pas sûre…, protesta Jodie.

— Tu plaisantes ? C'est absolument parfait.

Elle l'observa plus longuement, en faisant une petite moue.

— Non, attends. Il manque juste…

Natalie ôta les épingles qui retenaient le chignon de Jodie, et laissa ses boucles rousses cascader sur ses épaules.

L'air dubitatif, elle les releva en queue-de-cheval, observa l'effet produit, et finit par les torsader sur le côté.

— Cette fois, c'est parfait. Tous les hommes seront à tes pieds.

— Je ne veux pas tous les hommes. Un seul me suffit.

Son faux fiancé.

— Ne t'inquiète pas, Devin va te regarder et t'admirer.

Natalie la prit par la main et lui fit traverser la boutique, interpellant la vendeuse pour que celle-ci leur propose des chaussures.

Jodie retint un sourire tandis que la vendeuse s'affairait avec une amabilité quelque peu excessive.

— Oui, bien sûr, mademoiselle Kendall. J'ai des sandales absolument ravissantes, avec des imitations d'émeraudes et de saphirs incrustées sur les brides. Elles iraient tout à fait bien avec cette robe.

Tandis que la jeune femme se précipitait dans une pièce à l'arrière de la boutique, Jodie se tortilla pour essayer de trouver l'étiquette du prix sur la robe.

— J'espère qu'elle n'est pas trop chère. Je suis un peu juste, ce mois-ci.

— Tu as entendu ce qu'a dit Devin. C'est lui qui te l'offre. Et ne t'inquiète pas pour le prix, il a les moyens.

— Je ne peux pas le laisser m'acheter des vêtements. Nous ne sommes pas encore mariés.

Et ils ne le seraient jamais.

— Pourquoi pas ?

— C'est une question de fierté. J'ai suivi des cours

du soir, tout en occupant deux emplois pour financer mes études. Et je ne me suis jamais servie des hommes pour réussir. J'ai toujours travaillé dur pour avoir ce que je voulais.

Natalie lui tapota le bras.

— Je sais. Tu es beaucoup trop bien pour mon frère.

— Ce n'est pas ce que je voulais dire. Seulement, j'aime avoir mon mot à dire dans une relation. Je ne veux pas dépendre de quelqu'un d'autre.

— Je comprends. Et je dois même dire que je t'envie. J'ai été élevée sous le feu des projecteurs, et j'ai toujours soupçonné tous les hommes avec qui je suis sortie de ne s'intéresser qu'à ma fortune.

— Vraiment ? J'ai un peu de mal à le croire. Avec ta beauté et ton intelligence, les hommes ne peuvent que t'aimer pour ce que tu es.

— Pour certains hommes, les qualités d'une femme sont fonction du compte en banque, rétorqua Natalie.

Elle soupira.

— Parfois, j'aimerais être madame Tout-le-monde.

— Tu ne seras jamais comme tout le monde. Tu es beaucoup trop lumineuse, vibrante et pleine de vie.

— Ce n'est pas une raison pour ranger les Kendall dans une catégorie à part. Nous avons des sentiments comme tout un chacun.

Jodie se sentit émue à l'idée d'avoir, pour la première fois depuis longtemps, une famille.

La sensation était si réconfortante qu'elle en eut les larmes aux yeux. Mais elle redescendit bien vite sur terre. Quand les fiançailles seraient rompues, elle savait qu'elle n'aurait pas d'autre choix que de démissionner.

— Et voilà, annonça la vendeuse en s'avançant vers elles, une paire de sandales aux talons vertigineux à la main.

Elle s'assit sur le tabouret bas devant Jodie, et glissa à ses pieds les délicates chaussures.

— C'est parfait, déclara Natalie avec enthousiasme. Attends que mon frère te voie ainsi. S'il n'était pas déjà amoureux de toi, il craquerait immédiatement.

Elle s'adressa à la vendeuse.

— Nous les prenons.

Puis elle chassa Jodie vers la cabine.

— Dépêche-toi, nous avons rendez-vous chez ma coiffeuse.

— Quoi ? Comment as-tu fait pour organiser ça aussi vite ?

Natalie éclata de rire.

— J'avais déjà un rendez-vous pour moi, et la promesse d'un bon pourboire a suffi à la convaincre de te prendre en même temps. Passe-moi la robe pour que la vendeuse l'emballe pendant que tu t'habilles.

En ôtant la robe, Jodie eut l'impression d'être Cendrillon quand son carrosse se transforme en citrouille. Le stress d'avoir à jouer la comédie commençait à la ronger.

Aurait-elle seulement la force d'aller jusqu'au bout ?

Lorsqu'elle eut enfilé son sobre tailleur gris, elle eut l'impression de reprendre le contrôle d'elle-même, et quitta la cabine d'un pas décidé, son portefeuille à la main.

Natalie se tenait près de la porte, une longue housse à vêtements repliée sur un bras, et tenant de l'autre main un sac contenant les chaussures.

— Mais…

Le regard de Jodie passa de la vendeuse à Natalie.

— Tu n'as pas…

— Non, c'est Devin. Et maintenant, dépêche-toi, ou nous allons être en retard.

A mi-chemin de l'endroit où elle était garée, Natalie s'arrêta brusquement.

— Tu as vu ?

— Non, quoi ?

— L'homme de l'autre côté de la rue, près du réverbère. C'est lui.

Elle déposa la housse et le sac dans les bras de Jodie.

— Tiens-moi ça.

— Natalie, non !

Empêtrée avec la robe et les chaussures, Jodie déploya des efforts d'adresse pour ne pas les laisser tomber, tandis que Natalie s'élançait dans la circulation.

Des Klaxon retentirent, des pneus crissèrent... Un taxi freina, mais pas suffisamment. Son pare-chocs heurta Natalie à la cuisse avec assez de force pour la faire tomber.

Jodie hurla et se débarrassa de ses paquets sur le trottoir, avant de courir vers son amie, qui se relevait en titubant.

— Tout va bien, dit-elle. Je ne suis pas blessée.

Le chauffeur avait jailli de sa voiture, partagé entre l'inquiétude et la colère.

— Mais à quoi vous jouez ? Vous voulez vous faire tuer ?

Ne l'écoutant pas, Natalie tourna la tête vers l'endroit où elle avait aperçu son mystérieux poursuivant.

— Zut ! Il est parti.

— Viens, je t'emmène à l'hôpital, décida Jodie en passant un bras autour de ses épaules.

— Pas question. Je n'ai rien de cassé, et je ne me suis pas cogné la tête. J'aurai certainement quelques bleus, mais il n'y a pas de quoi en faire un drame.

— Je le croirai quand tu auras vu un médecin.

— Ne sois pas ridicule ! Je te dis que tout va bien. Et j'irai encore mieux quand tu m'auras promis de ne pas en parler à Devin.

Elles se tenaient toujours au milieu de la chaussée, et

une foule de curieux s'étaient approchés, tandis que les voitures immobilisées klaxonnaient furieusement.

Profitant de cette diversion, Jodie se garda de toute promesse et guida son amie vers le trottoir, où elle ramassa ses paquets.

Il était tout à fait possible que l'homme ne soit autre que le garde du corps évoqué par Devin. Dès qu'elle en aurait l'occasion, elle en parlerait avec lui pour en avoir le cœur net.

— Comment cela, toutes les femmes sont chez Jodie ? demanda Devin.

Ash haussa les épaules.

— Rachel m'a appelé pour dire qu'Angela et elle se rendaient chez Jodie et que nous devions passer les chercher là-bas. Je crois que c'est une de ces réunions entre filles dont les hommes sont exclus.

Assis à l'arrière de la limousine, Craig esquissa un sourire.

— J'ai un peu de mal à croire que tu vas te marier. Je pensais que tu étais marié à l'entreprise.

— Cela ne changera rien à mon engagement envers Kendall Communications. Je reste le même homme, le même dirigeant.

Les bras croisés sur son torse, Craig hocha la tête.

— L'irréductible Devin a finalement succombé !

Ash ricana.

— Mais oui ! Et il est arrivé en retard ce matin. Quand un homme trouve la femme de sa vie, il reconsidère le temps qu'il passe au travail et loin d'elle.

— En la circonstance, il ne sera pas loin de sa femme, puisque Jodie travaille avec lui, fit remarquer Craig.

— A moins qu'il ne veuille chercher une autre assistante.

— Dans ce cas, il devrait commencer à recruter dès maintenant. Ça ne va pas être facile d'égaler Mlle Carson.

Devin s'exhorta au calme.

— Je ne sais pas si vous avez remarqué, mais je suis dans la même voiture que vous. Inutile de parler comme si je ne vous entendais pas.

Les poings serrés, il prit une profonde inspiration.

— Premièrement, je n'ai pas l'intention de changer d'assistante. Et, deuxièmement, j'ai l'élégance – contrairement à certains – de ne pas parler à tort et à travers de ma vie privée. Maintenant, j'aimerais que nous nous entretenions de l'enquête.

Ash se rembrunit.

— Tu as le don pour gâcher l'ambiance, frérot. J'ai jeté un œil à la liste de Craig, et je n'ai trouvé personne qui se détache à première vue. Mais je dois encore rendre quelques visites et passer des coups de fil pour vérifier.

— Nous n'avons racheté que deux sociétés l'année dernière, précisa Craig. Nous avons bien sûr dû licencier un certain nombre de personnes, mais nous avons veillé à ce qu'elles soient toutes replacées ailleurs. Le bilan d'action réalisé quelque temps après indiquait que toutes étaient satisfaites.

— Et qu'en est-il des employés récemment licenciés au sein même de Kendall Communications, quelles qu'en soient les raisons ?

— Nous nous sommes séparés de dix personnes, répondit Devin. J'ai discuté avec des amis à elles au sein de nos équipes, et toutes se plaisent dans leur nouvel emploi. Personne n'a fait part de griefs à notre encontre.

Devin sortit de sa poche une feuille de papier pliée en deux et la tendit à Ash.

— Voici la liste que tu m'as demandée.

— Merci. Je vérifierai.

— Quand vas-tu annoncer tes fiançailles ? demanda Craig, de but en blanc.

— Je ne sais pas. Que proposes-tu ?

— Il ne faudrait pas voler la vedette au gala lui-même, dont le but est de collecter des dons pour les enfants. Il vaut mieux faire une annonce discrète en arrivant et proposer de répondre un autre jour aux éventuelles questions.

— Nous verrons, répondit évasivement Devin en préférant se laisser le choix.

— Tu as une bague ? demanda son oncle.

— Pas encore. J'ai fait venir plusieurs bijoutiers à mon bureau cet après-midi, mais rien ne paraissait convenir.

Craig secoua la tête avec désapprobation

— Tu ne peux pas annoncer des fiançailles sans bague.

Un sourire rusé apparut sur ses lèvres.

— Heureusement, j'ai pensé à tout.

— Ah ?

Craig sortit un écrin de la poche de sa veste et l'ouvrit.

— Elle était à ma mère. En tant qu'aîné, c'est à toi qu'elle revient.

Devin observa l'émeraude entourée de diamants qui scintillaient sous la lumière du plafonnier, en s'étonnant de ne pas y avoir pensé lui-même, tandis qu'il se faisait présenter uniquement des solitaires.

— Les yeux de Jodie sont du même vert, remarqua-t-il. C'est parfait.

— Ta grand-mère aurait voulu que tu l'aies. Son mariage a été très heureux, et j'aime à penser que la bague porte bonheur à la femme qui la reçoit.

— Le mariage de mes parents n'a pourtant pas été une réussite, rétorqua Devin. Je me souviens qu'ils se disputaient sans arrêt.

— Ta mère n'a pas voulu de la bague. Elle avait envie d'un modèle plus moderne.

Tournant la tête vers la vitre, le vieil homme contempla les lumières de la ville.

— De toute façon, tes parents se sont mariés pour de mauvaises raisons. Tu n'es pas obligé de répéter leurs erreurs.

Devin se cala contre le dossier de son siège et ressassa les paroles de son oncle, tandis que le poids de son mensonge pesait sur sa conscience.

— Je crois que nous y sommes, annonça Ash.

— Je vois que l'autre limousine est déjà là, commenta Craig. C'est parfait.

Sans attendre que le chauffeur ait fait le tour de la voiture, il ouvrit la portière et descendit sur le trottoir.

A l'étage, une lumière s'éteignit dans un appartement. Puis la porte du hall s'ouvrit sur Nathalie, enveloppée dans une étole de faux vison beige, laissant apparaître le bas d'une robe de satin ivoire.

Avec ses cheveux blonds relevés en un chignon élégant et ses discrètes boucles d'oreilles en diamant, elle ressemblait tellement à leur mère que Devin en éprouva un choc. Il adorait sa petite sœur, il était fier de sa réussite, et jamais il ne laisserait personne s'en prendre à elle.

— Ce n'est pas trop tôt ! s'exclama-t-elle.

Tandis qu'elle se dirigeait vers eux, il remarqua qu'elle claudiquait légèrement.

— Nous sommes à l'heure. Pourquoi boites-tu ?

— Je suis tombée en faisant les courses, marmonna-t-elle en baissant la tête.

Rachel apparut à son tour sur le perron, portant son manteau plié sur le bras. Sa robe rouge épousait ses courbes au millimètre près, et ses talons vertigineux ajoutaient un peu de hauteur à son mètre cinquante-cinq.

Elle se dirigea tout droit vers Ash et se hissa sur la pointe de ses escarpins pour embrasser son fiancé.

— Je t'ai manqué ?

Enroulant un bras autour de sa taille, Ash lui répondit par un baiser fougueux.

Songeant aux efforts que Jodie et lui allaient devoir faire pour rendre leur mensonge crédible, Devin ne put qu'envier leur complicité.

Angela fut la suivante. Vêtue d'une sobre robe noire rehaussée par un triple rang de perles, elle avait ceint ses épaules d'un châle en cachemire.

— Vous n'allez pas reconnaître Jodie, annonça-t-elle. La métamorphose est surprenante.

Devin commençait à perdre patience. Comment aurait-il pu ne pas reconnaître une femme qui travaillait avec lui depuis six ans ? De toute façon, il ne comprenait pas à quoi rimait toute cette agitation à propos d'une banale soirée habillée.

Et pourtant, son pouls s'accéléra quand Jodie passa la porte. Il ne l'avait jamais vue aussi élégante… ni aussi désirable.

Elle hésita sur le perron, auréolée de la lumière du porche qui allumait un incendie dans ses cheveux roux. Torsadés sur un côté, et cascadant en boucles souples sur son épaule nue, ceux-ci découvraient un cou long et gracile, qu'il mourait soudain d'envie d'embrasser.

Tandis qu'il baissait les yeux vers ses seins, particulièrement mis en valeur par la forme de son décolleté, le souvenir de leur étreinte vint s'immiscer avec insistance dans ses pensées, et il eut le plus grand mal à contrôler la réaction instinctive de son corps.

Médusé, il ne pouvait détacher les yeux de cette apparition.

Etait-ce vraiment Jodie ? L'assistante efficace et discrète qui rédigeait d'excellents mémos, réglait tous les problèmes comme par magie, et faisait le café comme personne ?

Angela avait raison. Il ne la reconnaissait pas, et la métamorphose était surprenante.

Un sourire aux lèvres, Jodie descendit les marches et s'avança vers lui. Puis, le plus naturellement du monde, elle lui effleura les lèvres d'un baiser.

— Voilà qui devrait convaincre ta famille, murmura-t-elle.

Incapable de résister, il l'attira avec force contre lui et s'empara de sa bouche, l'embrassant avec une fougue irrésistible.

Pendant quelques secondes, il oublia que rien de tout cela n'était réel.

Les yeux brillants et les joues rouges, Jodie eut un petit rire de gorge lorsque leurs lèvres se séparèrent, tandis que, d'une main, elle vérifiait sa coiffure.

— Bon, je crois qu'ils n'ont plus aucun doute, maintenant.

Devin cilla et tourna la tête vers sa famille. Alors qu'il était le dernier à prendre place en voiture, Craig lui adressa un clin d'œil, tout en désignant son annulaire gauche.

Le regard de Jodie suivit les autres qui montaient en voiture.

— Nous y allons ?

— Une minute.

En proie à une nervosité qu'il n'avait pas éprouvée depuis des années, Devin plongea la main dans sa poche.

— J'ai quelque chose pour toi.

Tandis que ses doigts se refermaient sur l'écrin que Craig lui avait confié, il jeta un coup d'œil vers la limousine à l'arrêt, certain que tous les regards étaient fixés sur eux à travers les vitres teintées.

Il s'éclaircit la gorge.

— Tout d'abord, laisse-moi te dire que tu es superbe, ce soir.

Jodie rougit et baissa la tête.

— Je peux, vu le prix de la robe. D'ailleurs, je tiens à te rembourser…

— Il n'en est pas question.

Il toussota, gêné.

— Bon je ne sais pas comment m'y prendre… d'autant que ce n'est pas réel… mais enfin, voilà…

Il sortit l'écrin de sa poche et l'ouvrit.

— Jodie Carson, acceptes-tu d'être ma fausse fiancée ?

6

Le sourire de Jodie se crispa.

— Nous en avons déjà parlé, et j'ai accepté de t'aider. Pourquoi revenir là-dessus ?

Désarçonné par sa réaction, Devin bafouilla.

— Il te faut une bague, pour que ce soit vraiment convaincant.

— Tu es sûr que c'est absolument indispensable ?

Elle avait souvent imaginé ce moment, et porter une bague à l'annulaire avait pour elle une signification toute spéciale, presque sacrée. Aussi éprouvait-elle un certain malaise à l'idée de pousser aussi loin la mise en scène.

— La presse s'attendra à ce que tu exhibes ta bague en montrant des signes de surexcitation.

Au plus profond d'elle-même, Jodie éprouvait une certaine colère face à un tel manque de tact et de sensibilité.

Devin ne comprenait-il pas combien c'était douloureux pour elle ?

Non, sans doute pas. Et il ne fallait pas compter sur elle pour le lui apprendre. Elle avait sa fierté, quand même.

— Merci, mais je n'ai pas l'intention de me trémousser devant les caméras comme une starlette écervelée, répliqua-t-elle d'un ton agacé.

Devin lui tendit la bague avec insistance.

— Elle appartenait à ma grand-mère. Je veux que tu la portes.

Cette fois, elle sentait bel et bien les larmes lui monter aux yeux, et elle dut faire un effort pour garder sa contenance.

— C'est bon. Je vais la porter.

Elle lui tendit sa main.

— Passe-moi cette bague au doigt, qu'on en finisse.

Quand ce fut fait, Devin la prit par la taille et voulut l'attirer vers lui. Elle se raidit, mais il passa outre.

— Tu pourrais au moins avoir l'air heureux, dit-il, les lèvres en suspens au-dessus des siennes.

Elle tourna la tête, et la bouche de Devin manqua sa cible.

— Notre public est parti. Inutile de faire semblant.

Se libérant de son étreinte, elle marcha vers la limousine qui les attendait.

Le chauffeur lui tint la portière, et elle se glissa sur la banquette, en essayant de tempérer sa mauvaise humeur.

Ce n'était pas la faute de Devin s'ils se retrouvaient piégés dans cette situation. S'il fallait absolument désigner un coupable, elle avait plus que sa part de responsabilités. Si elle était rentrée directement chez elle au lieu de faire un détour par l'appartement de Devin, rien ne se serait passé, et leurs vies n'auraient pas été bouleversées.

Pendant les cinq minutes qui suivirent, elle garda le silence, les yeux rivés sur sa bague.

Elle avait toujours préféré les pierres de couleur aux diamants seuls, et elle n'aurait pas pu rêver mieux s'il s'était agi d'un véritable présent de fiançailles.

— Ton grand-père devait adorer ta grand-mère, remarqua-t-elle enfin.

— En effet. Il aurait fait n'importe quoi pour elle. La bague te plaît ?

Jodie hocha la tête.

— Je n'en ai jamais vu d'aussi belle.

Voilà que ces fichues larmes lui brûlaient de nouveau les yeux !

— Ne t'inquiète pas. J'y ferai attention.

Devin lui prit la main droite et la porta à ses lèvres.

— Je ne m'inquiète pas pour la bague. Je te fais confiance.

— Dans le travail, peut-être. Mais la situation est différente.

Appréciant plus que de raison le contact des lèvres de Devin sur sa peau, elle se libéra d'un geste sec.

— En plus de valoir une fortune, cette bague est un héritage familial.

— Détends-toi, lui conseilla Devin.

Laissant passer un silence, il reprit :

— Tu m'as manqué, aujourd'hui.

— Tu n'arrivais pas à gérer ton agenda sans moi ?

— Je m'en suis très bien sorti avec mon agenda.

Un sourire narquois se dessina sur ses lèvres.

— J'ai annulé tous mes rendez-vous.

Jodie éclata de rire.

— C'est trop facile !

— Je sais, mais je devais travailler sur une liste de suspects éventuels pour Ash, en incluant tous ceux que j'ai pu contrarier au fil des années.

— Et ?

— En y réfléchissant, tu devrais figurer en première place.

— Pourquoi ça ?

— Je ne t'ai jamais dit combien je t'apprécie. Sans toi, je ne sais pas comment je ferais pour faire marcher l'entreprise.

— Ça fait partie de mon travail de te seconder.

— Il n'y a pas que ça. Tu as souvent rattrapé mes bourdes ou mes oublis. Je te trouve formidable.

— Je suis ravie que mes qualités d'assistante soient appréciées.

Si seulement il me voyait autrement que comme une assistante..., songea-t-elle.

Faire l'amour avec lui avait été l'aboutissement d'un rêve, mais il n'en allait évidemment pas de même pour lui. D'ailleurs, il n'en avait pas reparlé, comme si cela ne signifiait rien.

Quoi qu'il en soit, elle ne se risquerait pas à lui poser la question, de peur qu'il lui dise s'être comporté comme un idiot et regretter ce qui resterait pour elle la plus belle expérience de sa vie.

— Je suis inquiète, lança-t-elle de but en blanc.

— Il ne faut pas. Comme nous sommes les seuls dans le secret, les médias ne se douteront jamais de rien.

— Ce n'est pas à cause de nos fiançailles, mais de Natalie.

Le souci qu'elle se faisait pour son amie avait balayé le semblant de promesse que celle-ci était parvenue à lui arracher après l'incident survenu dans l'après-midi.

Devin se rembrunit.

— Qu'y a-t-il ?

— Elle boite parce qu'elle a été renversée par une voiture.

— Quoi ?

Devin pivota sur la banquette pour croiser le regard de Jodie.

— Pourquoi personne ne m'a rien dit ? Le chauffard a été arrêté ? Et comment se fait-il qu'elle ne soit pas en observation à l'hôpital ?

Jodie laissa échapper un rire nerveux.

— Du calme. Tout va bien. Elle m'a fait promettre de ne pas t'en parler, et tu ne peux pas le répéter. D'accord ?

— Je dois d'abord savoir de quoi il retourne.

Jodie lui parla de l'impression qu'avait Natalie d'être suivie depuis quelques jours, et comment elle avait traversé la rue en courant pour prendre en flagrant délit l'homme en question.

— Ce n'était donc pas la faute du chauffeur de taxi, conclut-elle. En tout cas, elle a eu de la chance de s'en tirer avec quelques bleus.

Devin voulut parler, mais Jodie l'en empêcha en levant la main.

— Malgré ses protestations, je l'ai conduite à l'hôpital. On lui a fait des radios, et tous ses os sont intacts. Elle ne s'est pas cogné la tête, il n'y a donc pas à redouter de commotion cérébrale.

— Pourquoi n'a-t-elle rien voulu me dire ?

— Parce qu'elle tient à son indépendance, et qu'elle te trouve trop présent.

Jodie lui tapota la main et ajouta d'un ton conciliant :

— Je sais bien que tu veux la protéger, mais elle continuera à ruer dans les brancards si tu ne lui accordes pas plus de liberté.

Le regard fixé sur la vitre qui les séparait du conducteur, Devin marmonna :

— C'est décidé. J'engage un garde du corps.

— Elle va être ravie.

— Elle n'en saura rien, car tu ne lui en parleras pas.

Jodie grommela.

— Encore un autre secret ? Vous ne me payez pas assez pour toutes ces mystifications, monsieur Kendall.

— Auriez-vous l'intention de me faire chanter, mademoiselle Carson ?

— Seulement si c'est nécessaire.

Les lèvres pincées, elle croisa les bras sur sa poitrine.

— Encore un secret et je m'en vais. Tu m'entends ?

Il la toisa d'un air de défi.

— Je peux trouver une autre assistante.

— Tu n'es même pas capable de nouer ta cravate correctement ! Comment ferais-tu sans moi ?

Comme elle tendait les mains pour rajuster ladite cravate, il la saisit par les poignets.

— J'adore quand tu te mets en colère. Ça donne encore plus d'éclat à tes yeux. Et tes joues prennent de la couleur.

Il ponctua ses paroles d'un baiser sur chaque pommette.

— Attention ! Ta sœur a passé un temps fou à me maquiller.

Sa respiration se fit haletante, tandis qu'il traçait un chemin de baisers le long de son cou.

— Tu ne devrais pas faire ça, protesta-t-elle.

— Pourquoi pas ? Nous sommes fiancés.

Devin releva la tête, sa bouche en suspens au-dessus de celle de Jodie, sa main lui soutenant la nuque.

— Pas vraiment, balbutia-t-elle.

Il l'embrassa et ses arguments se dispersèrent aux quatre vents.

Abandonnée dans ses bras, elle se laissa sombrer avec délices dans un flot de sensations éblouissantes, et lui rendit ses baisers avec ardeur.

Jodie ne se rendit pas compte tout de suite que la limousine s'était arrêtée. Ce fut seulement lorsque la portière s'ouvrit et que la lumière du plafonnier s'alluma qu'elle prit conscience de l'existence d'un autre monde en dehors des bras de Devin.

Des flashes jaillirent de toutes parts, tandis que Devin sortait le premier et lui tendait la main pour l'aider à poser le pied sur le trottoir.

Quand il lui offrit son bras, en l'enveloppant d'un regard amoureux, une meute de journalistes s'abattit sur eux en hurlant leurs questions tous à la fois.

Le reste de la famille s'était avancé sous l'auvent de l'hôtel où se tenait le dîner de gala. Les journalistes qui se pressaient autour d'eux les abandonnèrent pour se ruer vers les nouveaux arrivants.

— Est-ce vrai que vous sortez avec votre secrétaire, monsieur Kendall ?

— Elle n'est pas ma secrétaire, protesta Devin.

— Je suis assistante de direction, parvint à articuler Jodie, tandis qu'elle crispait les mâchoires en un sourire factice.

Une journaliste força le passage, suivie de son cameraman.

— Y a-t-il du mariage dans l'air, monsieur Kendall ?

— Nous sommes ici pour collecter des fonds au profit d'une cause qui nous tient beaucoup à cœur. Pourrions-nous plutôt parler de l'hôpital pour enfants de St-Louis ?

Devin passa un bras protecteur autour des épaules de Jodie, et essaya de gagner l'entrée.

Ils n'avaient pas fait deux pas qu'une autre limousine s'arrêta derrière la leur. Deux grooms ouvrirent un passage dans la foule aux nouveaux arrivants.

— Comme toujours, le clan Kendall se déplace au grand complet ! tonna une voix masculine.

Vêtu d'un smoking de couturier et accompagné d'une ravissante débutante de la haute société, le procureur Jesse Allen souriait de toutes ses dents à la caméra.

Serrant les poings, Devin adressa un bref signe de tête au procureur, dont il n'avait toujours pas digéré les sous-entendus à propos d'une possible implication des Kendall dans le meurtre de la Saint-Sylvestre.

Il sourit plus aimablement à la compagne de Jesse Allen, dont la minirobe constellée de sequins argentés brillait de mille feux.

— Dis-moi, Lexi, ton père sait avec qui tu es ce soir ?

Alexis Rankin, fille unique d'un magnat de l'immobilier, le toisa avec arrogance.

— Naturellement.

Elle rejeta par-dessus son épaule ses longues extensions blond platine lissées au fer.

— Papa est ravi. Il dit qu'il est toujours bon d'avoir un homme de loi dans la famille.

— Je vois que vous êtes venu avec votre secrétaire, commenta Allen.

Les yeux rivés sur le décolleté de Jodie, il ajouta :

— J'aime beaucoup votre robe.

— Mes yeux sont un peu plus haut ! rétorqua Jodie, sans parvenir à cacher son agacement.

Lexi afficha une moue boudeuse, tandis que Jesse Allen rougissait légèrement.

Il ne tarda guère à se ressaisir, et toisa Devin avec un mépris non déguisé.

— C'est plutôt malin de votre part de vous afficher avec votre maîtresse pour détourner l'attention des médias, remarqua-t-il.

Il inclina la tête, les sourcils levés, et ajouta d'un ton doucereux :

— N'y a-t-il pas un autre mot pour désigner une maîtresse que l'on rémunère ?

Jodie hoqueta.

Furieux, Devin s'avança vers Allen, prêt à le frapper.

Une main se posa sur son bras pour le retenir.

— Non, dit Jodie. Il n'en vaut pas la peine.

— Je ne le laisserai pas te parler comme ça, grommela Devin.

— Ecoutez-la, Kendall. C'est la seule à avoir un peu de bon sens. Vous verrez qu'elle finira par se faire épouser. C'est ce que cherchent toutes les filles comme elle.

— Cette fois, c'en est trop ! s'écria Devin.

Comme il s'élançait vers le procureur, Ash s'interposa.

— Jodie a raison. Il n'en vaut pas la peine.

Entraînant son frère vers l'entrée de l'hôtel, il ajouta :

— Ne fais pas de scène. Souris, et donne le change.

— Il ne va pas s'en tirer comme ça avec ses insultes.

— C'est sans importance, affirma Jodie. J'ai déjà oublié.

Mais sa pâleur attestait le contraire, et Devin se sentit peiné pour elle. Outre qu'elle était la plus jolie femme de la soirée, Jodie avait une personnalité attachante et de grandes qualités. Elle ne méritait pas les horreurs qu'Allen avait proférées, et il ne permettrait pas à ce dernier de lui gâcher la soirée.

— Moi, je n'ai pas oublié ! déclara-t-il avec force.

Pivotant sur ses talons, il attira l'attention des journalistes.

— Mesdames et messieurs, j'ai quelque chose d'important à vous annoncer.

Les journalistes, qui en étaient toujours à épiloguer sur la scène qui venait de se dérouler entre Devin et le procureur, et dont ils n'avaient pu saisir la conversation, menée à voix basse, se pressèrent autour du couple.

Devin passa un bras autour de la taille de Jodie et adressa son plus beau sourire à la caméra, avant de baisser les yeux vers sa cavalière.

— Je leur dis, ou c'est toi qui le fais ? demanda-t-il, assez fort pour que tout le monde l'entende.

Le visage de Jodie s'empourpra adorablement.

Au lieu de répondre, elle leva sa main gauche, en souriant avec un enthousiasme parfaitement feint.

Des exclamations fusèrent dans la foule des journalistes et des badauds, tandis que les flashes se déchaînaient.

— Jodie et moi sommes fiancés, déclara Devin.

— C'est exact. Il m'a fait sa demande aujourd'hui.

Se blottissant contre son torse, elle leva vers lui un regard si débordant d'amour qu'il éprouva un instant de doute. On aurait dit qu'elle était réellement amoureuse de lui et heureuse de l'épouser…

Puis les journalistes les bombardèrent de questions, leur glissant des micros sous le nez, et cette pensée pour le moins saugrenue s'envola.

Occupé à jouer son rôle de fiancé comblé, il ne vit pas le regard de haine dont le procureur Jesse Allen, resté à l'écart de la mêlée, l'enveloppait.

7

— Tu veux danser ?

Le cœur de Jodie fit un bond dans sa poitrine.

Elle n'avait pas dansé depuis des années, et la perspective de se trouver en public dans les bras de Devin Kendall, l'homme qui lui avait inspiré tant de rêves, lui donnait des palpitations.

Elle hocha la tête et, le tenant par la main, le suivit tandis qu'il se frayait un passage parmi les robes aux couleurs chatoyantes et les costumes sombres.

Les bras de Devin se resserrèrent autour d'elle et ils commencèrent à se mouvoir au rythme d'une valse aux accents poignants de romantisme.

En dépit de son incapacité à nouer une cravate, Devin était un danseur étonnamment doué, et elle ne tarda pas à se laisser emporter par lui et par la musique.

Comme isolée du reste du monde par un cercle magique, en proie à une exaltation proche de l'ivresse, elle parvint même à oublier pour un moment combien il lui était difficile de prétendre qu'elle faisait semblant d'être amoureuse de Devin, alors qu'elle se consumait d'amour pour lui depuis des années.

Pendant quelques jours, peut-être une semaine ou deux, elle aurait le droit de l'embrasser autant qu'elle le voudrait… en public.

En privé, elle serait obligée de rendosser son costume

d'assistante irréprochable, et de faire en sorte que Devin ne se doute jamais de rien.

N'était-ce pas pitoyable ?

— A quoi penses-tu ? lui demanda Devin en repoussant une fine mèche de cheveux derrière son oreille.

A toi. A nous…

Brutalement ramenée à la réalité, elle se creusa la tête pour trouver quelque chose à dire.

— Qui as-tu fait figurer sur la liste des personnes ayant des raisons de détester les Kendall ?

— Les deux entreprises que nous avons rachetées l'année dernière, et les employés dont nous nous sommes séparés. Ça ne m'a pas semblé très concluant.

— Parce que tu n'étais pas assez proche du champ de bataille pour voir l'impact sur les gens.

— Et toi, tu l'étais ?

Jodie eut un sourire entendu.

— Je sais laisser mes oreilles traîner autour de la machine à café quand il le faut.

— La machine à café ? Voyez-vous ça.

— C'est le meilleur réseau de communication d'une entreprise. Et les nouvelles peuvent voyager dans les deux sens.

— Donc, ce que tu essaies de me dire, c'est que j'aurais dû te demander de rédiger la liste ?

Jodie haussa les épaules.

— Je suis la meilleure des assistantes. C'est toi qui l'as dit.

— C'est vrai. Je ne sais pas ce que je ferais sans toi.

La bonne humeur de Jodie s'estompa. Dans quelque temps, il serait bien obligé d'apprendre à se passer d'elle.

— Tu as pensé à Keith Cramer ?

— Celui qui a été renvoyé parce qu'il dormait au travail ? Figure-toi qu'il avait des troubles du sommeil et vivait selon un rythme inversé. Il a été engagé comme gardien de nuit dans un grand hôtel de la ville, et tout va bien pour lui depuis.

— Et Letty Morgan ?

Devin fit un effort de réflexion.

— Ça ne me dit rien… Non, elle n'est pas sur ma liste.

— Elle avait un petit ami drogué qui essayait de l'entraîner sur la même pente. Je t'ai demandé de lui parler pour essayer de la raisonner. Tu lui as conseillé de voir un psychologue, mais elle s'est butée et a fini par donner sa démission.

— Pourquoi nous en voudrait-elle si elle est partie de son plein gré ?

— Ce n'est pas elle qui m'inquiète, mais le petit ami en question. Il ne voulait pas qu'elle démissionne, et elle lui a peut-être dit que tu l'avais renvoyée.

— Je vais demander à Ash de vérifier.

La musique s'arrêta, et ils restèrent figés au milieu de la piste, toujours enlacés, attendant que soit joué le morceau suivant.

— Où as-tu appris à danser ? demanda Jodie.

— Ma mère nous a fait prendre des cours à tous très jeunes. Et toi ?

— C'est mon père qui m'a appris.

Devin soupira.

— Tu sais, ça fait six ans que tu travailles avec moi, et je ne sais absolument rien te concernant. J'ai l'impression de te découvrir pour la première fois.

— Eh oui, c'est la triste condition des assistantes. Toujours efficaces et dévouées, mais invisibles.

— Tu ne seras plus jamais invisible.

Il l'enveloppa d'un long regard appréciateur.

— Comment as-tu fait pour cacher une telle beauté si longtemps ?

— Je ne suis pas belle. Je suis fiable, efficace et compétente, comme le réclamait ton annonce, il y a six ans. C'est tout ce qui importe.

— Jusqu'à aujourd'hui. Mais je veux en savoir plus. Parlons de ton père, par exemple. Que fait-il ?

Le regard de Jodie se brouilla de larmes.

— Il est mort au moment où j'allais entrer à l'université. C'est pour ça que j'ai dû m'orienter vers des cours du soir, tout en travaillant.

— Et ta mère ?

— La maladie l'a emportée quand j'avais douze ans.

— Donc ton père s'est occupé de toi pendant ton adolescence. Ça n'a pas dû être facile pour lui. Avec ton caractère bien trempé, je parie que tu étais infernale.

— Pas tant que ça. Et mon père était formidable.

— Tu permets que je fasse danser Jodie ? demanda Ash en posant une main ferme sur l'épaule de Devin.

Ce dernier s'effaça en maugréant, et Jodie se retrouva dans les bras de son prétendu futur beau-frère, sans avoir eu le temps de dire un mot.

Tandis qu'elle virevoltait autour de la piste, elle aperçut le visage revêche de Devin.

Un petit sourire retroussa ses lèvres.

Prenez ça, monsieur Kendall. Peut-être qu'un peu de jalousie lui ferait du bien.

— Quelle humeur de dogue ! commenta Ash. On dirait que je vais lui voler sa fiancée. Rassurez-vous, j'ai déjà une fiancée, et elle me convient très bien.

— Je suis ravie de l'apprendre.

— De toute façon, je vois bien dans votre regard que vous êtes follement amoureuse de mon grand frère.

Jodie eut un sursaut d'étonnement.

— Vous voyez ça ?

— Eh bien… il me semble que tout le monde ici peut

s'en rendre compte. Votre visage parle de lui-même. Vous irradiez.

Jodie porta une main à sa joue en feu.

Devin s'était-il rendu compte qu'elle l'aimait réellement, ou avait-il pris cela pour de la comédie ?

Son patron était capable de lire dans le jeu de ses concurrents et de ses opposants comme dans un livre ouvert, mais il lui semblait qu'elle s'était toujours montrée plutôt douée dans l'art de donner le change.

— Alors, depuis combien de temps vous connaissez-vous ?

— Je travaille avec Devin depuis six ans.

— Non, je voulais savoir à quand remonte votre... rapprochement.

— Oh...

Elle sentit qu'elle rougissait un peu plus encore et détourna le regard.

— Pas très longtemps.

— Devin a dû finir par ouvrir les yeux. Il a été tellement occupé à prendre soin de nous depuis la mort de nos parents qu'il n'a jamais vraiment eu de vie à lui.

— En tant qu'aîné, je suppose qu'il se sent responsable de vous.

— Il prend ça un peu trop à cœur. En réalité, il culpabilise de ne pas avoir été là quand nos parents sont morts. C'est Nathalie qui les a découverts, et il s'en est toujours voulu de ne pas lui avoir évité ce choc.

— Mon Dieu, mais quel âge avait-il ?

— Seize ans.

— Quelle horrible expérience pour un adolescent !

— Oui. Il ne cessait de répéter qu'il aurait dû être là pour eux.

Ash secoua la tête.

— Je ne sais pas ce qu'il aurait pu faire. Le tueur l'aurait sûrement éliminé aussi.

Jodie observa Devin par-dessus l'épaule d'Ash.

— Ce n'est pas étonnant qu'il prenne la vie tellement au sérieux. Il a été confronté à la mort.

— La bonne nouvelle, c'est qu'il vous a, maintenant. Rendez-nous service à tous, et voyez si vous pouvez obtenir qu'il nous lâche un peu la bride.

Jodie se força à sourire, sachant qu'elle ne resterait pas assez longtemps pour changer quoi que ce soit.

— Je vais voir ce que je peux faire.

La musique s'arrêta, et Ash reconduisit Jodie auprès de Devin.

— Bon, je crois qu'elle fera l'affaire, dit-il sur le ton de la plaisanterie.

Puis il se pencha pour déposer un baiser sur la joue de Jodie.

— Bienvenue dans la famille.

Un flot de tendresse envahit Jodie. Cela faisait si longtemps qu'elle n'avait pas fait partie d'une famille !

Natalie choisit ce moment pour les interrompre.

— Tu viens avec moi, Jodie ? Il est temps de retoucher notre maquillage.

Avec autorité, elle saisit le bras de Jodie et l'entraîna loin de Devin.

— Et moi qui avais prévu une balade au clair de lune, marmonna ce dernier.

— Tu peux la faire avec moi, plaisanta Ash.

Devin grimaça.

— Ce ne sera pas pareil.

— Elle est très bien, cette fille. Tu as eu raison de te lancer.

Devin suivit Jodie d'un regard songeur.

Oui, c'était une fille formidable. Dommage que les

fiançailles ne soient pas réelles. N'importe quel homme serait heureux et fier de l'avoir pour épouse.

— Craig est en train de remettre un chèque au nom de Kendall Communications, reprit Ash. On peut y aller, maintenant ?

— Pourquoi es-tu si pressé ?

— Je connais des moyens plus intéressants d'occuper mon temps, répondit Ash, les yeux rivés sur Rachel.

Devin ricana.

— J'ai beau me creuser la tête, je ne vois vraiment pas ce qu'elle te trouve.

— Je pourrais dire la même chose. Tu es trop sérieux, et tu passes trop de temps au bureau. Pourquoi Jodie a-t-elle accepté de t'épouser ?

C'était une question intéressante. Si les circonstances ne les avaient pas conduits à une telle mascarade, une femme telle que Jodie se serait-elle intéressée à un homme dans son genre ?

Ash soupira et répondit à sa propre question.

— Je ne sais pas ce qu'elles voient en nous. Je suis simplement content qu'elles voient au-delà des apparences et nous aiment malgré nos défauts.

L'amour. Devin ne s'en était pas préoccupé depuis qu'il avait découvert les corps sans vie de ses parents. Ce qui lui restait de famille et Kendall Communications avaient été ses seules préoccupations pendant si longtemps qu'il avait fini par oublier qu'il existait autre chose.

— Je ne pense pas que nos parents aient eu la même chance que nous, poursuivit Ash. J'étais jeune quand ils sont morts, mais je me souviens encore de leurs disputes. Je ne les ai jamais vus s'embrasser, ni se dire un mot gentil. Pourquoi se sont-ils mariés ?

— Je n'en sais rien. Mais, s'ils ne l'avaient pas fait, nous ne serions pas là.

— Bien vu. Et même si tu nous couves autant qu'une mère poule, je suis content de t'avoir pour frère.

— Idem, bougonna Devin en donnant une tape amicale dans le dos de son cadet.

— Ne regarde pas, mais le procureur est en train de foncer droit vers ta fiancée.

Devin se crispa, et sa main retomba le long de son corps.

Natalie et Jodie venaient d'émerger d'un couloir et s'étaient arrêtées pour observer la salle de bal.

— Qu'est-ce qu'il mijote, à ton avis ? demanda Devin.

— Je n'en sais rien, mais je n'ai aucune confiance en lui. On intervient ?

Devin se souvint de ce que lui avait dit Jodie à propos du désir d'indépendance de Natalie.

— Non. Elles sont capables de se débrouiller seules.

— Tu as plus de force de caractère que moi. Je ne laisserais pas ce minable danser avec ma fiancée.

Incrédule, Devin regarda Jodie accepter de suivre Allen sur la piste. Pour ajouter à son malaise, l'orchestre enchaîna avec un slow des plus sensuels.

Son sang ne fit qu'un tour, et il s'élança.

Ash s'interposa.

— Attends ! Elle fait peut-être ça pour lui soutirer des informations.

Mais Devin ne voyait que le bras de l'homme autour de la taille de Jodie.

— Laisse-lui une minute, plaida Ash.

La main d'Allen glissa dangereusement vers les fesses de Jodie.

— Ça suffit, rugit Devin. Je vais le tuer.

Jodie tendit le bras en arrière, replaça la main du procureur sur sa taille, et continua à danser en souriant.

— On dirait que ta fiancée a la situation en main… sans jeu de mots !

— Je n'ai pas envie de rire.

— Ça tombe bien, moi non plus. Parlons plutôt de la liste que tu m'as fournie.

Les yeux rivés sur Jodie et Allen, Devin n'écoutait qu'à moitié.

— Pardon ? Ah… oui. Jodie s'est souvenue d'une jeune femme que j'ai mise en garde contre son fiancé drogué. Elle a démissionné après que je lui ai conseillé de se faire aider.

— Et tu penses que le fiancé pourrait nous en vouloir ? demanda Ash en sortant un carnet de la poche de son pantalon pour noter l'information.

Devin écarquilla les yeux.

— Tu es toujours en service ?

— Pas toujours.

L'air radieux, il regarda Rachel avancer vers lui d'une démarche chaloupée sur ses talons aiguilles.

— Viens danser, au lieu de gribouiller je ne sais quoi dans ton carnet, susurra-t-elle d'un ton charmeur.

— Désolé, vieux, lança Ash à son frère. Je dois t'abandonner.

Il ne tarda pas à être remplacé par Natalie.

— Tu vas rester là à regarder ta fiancée danser avec ce type ? demanda-t-elle, entre deux gorgées de champagne.

— Et ta jambe, ça va ?

— Très bien. Ce n'était qu'une petite chute de rien du tout.

Devin baissa les yeux vers sa sœur et la vit se troubler.

Se rappelant les paroles de Jodie, il lui fit cadeau de ce petit mensonge. Il tenait cependant à lui faire comprendre qu'il était là pour prendre soin d'elle.

— Tu sais que je tiens à toi, n'est-ce pas, Natalie ?

— Bien sûr.

Elle le regarda d'un air soupçonneux.

— Où veux-tu en venir ?

— Nulle part. Je veux simplement que tu saches que tu peux tout me dire. Je serai toujours là pour toi si tu veux me parler.

— Tu es un homme très pris.

— J'aurai toujours du temps pour toi.

Passant un bras autour de la taille de sa sœur, il l'attira contre lui, tandis que son regard était inexorablement attiré vers la piste de danse.

— Elle est belle, n'est-ce pas ? commenta Natalie. Je parie que tu ne t'en étais pas aperçu jusqu'à maintenant.

— Aperçu de quoi ?

— Je te parle de Jodie. Tu n'as pas fait attention à ce que tu avais sous les yeux, jusqu'à l'autre soir.

Elle soupira.

— Je trouve ça adorable.

— Quoi ?

— Que mon grand frère se soit enfin réveillé.

La façon dont Allen se plaquait contre Jodie, tout en chuchotant à son oreille, dépassait à présent les limites de la décence, et Devin ne put se contenir plus longtemps.

Se ruant vers le couple, il saisit rudement Allen par le bras et l'obligea à s'écarter de Jodie.

— Ne vous approchez plus jamais de ma fiancée, c'est compris ?

Outré, le procureur se redressa de toute sa hauteur.

— Ce n'est pas parce que vous êtes né avec une cuillère en argent dans la bouche que vous devez traiter les autres comme des domestiques. Vous ne savez pas à qui vous vous adressez.

— Je n'en ai strictement rien à faire.

Les narines frémissantes, le regard lançant des éclairs, Devin se pencha au-dessus d'Allen, dans une attitude indubitablement menaçante.

— Puisque vous ne semblez pas avoir compris, je vais me répéter : ne vous approchez plus jamais de ma fiancée.

— Sinon quoi ? Vous allez me tuer ?

L'air pincé, le procureur rajusta le col de son smoking.

— On dirait que les Kendall ont le meurtre dans le sang.

8

Calée contre la portière de la limousine, Jodie avait pris soin de mettre le plus de distance possible entre Devin et elle.

Observant sa mine renfrognée, elle se demanda s'il regrettait déjà l'annonce de leurs fiançailles.

— Tu sais, nous pourrions utiliser l'incident avec le procureur comme une excuse pour rompre notre engagement, proposa-t-elle. Ça paraîtrait logique.

Une fois ces mots prononcés, elle retint son souffle.

— Quoi ?

Il tourna la tête vers elle, comme s'il venait seulement de se rendre compte qu'elle était dans la voiture avec lui.

Ravalant son orgueil blessé, Jodie se répéta :

— La querelle au gala. Nous pourrions nous en servir pour annoncer que nous nous séparons C'est l'occasion idéale, et nous n'aurions plus à faire semblant.

— Non.

— Tu ne veux pas au moins en discuter ?

— Non.

Les lèvres serrées en une fine ligne amère, il croisa les bras sur son torse.

— Très bien, décida Jodie. Je vais me contenter de rester tranquillement assise dans mon coin et de me taire.

L'expression morose de Devin se radoucit un instant.

— Tu ne peux pas.

— Je ne peux pas quoi ?

— Rester tranquille.

— Je te demande pardon ?

— C'est au moins une chose que je sais à ton sujet.

Il esquissa un sourire.

— Tu bous intérieurement tellement tu as envie de dire quelque chose.

— Pas du tout. Tout va très bien. Je passais une excellente soirée jusqu'à ce que tu perdes la tête et que tu provoques un scandale.

Le sourire de Devin disparut.

— Il te tripotait.

— Je contrôlais la situation.

— Il te tripotait.

— Tu te répètes.

Se pouvait-il qu'il soit jaloux ?

Un immense espoir gonfla le cœur de Jodie, sans qu'elle ose vraiment y croire.

— Pourquoi as-tu accepté de danser avec lui ? Il n'a fait ça que pour me mettre en colère. Pour une raison que j'ignore, il en veut personnellement aux Kendall.

— Figure-toi que je l'avais compris. Et c'est exactement pour ça que j'ai dansé avec lui. Je voulais lui soutirer des informations.

— Ce n'est pas une raison pour accepter son harcèlement sexuel.

— La fin justifie les moyens.

— Non. Je ne suis pas du tout d'accord. Et je t'interdis de recommencer.

Jodie ne put réprimer sa colère. Elle se redressa sur la banquette de la limousine.

— Ecoute-moi bien. Tu es mon employeur, mais je ne t'appartiens pas. Tu n'as pas à me donner d'ordres en dehors du bureau.

— Nous avons annoncé nos fiançailles. Ça ne signifie rien pour toi ?

— Des fiançailles de façade. Si c'était vrai, j'agirais peut-être différemment.

Elle tourna la tête vers sa vitre, en feignant une indifférence qu'elle était loin d'éprouver.

Elle avait rêvé d'épouser son patron, s'imaginant un mariage de rêve sur une plage de Tahiti, pleurant souvent le soir avant de s'endormir parce qu'elle savait que cela n'arriverait jamais.

— Eh bien, figure-toi que ça signifie quelque chose pour moi, déclara soudain Devin en lui prenant la main.

Comme il essayait de l'attirer vers elle, Jodie se débattit.

— Qu'est-ce qui te prend ?

— Te voir dans les bras de Jesse Allen m'a rendu fou.

Levant sa main libre, il lui caressa doucement le visage. Le souffle coupé, Jodie cessa de se débattre.

— Pourquoi maintenant ? Pendant six ans, j'ai eu l'impression de faire partie des meubles tellement j'étais invisible à tes yeux.

— Je ne peux pas l'expliquer. Je savais que tu étais là. Tu gérais ma vie, tu m'étais indispensable… mais je ne voyais pas l'évidence. Je ne me rendais pas compte à quel point tu étais belle et désirable.

Tandis que les doigts de Devin s'attardaient nonchalamment le long de son cou, s'aventuraient vers la rondeur de ses seins avantageusement révélés par le décolleté Empire, Jodie ferma les yeux.

— Tu vas me faire rougir, murmura-t-elle.

Elle avait peur de bouger, peur que le rêve prenne fin et qu'elle se réveille seule dans son lit.

Les lèvres de Devin se posèrent sur les siennes.

Sans plus chercher à résister, elle s'abandonna à cette étreinte.

C'était un baiser d'une infinie douceur, presque pudique. Et la tendresse qui s'exprimait dans cet échange la bouleversa plus que ne l'aurait fait un baiser passionné.

Ni l'un ni l'autre ne remarqua que la voiture s'était arrêtée avant que la portière ne s'ouvre et que le chauffeur leur demande de l'excuser pour les avoir interrompus.

Jodie sursauta, et sortit de la voiture les joues en feu.

Une fois sur le trottoir, elle regarda autour d'elle et constata qu'ils étaient devant l'immeuble de Devin.

Dépliant sa haute silhouette, ce dernier s'extirpait de la banquette et donnait congé au chauffeur.

— Attends ! protesta Jodie. Je dois rentrer chez moi.

— Je vais te raccompagner, répondit Devin.

— Mais pourquoi prendre ta voiture alors que la limousine est là ? Tu n'as aucune raison de ressortir ce soir. Le chauffeur peut très bien me conduire chez moi. Tu n'as pas à te soucier de ça.

Il se pencha au-dessus d'elle et la fit taire d'un baiser.

— Tu parles à tort et à travers, Jodie. Tu as tendance à faire ça quand tu es nerveuse.

Il l'embrassa de nouveau.

— Ça me plaît de te rendre nerveuse. Car je te rends nerveuse, n'est-ce pas ?

Elle haussa les épaules.

— Pas du tout ! La journée a été longue, et nous avons tous les deux besoin de nous reposer.

D'autant qu'ils n'avaient pas beaucoup dormi la nuit dernière. Mais c'était un sujet qu'elle préférait ne pas aborder, le simple souvenir de leurs deux corps enlacés suffisant à faire monter sa température.

— Tu prends la fuite ?

Elle se mordilla la lèvre inférieure.

— C'est possible.

— Monte boire un verre avec moi. Nous parlerons de ce qui s'est passé au gala, et je te raccompagnerai chez toi.

Elle hésita.

— Promis ?

— Promis.

Le chauffeur avait déjà repris place au volant et s'apprêtait à démarrer.

De quoi avait-elle peur ? se demanda Jodie.

Certainement pas de Devin. Ses lèvres vibraient encore du baiser qu'ils avaient échangé dans la voiture, et elle avait presque oublié que leurs fiançailles n'étaient qu'une vaste mascarade.

En fait, elle avait surtout peur d'elle-même.

Elle aurait dû courir derrière la limousine en agitant les bras pour arrêter le chauffeur. Au lieu de quoi elle laissa Devin lui prendre la main, en entrelaçant ses doigts aux siens, et la guider vers son appartement.

Faire de nouveau l'amour avec Devin Kendall n'engendrerait rien de bon. Un jour ou l'autre, il finirait par ouvrir les yeux et par se demander ce qu'il faisait avec une employée.

Ils étaient issus de deux mondes beaucoup trop différents pour qu'une relation puisse durablement fonctionner entre eux.

Quant à elle, elle était déjà beaucoup trop éprise pour ressortir indemne de cette histoire.

Devin déverrouilla la porte de son appartement, recula dans le couloir et invita Jodie à entrer.

Il était conscient de ne pas lui rendre justice en agissant comme il le faisait. Elle n'avait toujours eu que des bonnes intentions à son égard, prenant soin de lui au-delà de ce qu'on pouvait attendre de la part d'une assistante de direction.

Lorsqu'elle lui avait demandé de laisser la limousine à sa disposition pour qu'elle puisse rentrer chez elle, il aurait dû accepter.

Il n'avait pu s'y résoudre. C'était la faute de cette coiffure, qui dégageait la ligne émouvante de son cou. La faute de cette robe, aussi, qui transformait ses seins en deux collines de peau laiteuse où il rêvait de poser les lèvres.

Ce n'était pas une pensée digne d'un employeur. Cette situation avec Jodie allait à l'encontre de tous ses principes.

Il avait déjà franchi la ligne blanche, bafoué la loi non écrite qui régissait les relations entre dirigeants et subalternes. Pourquoi s'enferrait-il davantage ?

Tandis qu'il ôtait son manteau, Jodie se dirigea vers la cuisine et inspecta les placards, ouvrant et refermant une porte après l'autre.

— Bon sang ! s'exclama-t-elle avec nervosité. Où ranges-tu le café ?

C'était sa faute si elle réagissait ainsi. D'habitude calme et imperturbable, son assistante perdait le contrôle d'elle-même.

A cause de lui.

Et, aussi amoral que cela paraisse, il appréciait de la mettre dans cet état. Il aurait même voulu la perturber davantage…

Se plaçant derrière elle, il lui prit la main dans l'intention de la guider vers le plan de travail, où était posée la boîte en Inox contenant le café moulu.

Son parfum l'enveloppa comme un puissant sortilège. Sa peau aux reflets d'albâtre sous la rampe de spots fixée au plafond l'envoûta telle une sirène appelant un marin.

Il fut incapable de résister.

Abandonnant son poignet, ses doigts glissèrent le long de son bras et allèrent s'arrondir autour de son sein.

Elle relâcha bruyamment son souffle, tandis que son corps se raidissait.

Avait-il dépassé les limites ? Oui.

Etait-il capable de faire machine arrière ? Ce n'était pas certain.

A son grand soulagement, Jodie se laissa aller contre lui et, dans un geste volontairement sensuel, s'arqua contre son ventre.

Traversé par la flamme d'un désir sans limites, il la fit pivoter dans ses bras, défit en hâte les épingles qui retenait sa coiffure et passa les doigts dans sa chevelure pour la faire cascader sur ses épaules.

— J'aime tes cheveux comme ça, murmura-t-il. Tu devrais toujours les porter de cette façon.

Toute velléité de reprendre ses distances disparut quand les mains de Jodie s'agrippèrent à ses hanches, l'invitant à se plaquer plus étroitement encore contre elle.

Il l'embrassa avec fougue, forçant l'intimité de sa bouche d'une langue conquérante et avide de redécouvrir ce qu'elle avait déjà eu le bonheur de goûter.

Quelque part au fond de sa conscience, une mise en garde se fit entendre.

Il aurait dû s'arrêter. Ce n'était pas juste pour Jodie. En tant qu'employée, elle était à sa merci, et il n'avait pas le droit d'abuser de son autorité.

Mais, à en juger par la façon dont elle répondait à son baiser, elle le désirait tout autant qu'il avait envie d'elle.

Et que dire de la main habile qui se glissait entre eux, s'attaquait au bouton de sa ceinture de pantalon, faisait descendre la fermeture Eclair…

Un gémissement lui échappa lorsqu'elle recueillit entre ses doigts son sexe tendu de désir.

Incapable de se contenir plus longtemps, il remonta le bas de la robe de Jodie jusqu'à sa taille, la saisit à l'arrière des cuisses et la hissa sur le comptoir. Puis il fit glisser sa culotte le long de ses jambes, avant de l'envoyer voler à travers la pièce.

Jodie le prit dans sa main et le guida au cœur de sa féminité humide et brûlante.

Tandis qu'elle nouait les jambes autour de sa taille, Devin se perdit profondément en elle, savourant la sensation qui l'étreignait.

Il aurait voulu lui faire l'amour lentement, se montrer tendre et attentif à ses besoins. Mais, en proie à une tension insoutenable, il céda à l'urgence et lui imposa un rythme frénétique.

Chaque assaut de ses reins se faisait plus rapide, plus puissant, plus profond. Réceptive et consentante, Jodie accueillait les chocs de son corps en gémissant.

Contractée autour de lui, elle rejeta bientôt la tête en arrière et cria son nom dans une longue plainte modulée.

Déchiré entre passion et raison, Devin s'accorda une dernière plongée dans la soie chaude et vivante de sa chair, et se retira pour ne pas l'emplir de sa semence.

Si proche qu'il fût de l'embrasement ultime, il gardait encore assez de lucidité pour ne pas prendre le risque de la mettre enceinte.

Attirant Jodie contre lui, il posa son front contre le sien, et ils restèrent un long moment ainsi, à essayer de retrouver leur souffle.

Finalement, il lui souleva le menton et déposa un baiser sur le bout de son nez.

— J'avais promis que nous aurions une conversation…

— C'est vrai. Et je l'attends toujours.

Il la souleva du comptoir et la reposa sur le sol, dans une cascade de satin émeraude retombant sur ses longues jambes.

— Tu te rends compte que nous avons un problème,

n'est-ce pas ? demanda-t-elle, tandis qu'il remettait de l'ordre dans sa tenue.

— Oui.

La main glissée dans ses cheveux, Devin lui mordilla le cou.

— Tu es beaucoup trop vêtue.

Jodie soupira tandis qu'il picorait de baisers le renflement de ses seins qui jaillissait du corselet de sa robe.

— Non, je suis sérieuse, Devin. Nous avons un problème.

Il releva la tête.

— Nous en avons même plusieurs. Auquel fais-tu allusion ?

— Tu le sais très bien. Les relations sont interdites entre patrons et employés.

— Je peux arranger ça.

— Comment ? En changeant le règlement intérieur ?

— Non, mais je ne te renverrai pas.

— Et pour cause, je suis la meilleure assistante que tu aies jamais connue.

— Je ne te le fais pas dire.

Du bout des lèvres, il suivit le contour de la mâchoire de Jodie, et termina sa course sur sa bouche.

La main posée à plat sur son torse, elle le repoussa.

— Non, vraiment, Devin. Nous montrons le mauvais exemple au reste du personnel.

— Je m'en moque. Je suis le patron.

— Eh bien, je vais te faciliter la tâche. Je démissionne.

Il sursauta.

— Quoi ?

Jodie lui adressa un sourire narquois qui lui déchira le cœur.

— Je démissionne.

— Non ! Je te l'interdis.

Il était impossible qu'elle s'en aille.

Il ne pouvait pas envisager de se passer d'elle une minute. Il ferait tout pour l'empêcher de partir.

— Tu as signé un contrat stipulant que tu me dois deux semaines de préavis.

En deux semaines, il aurait sûrement le temps de la convaincre de rester. Il fallait qu'il trouve les bons arguments. Il avait trop besoin d'elle.

— Eh bien, considère que mon préavis commence aujourd'hui.

— Je refuse de te laisser partir.

— Tu ne peux pas m'en empêcher. Et tu aurais tort d'essayer. C'est la meilleure décision que je pouvais prendre.

— La meilleure pour qui ?

Il la considéra d'un air sévère, en enfonçant durement les doigts dans le haut de ses bras.

— Pour l'entreprise, et pour toi.

L'annonce de sa démission lui serrait si fort la poitrine qu'il pouvait à peine respirer. Il devait absolument la faire changer d'avis.

— Et toi ? Tu es sûre que c'est également dans ton intérêt ?

— Fiancés ou pas, nous avons enfreint le règlement. La seule façon d'y remédier, c'est que je démissionne. Ça règle tous les problèmes. Tu n'as plus de relation déplacée avec ton employée, et nous ne sommes plus contraints de nous faire passer pour des fiancés.

— Balivernes ! Nous avons justement réglé le problème en annonçant nos fiançailles. Et je ne veux pas que tu sacrifies ta carrière à cause de mes égarements. Tu n'es pas responsable.

— Peut-être, mais l'entreprise peut se passer moi. En revanche, elle ne pourra pas continuer à tourner sans toi. De toute façon, il est trop tard. Une démission verbale a la même valeur qu'un document écrit. Et maintenant, j'aimerais bien que tu me reconduises chez moi.

Il secoua la tête, incapable de trouver les mots pour la convaincre de renoncer à cette stupide décision.

— J'ai fait quelque chose de mal ? Tu as des raisons de m'en vouloir ?

— Non. Tu n'as rien fait de mal.

Elle lui sourit et lui caressa la joue avec une tendresse qui surprit Devin, après la conversation qu'ils venaient d'avoir.

— Maintenant que nous sommes soi-disant fiancés, je ne peux pas continuer à être ton assistante. C'est aussi simple que cela.

— Admettons. Mais je ne vois pas l'intérêt de rompre, maintenant que tout le monde est au courant.

Elle soupira.

— Enfin, Devin ! Tu as l'air d'oublier que rien de ceci n'est réel.

— Tu en es sûre ?

Il essaya de l'attirer dans ses bras, cherchant à réveiller chez elle un désir dont elle cherchait manifestement à nier l'existence. Mais elle se crispa et le repoussa.

— Raccompagne-moi chez moi, Devin. S'il te plaît.

Il l'enveloppa d'un regard suppliant, ce qui n'était guère dans ses habitudes.

— Reste avec moi.

— Non. J'ai besoin de temps pour réfléchir à ce que je vais faire à l'issue de mes deux semaines de préavis. Je dois refaire mon CV, envoyer des candidatures… Le délai est assez court, compte tenu de la situation de l'emploi en ce moment.

— Tes deux semaines ne sont pas encore terminées. Et pourquoi veux-tu à tout prix changer un arrangement qui fonctionne à la perfection ? Dans quelques mois, quand la frénésie médiatique sera retombée, nous pourrons nous séparer officiellement, et la vie reprendra son cours comme avant.

Elle secoua la tête.

— Je ne crois pas en être capable. Ce n'est pas dans ma nature de mentir.

Elle passa devant lui et traversa le salon à grands pas.

— Je vais appeler un taxi. Ce n'est pas la peine de te déranger.

— Je te raccompagne, dit-il d'un ton qui ne souffrait pas de contradiction.

Tandis qu'il enfilait sa veste, Devin remarqua les cernes sous les yeux de Jodie. Peut-être était-elle tout simplement fatiguée. Elle n'avait pas beaucoup dormi la nuit dernière, et la journée d'aujourd'hui avait été riche en péripéties.

Oui. C'était ça. Elle était fatiguée.

Un silence tendu plana dans la voiture pendant les dix minutes que dura le trajet vers le quartier modeste où se situait l'appartement de Jodie.

La lumière des réverbères éclairait à intervalles réguliers son visage songeur, qu'observait Devin du coin de l'œil.

A quoi pensait-elle ? Eprouvait-elle une quelconque tristesse à l'idée de quitter Kendall Communications ?

Et vis-à-vis de lui, quels étaient ses sentiments ?

— Ne t'inquiète pas, déclara-t-elle soudain. Je vais me mettre en quête d'une remplaçante dès demain matin.

— Je m'en occuperai, merci ! répliqua-t-il sèchement.

— Elle va avoir besoin d'une formation avant mon départ.

— Tu n'as reçu aucune formation quand tu es arrivée.

En période d'essai, sa précédente assistante était partie du jour au lendemain, en laissant le bureau dans un chaos indescriptible.

Jodie lui était apparue telle une magicienne, et avait réglé tous les problèmes en un claquement de doigts. C'était en tout cas l'impression qu'il avait eue et, depuis ce jour, il s'en était entièrement remis à elle.

Non, décidément, il ne pouvait se résoudre à la laisser sortir de sa vie. Il fallait qu'il trouve quelque chose pour la convaincre de rester…

Quitte à la faire chanter.

Lorsque Devin se gara à proximité de l'immeuble de Jodie, l'entrée était plongée dans l'obscurité.

— C'est bizarre, commenta Jodie en détachant sa ceinture de sécurité. La lampe a dû griller.

Elle ouvrit sa portière et bondit sur le trottoir avant que Devin ait eu le temps de faire le tour de la voiture.

Tandis qu'il se hissait hors de l'habitable, elle lui adressa un bref sourire par-dessus le toit de la voiture.

— Merci pour cette soirée. Ce n'est pas la peine de me raccompagner jusqu'à ma porte.

— Je te raccompagne quand même.

Devin claqua sa portière et la rejoignit. Puis, la saisissant par le coude, il pressa le pas vers l'entrée.

— D'accord, mais ralentis au moins, protesta Jodie. Ce n'est pas facile de courir avec des talons aiguilles.

Il ajusta sa cadence à celle de la jeune femme, mais continua à lui tenir fermement le bras, comme s'il redoutait qu'elle lui échappe.

Il avait beau savoir qu'elle n'en ferait rien, il lui venait des idées saugrenues dès qu'il était question de Jodie.

Ils entrèrent dans l'immeuble et s'arrêtèrent devant l'ascenseur.

La porte s'ouvrit et Jodie entra dans la cabine.

— Ce n'est pas la peine de monter avec moi.

— Chut !

Devin se glissa à l'intérieur, alors qu'elle actionnait déjà la fermeture des portes.

— Tu ne feras pas taire mes élans chevaleresques.

Jodie esquissa un sourire.

— Je ne te connaissais pas cette qualité.

— Je suis capable de changer.

— Ce serait bien la première fois, depuis six ans que je te connais.

De prime abord, cette remarque ne plut guère à Devin. Puis il y réfléchit et admit que Jodie avait raison.

Uniquement concentré sur sa famille et sa réussite professionnelle, il n'avait pas cherché à explorer les domaines personnels où il aurait pu s'améliorer.

L'ascenseur s'arrêta à l'étage de Jodie et la porte s'ouvrit dans un chuintement hydraulique.

Jodie sortit la première de la cabine, et posa la main à plat sur le torse de Devin.

— C'est bon, tu peux me laisser, maintenant.

Devin secoua la tête et prit ses coudes au creux de ses paumes.

— Je ne te lâche pas d'une semelle, jusqu'à ce que tu sois en sécurité à l'intérieur.

Elle se détourna et fouilla dans sa pochette de soirée pour y prendre sa clé.

— Je n'ai jamais vu quelqu'un d'aussi têtu.

— Je ne suis pas têtu. Je suis déterminé !

— Je dirais plutôt : buté, borné, tête de mule…

— Tu vas me sortir tous les adjectifs ?

Comme elle s'apprêtait à insérer la clé dans la serrure, il lui prit brusquement le poignet.

— Attends !

Son instinct lui soufflait tout à coup que quelque chose ne tournait pas rond.

— Pourquoi ?

Il fit passer Jodie derrière lui et, de la pointe du pied, donna une pression sur la porte.

Jodie poussa un petit cri d'effroi tandis que le battant pivotait sur ses gonds.

9

La gorge nouée d'inquiétude, Jodie essaya de contourner Devin, qui tendit le bras pour lui barrer la route.

— Reste où tu es.

Il risqua un coup d'œil à l'intérieur et entra dans l'appartement.

Bien décidée à n'en faire qu'à sa tête, Jodie le suivit, le cœur battant à se rompre.

Son appartement était sens dessus dessous.

Les meubles avaient été renversés, les tiroirs arrachés de leur logement. Les coussins éventrés avaient perdu leur rembourrage qui gisait au sol. Ses livres, si précieux à ses yeux, avaient été balayés des rayonnages et certains arrachés.

Mais le pire restait à venir.

Lorsqu'elle se tourna vers le mur contre lequel était appuyé le canapé, elle resta sans voix face à l'immonde insulte qui s'étalait en grosses lettres hâtivement bombées à la peinture rouge.

Les larmes aux yeux, elle avala sa salive en luttant contre un début de nausée.

Comment une telle bassesse était-elle possible ?

— Appelle la police pendant que je vérifie la salle de bains, lui ordonna Devin.

— Non.

Saisie de tremblements, elle secoua la tête, et recula vers la porte en titubant.

— Il vaut mieux appeler de l'extérieur, protesta-t-elle. Il y a peut-être encore quelqu'un dans l'appartement.

Devin la rejoignit et lui tendit son téléphone portable.

— Ça va aller, affirma-t-il, déjà prêt à faire demi-tour.

— Attends au moins l'arrivée de la police. C'est à eux de vérifier l'appartement.

— Mais non. Ne t'en fais pas. Ça ne me prendra qu'une minute.

— Oh ! et puis fais comme tu veux ! capitula-t-elle. Si tu tiens à mourir en héros…

Haussant les épaules, Devin disparut dans sa chambre.

Deux secondes passèrent, qui parurent une éternité à Jodie, avant que Devin ne revienne, l'air soulagé.

— Personne.

Jodie relâcha son souffle.

— Tant mieux.

Devin récupéra son téléphone et composa lui-même le numéro des secours.

Après avoir rapporté l'effraction, il appela son frère et lui expliqua la situation.

— Nous ne pouvons pas rester ici, dit-il à Jodie après avoir raccroché. Nous pourrions compromettre des indices.

— Mais ce sont mes affaires, mes vêtements… tout ce que je possède.

— Ce ne sont que des objets.

Il l'attira contre lui et repoussa les cheveux de son visage.

— Je suis heureux que tu n'aies pas été là au moment où ça s'est passé.

En proie à une sensation glaciale qui n'avait rien à voir avec la température de l'air, Jodie fut soudain secouée de frissons.

Sa réaction lui fit comprendre que Devin avait raison.

Elle ne pouvait pas rester là. Son foyer avait été souillé. Plus jamais elle ne se sentirait en sécurité ici.

Devin ôta sa veste et la drapa sur ses épaules.

— Allons attendre dans ma voiture.

Ils descendirent par l'ascenseur et débouchèrent dans la rue.

La voiture de Devin était toujours le long du trottoir, là où il l'avait garée. Alors qu'ils arrivaient à proximité, il s'arrêta brusquement et jura.

— Quoi ?

Jodie y regarda de plus près.

Les quatre pneus avaient été crevés, et d'autres insultes tout aussi indélicates avaient été bombées sur les vitres et la carrosserie.

Devin attira Jodie contre lui et balaya les environs du regard.

Celui qui avait fait ça n'avait que quelques minutes d'avance sur eux. Peut-être même se trouvait-il encore dans les parages…

— Nous ne pouvons pas rester ici, décida Devin. Il vaut mieux retourner dans le hall.

Plus l'attente se prolongeait, plus Jodie sentait sa raison vaciller. S'écartant de Devin, elle se mit à tourner en rond dans le hall.

— Qui a bien pu faire une chose pareille ? C'est une chose de mettre mon appartement à sac, mais ta voiture ?

Elle secoua la tête.

Devin prit appui contre le mur et croisa les bras sur son torse.

— C'est sans importance. Ce ne sont que des biens matériels. Je m'inquiète davantage pour toi.

— Je peux me défendre toute seule.

Elle fit demi-tour et laissa libre cours à sa colère.

— Qu'on me laisse seulement mettre les mains sur ce salaud qui a fait ça !

Devin la saisit par les poignets et l'obligea à s'immobiliser.

— Il n'est pas question d'autodéfense. Laisse la police faire son travail.

— Ça me rend folle de rage. J'ai envie de frapper quelqu'un.

— Tu n'as qu'à me frapper, si ça peut t'aider.

S'il arrivait quoi que ce soit à Devin…

Le regard plongé dans ses yeux bleus, elle vit défiler les événements des dernières vingt-quatre heures. Avant qu'elle n'ait eu le temps de s'en rendre compte, une larme roula sur sa joue, bientôt suivie d'une deuxième.

Elle s'empressa de les essuyer d'un revers de main rageur, mais les digues s'étaient rompues, et elle ne put s'empêcher d'éclater en sanglots.

Devin la prit dans ses bras et la berça comme une enfant.

— Tout va s'arranger, tu verras.

Elle renifla.

— Comment le sais-tu ?

— Je ferai tout pour ça.

Il fouilla dans la poche de sa veste, que Jodie portait toujours, et en sortit un mouchoir qu'il tamponna sous ses yeux.

— Tu fais couler ton maquillage.

— Ta sœur serait furieuse si elle voyait ça.

— Je ne sais pas… Je crois qu'elle comprendrait.

— Elle a été d'une aide si précieuse ce soir ! Et ta tante aussi.

Elle lui prit le mouchoir des mains et se moucha entre deux sanglots.

— Regarde à quoi je ressemble, maintenant. Un épouvantail doublé d'une hystérique.

— Je crois que tu as le droit de craquer. Ça n'arrive pas

à tout le monde de découvrir son visage en première page des journaux, d'être obligée de se fiancer pour enrayer le scandale et d'avoir son appartement saccagé, tout ça en l'espace de vint-quatre heures.

Le rire de Jodie se termina sur un hoquet, mais ses larmes refluèrent.

— Je suis désolée, dit-elle. Je ne suis pas aussi émotive, d'habitude.

Même si elle appréciait le réconfort de ses bras, elle essaya de se dégager. Plus elle passerait de temps en compagnie de Devin, plus il lui serait difficile de tourner la page quand elle devrait partir.

Mais il n'avait pas l'intention de la libérer.

— Reste ici, dit-il en resserrant les bras autour d'elle.

Au mépris de tout bon sens, elle prit appui contre lui et posa la tête contre son épaule.

C'était bon, si…

Des sirènes retentirent au bout de la rue, le son gagnant en puissance à mesure que les voitures de patrouille se rapprochaient.

Le pouls de Jodie s'accéléra, et elle s'écarta de Devin.

Ils sortirent ensemble de l'immeuble et allèrent à la rencontre d'Ash, qui quittait sa voiture.

— Que s'est-il passé ? Vous allez bien ?

— Nous n'avons rien. Mais je ne peux pas en dire autant de l'appartement de Jodie.

— Ou de la voiture de Devin.

Ash grimaça en découvrant les tags et les pneus crevés.

— Quelqu'un a visiblement une dent contre vous deux. Je vais prendre vos dépositions, puis vous pourrez partir.

Il fallut plus d'une heure pour enregistrer le témoignage de Devin et Jodie, prendre des photographies des lieux et relever des empreintes.

Lorsqu'ils purent enfin s'en aller, il était près de 2 heures du matin. Jodie rassembla quelques effets dans un sac de voyage et retrouva Devin en train de discuter avec son frère.

Fidèle à son rôle de fausse fiancée, elle ne protesta pas lorsque Devin lui proposa de passer la nuit chez lui mais, dès qu'ils furent seuls sur le parking, ce fut une autre histoire.

— Je te conduis chez toi, et je me cherche un hôtel, déclara-t-elle.

— Tu ne peux pas rester seule tant que nous ne saurons pas qui se cache derrière ces actes de vandalisme. C'est beaucoup trop dangereux.

— Personne n'a tiré sur moi ou essayé de me poignarder, répliqua-t-elle.

Elle n'avait plus maintenant qu'une seule idée en tête : ôter ces sandales qui martyrisaient ses pieds et se laisser tomber sur un lit.

Elle n'avait en revanche pas la moindre idée de l'endroit où elle allait pouvoir dormir. Peut-être dans un de ces motels situés dans la zone industrielle…

— Tu es épuisée. Pour une fois, laisse-moi m'occuper de toi.

— Mais…

— Pas de protestations. Nous ne savons pas de quoi cette personne est capable.

— Je pourrais dormir chez une amie.

— Qui ?

Force lui était de reconnaître qu'elle était dans l'impasse. Elle ne voulait impliquer aucune de ses amies dans cette situation. Outre que cela risquait de les mettre en danger elles aussi, il lui faudrait encore mentir, et c'était au-dessus de ses forces.

Mais elle ne voulait pas non plus passer la nuit chez

Devin, alors qu'elle avait pris la résolution de garder ses distances avec lui.

— J'avais pensé à Natalie.

— Pas question. Tu restes avec moi. Si ça peut te rassurer, tu prendras la chambre d'amis.

Cela ne la rassurait pas.

Le simple fait de se trouver sous le même toit que Devin était source de tracas. Elle ne pouvait pas se retenir de poser les mains sur lui. C'était comme si une seule nuit dans son lit avait libéré une sensualité trop longtemps étouffée.

— Où est ta voiture ?

Il lui prit sa clé, et la suivit jusqu'à une petite citadine d'un blanc terni et jauni par les années, qu'elle utilisait tous les jours pour aller travailler.

Une fois au volant, il prit la direction de son appartement.

Epuisée, Jodie cala sa nuque contre l'appui-tête.

— Je suis désolée pour ta voiture.

— Ce n'est rien. Quand je pense à ce que ce salaud a écrit sur ton mur…

Il serra si fort les doigts autour du volant que ses jointures blanchirent.

Jodie tourna la tête vers lui, notant la crispation de ses lèvres, et les rides soucieuses au coin de ses yeux.

— Ce ne sont que des mots.

— Mais tu n'es pas une prostituée.

— D'une certaine façon, on peut dire que si.

Les larmes brouillèrent de nouveau sa vision, tandis qu'elle grimaçait un pauvre sourire, ne se reconnaissant pas dans cette pleurnicheuse.

Devin lui lança un regard étonné.

— Je ne comprends pas.

— Nous avons couché ensemble, et tu me paies.

— Ça n'a rien à voir. Je ne t'ai pas payée pour coucher avec moi.

Non. Elle l'avait fait gratuitement. Qu'est-ce que cela faisait d'elle ? Une femme facile ?

Elle serra les paupières pour empêcher ses larmes de couler. Elle avait bien assez pleuré aujourd'hui.

— Je n'aurais pas dû…, reprit Devin.

— Coucher avec ta secrétaire ? le coupa-t-elle.

Relevant la tête, elle chercha son regard, le mettant au défi de prétendre le contraire.

— Assistante de direction, la corrigea-t-il. Et non, ce n'est pas ça que je regrette.

Il chercha sa main et la pressa en un geste de réconfort.

— Je n'aurais pas dû t'imposer ces fiançailles, alors que le meurtrier de mes parents court toujours. Ça fait de toi une cible de plus.

— Je te l'ai déjà dit : je suis capable de prendre soin de moi.

— Oui, je te crois. Mais je ne te quitterai pas des yeux tant que cette histoire ne sera pas terminée.

— C'est une menace ?

— Non, c'est une promesse. Et quand ce sera terminé, je ferai les choses comme il faut pour nous.

Jodie tourna vers lui un regard surpris, mais il avait reporté son attention sur la route, et son expression était indéchiffrable.

Qu'avait-il voulu dire ?

Elle avait trop peur d'entendre la réponse pour le questionner davantage.

Tandis que Devin s'engageait dans la rue menant à son immeuble, Jodie prit une décision. Demain… enfin, c'est-à-dire dans quelques heures, elle trouverait un autre endroit où se loger.

Elle ne pouvait pas rester chez Devin. Elle en était désormais certaine.

Plus il approchait de l'immeuble, plus son pouls s'accélérait. Elle portait toujours la même robe, et retourner chez lui réveillait le souvenir de leur folle étreinte dans la cuisine.

Comment pourrait-elle empêcher que cela se reproduise ? Elle perdait toute volonté dès qu'il posait la main sur elle.

Dans le parking souterrain, elle sortit de la voiture avant même qu'il ait coupé le contact, et se dirigea vers l'ascenseur, en trébuchant sur ses talons aiguilles.

Durant toute l'ascension de la cabine, elle essaya de lutter contre la panique qui la gagnait. Mais quand la porte métallique de l'ascenseur s'ouvrit, elle flancha.

— Je ne peux pas, balbutia-t-elle. Je préfère aller à l'hôtel. Donne-moi ma clé, s'il te plaît.

Au lieu de déposer la clé dans la main qu'elle lui tendait, il la saisit et l'attira contre lui.

— Je te fais peur ?

Dès que sa peau toucha la sienne, elle sut qu'elle était perdue.

— Non, j'ai peur de moi-même. J'ai peur de ne pas pouvoir m'empêcher de faire ça.

Se hissant sur la pointe des pieds, elle effleura ses lèvres Ce qui devait être un baiser léger, à peine ébauché, se transforma en une étreinte renversante, et elle sentit le désir sourdre au plus profond d'elle-même.

Elle laissa tomber son sac de voyage, tandis que Devin l'adossait contre le mur, en se pressant contre elle avec fièvre. Puis elle tira sur sa chemise, glissant les mains sur sa peau…

— Pas ici, protesta Devin.

Il la souleva dans ses bras et franchit en quelques

enjambées la distance entre l'ascenseur et la porte de son appartement.

Tandis qu'il bataillait pour la soutenir et chercher la clé dans sa poche, Jodie, qui avait cessé de parcourir sa mâchoire de petits baisers pour s'attarder juste sous le lobe de son oreille, s'interrompit et regarda par terre.

— Quoi ? demanda-t-il. Tu n'as pas changé d'avis, au moins ?

Elle secoua la tête.

— C'est toi qui as laissé ce paquet à côté de ta porte ?

Devin baissa les yeux vers le paquet recouvert de papier kraft, à l'allure parfaitement inoffensive.

— D'habitude, tu te fais livrer tous tes colis au bureau, je me trompe ?

— Non, tu as raison. Je ne suis jamais chez moi pour les réceptionner.

Il déposa Jodie sur ses pieds, et se pencha pour examiner le paquet de plus près.

— Il n'y a aucune adresse d'expédition.

— Ne le touche pas ! s'exclama Jodie en lui prenant la main pour le tirer en arrière. Tu as entendu ?

Il marqua un temps d'arrêt, et tendit l'oreille.

— Mince ! C'est une minuterie. Courons !

Main dans la main, ils se ruèrent vers l'escalier de secours.

Devin tira sur la poignée de la porte métallique, déclenchant une alarme.

Il poussa Jodie devant lui sur le palier de la cage d'escalier. Juste au moment où la porte se refermait derrière eux, une puissante explosion fit vibrer les murs.

10

Prêtant une oreille distraite à la conversation en cours, Jodie porta la tasse de café à ses lèvres d'une main tremblante.

Ses genoux écorchés par sa chute dans la cage d'escalier la faisaient souffrir mais, au moins, Devin et elle étaient vivants.

Après les terribles événements de la veille, Devin avait demandé à sa famille de le retrouver dans son bureau pour une réunion de crise.

— La situation n'est plus seulement dangereuse, elle est mortelle, scanda-t-il en tapant du poing dans sa paume. Nous sommes tous en danger tant que le coupable ne sera pas sous les verrous.

Le dos courbaturé, Jodie s'agita dans son fauteuil, à la recherche d'une position plus confortable.

Devin avait insisté pour qu'elle assiste à cette réunion familiale, mais elle aurait de loin préféré rattraper son retard de sommeil.

Bien sûr, elle avait envie de savoir ce qui ressortirait de cette concertation, mais elle était à bout, physiquement et émotionnellement.

Son épuisement était tel, d'ailleurs, qu'elle redoutait d'éclater en sanglots à tout moment.

— Mon équipe étudie les pièces à conviction au moment où nous parlons, déclara Ash.

Il aurait eu besoin de se raser, et ses yeux étaient tout aussi injectés de sang que ceux de Devin.

— Mais il faut reconnaître que notre butin est bien maigre, reprit-il. Celui qui a fait ça a pris soin de laisser le moins de traces possibles…

Il soupira et se passa les mains sur le visage, en un geste qui trahissait son épuisement.

— Et l'enquête de voisinage, aussi bien chez Devin que chez Jodie, n'a rien donné. Tout le monde dormait. Personne n'a rien vu, ni rien entendu.

— Il doit forcément y avoir quelque chose, tonna Devin. Il suffit de chercher un peu mieux. Nous n'allons pas attendre que l'un de nous soit tué.

Tandis que son regard se posait sur Jodie, il serra les poings.

— A partir de maintenant, je veux que tout le monde se déplace par paire. C'est plus prudent.

— Vous étiez deux la nuit dernière, fit remarquer Natalie, et ça n'a pas servi à grand-chose. Je ne vais pas attendre pour faire quelque chose que l'un d'entre vous soit disponible pour m'escorter. Je refuse de céder à la paranoïa et de rentrer dans le jeu de ce type.

— Il a dépassé le stade du jeu, remarqua sombrement Devin.

Il avait l'air si épuisé que Jodie aurait voulu pouvoir le soulager du poids qui pesait sur ses épaules.

Elle savait qu'il se sentait responsable de sa famille, mais comment pouvait-il continuer à tenir bon sans ployer sous la charge ?

— Nous n'allons pas nous laisser impressionner aussi facilement, décréta Natalie. Nous sommes des Kendall. Cela ne nous ressemble pas de fuir et de nous cacher.

Elle planta ses poings sur ses hanches.

— Moi, je ne me cacherai pas.

Voyant que Devin s'apprêtait à argumenter, elle lui coupa l'herbe sous le pied.

— Je vais faire plus attention. Je resterai dans des endroits bien éclairés, au milieu de la foule. Je ne sortirai pas tard la nuit… Mais je ne vais pas mettre ma vie sur « pause », en attendant une hypothétique agression. Si je fais ça, ce type aura gagné.

Jodie esquissa un sourire.

— J'admire ta détermination, Natalie, mais Devin et moi aurions pu être tués, hier soir.

— Je comprends. Et je suis ravie que vous en soyez sortis indemnes. Mais je ne veux pas vivre comme ça.

— Les deux points de vue se valent, conclut Ash. Il faut être prudents et, en même temps, on ne peut pas mettre nos vies en attente.

— Si ça ne tenait qu'à moi, toute la famille s'installerait au manoir, déclara Craig. Je pourrais même engager des vigiles supplémentaires.

— C'est vrai qu'il y a assez de chambres pour accueillir tout le monde, renchérit Angela.

— Pour ce qui est de Jodie et moi, dit Devin, nous avons apprécié votre hospitalité de la nuit dernière, et continuerons à profiter de votre offre jusqu'à ce que nous trouvions un autre hébergement.

Il marqua une courte pause.

— Quant aux autres… Soyez prudents et tenez-nous au courant de vos déplacements. Si nous savons où vous êtes, nous saurons où vous chercher s'il arrive quelque chose.

— Et moi qui croyais que tout cela était derrière nous depuis vingt ans, remarqua Craig en soupirant. C'était tellement épouvantable ! Je n'aurais jamais pu imaginer que cela allait recommencer.

Le téléphone sonna sur le bureau de Devin, qui adressa un regard étonné à Jodie.

— Je croyais t'avoir demandé de faire basculer tous les appels sur le répondeur.

Elle plissa le front, stupéfaite.

— Je l'ai fait.

Elle fit le tour du bureau et vérifia le numéro qui s'affichait à l'écran. C'était celui du bureau des vigiles.

— C'est la sécurité, dit-elle avec étonnement.

Elle décrocha à la sonnerie suivante.

— Bureau de Devin Kendall.

— Mademoiselle Carson, c'est vous ?

Elle reconnut la voix de Steve, un jeune homme avec qui elle échangeait régulièrement quelques mots en arrivant le matin.

— Oui, Steve. Que se passe-t-il ?

— Je voudrais parler à l'un des patrons. C'est une urgence.

— Ils sont en réunion. De quoi s'agit-il ?

— Dites-leur que la police est en train de monter, et qu'ils ont un mandat d'arrestation pour M. Kendall.

Jodie eut l'impression que la terre s'arrêtait de tourner.

— Lequel ?

— Je ne sais pas. Ils ont juste dit qu'ils voulaient voir les propriétaires, et ils ne m'ont pas laissé le temps de lire le document. J'ai été obligé de les laisser monter. Mais j'ai pensé qu'il fallait prévenir quelqu'un.

— Vous avez bien fait, Steve. Merci.

Les doigts gourds, dans un état second, Jodie reposa le combiné sur son support.

— Que se passe-t-il ? demanda Devin en se précipitant pour passer un bras autour de sa taille et la soutenir.

— La police est en train de monter, avec un mandat d'arrêt au nom de M. Kendall, mais je ne sais pas s'il s'agit de toi ou de Craig.

Angela poussa un petit cri, et porta la main à sa bouche.

Natalie attrapa la télécommande, et mit en marche le téléviseur fixé au mur.

La chaîne d'information de Saint-Louis diffusait un flash spécial, et le visage de Jesse Allen apparut au centre d'une nuée de reporters.

— Bon sang, je hais ce type ! déclara Natalie en montant le son.

— … confession écrite du meurtrier de la Saint-Sylvestre, pérorait le procureur d'un air suffisant. Il a désigné l'homme qui l'avait payé pour commettre ces crimes comme étant Craig Kendall, le propriétaire de Kendall Communications.

Devin jura avec force, avant de s'adresser à son frère.

— Tu avais entendu parler de ça ?

— Non. J'étais occupé avec l'effraction et l'attaque à la bombe. Personne au poste n'a parlé d'aveux d'un suspect, ni de mandat d'arrestation.

Tout le monde dans la pièce se tourna vers Craig.

Il se leva, le visage décomposé, et secoua la tête avec incompréhension.

— Comment est-ce possible ? Je n'ai payé personne pour tuer mon frère. Je l'aimais.

Son regard se posa tour à tour sur Devin, Ash, et Natalie.

— Vous me croyez, n'est-ce pas ?

— Bien sûr.

Natalie se précipita vers son oncle et le serra dans ses bras.

Au même moment, la porte s'ouvrit et Jesse Allen fit irruption dans le bureau, entouré de quatre agents en uniforme.

— Craig Kendall, dit l'un d'eux. Vous êtes en état d'arrestation pour le meurtre de Josh et Marie Kendall.

Avant que quiconque ait eu le temps de réagir, Angela s'effondra au sol.

Ash, Natalie et Jodie se précipitèrent pour l'aider.

— Ne t'en fais pas, Angie, dit Craig en lui tapotant la main tandis qu'on la relevait. C'est une erreur. Tout va s'arranger.

Devin, que l'envie démangeait de frapper le procureur, serrait les poings, ce qui n'échappa pas à l'intéressé.

— Vous avez des envies de meurtre ? ironisa Allen. Ce doit être génétique.

Jodie s'accrocha à son bras pour l'empêcher de réagir.

— Vous avez raison de le retenir, ricana le procureur. Je pourrais procéder à une seconde arrestation.

Ash fonça tout droit vers lui, mais Devin tendit le bras pour lui barrer le passage.

— Arrête. Nous avons assez de problèmes comme ça, sans que tu sois suspendu.

— Posez un seul doigt sur moi, et vous pourrez dire adieu à votre carrière, le menaça Allen.

Ash le toisa avec mépris.

— Je ne sais pas ce que vous manigancez, mais je vous garantis que je le découvrirai et que je vous ferai tomber.

Le procureur se drapa dans sa dignité.

— Je ne fais que servir la justice, c'est tout.

— Ne vous inquiétez pas pour moi, intervint Craig. C'est forcément un malentendu.

Devin s'avança vers lui.

— Nous prendrons soin de tante Angela.

— Je le sais.

Craig se tourna vers les policiers.

— Je suis prêt.

Un des agents lui passa les menottes et le guida vers la porte.

— J'appelle notre avocat, dit Natalie, alors qu'elle était déjà en train de chercher le numéro dans la liste de ses contacts.

Craig leur jeta un regard par-dessus son épaule, avec un sourire confiant.

— Ça va se régler très vite. Je serai de retour à la maison pour le dîner.

— N'y comptez pas, intervint le procureur avec une expression de joie mauvaise.

Puis il s'adressa à Devin.

— Nous avons découvert que votre oncle avait tout à gagner en éliminant son frère avant vos dix-huit ans.

— Expliquez-vous ! exigea Devin d'un ton courroucé.

— Eh bien c'est très simple. Votre père n'avait pas laissé de testament et, comme tous ses enfants étaient mineurs, l'entreprise est tout naturellement allée à son frère.

— Mon oncle possédait la moitié de Kendall Communications, riposta Devin. Il a aidé à créer l'entreprise, et il était normal que l'autre moitié lui revienne.

— Non. Pas tout à fait. Voyez-vous, votre oncle avait vendu ses parts à son frère et avait lancé une nouvelle affaire en Californie, quelque temps avant les meurtres. Et qu'est-il advenu de cette entreprise ?

Le procureur attendit, l'air narquois.

Craig, qui avait gardé son calme jusque-là, sortit de ses gonds.

— J'ai fait faillite. Et alors ? Ce n'est pas un crime, que je sache. Et, même si j'ai indirectement tiré profit de la mort de mon frère, ça ne veut pas dire pour autant que je l'ai tué.

— Ça me semble en tout cas un excellent motif.

Le procureur sortit en ricanant. Les policiers suivirent, escortant Craig, et tout le monde s'engouffra dans l'ascenseur.

— Je savais que nous avions perdu de l'argent, commenta Angela à mi-voix. Mais je ne savais pas que c'était grave à ce point. Craig ne m'en avait jamais parlé.

— Il ne voulait probablement pas t'inquiéter, suggéra Devin. De toute façon, nous savons qu'il est innocent. C'est tout ce qui compte.

— Je vous aime tous comme si vous étiez mes enfants, dit Angela, les larmes aux yeux.

Le cœur de Jodie se serra pour cette femme qui avait élevé les quatre enfants de Josh et Marie Kendall.

Tandis que Devin escortait sa tante vers la sortie, Ash et Natalie restèrent un moment à discuter dans le bureau.

Désœuvrée, se sentant de trop, Jodie regagna son propre bureau, en proie à un terrible sentiment de solitude.

Trois heures plus tard, Devin revint au bureau, impatient de retrouver Jodie.

Natalie avait finalement rejoint Angela au manoir, en promettant de veiller sur sa tante et de s'assurer qu'elle ferait une sieste pour se remettre des événements de la journée.

Le temps qu'il avait passé au poste de police s'était révélé infructueux.

L'inspecteur chargé de l'enquête lui avait appris que Gene Williams, un petit revendeur de drogue récemment arrêté, avait avoué les meurtres de Josh et Marie Kendall. Chose troublante, il avait décrit le lieu du crime exactement comme il avait été découvert par les enquêteurs vingt ans plus tôt. Il avait également donné des détails que seuls des proches de l'enquête pouvaient connaître.

C'était une confession pour le moins convaincante.

Cependant, c'était la parole d'un homme contre celle d'un autre concernant le commanditaire de Williams. Et, tant que toute la lumière n'était pas faite sur cette rocambolesque histoire, Craig était en prison, attendant d'être formellement inculpé et de connaître le montant de sa caution.

La situation était au point mort, et il n'y avait rien qu'Ash ou lui puissent faire pour accélérer la sortie de Craig.

Etouffé par la frustration, les yeux irrités par le manque de sommeil, et la tête serrée comme dans un étau par une migraine persistante, il pressa le pas vers sa suite de bureaux privés.

Il eut un coup au cœur en découvrant que Jodie n'était pas à son poste de travail.

— Je suis là, dit-elle, en se matérialisant derrière lui. J'étais partie me chercher un café. Comment vont Craig et Angela ?

— Aussi bien que possible compte tenu des circonstances.

Il ferma les yeux, compta jusqu'à dix pour essayer d'endiguer sa colère, n'y parvint pas, et jura avec force.

Jodie lui prit le bras, le conduisit dans son bureau, et le poussa dans son fauteuil. Puis elle l'abandonna sans un mot.

Tandis qu'il pratiquait un exercice de respiration supposé l'apaiser, Jodie revint avec une tasse, qu'elle posa devant lui.

— Tiens. Bois ça. Ça va te faire du bien.

Il souleva la tasse, la porta à ses lèvres pour boire une gorgée… et faillit tout recracher.

— Qu'est-ce que c'est que cette horreur ?

Jodie le toisa, les bras croisés sur sa poitrine.

— Une infusion de camomille.

— Où est passé mon café ?

— Tu n'en auras pas. Tu es déjà beaucoup trop énervé.

Elle désigna la tasse.

— Allez, bois !

— Qui est le patron, ici ? marmonna Devin.

— J'ai démissionné, au cas où tu l'aurais oublié. Je ne suis ici que par bonté d'âme.

— Balivernes ! Tu restes parce que ton contrat t'oblige à me donner un préavis de deux semaines.

— Je pourrais très bien partir si je le voulais.

— Fais-le, et j'engage des poursuites contre toi.

Les yeux verts de Jodie lancèrent des éclairs.

— A ta guise. Poursuis-moi autant que tu veux.

Devin la saisit par le bras et l'attira sans ménagement vers lui.

Jodie poussa un cri et atterrit sur ses genoux, en manquant de faire basculer le fauteuil.

— Qu'est-ce que tu fais ?

— J'embrasse ma fiancée.

Prenant son visage à deux mains, il l'embrassa longuement et tendrement, puis il pressa son front contre le sien, et avoua :

— Je ne sais pas quoi faire.

— Ça ne te ressemble pas. Tu as toujours un plan.

— Pas cette fois. Parmi tous les scénarios que j'ai imaginés, je n'avais jamais pensé que Craig serait accusé.

— Simplement pour faire avancer la discussion, et sans dire qu'il l'a fait, Craig aurait-il pu faire éliminer tes parents ?

Devin secoua la tête.

— Absolument pas. Et ce n'est pas par loyauté que je dis ça. Craig n'a pas une once de méchanceté en lui. Même dans les affaires, il manque tellement de mordant que c'est moi qui dois mener les négociations les plus complexes et prendre les décisions désagréables. Angela et lui ont été les meilleurs parents adoptifs qui soient. En fait… ils étaient bien meilleurs que nos véritables parents.

— Je crois que le procureur a une revanche personnelle à prendre sur les Kendall.

Jodie se releva et lissa sa jupe.

— Vous avez fait quelque chose pour provoquer sa colère ?

Sa chaleur manqua aussitôt à Devin, et il aurait cherché à la ramener sur ses genoux si elle ne s'était pas écartée hors de sa portée.

— Je n'ai pas le souvenir d'avoir eu un lien quelconque avec Jesse Allen. En revanche, je suis persuadé de l'avoir déjà rencontré. Peut-être quand il était plus jeune… Je vais demander à Ash de fouiller dans son passé.

Comme Jodie franchissait la porte de communication entre leurs bureaux, il l'interpella.

— Essaie d'appeler Thad. Il faut le mettre au courant.

Grand reporter, Thad pouvait être à n'importe quel endroit dans le monde. Le seul moyen de le joindre était de l'appeler sur son portable, mais il officiait parfois dans des régions si reculées qu'aucune liaison n'était possible.

Quelques instants plus tard, Jodie lui transférait l'appel sur la ligne un.

Devin pressa le bouton correspondant et souleva le combiné. Une voix de femme lui répondit, ce qui ne manqua pas de l'étonner.

— Je cherche à joindre Thaddeus Kendall, dit-il d'une voix hésitante.

— Vous êtes au bon numéro, mais Thad n'est pas disponible. Je peux prendre un message ?

Devin hésita. Ce n'était pas le genre de nouvelle qu'il était plaisant d'apprendre par un tiers. Mais il n'avait pas le choix.

— Dites-lui que son oncle Craig est accusé de meurtre, et qu'il doit rentrer le plus vite possible.

— Oh.

Il y eut un bref silence.

— Bien. Je le lui dirai.

Puis la communication fut coupée.

Jodie entra dans le bureau.

— Je viens de prévenir Ash. Les grands esprits se rencontrent, comme on dit. Figure-toi qu'il avait déjà commencé à enquêter sur le procureur. Et de ton côté ? Tu as pu parler à Thad ?

— Non. J'ai laissé un message. Dis-moi… J'aurais besoin d'une faveur.

— Tout ce que tu veux.

Un sourire narquois étira les lèvres de Devin.

— Vraiment tout ce que je veux ?

Jodie rougit et baissa la tête.

— Si ma famille n'était pas en plein bouleversement, je passerais le reste de l'après-midi à te faire découvrir ce que je veux vraiment.

Il soupira.

— Hélas, ce sera pour une autre fois. Je dois apporter tout mon soutien à la famille.

L'humeur de Jodie s'assombrit aussitôt.

— C'est toujours toi qui prends tout en charge. Laisse-les prendre un peu leurs responsabilités. Ce n'est pas à toi de tout arranger en permanence.

— Si. Je le dois.

Il posa les coudes sur son bureau et enfouit le visage dans ses mains.

L'épuisement faisait vaciller sa détermination, et la présence de Jodie ne l'aidait pas à se concentrer.

— Qu'est-ce qui t'y oblige ?

Il hésita un long moment avant de répondre.

A cours des vingt années qui venaient de s'écouler, il n'avait jamais parlé à personne de cette terrible nuit.

Relevant la tête, il croisa le regard compréhensif de Jodie.

— Je dois bien cela à ma famille, répondit-il enfin. Parce que c'est ma faute si mes parents sont morts.

11

Compatissante, Jodie s'était précipitée vers Devin pour lui prendre les mains, mais ses paroles avaient semé le trouble dans son esprit.

— Je ne comprends pas.

— Mes parents se disputaient sans cesse. La nuit où ils ont été assassinés, ils hurlaient tellement que je ne supportais plus de les entendre. Je suis sorti en catimini de la maison, et j'ai passé la nuit chez ma petite amie. A mon retour, Natalie était dans la chambre de mes parents. C'est elle qui a trouvé les corps.

— Et en quoi es-tu responsable de leur mort ?

— Tu ne vois pas ?

Il s'accrocha si fort à ses mains que Jodie grimaça sous la douleur, mais elle tint bon.

— En tant qu'aîné, j'aurais dû être là. J'aurais pu empêcher cela. J'aurais très probablement entendu l'intrus. Je l'aurais intercepté… Mes parents seraient toujours en vie si j'étais resté à la maison.

Il secoua la tête et baissa les yeux vers leurs mains jointes.

— Il aurait pu s'en prendre à mes frères, ou à Natalie.

— Et tu n'as jamais pensé que tu aurais pu être tué aussi si tu avais été présent ?

Jodie repoussa la mèche rebelle qui tombait sur le front de Devin, en s'attristant de toute cette culpabilité accumulée depuis ses seize ans.

— Tu ne peux pas te reprocher la mort de tes parents. Ce n'est pas toi qui les as tués, même indirectement. Et leur meurtrier aurait pu s'en prendre à toi si tu avais essayé de le stopper.

Il secoua la tête avec obstination.

— Mais j'étais le plus âgé, et j'avais lâchement déserté la maison. Au moins, j'aurais dû être présent pour éviter que Natalie les découvre la première. Elle a reçu un tel choc qu'elle a tout oublié.

— Et c'est une bénédiction.

Pendant toutes ces années où elle avait travaillé pour Devin, Jodie avait pu mesurer l'étendue de son dévouement pour sa famille. Mais elle était loin de s'imaginer qu'il portait en lui une telle culpabilité.

— Tu n'es pas l'ange gardien de tes frères et de ta sœur, dit-elle avec conviction. Ils sont adultes, maintenant. Ils peuvent se prendre en charge. Tu as consacré tellement de temps et d'énergie à t'occuper d'eux que tu as oublié de t'occuper de toi.

— Ils avaient besoin de moi. Et je me suis promis de toujours être là pour eux.

— Craig et Angela étaient là aussi. Tu n'avais pas à tout assumer.

— Tu ne comprends pas.

— C'est possible. Mais il est temps que tu commences à vivre pour toi-même.

— Pas maintenant. Pas tant que Craig est incarcéré.

Il grimaça.

— Le pauvre, je n'ose pas imaginer ce qu'il traverse.

Jodie posa une main sur son épaule.

— Et toi ? Qu'en est-il de ce que tu ressens ?

Il recula son fauteuil et se leva.

— Ce n'est pas important.

Jodie reçut cette réponse comme un coup de poing à l'estomac.

Si Devin refusait d'écouter ses sentiments, son ressenti, cela voulait dire qu'il ne lui accordait pas plus d'importance qu'à lui-même.

— Je vois, dit-elle.

Il la dévisagea d'un air étonnamment détaché. Comme si elle avait vu juste, et qu'elle n'était réellement que quantité négligeable.

— Non, je ne pense pas que tu comprennes. Je suis le ciment de cette famille. Sans moi, elle s'effondrerait. Et, dans des circonstances comme celles-ci, je me dois d'être là.

Jodie sentit son cœur se serrer.

Devin était prêt à tous les sacrifices pour sa famille. Cela laissait peu de place pour quelqu'un d'autre, voire pas du tout.

Le constat était douloureux mais, pour autant, il n'était pas question qu'elle l'abandonne.

— Je peux faire quelque chose ? demanda-t-elle.

— Ash et son équipe ont repris l'enquête pour meurtre. En attendant que le responsable des récentes attaques soit arrêté, nous devons rester sur nos gardes.

— Et c'est tout ?

La question était bien inutile car Jodie connaissait déjà la réponse.

— Je ne vais pas rester assis à me tourner les pouces. Il me faut l'adresse de cette employée qui a démissionné à cause de son petit ami drogué. Il pourrait avoir envie de régler ses comptes avec la famille.

— Ce n'est pas ton rôle de l'interroger. Laisse faire la police.

— Ash m'accompagnera.

— Devin, je t'en prie.

Son expression se durcit. Les lèvres serrées, les mâchoires crispées, son visage ressemblait à un masque de pierre.

— Mon oncle est en prison pour un crime qu'il n'a pas commis. Ça ne va peut-être pas l'aider, mais j'aurai au moins tenté quelque chose.

Jodie avait déjà vu cette lueur déterminée dans ses yeux, et elle savait qu'il était inutile d'essayer de le dissuader.

— Si tu insistes pour y aller, je t'accompagnerai.

— Certainement pas.

Luttant contre les larmes qui lui montaient aux yeux, elle redressa les épaules.

— Si tu as terminé…

Elle n'attendit pas la réponse et quitta le bureau sans un regard en arrière.

De retour à son poste de travail, elle chercha les informations sur l'ancienne employée, et nota son adresse sur un morceau de papier.

— Mon frère est là ? demanda Ash en entrant dans son bureau d'un pas décidé.

— Oui.

Elle lui tendit le message.

— Vous pouvez lui donner ça ? Ce sont les coordonnées d'une ancienne employée qui pourrait être impliquée dans les récents événements.

— Parfait. Je m'en occupe.

Une fois seule, Jodie se contint aussi longtemps qu'elle en fut capable, avant d'aller se réfugier dans les toilettes pour laisser libre cours à ses larmes.

Elle ne vit pas l'autre femme présente dans la pièce, jusqu'à ce qu'une main se pose sur son épaule.

Dans le miroir au-dessus du lavabo, elle reconnut Angela Kendall.

— Jodie, mais que se passe-t-il, ma chère ?

— Rien.

Jodie prit un mouchoir en papier dans le distributeur posé à côté de la vasque et frotta les marques de mascara sur ses joues.

— Que faites-vous ici ? demanda-t-elle. Vous devriez être chez vous, à vous reposer, en compagnie de Natalie.

— Oh ! je suis beaucoup plus forte que la famille ne le croit. Je voulais parler à Devin et Natalie m'a conduite ici. Mais je vous en prie, Jodie, vous pouvez me dire ce qui vous préoccupe. Je suis sûre que ça peut s'arranger.

— Comment ? Mon appartement est un désastre. Quelqu'un a voulu tuer Devin. Et votre mari est en prison.

— Oui, je sais. C'est un peu compliqué en ce moment. Mais ça ne change rien au fait que vous êtes amoureuse de mon neveu. Et je crois deviner ce qu'il se passe. Il est tellement occupé à sauver le monde qu'il vous traite en quantité négligeable.

Jodie la dévisagea avec étonnement.

— Comment le savez-vous ?

— Je connais Devin. Il s'est fait un tel devoir de faire le bonheur de sa famille qu'il en oublie le sien.

— Et comment cela pourrait-il changer ?

Les larmes de Jodie reprirent de plus belle.

— Seigneur, gémit-elle, je n'avais pas pleuré autant depuis la mort de mon père.

Angela eut un sourire compréhensif.

— L'amour nous fait souvent perdre la raison. Quand je suis tombée amoureuse de Craig, j'étais une véritable loque. J'étais incapable de faire quoi que ce soit quand il n'était pas avec moi. J'en perdais même l'appétit.

Les sanglots de Jodie se transformèrent en rire nerveux.

— On dirait que l'amour n'est pas très bon pour la santé !

Angela se rembrunit soudain.

— Pour certains, c'est le cas. Les parents de Devin se sont mariés sur un coup de tête, mais leur relation s'est très vite dégradée. Et je sais que Marie a enchaîné les liaisons tout au long de leur mariage.

— Devin m'a confié que ses parents avaient eu une très grosse dispute la nuit où ils ont été assassinés.

— Ils se disputaient sans cesse. Probablement à cause des infidélités de Marie. On aurait pu penser qu'ils auraient fait des efforts pour leurs enfants, mais ils étaient tous les deux des monstres d'égoïsme.

Les larmes aux yeux, Angela soupira.

— Les gens qui ont des enfants ne se rendent pas compte de leur chance. Comment peuvent-ils les négliger, ou, pire, les maltraiter ?

— Pourquoi n'en avez-vous pas eu ? demanda Jodie d'une voix douce.

Angela laissa passer un long silence.

— Nous avons eu un fils, murmura-t-elle.

— Que s'est-il passé ?

— Il est mort dans un accident de voiture, alors qu'il n'avait que six ans.

Angela déglutit avec peine et baissa les yeux vers ses mains, qu'elle tordait nerveusement.

— C'est moi qui conduisais.

— Je suis désolée.

— Il ne faut pas.

Angela redressa la tête et sourit bravement.

— C'est loin, maintenant. Et j'ai eu le plaisir d'élever mes chers neveux.

Tapotant avec bienveillance la main de Jodie, elle ajouta :

— Ne vous inquiétez pas. Tout finira par s'arranger. Il suffit d'un peu de patience. Les garçons vont laver l'honneur de Craig, et tout rentrera dans l'ordre. Ensuite, nous pourrons préparer votre mariage.

Sous le coup de la culpabilité, Jodie faillit avouer à Angela qu'elle n'allait pas réellement épouser Devin, mais elle n'eut pas le courage d'infliger une telle déception à l'adorable vieille dame.

Celle-ci la prit par le bras et la guida vers la porte.

— Venez. Etant donné que Natalie a du travail, vous allez me reconduire chez moi, et nous discuterons arrangements floraux et robes pour les demoiselles d'honneur. Cela m'empêchera de penser à ce pauvre Craig.

Plus embarrassée que jamais à l'idée de devoir s'enferrer dans son mensonge, Jodie fit un détour par son bureau pour prendre son sac.

Comme elle s'apprêtait à partir, Devin sortit de son bureau en compagnie d'Ash.

— Ah, tu es là, dit Devin en allant embrasser sa tante. Natalie m'a demandé de te faire savoir qu'elle était occupée, et qu'elle ne pourrait pas te raccompagner tout de suite. Quant à Ash et moi, nous devons sortir pour interroger une éventuelle suspecte. Je crains que tu ne sois obligée d'attendre pour rentrer au manoir.

— Ne vous inquiétez pas pour moi, tous les deux. Jodie va me raccompagner.

Elle chassa les deux hommes vers l'ascenseur.

— Allez-y. Et trouvez vite quelque chose pour innocenter Craig. La maison n'est plus pareille sans lui.

— Je ne suis pas certain qu'il soit prudent pour toi de rester seule au manoir, protesta Devin.

— Entre le système d'alarme et les vigiles qui quadrillent la propriété, je ne vois vraiment pas ce qui pourrait m'arriver. Si cela peut te rassurer, je t'appelle dès que je suis arrivée.

Devin ouvrit la bouche pour dire quelque chose mais se ravisa et fit signe à Ash de le suivre.

Angela regarda les deux hommes partir.

— J'espère qu'ils trouveront quelque chose.

— Moi aussi, acquiesça Jodie en prenant son sac. Vous êtes prête ?

— Oui, mais je veux d'abord faire un détour par le centre pénitentiaire pour m'assurer que Craig va bien.

A cette heure de la journée, la circulation était fluide. Le trajet se fit sans encombre et, une dizaine de minutes après qu'Angela et elle eurent quitté les locaux de Kendall Communications, Jodie se garait sur le parking de la prison.

— Ce n'est pas la peine de m'accompagner, décida Angela. Je ne suis même pas certaine qu'ils me laisseront le voir. Quoi qu'il en soit, je serai parfaitement en sécurité à l'intérieur.

— Je vais vous attendre dans la voiture. Prenez votre temps.

Jodie avait besoin de réfléchir, et ces quelques instants de solitude seraient les bienvenus.

Après avoir accompagné Angela jusqu'à la porte, elle revenait vers son véhicule quand le procureur Allen passa en trombe devant elle et se gara sur un emplacement réservé.

Elle fit mine de ne pas l'avoir vu, mais ce dernier se précipita hors de sa voiture et la héla.

— Mademoiselle Carson ! Un instant, s'il vous plaît.

Plaquant un sourire sur son visage, Jodie attendit patiemment qu'il la rejoigne.

Après tout, si cet homme avait des griefs personnels contre la famille Kendall, elle pouvait peut-être essayer de savoir pourquoi.

— Je voulais m'excuser pour la nuit dernière, et ce matin, dit-il.

— Et pourquoi cela ? Je ne me souviens pas qu'il se soit passé quelque chose.

Après un temps d'hésitation, le sourire charmeur que

le procureur réservait à la presse illumina son visage. Il prit la main de Jodie et la porta à ses lèvres.

— Vous êtes charmante. Je me demande vraiment ce que vous faites avec Devin Kendall.

— Il arrive parfois que je me le demande également, rétorqua Jodie en faisant tourner sa bague de fiançailles autour de son annulaire.

— Dites-moi que vous n'allez pas réellement l'épouser.

Malgré la colère qui bouillait en elle, Jodie s'obligea à tenir son rôle.

— Je ne sais pas, répondit-elle avec une mine boudeuse. Devin sait se montrer persuasif.

— Je n'en doute pas. Mais vous méritez tellement mieux que lui ! Tenez, je vous invite au cocktail que je donne ce soir pour l'élite de Saint-Louis. Ce sera l'occasion pour vous de me voir sous un jour nouveau. Et, qui sait, je pourrai peut-être vous convaincre de renoncer à ce mariage…

Il l'enveloppa d'un regard de convoitise.

— Il y a tellement d'hommes qui seraient ravis de vous courtiser.

Jodie serra les dents et se retint de gifler ce visage bouffi de suffisance.

— Je vais y réfléchir. A quelle heure est votre soirée ?

— 20 heures, chez moi.

Il sortit de sa poche un stylo et une carte de visite professionnelle, et nota son adresse au dos.

Quand il eut terminé, il pressa la carte dans la paume de Jodie, et la retint plus longtemps qu'il n'était nécessaire.

Souriant si fort qu'elle en avait mal au visage, Jodie jeta négligemment la carte dans son sac, et adressa un petit signe au procureur.

— Eh bien, je vous laisse. Nous nous reverrons peut-être ce soir.

— J'y compte bien.

Il esquissa un geste pour lui prendre de nouveau la main, sans doute pour la gratifier une nouvelle fois d'un répugnant simulacre de baisemain. Personne ne lui avait donc dit qu'il fallait seulement s'incliner sur la main tendue, et ne surtout pas y poser les lèvres ?

Si ce type la touchait encore une fois, elle ne répondait plus de rien.

C'était un butor, d'une arrogance comme elle en avait rarement vue, certainement persuadé d'avoir de bonnes manières alors qu'il ne connaissait rien au savoir-vivre.

Enfin, l'essentiel était qu'elle avait obtenu son adresse. Si l'arrestation de Craig était un coup monté comme elle le supposait, elle trouverait sans doute des preuves au domicile du procureur.

— Ash, tu te souviens de nos parents ?

Au volant d'une voiture de location – dont l'équipement rudimentaire le changeait de son luxueux coupé, immobilisé chez le garagiste pour quelques jours –, Devin roulait vers une banlieue défavorisée de Saint-Louis.

— Je me souviens surtout de leurs disputes.

— Tu crois que tous les mariages se terminent de cette façon ?

— J'espère bien que non ! Pourquoi poses-tu la question ? Ne me dis pas que tu regrettes déjà ta décision.

Comment Devin aurait-il pu regretter quelque chose qui n'existait pas ?

— Non. Je me demandais seulement ce qu'il fallait faire pour qu'un mariage fonctionne.

— Je ne suis pas un expert. Tu devrais plutôt demander à tante Angela et oncle Craig. Ils feraient n'importe quoi l'un pour l'autre.

— Même commettre un meurtre ?

Les mots avaient franchi ses lèvres sans qu'il puisse les retenir.

Devin s'arrêta à un feu, et tourna la tête vers son frère, en se demandant s'il était allé trop loin.

Les yeux fixés droit devant lui, Ash ne répondit pas tout de suite.

— Tu crois vraiment qu'oncle Craig aurait pu tuer son propre frère ?

— Non. Bien sûr que non.

Devin appuya sur l'accélérateur tandis que le feu passait au vert.

— Cependant, il avait des raisons de le faire et ça pourrait être suffisant pour convaincre un jury. Tout d'abord, il était ruiné, et il avait vendu ses parts de la société à papa avant de déménager pour la Californie. De plus, ils avaient perdu leur fils unique et Angela ne pouvait plus être mère. Cela suffit pour qu'un homme normalement sain d'esprit perde la tête.

Ash afficha une mimique dubitative.

— Pas Craig. Il n'aurait pas fait ça. Ce n'est pas dans son caractère. Je crois qu'il ne saurait même pas se servir d'un revolver.

Devin soupira.

— Je vois ce que tu veux dire. Je ne sais même pas pourquoi j'en ai parlé. Parfois, je me demande si papa et maman ne se seraient pas entretués. Ils se détestaient tellement !

— J'y ai pensé aussi, mais il a été formellement établi qu'ils avaient été assassinés dans leur sommeil.

— Qu'est-ce qui peut pousser un couple à se briser comme le leur ?

— Le fait de se marier pour de mauvaises raisons ?

— Mais encore ?

— Eh bien, il était riche, et elle voulait changer de

milieu. Je ne crois pas qu'ils se soient jamais vraiment aimés.

— Un jour, j'ai surpris une conversation entre Craig et Angela. Ils pensaient que maman était infidèle.

Ash lança un regard surpris à Devin.

— Cette piste a été étudiée par les enquêteurs ?

— Pas que je sache.

— Ça pourrait être une pièce majeure de l'énigme.

— Je pense que Craig voulait éviter que maman soit traînée dans la boue après sa mort.

— Quelle importance ? Si elle avait un amant, c'est peut-être lui qui les a assassinés.

— C'est possible.

— Je vérifierai. Cela pourrait apporter un tout autre éclairage à cette enquête.

Ash laissa passer un silence, et secoua la tête avec incrédulité.

— Notre mère aurait eu un amant… Tu imagines ?

— Ce qui me ramène à ma question. Que faut-il faire pour qu'un mariage fonctionne ? L'amour est-il suffisant ?

— Je le crois. Sinon, je n'épouserais pas Rachel, il me semble.

— Mais est-ce assez pour qu'un couple tienne quand la passion s'est dissoute ?

— Je crois qu'un bon mariage doit aussi être amusant. Il faut un minimum de points communs, le même genre d'humour… C'est comme un jardin qu'il faut entretenir pour qu'il ne dépérisse pas. Tu connais l'adage : on récolte ce qu'on sème.

Devin essaya de s'imaginer marié à Jodie. Si elle était au quotidien ce qu'elle était au bureau, elle aurait toujours intellectuellement une longueur d'avance sur lui. Et il pouvait être certain de ne pas s'ennuyer grâce à son sens de la repartie et son humour parfois un peu cynique.

Pourrait-il passer le reste de sa vie avec elle, sans jamais se lasser ? Ou, à l'image de sa mère, éprouverait-il au bout de quelques années le besoin de multiplier les aventures ?

Non, il ne pouvait imaginer se lasser un jour de Jodie.

D'un autre côté, il n'était pas prêt à se marier. Pas tant que sa famille aurait besoin de lui.

— Nous sommes arrivés, déclara Ash.

Devin se gara sur un parking qui avait des allures de terrain vague, avec son goudron fissuré où poussaient les mauvaises herbes et ses carcasses de voitures abandonnées.

Au pied de l'immeuble, les poubelles débordaient de détritus, dont jaillit un chat famélique qui se faufila entre leurs jambes en miaulant sa désapprobation d'avoir été dérangé.

— Tu aurais peut-être dû rester dans la voiture, suggéra Ash.

— Tu n'as pas de renforts. Il vaut mieux que je t'accompagne.

— Je n'aime quand même pas ça.

— Détends-toi. Je sais que c'est toi le policier. Fais ton travail, je me contenterai d'observer.

Ils prirent l'escalier extérieur pour atteindre le deuxième étage et longèrent la coursive jusqu'au numéro indiqué par Jodie.

Tandis qu'Ash frappait à la porte, Devin recula d'un pas pour observer le parking en contrebas.

Il y eut des bruits de pas à l'intérieur, et quelqu'un jura. Puis la porte s'ouvrit et une femme aux yeux hagards, enveloppée dans un peignoir d'une propreté douteuse, apparut.

— Quoi ?

— Letty Morgan ?

— C'est ma fille. Qu'est-ce que vous lui voulez ?

— Nous avons quelques questions à lui poser.

Ash présenta son insigne.

— Police de Saint-Louis.

La femme afficha une moue soupçonneuse.

— C'est quoi, vos questions ?

— Est-elle à la maison ? demanda Ash.

— Je l'attends.

— Quand ?

La femme se hissa sur la pointe des pieds et regarda vers le parking.

— C'est peut-être bien elle qui arrive.

Devin observa la camionnette qui se garait à côté de sa voiture de location. Une femme sortit du côté conducteur. Son passager était un jeune homme avec un sweat-shirt à capuche et un jean baggy.

Ash fit demi-tour et se hâta vers l'escalier qu'ils avaient emprunté pour monter. Devin choisit de descendre du côté opposé, et se dissimula derrière la structure métallique, tandis que son frère allait à la rencontre du couple.

— Letty Morgan ? demanda Ash.

Les deux individus s'arrêtèrent brusquement.

Et, dès qu'Ash montra son insigne, le jeune homme à capuche détala.

Devin se prépara à intervenir tandis que l'homme courait dans sa direction, calculant le moment où il devait jaillir de sa cachette pour l'intercepter.

Mais le fuyard le repoussa brutalement à deux mains, et reprit sa course.

Devin s'élança derrière lui.

L'homme était rapide mais manquait d'endurance. Il essaya de sauter par-dessus un buisson, trébucha, et perdit du temps à se remettre en route.

Devin contourna le buisson sans ralentir sa course, et rattrapa l'homme au moment où celui-ci s'engageait dans une ruelle cernée de hauts murs, et bloquée en son bout par une grille.

Saisissant l'homme par son sweat-shirt, Devin l'obligea à redescendre, puis il lui fit replier de force un bras dans son dos, afin de limiter ses mouvements.

— Lâchez-moi ! protesta l'homme. Je n'ai rien fait.

— Dans ce cas, pourquoi vous êtes-vous enfui ?

— Parce que vous me poursuiviez.

— Pas avant que vous me frappiez.

— Je ne vous ai pas frappé ! Vous m'avez sauté dessus.

Devin poussa l'homme devant lui et lui fit faire le chemin inverse jusqu'à l'immeuble.

Ash les y attendait, avec Letty.

— J'ai quelques questions pour vous, dit-il en s'avançant vers l'homme.

— Je n'ai rien fait.

Un tic nerveux joua dans la mâchoire d'Ash.

— Ce n'est pas ce que dit votre petite amie. Où étiez-vous, hier, aux alentours de 23 heures ?

— Je regardais la télé avec ma copine.

— Oh ! allons, T.J. ! protesta Letty. Ils savent que tu n'étais pas avec moi.

— Tu ne pouvais pas fermer ta grande bouche ?

Il voulut se précipiter vers la jeune femme, mais Devin le retint.

Ash souleva sa main libre pour l'examiner. Des taches de peinture rouge marquaient ses ongles sales.

— Je suis sûr, ironisa-t-il, que si je faisais une comparaison, ce ravissant vernis à ongles correspondrait à la peinture en aérosol avec laquelle tu as tagué la voiture de mon frère hier soir.

Il laissa retomber le bras de l'homme.

— Tu vas déjà avoir pas mal d'ennuis pour effraction

et vandalisme. Ce que j'aimerais savoir, c'est où tu t'es procuré l'explosif pour faire sauter l'appartement.

— Quel explosif ?

Le jeune malfrat commença à se débattre.

— Je n'ai rien fait sauter, moi. Vous ne pouvez pas me faire porter le chapeau pour ça. Ce n'était pas moi.

— Donc tu admets avoir saccagé l'appartement et vandalisé la voiture ?

— Peut-être…

L'homme jeta un bref coup d'œil à sa petite amie.

— Mais je n'ai pas posé de bombe.

— Qui, alors ?

— Je n'en sais rien.

— Pourquoi avez-vous saccagé l'appartement de Mlle Carson ?

— Je ne savais pas à qui était l'appartement. C'est un type qui m'a payé pour tout retourner et écrire sur le mur.

— Quel type ? demanda Devin.

— Je ne sais pas. Il portait un chapeau de cow-boy, et je n'ai pas bien vu son visage. Il ne m'a pas donné de nom, juste l'adresse, et il m'a payé cent dollars pour faire le boulot.

— Ecoutez, intervint Letty. T.J. n'a pas posé de bombe. Il ne saurait pas comment faire. Il a saccagé l'appartement et la voiture, mais c'est tout.

Ash sortit son portable de sa poche et composa un numéro.

— Je fais venir une voiture de patrouille.

— Hé, vous n'allez pas m'arrêter ! Je suis en conditionnelle.

— Il fallait y penser avant de bafouer la loi.

*
* *

Trente minutes plus tard, Ash et Devin étaient en route pour le siège de Kendall Communications quand un appel arriva sur le portable d'Ash.

— Kendall, j'écoute, dit ce dernier d'un ton professionnel.

Devin s'arrêta à l'entrée du parking souterrain, et tourna la tête vers son frère.

Ash avait sa tête des mauvais jours.

Un mauvais pressentiment s'empara de Devin.

— Bien, monsieur. J'ai compris.

Ash raccrocha et jeta rageusement le téléphone sur le tableau de bord.

— Que se passe-t-il ? demanda Devin.

— On vient de me retirer l'enquête. Conflit d'intérêts.

— Il fallait s'y attendre.

— Oui, mais ce n'est pas tout.

— Quoi ?

— Gene Williams, celui qui a accusé Craig d'avoir commandité le meurtre…

— Eh bien ?

— Il s'est évadé.

— Pardon ?

— Attends ! Il y a pire.

— Que peut-il y avoir de pire ?

— On lui a fait quitter la route. Sa voiture a basculé du haut d'un pont, et il est mort avant l'arrivée de l'ambulance. Et, bien sûr, le procureur accuse les Kendall d'avoir fait le coup pour éliminer un témoin.

12

Tandis que la porte de l'ascenseur s'ouvrait, Jodie prit une profonde inspiration pour se donner du courage.

Elle avait déposé Angela chez elle, et s'était assurée que le système de sécurité était enclenché. Puis elle s'était hâtée de revenir au bureau, passant le reste de la journée à essayer de ne pas penser à Devin.

Angela avait raison : c'était compliqué d'être amoureuse. D'un côté, elle avait envie de claquer la porte de Kendall Communications et de ne jamais revenir. De l'autre, elle ne pouvait se passer de Devin, et pressentait que sa vie sans lui serait un enfer.

Redressant les épaules, elle afficha toutes les apparences du calme et de l'efficacité qui avaient été son apanage depuis six ans.

— Personne n'a assisté à l'accident ? demandait Devin quand elle entra dans le bureau.

— Non, répondit Ash.

— Dans ce cas, comment le procureur peut-il diriger ses soupçons vers l'un d'entre nous ?

— Que se passe-t-il ? interrogea Jodie.

— Passe-moi l'avocat de Craig, aboya Devin. Nous allons avoir besoin d'aide.

Loin de se formaliser de son attitude revêche, Jodie fit preuve de compréhension.

— J'en déduis que les choses ont mal tourné chez Letty Morgan, commenta-t-elle en feuilletant son répertoire.

— Non, au contraire. Son petit ami a reconnu avoir vandalisé ton appartement et ma voiture.

Jodie releva la tête de son carnet.

— Et la bombe ?

— Il affirme n'y être pour rien.

Ash hocha la tête.

— Je le crois. Ce n'est qu'un petit voyou sans envergure. Il nous a dit que quelqu'un l'avait payé pour ses forfaits.

— Quelqu'un l'a payé ? répéta Jodie.

— Oui, et je crois qu'il doit s'agir de la personne qui a posé ou fait poser une bombe chez moi.

— Il est évident que quelqu'un en veut aux Kendall, déclara Ash. Et cela vous inclut puisque vous êtes fiancée à un Kendall.

— Je voudrais bien savoir de qui il s'agit, remarqua Devin d'un ton songeur. Qui peut nous en vouloir à ce point, et pour quelle raison ?

— Je vais essayer de voir si je peux obtenir des informations de l'inspecteur à qui on a transféré mon enquête, déclara Ash. Il me doit une faveur.

Après le départ d'Ash, le silence régna sur le bureau pendant un long moment.

Jodie en profita pour laisser vagabonder ses pensées, jusqu'à ce que l'une d'elles émerge du lot.

— Je suis tombée sur le procureur, au centre pénitentiaire, annonça-t-elle de but en blanc.

Devin tiqua.

— Que faisais-tu là-bas ?

— Angela voulait s'assurer que Craig allait bien.

— Ça ne me plaît pas de savoir que tu traînes en ville alors qu'un malade essaie d'éliminer tout ce qui porte le nom de Kendall.

Les paroles de Devin emplirent d'une joie immense le cœur de Jodie.

Il avait laissé entendre qu'elle faisait partie de la famille, comme si c'était une chose toute naturelle.

Mais cette petite parcelle de joie fut de courte durée face à l'ampleur des problèmes auxquels ils avaient affaire.

— J'ai fait preuve de prudence, dit-elle pour apaiser l'inquiétude de Devin.

— Que voulait Allen ?

— Il veut que je te quitte pour sortir avec lui.

Elle esquissa un sourire.

— Mais je ne suis pas certaine de devoir me sentir flattée. Je pense que son but est uniquement de te nuire. Tu vois une raison pour laquelle il en veut autant aux Kendall ?

— Non. Mais son visage me fait penser à quelqu'un. Pour le moment, c'est encore assez flou, mais j'ai dû le croiser autrefois. Peut-être au lycée, ou à l'université… Pourtant, son nom ne me dit rien.

— Il avait peut-être un frère ou un cousin avec qui tu étais ami. Tu as encore tes annuaires scolaires ?

— C'est possible…

Devin se dirigea vers les rayonnages qui couvraient tout un mur de son bureau.

— Ici, annonça-t-il après avoir cherché quelques minutes.

Il se saisit de plusieurs albums, et les déposa sur son bureau.

Jodie vint se placer derrière lui, tandis qu'il feuilletait les pages couvertes de photographies de lycéens.

Il avait commencé par les dernières années, et exploré toute la liste des A, mais aucun des Allen inscrits cette année-là n'avait la structure osseuse et la peau mate de Jesse Allen.

Devin écarta l'annuaire et en ouvrit un autre. Là encore, il ne trouva pas de correspondance.

— Je fais peut-être erreur, dit-il. Il se peut qu'il ait tout simplement un de ces visages que tout le monde est persuadé de connaître.

Jodie prit l'un des albums et l'ouvrit sur le coin du plateau en acajou massif du bureau.

Après avoir vérifié les Allen, elle continuait à tourner machinalement les pages quand un visage se détacha du lot. Elle lut le nom sous la photographie : Jose Alvarez.

— C'est lui ! s'exclama-t-elle.

Devin se leva d'un bond.

— Fais voir.

Penché au-dessus de l'épaule de Jodie, il observa longuement le portrait de l'adolescent.

— Jose Alvarez..., murmura-t-il d'un ton pensif. J'ai l'impression de connaître ce nom.

— Evidemment puisque tu es allé en classe avec lui.

— Pas seulement... Je suis sûr qu'il y a autre chose.

Il souleva le combiné téléphonique sur son bureau, composa un numéro, et mit le haut-parleur.

— Inspecteur Kendall, annonça une voix masculine après trois sonneries.

— Ash, c'est Devin. Si je te dis : Jose Alvarez, ça te rappelle quelque chose ?

Jodie se pencha en avant, les avant-bras posés sur le bureau.

Le procureur avait-il quelque chose à voir dans les agressions contre les Kendall, et dans le faux témoignage pour incriminer Craig ?

— Pourquoi cette question ? demanda Ash.

— Parce que je l'ai sur le bout de la langue, mais ça ne me revient pas.

— Non, vraiment, je ne vois pas... Attends ! Nous

n'avions pas un jardinier qui s'appelait comme ça ? Il a travaillé pour papa et maman, et ensuite pour Craig.

Ash laissa passer quelques secondes de silence, le temps de fouiller dans ses souvenirs.

— Son prénom devait être Juan, ou quelque chose dans ce genre.

— C'est ça ! C'est bien de lui qu'il s'agit. Tu peux lancer une recherche sur Juan Alvarez ? Vois s'il a des enfants, et où ils se trouvent aujourd'hui.

— Tu m'expliques pourquoi ?

— J'ai découvert dans un de mes albums scolaires un Jose Alvarez qui ressemble à une version plus jeune de notre distingué procureur Jesse Allen.

— Ce serait une coïncidence ?

— J'en doute. Tu vérifies ça ?

— Pas de problème. Oh ! attends ! Pendant que je t'ai en ligne…

— Oui ?

— Mon collègue chargé de l'enquête m'a dit que le procureur était déchaîné contre les Kendall, et qu'il était prêt à tout pour nous faire tomber.

— Ce n'est pas une surprise. Autre chose ?

— T.J. Bryant est toujours en salle d'interrogatoire. Il refuse de parler.

— Le procureur s'est entretenu avec lui ?

— Il a dû passer un marché avec lui. A moins que ce ne soit tout simplement Allen le mystérieux commanditaire. On ne me laisse pas approcher Bryant. Toutes les informations que je reçois sont de seconde ou troisième main.

— Reste attentif. Et, dès que tu as une information, préviens-moi.

— Je ferai ce que je peux.

— C'est tout ce que je te demande.

Devin raccrocha et échangea un regard avec Jodie.

— Le procureur ne t'a rien dit d'autre ?

— Il m'a invitée à une réception, chez lui.

— Pourquoi ?

— Je te l'ai dit : il veut sortir avec moi.

— Ce serait un véritable coup d'éclat pour lui. Depuis vingt-quatre heures, il déborde d'activité.

Devin récita la liste en comptant sur ses doigts :

— Il fait emprisonner un Kendall. Il retire son enquête à un autre. Et, pour finir, il essaie de voler la fiancée du dernier.

Son expression s'assombrit un peu plus.

— Evidemment, tu n'iras pas.

Jodie prit la mouche

— Je n'ai encore rien décidé !

— Eh bien moi je te dis que tu n'iras pas.

Les mains sur les hanches, le menton levé, Jodie tient tête à son patron et à l'homme qu'elle aimait.

Il n'était pas question qu'il lui dicte ce qu'elle devait ou ne devait pas faire sur son temps libre.

Surtout si elle pouvait glaner des informations susceptibles de faire avancer l'enquête.

— Si Allen a tendu un piège à Craig, je crois que ce serait intéressant d'aller fouiner chez lui.

— Non. C'est beaucoup trop dangereux.

— Il m'a dit que toute la bonne société de Saint-Louis serait présente. Cela m'étonnerait qu'il s'en prenne à moi devant tout le monde. Il n'est pas stupide à ce point.

— Il n'empêche que je t'interdis d'y aller.

— Tu as bien conscience que je fais ce que je veux en dehors de mon temps de travail ?

— Pas tant que tu es fiancée avec moi.

— Oh ! je t'en prie ! Nous savons tous les deux qu'il ne s'agit pas d'un réel engagement.

— Tant que tu portes ma bague, ça l'est !

Elle se campa devant lui, raide de colère.

— Ah, vraiment ?

Elle fit mine d'ôter sa bague.

— Je te préviens, dit Devin d'un ton menaçant : si tu vas chez Allen, je… je te licencie.

— Mais faites donc, monsieur Kendall ! Je commence à penser que j'ai gâché les six dernières années de ma vie à travailler pour toi.

Elle sortit de la pièce, prit au passage son sac dans son propre bureau, et se dirigea vers l'ascenseur.

Tandis qu'elle pressait le bouton d'appel, une large paume se referma sur son poignet et l'obligea à faire volte-face.

— Je suis désolé. J'ai eu tort.

Jodie écarquilla les yeux.

— Eh bien, c'est une première !

— Que je reconnaisse mes torts ? Tu vois, tout arrive. Je n'aurais pas dû t'ordonner de te tenir à l'écart du procureur. J'aurais dû te le demander gentiment.

Il l'attira contre lui et passa les bras autour de sa taille.

— S'il te plaît, ne va pas à la réception de Jesse Allen.

— Mais ça pourrait nous apporter des éléments pour…

Il effleura ses lèvres d'un baiser.

— S'il te plaît.

Jodie ne chercha pas à se leurrer. Quand il était comme ça, elle était incapable de lui résister.

— Eh bien, si tu présentes les choses de cette façon…

Elle noua les bras autour de son cou, et l'embrassa passionnément.

Le timbre de l'ascenseur retentit dans le dos de Jodie, et elle s'écarta précipitamment de Devin.

— Vous ne vous battez pas loyalement, monsieur Kendall, eut-elle le temps de susurrer.

— Je vous en prie, appelez-moi Devin, mademoiselle Carson, répliqua-t-il sur le même ton de plaisanterie.

Natalie sortit de l'ascenseur et les enveloppa d'un regard suspicieux.

— J'ai l'impression que j'interromps quelque chose. Je ferais peut-être mieux de retourner dans mon bureau.

— Mais non, voyons ! protesta Jodie en prenant son amie par le bras. Reste.

Natalie lança un regard incertain à son frère.

— Bien sûr, voyons. Reste, Nat. Je m'en allais, de toute façon.

— Où vas-tu ? demanda Jodie.

— Rendre visite à Craig.

Il lui caressa la joue.

— Fais attention à toi, d'accord ?

— Je devrais peut-être t'accompagner.

Devin se pencha pour déposer un chaste baiser sur ses lèvres.

— Je préfère que tu restes ici.

Natalie s'éclaircit la gorge.

— Ohé, je suis toujours là ! Et je suis bien contente que Jodie reste. Je n'avais pas envie de dîner seule.

Elle adressa un sourire à son amie.

— Tu te joins à moi ?

— Pourquoi pas ? répondit Jodie, tandis qu'un plan commençait à prendre forme dans sa tête.

Le genre de plan qui se passerait de la permission de Devin.

Dans l'ascenseur, Devin se demanda s'il avait bien fait de laisser Jodie et Natalie seules. Il se raisonna en songeant au garde du corps qu'il avait engagé pour sa sœur. Partout où Natalie irait, il les protégerait toutes les deux.

Aussi longtemps que Jodie resterait avec Natalie.

En route vers la prison, il appela son frère pour lui

demander de le rejoindre là-bas. Si quelqu'un savait ce qu'il était advenu de Juan Alvarez, ce serait bien leur oncle.

Lorsqu'il arriva, Ash était déjà là, et semblait très contrarié.

— Nous avons un nouveau problème, annonça-t-il sans préambule.

— Quoi encore ?

— On m'a mis en congé administratif.

— Quoi ? Mais pour quelle raison ?

— Tant que l'assassin de Gene Williams n'aura pas été retrouvé, les Kendall sont sur la sellette. Y compris moi.

Ash jura entre ses dents.

— Tu parles d'un suspect !

— Au moment des faits, nous étions tous les deux en train d'appréhender T.J. Bryant, souligna Devin. Ça ne doit pas être compliqué à prouver. Il y a ton appel au central, pour commencer. Il suffit de vérifier les enregistrements. Et la patrouille dépêchée sur place pour emmener Bryant pourra témoigner.

— Un appel anonyme a signalé ma voiture près de la scène de l'accident.

— Et alors ? Quelle valeur peut avoir un appel anonyme face au témoignage de deux officiers de police ?

— Oh ! tu sais, je ne suis plus en odeur de sainteté au commissariat. J'ai quand même réussi à obtenir d'un collègue qu'il me fournisse des informations sur Juan Alvarez.

— C'est déjà ça. Mais on dirait que nous allons devoir nous débrouiller seuls pour élucider cette affaire.

— Mouais…

Ils se livrèrent aux formalités d'usage et, quinze minutes plus tard, ils étaient conduits au parloir.

***

Craig portait toujours les mêmes vêtements que le jour de son arrestation, à l'exception de sa veste. Son pantalon était chiffonné, sa chemise portait des traces de transpiration et il n'était pas rasé.

Un pauvre sourire se dessina sur son visage fatigué, aux rides profondément creusées, mais son regard restait absent.

— Ça fait plaisir de vous voir, les enfants, dit-il d'une voix enrouée.

Le cœur de Devin se serra.

C'était l'homme qui avait recueilli les quatre enfants de son frère et les avait élevés comme les siens. L'homme qui avait été pour eux un meilleur père que le leur.

Il devait tout mettre en œuvre pour le faire libérer.

— Craig, te souviens-tu de Juan Alvarez ?

Craig fit un effort de réflexion.

— Juan Alvarez ? Le nom me dit quelque chose…

Il se massa le front d'une main tremblante.

— Désolé, mais ça ne me revient pas.

— C'était le jardinier de notre père. Tu sais ce qu'il est devenu ?

Craig releva la tête, le regard soudain plus vif.

— Oh oui, naturellement. Je l'ai renvoyé quelques années après la mort de vos parents.

— Pourquoi ?

— Il était paresseux et insolent. Je l'ai mis en garde plusieurs fois, mais il ne faisait aucun effort pour changer. J'ai donc été obligé de m'en séparer.

— Tu te rappelles s'il avait des enfants ?

— Eh bien, oui. Quand je l'ai rappelé à l'ordre la première fois, il m'a supplié de ne pas le renvoyer. Il avait un fils à l'université, et il m'a dit qu'il ne pourrait plus payer ses études s'il perdait son emploi. Mais, au bout d'une année de dérive, le parc ne ressemblait plus à rien. Je devais engager quelqu'un pour reprendre tout cela en main.

— C'est un bon mobile, remarqua Devin en cherchant le regard de son frère. Espérons que ton collègue pourra nous mettre sur la piste de Juan.

— Il est temps de partir, déclara Ash en se levant. Oncle Craig, nous allons tout mettre en œuvre pour te faire sortir d'ici le plus rapidement possible.

— Je ne suis pas inquiet. Entre vous et mon avocat, je sais qu'on ne m'abandonne pas. Allez-y maintenant, les enfants. Et ne vous en faites pas pour moi.

Dès qu'ils furent à l'extérieur, Ash appela son collègue et obtint enfin une bonne nouvelle. Juan Alvarez vivait toujours à Saint-Louis.

— Je conduis, décida Devin.

Ash alla chercher un appareil photo dans le coffre de sa voiture, et prit place à bord de celle de Devin.

Les mains serrées sur le volant, comme il aurait aimé pouvoir les serrer autour du cou de cet odieux personnage qu'était le procureur Allen, Devin démarra dans un crissement de pneus.

Plus vite ils arriveraient chez Alvarez, plus vite ils seraient fixés à propos de Jesse.

Tandis qu'il prenait de la vitesse sur la voie rapide, ses pensées s'envolèrent vers Jodie, et il se demanda si elle était toujours avec Natalie, et si le garde du corps faisait son travail.

13

Jodie avait choisi un bistro près de l'immeuble de Kendall Communications, en prétendant qu'elle devait retourner travailler après le dîner.

Au moment d'entrer dans l'établissement, Natalie jeta un discret coup d'œil par-dessus son épaule.

— Tu as vu ?

— Quoi ?

Jodie était tellement perdue dans ses pensées qu'elle n'avait pas prêté attention à son environnement. Ce qui était pour le moins stupide quand la plus élémentaire prudence voulait qu'elle vérifie régulièrement si elle n'était pas suivie. Devin le lui avait assez répété.

— L'homme qui fait semblant d'attendre le bus.

— Il attend peut-être vraiment le bus.

— Il nous suit depuis la sortie du bureau.

— Tu crois que c'est celui de l'autre jour ?

— Non. Ce n'est pas le même homme.

— S'il te plaît, promets-moi que tu ne vas pas de nouveau te ruer à travers la circulation.

Jodie posa la main sur le bras de Natalie, prête à la retenir s'il lui passait par la tête de commettre une nouvelle folie.

Natalie pinça les lèvres.

— Non. J'ai retenu la leçon. Mais je suis inquiète. C'est peut-être le type qui a provoqué l'accident d'oncle Craig, ou qui a placé une bombe chez Devin.

Un frisson courut le long de la colonne vertébrale de Jodie.

— Tu veux que j'appelle la police ?

Elle ouvrait déjà son sac pour y prendre son téléphone, mais Natalie l'en empêcha.

— Non. Je peux me prendre en charge. J'évite les rues désertes, je vérifie si je ne suis pas suivie… Et puis j'ai ma bombe lacrymogène.

Elle tapota son sac, l'air mauvais.

— J'aimerais bien lui en envoyer une bonne giclée dans les yeux pour lui apprendre à me suivre.

— Ne t'emballe pas, lui conseilla Jodie. Garde ta bombe lacrymogène pour quand tu en auras vraiment besoin. Ce que je ne te souhaite pas, bien sûr.

D'un geste décidé, elle poussa la porte du bistro et se dirigea vers une table en vitrine, d'où elle pourrait surveiller le prétendu suiveur de Natalie.

A son avis, il s'agissait tout bonnement du garde du corps engagé par Devin pour assurer la sécurité de sa sœur.

Le poids de tous ces mensonges commençait à lui peser. Elle n'avait personne à qui se confier, mais elle avait réellement besoin de parler de ses sentiments pour Devin.

Elle aurait aimé pouvoir demander conseil à quelqu'un, mais la vraie nature de ses fiançailles avec Devin devait rester secrète pour les Kendall.

Ce qui excluait qu'elle choisisse Natalie pour confidente.

— Qu'est-ce qui te préoccupe, Jodie ? En dehors du fait, bien sûr, que tu n'as plus d'appartement et que tu es fiancée à un bourreau de travail.

Natalie rit, mais redevint très vite sérieuse et posa la main sur celle de Jodie.

— Sérieusement, qu'est-ce qui ne va pas ?

— Rien.

Jodie baissa la tête, n'osant pas croiser le regard de Natalie.

— Pour un couple qui doit se marier, vous êtes aussi nerveux que des adolescents surpris en train de se bécoter à la bibliothèque. Que se passe-t-il entre vous deux ? Je peux peut-être vous aider.

Jodie fit l'erreur de plonger le regard dans les yeux verts de son amie.

— Oh ! Natalie, gémit-elle.

— Allons, je suis sûre que ce n'est pas si grave que ça. Raconte tout à ta meilleure amie.

— Tu promets de n'en parler à personne ?

— Bien sûr !

Jodie prit une profonde inspiration et se lança.

— Je ne suis pas réellement fiancée avec ton frère. C'est du bluff.

Elle guetta la réaction de son amie et en fut pour ses frais. Natalie n'avait pas bougé un cil.

— Et ? se contenta-t-elle de demander d'un ton détaché.

Jodie écarquilla les yeux.

— Tu savais ?

— Je m'en doutais mais, en sachant combien tu es amoureuse de lui, j'espérais que cela évoluerait pour le mieux, que la fiction deviendrait réalité.

— Eh bien je suis ravie d'apprendre que je suis mauvaise comédienne à ce point, essaya de plaisanter Jodie, même si le cœur n'y était pas.

— Oh non, rassure-toi. Tu donnes parfaitement le change. Mais je te connais. Et je connais mon frère.

— Tu dois donc savoir qu'il ne m'épousera jamais.

— Et pourquoi pas ?

— Devin a besoin d'une femme qui renforcera sa position sociale. J'ai beau vous aimer beaucoup, vous les

Kendall, je n'ai pas ma place parmi vous. Je n'ai pas les codes pour m'intégrer à votre mode de vie.

— Mais de quelle intégration parles-tu ? On dirait que nous sommes des extraterrestres ! Ou une tribu aux coutumes singulières.

— C'est un peu ça. Vous êtes riches et puissants. Vous évoluez dans les sphères les plus élevées de la société. Moi, j'ai travaillé dur pour m'en sortir. Je ne suis pas une héritière. Je ne sais même pas comment il faut s'habiller pour un dîner de gala.

Natalie se cala contre le dossier de sa chaise et croisa les bras sur sa poitrine.

— Jodie Carson, si je ne te connaissais pas, je dirais que tu es snob.

Jodie dévisagea son amie avec stupéfaction.

— Pas du tout !

— Pour commencer, tous les Kendall travaillent. Ils n'attendent pas sans rien faire de percevoir des dividendes. Ensuite, tu es plus qu'une simple assistante. Je t'ai vue à l'œuvre dans les réunions du conseil d'administration. Tu es aussi indispensable à cette entreprise que mon frère.

Jodie ouvrit la bouche pour protester.

— Ne dis pas le contraire, poursuivit Natalie. Devin serait complètement perdu sans toi. Il est intelligent, il est fort… et il est amoureux de toi. Mais il ne s'en rend pas compte parce qu'il est trop occupé à jouer les grands frères avec nous.

Jodie sentit son cœur se dilater de joie, mais n'osa croire totalement à ce qu'elle venait d'entendre. Natalie avait-elle vraiment dit que Devin était amoureux d'elle ?

— Il se sent responsable de vos tous.

— Je sais. C'est à la fois une bénédiction et un fardeau pour chacun d'entre nous.

— A qui le dis-tu ! Dès que nous aurons officiellement annoncé notre rupture, je quitterai Kendall Communications.

Natalie eut un hoquet de surprise.

— Tu ne peux pas faire ça !

— Je n'ai pas le choix. J'ai déjà consacré six années de ma vie à Devin. Je ne vais pas rester éternellement la pitoyable assistante amoureuse de son patron. Je mérite d'avoir une vie épanouie. Je mérite d'être aimée.

— Mais il t'aime, crois-moi. Dès que toute cette histoire sera terminée, il ouvrira les yeux, tu verras.

Jodie secoua la tête.

— Je n'en peux plus. Je ne peux pas rester près de lui, à l'aimer sans espoir de retour. Et maintenant que nous avons… été ensemble, je ne peux pas le voir d'une autre manière. Je ne peux pas continuer à le côtoyer tous les jours en sachant que nous ne serons jamais un vrai couple. C'est une torture.

— Mais ça va s'arranger très bientôt. Je te le promets.

— Je ne le crois pas. Il vous aime tous beaucoup trop pour renoncer aux responsabilités qu'il s'est lui-même imposées. Et je ne l'obligerai pas à choisir entre sa famille et moi.

— Tu es vraiment compliquée.

Jodie soupira.

— Je sais.

Après un coup d'œil à sa montre, elle se leva brusquement.

— Je dois y aller.

— Où ?

— Je suis invitée à une réception que je ne veux absolument pas manquer.

— Tu sors ? Avec tout ce qui se passe en ce moment ?

— Crois-moi, si je n'étais pas persuadée que c'est utile, je n'irais pas.

Elle prit son sac.

— Ça ne t'ennuie pas si je t'abandonne ?

— Je suis une grande fille.

— Je sais. Mais sois prudente.

— Toi aussi.

Natalie se leva et embrassa son amie.

— Ne fais rien de stupide. Et laisse-moi parler à Devin. Je suis certaine de pouvoir le convaincre que vous êtes faits l'un pour l'autre.

— Non. Tu as promis de ne pas lui parler de notre conversation. Il ne doit pas savoir que j'ai vendu la mèche à propos de nos fiançailles. Ni que je suis amoureuse de lui.

— Si tu veux. Mais j'espère que tu vas reconsidérer ta décision de nous quitter. Je serais complètement perdue sans toi.

— Tu t'en remettras.

— Avec qui irai-je déjeuner, ou faire les boutiques ?

— Je serai toujours dans le coin. Mais plus chez Kendall Communications.

— Ce ne sera pas pareil.

— Allons, allons ! Tu es une Kendall. Tu survivras.

— Nous voici arrivés, déclara Devin en s'arrêtant dans un modeste quartier du sud de la ville. Comment allons-nous procéder ? Tu n'es plus supposé enquêter.

— Sans compter que notre présence risque d'alerter Jesse Allen.

Ash s'accorda quelques instants de réflexion.

— Nous n'avons qu'à nous inspirer de Thad. Il suffit de nous faire passer pour des journalistes enquêtant sur l'entourage des Kendall.

— Tu ne crois pas que Juan risque de nous reconnaître ?

— Il y a peu de risques. Enlève ta veste et ta cravate, et décoiffe-toi. Il faut que tu paraisses un peu plus décontracté.

Ash adressa un clin d'œil moqueur à son frère.

— Prends exemple sur moi.

— Mais oui, on va le savoir que tu es cool et branché. Excuse-moi d'aimer les costumes !

Lorsque Devin se fut exécuté, Ash lui tendit son appareil photo.

— Laisse-moi mener la discussion. Je serai le reporter et toi le photographe.

— Ça marche.

Un vieux break était garé dans l'allée devant la maisonnette en préfabriqué. Le son de la télévision, poussé à plein volume, résonnait à travers les murs.

Ash sonna à deux reprises avant que la porte ne s'ouvre.

— Je ne sais pas ce que vous vendez, mais je n'ai besoin de rien, ronchonna un vieil homme à l'allure négligée.

Tandis qu'il esquissait le geste de refermer la porte, Ash glissa son pied dans l'entrebâillement.

— Nous n'avons rien à vendre, monsieur. Nous sommes journalistes.

— Ouais, et qu'est-ce que vous me voulez ?

— Nous avons découvert que vous avez travaillé pour les Kendall, avant le double assassinat de la Saint-Sylvestre.

— Je ne sais rien. Je n'étais pas là quand c'est arrivé.

— Nous écrivons un article sur la famille Kendall, du point de vue de ses amis et de ses employés. Cela ne prendra que quelques minutes.

— Je n'ai rien à dire.

— Quel dommage ! Notre but est de les montrer sous leur vrai jour de nantis sans scrupule, et je crois que vous auriez pu nous aider.

Devin serra les dents. Ash était si convaincant dans sa façon de dénigrer la famille qu'il sentait la moutarde lui monter au nez.

L'argument fit mouche, et Alvarez ouvrit sa porte en grand.

— C'est bien vrai ce que vous dites. Il n'y a pas pire que ces gens-là. Et je pourrais vous en raconter de belles ! Entrez donc.

Ash s'installa sur le canapé.

— Quel était votre emploi exact, monsieur Alvarez ?

Devin prit place à côté de son frère, les lèvres pincées, tout en observant discrètement son environnement et l'homme qui devait, selon toute vraisemblance, être le père de Jesse Allen.

— J'ai travaillé pendant cinq ans comme jardinier au manoir, jusqu'à ce que Craig Kendall me renvoie.

— Je suis désolé de l'apprendre, dit Ash. Que s'est-il passé ?

— Quand je travaillais pour son frère, Josh, tout allait bien. Mais, après le drame, Craig est venu s'installer au manoir, il m'a pris en grippe immédiatement, et il m'a renvoyé sans aucune raison.

— Ça a dû être terrible pour vous…

— Et comment ! Sans emploi, je ne pouvais plus payer mon loyer, et je me suis retrouvé à la rue. Mon fils a dû prendre un travail pour m'aider, et il a perdu sa bourse d'études.

— J'imagine que vous avez dû connaître des années difficiles, dit Ash d'un ton compatissant.

— Pour sûr ! Mon fiston a dû renoncer à ses études pendant plusieurs années. Mais c'est un battant, et il a réussi à prendre sa revanche.

— Comment cela ?

— Il a trimé comme une bête pour payer ses cours de droit, et il a très vite fait son chemin.

Juan Alvarez se rengorgea.

— C'est quelqu'un d'intelligent, mon garçon. Aujourd'hui,

il a une belle situation, et il va enfin pouvoir faire payer les Kendall pour tout le mal qu'ils nous ont fait.

— Eh bien, je vous remercie, monsieur Alvarez, dit Ash en refermant son carnet. Je crois que nous avons tout ce qu'il nous faut.

Il se leva et se dirigea vers la porte, suivi par Devin.

— Hé ! les appela Juan Alvarez.

Devin se figea, certain que le vieil homme les avait démasqués.

Retenant son souffle, il pivota sur ses talons.

— Et alors ? demanda Alvarez en écartant les mains dans un geste de surprise, vous ne me prenez pas en photo ?

Soulagé, Devin dirigea son appareil vers le vieil homme et appuya sur le déclencheur.

L'ancien jardinier n'avait que du mépris pour les Kendall, et ne semblait pas comprendre qu'il avait sa part de responsabilité dans ce qui lui était arrivé. Les années passant, il avait sans doute fini par se persuader qu'il était l'innocente victime d'un employeur malveillant, et en avait conçu une haine féroce à l'encontre de Craig et de ses proches.

Sur le seuil, Devin inspira une profonde bouffée d'air frais avant de regagner sa voiture.

— C'est Jesse Allen qui est derrière tout ça, dit-il en se mettant au volant.

Ash tempéra cette affirmation.

— Rien ne permet de l'affirmer. Il a certes un bon mobile, mais nous n'avons aucune preuve qu'il ait joué un rôle dans la sortie de route du témoin, ou l'explosion de ton appartement.

— Tu crois que son père soupçonne notre imposture ?

— Seulement s'il s'y connaît en appareils photo. Tu as oublié d'enlever le cache de l'objectif.

Tandis que le rire de son frère emplissait l'habitacle, Devin sentit s'alléger la tension provoquée par cette rencontre avec Juan Alvarez et s'autorisa un sourire.

— Je crois que je vais m'en tenir à la gestion d'entreprise. Je te laisse le travail d'enquêteur.

— Marché conclu.

Ils retournèrent à la prison, où Ash avait laissé sa voiture. Ce dernier rentra chez lui, tandis que Devin se hâtait d'aller rejoindre Jodie.

Longtemps après l'heure de fermeture des bureaux, il ne s'attendait à trouver personne sur les lieux, à l'exception de sa diligente assistante.

Après tout, ils n'avaient ni l'un ni l'autre de foyer où rentrer. Il faudrait des mois de travaux pour restaurer son appartement. Quant à celui de Jodie… eh bien, rien n'empêchait qu'elle s'y réinstalle, mais elle ne s'y sentait plus chez elle après l'effraction.

Soudain pressé de la rejoindre, il allongea le pas dans le couloir.

Ce manque qu'il éprouvait en son absence était nouveau pour lui.

Comment avait-il pu travailler à ses côtés pendant six ans en l'ignorant ?

Aujourd'hui, il ne pouvait plus se passer d'elle. Il voulait vivre chaque minute de sa vie à ses côtés. Il voulait la toucher, l'embrasser, sentir son corps répondre au sien…

Le cœur battant, il s'avança vers le bureau de Jodie, prêt à la soulever dans ses bras et à l'embrasser à perdre haleine.

La pièce était vide.

14

Sur le perron de la maison de Jesse Allen, Jodie resserra autour d'elle les pans de son manteau noir.

Un coup d'œil à travers les portes-fenêtres ouvrant sur le triple salon en enfilade, brillamment éclairé par d'imposants lustres de cristal, lui avait permis de jauger la foule des invités, et elle avait soudain des doutes quant au choix de sa tenue.

Sa modeste robe achetée dans une enseigne de grande distribution ne ferait sans doute pas illusion, et elle redoutait de se faire remarquer au lieu de se fondre dans l'ambiance comme elle en avait l'intention. Pourtant, lorsqu'elle l'avait achetée, elle avait été séduite par l'originalité du modèle, avec son haut sans manches et sa courte jupe boule dotée de poches dissimulées dans les coutures.

Dans sa pochette de satin noir rebrodé de fines perles de jais se trouvaient un appareil photo numérique extra-plat, ainsi qu'une minilampe torche, et il lui semblait presque tenir un rôle dans un *James Bond*. Le décor, en tout cas, s'y prêtait.

Toutefois, elle était loin d'éprouver l'assurance des belles espionnes qui gravitaient autour de l'agent secret.

Un voiturier avait fait disparaître sa voiture vers un parking voisin dont elle ignorait l'emplacement, et cela ne faisait qu'ajouter à sa nervosité. Si elle devait quitter rapidement les lieux, elle serait retardée par la nécessité d'envoyer l'employé récupérer son véhicule.

Sa main tremblait tandis qu'elle la levait vers la sonnette. Avant qu'elle ait eu le temps d'actionner celle-ci, un majordome en livrée ouvrit la porte et l'invita à entrer.

Elle pénétra dans un vaste hall au sol de marbre, où s'alignaient des consoles de bois précieux garnies de somptueux bouquets, le long de murs ornés de tableaux de prix.

Sur la gauche, des hommes élégamment vêtus et des femmes arborant des bijoux exceptionnels devisaient en sirotant du champagne, au son d'un quatuor classique.

Devant un tel déploiement de luxe, Jodie ne put s'empêcher de se demander comment un simple procureur pouvait s'offrir une telle propriété.

Apparemment, Jesse Allen s'était hissé bien au-dessus de ses modestes origines.

Le majordome l'aida à ôter son manteau et lui indiqua le salon.

— Je souhaiterais d'abord me rafraîchir, dit-elle.

— Mais certainement, madame. Le boudoir se trouve à droite au bout du couloir.

Jodie suivit la direction indiquée, en se demandant comment Allen avait pu croire qu'elle se sentirait à l'aise dans cette impressionnante demeure, et parmi ce qu'il était convenu d'appeler le haut du panier de la bonne société de Saint-Louis.

Sans doute n'avait-il d'autre but que de s'approprier tout ce que possédaient les Kendall, y compris la supposée fiancée de Devin.

Qu'à cela ne tienne ! Elle était prête à lui laisser croire, pour ce soir au moins, qu'il avait toutes ses chances de voir ses espoirs se concrétiser.

Devant le miroir, elle rajusta l'une des épingles qui tenaient son chignon. Ses mains tremblaient, lui rappelant qu'elle n'était ni une espionne internationale, ni un policier infiltré.

Elle était toutefois l'assistante d'un haut dirigeant, habituée à des conciliabules privés et des guerres sans pitié au sein du conseil d'administration. Et, depuis sa performance de fausse fiancée, elle ne se jugeait pas trop mauvaise comédienne.

En résumé, elle ne manquait pas d'atouts pour convaincre le procureur qu'elle était folle de lui.

Jesse Allen se trouvait dans le hall lorsque Jodie déboucha du couloir.

Affichant un large sourire, elle lui tendit les mains avec cette emphase assez caractéristique des hautes sphères.

— Jesse, très cher ! Quel plaisir de vous revoir !

Le procureur lui prit les mains, recula d'un pas, et l'enveloppa de la tête aux pieds d'un regard concupiscent.

Se sentant souillée par une telle attitude, Jodie fit un immense effort de volonté pour continuer à sourire, alors qu'elle ne rêvait que de gifler l'indélicat.

— Comment avez-vous réussi à échapper à votre fiancé pour vous aventurer en territoire ennemi ?

Rejetant la tête en arrière, Jodie éclata d'un rire sonore qui manquait singulièrement de naturel, mais dont elle avait remarqué, pour avoir observé d'autres femmes, qu'il ne laissait pas les hommes insensibles.

— Je lui ai dit que j'allais acheter de la lingerie sexy pour notre nuit de noces.

Les narines du procureur frémirent, et son sourire se fit carnassier.

— Je serais ravi de vous aider à faire votre choix.

Jodie n'en doutait pas un instant, mais elle se garda de tout commentaire et glissa son bras sous celui de Jesse Allen pour l'entraîner vers le salon.

— Mais il ne s'agirait naturellement pas de vous aider à faire des achats pour votre mariage avec Kendall, reprit le procureur.

— Oh ! vous pensez que je ne devrais pas l'épouser ?

Elle afficha soudain une moue boudeuse.

— Je suis une grande fille, capable de prendre ses propres décisions. Et Devin Kendall répond à tous les critères de ma liste.

— Ah, parce qu'il y a une liste ? J'aurais dû me douter qu'une secrétaire accomplie comme vous aurait fait une liste.

Assistante de direction, eut envie de crier Jodie. Mais elle continua à donner le change.

— Une femme qui songe à assurer son avenir n'est jamais trop prudente.

— Et peut-on savoir quels sont vos critères ?

— Hmm… c'est un savant dosage d'argent et d'influence.

Elle minaudait, battant des cils, alors qu'elle n'avait jamais fait une telle chose de sa vie.

Finalement, ce n'était pas si compliqué de jouer la comédie. Surtout avec une solide motivation : celle de lever les soupçons qui pesaient sur la famille Kendall.

— Cela vous dirait-il de reprendre la danse que nous n'avons pas pu terminer la dernière fois ?

Sans attendre sa réponse, le procureur l'attira dans ses bras, la plaquant avec rudesse contre ses hanches.

Elle ne pouvait rien ignorer de son désir et, bien qu'elle en fût offusquée, elle décida d'en user à son avantage.

— Avec tout ce qui est arrivé aux Kendall ces derniers jours, pourquoi êtes-vous venue ce soir ? demanda Allen, les lèvres pressées contre son oreille.

Jodie fit mine de réfléchir, alors qu'elle avait déjà répété en chemin la réponse à cette question.

— Je voulais me laisser plusieurs options. On ne sait jamais… Je pourrais avoir besoin d'un nouvel emploi.

— Ou d'un nouveau fiancé.

Allen rit de sa propre plaisanterie.

— Ça vaudrait la peine d'y penser.

— Cela dépend des opportunités qui pourraient se présenter…

— Une jolie fille comme vous ne doit certainement pas en manquer.

— Vous êtes un flatteur, roucoula-t-elle. En tout cas, j'ai l'impression que vous ne portez pas les Kendall dans votre cœur.

Il rejeta la tête en arrière pour mieux l'observer.

— Qu'est-ce qui vous fait dire ça ?

— Je ne sais pas… Il me semble que vous vous réjouissez de leurs malheurs.

— Et si c'était le cas, cela vous choquerait ?

— Au contraire. Cela m'intrigue…

— Mais vous aussi vous m'intriguez, ma chère.

— Il ne tient qu'à vous de mieux me connaître.

Jesse Allen soupira.

— Vous êtes une femme très attirante, Jodie. Je suis certain que vous prenez un malin plaisir à me titiller parce que vous savez que je ne peux rien faire tant que mes invités sont là.

— Ils finiront bien par s'en aller…

Allen grogna de frustration, et se mit à onduler contre elle avec une rare indécence. Heureusement, le morceau arrivait à sa fin.

Repérant une débutante qui semblait avoir bu un peu trop de champagne, Jodie guida discrètement son cavalier dans cette direction.

— En attendant, vous vous devez à vos hôtes, dit-elle en cédant sa place avec soulagement.

La jeune femme semblait du genre envahissant, et Jodie espérait qu'elle mobiliserait le procureur suffisamment longtemps pour lui permettre de faire le tour de la maison.

Faisant quantité de simagrées pour prendre une coupe de champagne, elle se trémoussa seule au rythme de la musique, et gagna l'air de rien le côté opposé de la pièce.

Là, elle fit mine d'examiner un tableau, et calcula ses chances de quitter le salon sans que le procureur ne le remarque.

Une fois dans le hall, Jodie musarda de pièce en pièce, découvrant un fumoir où s'était réuni un groupe d'hommes qui discutaient politique, une bibliothèque, et une salle à manger.

Dans le couloir qu'elle avait emprunté pour se rendre à la salle de bains se trouvaient également un vaste vestiaire ainsi que l'accès aux cuisines.

Jodie supposait que les preuves qu'elle cherchait devaient se trouver dans le bureau ou la chambre principale, qui ne se situaient pas à ce niveau.

Profitant d'une brèche dans le va-et-vient des extra, qui transportaient les plateaux de petits-fours et de champagne des cuisines dans le salon, en transitant par le hall, elle emprunta l'escalier.

Sur le palier, elle se glissa dans la première chambre qu'elle trouva.

La penderie et la commode étaient vides, ainsi que la salle de bains, et elle en déduisit qu'il s'agissait d'une chambre d'amis.

Entrebâillant la porte, elle vérifia que la voie était libre avant de se précipiter vers la pièce voisine.

Une odeur puissante de bois ciré, de cuir et de papier l'enveloppa dès qu'elle poussa la porte. Il faisait plus sombre ici, et elle avait des difficultés à accommoder sa vision.

Elle fouilla dans sa pochette et en sortit sa minitorche.

Dans le faisceau lumineux apparurent des rayonnages couverts de livres de droit et de codes divers, ainsi que des ouvrages classiques avec leurs reliures de cuir.

Un imposant bureau ancien occupait le centre de la pièce, flanqué d'un fauteuil de cuir capitonné fauve, au piétement pivotant en acajou.

Les tiroirs latéraux du bureau n'étaient pas verrouillés, et Jodie fourragea rapidement parmi les documents. Puis elle s'attaqua au tiroir central, dont elle força la serrure à l'aide d'un coupe-papier. Jugeant que celui-ci pourrait lui être utile plus tard, elle le glissa dans sa pochette.

A l'intérieur du tiroir se trouvait une photographie jaunie d'une famille posant devant une maison. La date au dos du cliché indiquait qu'elle avait été prise vingt ans plus tôt.

Observant les visages, Jodie reconnut Jesse Allen en la personne de l'adolescent qui posait entre ses parents.

Elle trouva également une enveloppe chiffonnée, expédiée depuis une université locale.

La lettre indiquait que la bourse d'études accordée à Jose Alvarez lui avait été retirée, en raison de son incapacité à assister aux cours cette année-là. Le courrier datait d'un an environ après les meurtres de la Saint-Sylvestre.

Jodie prit son appareil et photographia les deux documents, avant de les remettre soigneusement en place.

Ce faisant, elle trouva un autre cliché de Jesse, en compagnie d'une jolie jeune fille blonde aux yeux gris. Ils portaient tous les deux un sweat-shirt au nom de l'université, et offraient l'image d'une jeunesse insouciante.

La photographie gondolait, et les coins étaient cassés, comme si elle avait longtemps été conservée dans un portefeuille.

Jodie la prit également en photo. Puis, afin de s'assurer

que rien ne lui avait échappé, elle passa la main tout au fond du tiroir.

Elle en délogea un paquet d'enveloppes retenues ensemble par une large bande élastique. Celle du dessus avait été timbrée six mois après la lettre de l'université. Elles étaient toutes adressées à Jose Alvarez et provenaient d'Emma Schafer.

Jodie prit la première enveloppe sur le dessus, et en sortit une lettre d'une page.

A en juger par les marques qui striaient le papier, la feuille avait été chiffonnée puis lissée.

Elle fit courir le faisceau de sa torche sur les lignes.

« Cher Jose,

» Ta présence à l'école me manque. Je sais que ta famille et toi traversez une période difficile. J'espère que tu pourras reprendre les cours en septembre prochain, comme prévu.

» Depuis ton départ, je participe activement à plusieurs associations, ce qui m'a permis de rencontrer de nouvelles personnes, et d'occuper mon temps.

» Ton amitié signifie beaucoup pour moi, et pour rien au monde je ne voudrais te faire de peine, mais je me dois d'être honnête avec toi.

» J'ai rencontré quelqu'un. Il étudie le marketing, comme moi, et nous avons énormément de points communs.

» Ce que j'essaie de te dire, c'est que nous nous aimons, et qu'il m'a demandé de l'épouser quand nous aurons obtenu nos diplômes. J'ai accepté.

» J'aurais aimé que nous restions amis, mais mon fiancé est jaloux et ne veut plus que je t'écrive. C'est donc un adieu que je te fais aujourd'hui.

» Sache que tu resteras toujours dans mon cœur comme un ami très cher.

» Bises, Emma. »

Le cœur de Jodie se serra en imaginant le désespoir du jeune Jesse lorsqu'il avait lu cette lettre. Après s'être vu retirer sa bourse d'études et avoir dû renoncer à l'avenir brillant qui s'offrait à lui, il avait perdu sa petite amie.

Elle prit une photographie de la lettre et la remit en place.

Les découvertes qu'elle venait de faire étaient intéressantes, mais pas suffisantes. Ce qu'il lui fallait, c'étaient des preuves de la fabrication d'une bombe artisanale.

A quel endroit un homme tel que Jesse garderait-il ce genre de choses ? Avait-il un atelier quelque part ?

Elle quitta le bureau et s'intéressa à la chambre principale. Elle n'y trouva rien de révélateur, sauf un dressing plein à craquer de costumes italiens et de vêtements de loisirs créés par de grandes marques de sportswear. Le tout était méticuleusement aligné par gammes de couleurs, et l'écartement entre les cintres était partout identique.

Un rayon de lune éclairait la chambre, qui se terminait en rotonde par de grandes portes-fenêtres, ouvrant sur un balcon.

Jodie s'avança pour regarder à l'extérieur, et découvrit un bâtiment adjacent à la maison, formant un L avec la façade. Elle ne l'avait pas remarqué en empruntant l'allée menant à la maison, mais cela ressemblait fort à un garage.

Son cœur fit une brutale embardée dans sa poitrine. Si le procureur avait essayé de faire quitter la route à Craig, la voiture se trouvait peut-être à l'intérieur.

Une rapide vérification des autres pièces et débarras de l'étage acheva de la convaincre qu'elle ne trouverait rien de significatif dans la maison.

***

La musique continuait à s'égrener du salon quand Jodie descendit prudemment l'escalier, en longeant le mur afin de pouvoir faire mine de s'intéresser à un tableau si quelqu'un la surprenait.

Arrivée en bas de l'escalier, elle se recroquevilla sous la volée de marches, au moment où un groupe d'invités se dirigeait vers la porte, suivi par Jesse Allen.

Le procureur sourit chaleureusement aux femmes, serra la main des hommes et les accompagna jusqu'au perron.

Tandis qu'il lui tournait le dos, Jodie suivit un serveur vers l'office, en espérant que l'accès au garage se trouvait de ce côté. Puis, profitant de la cohue générale, elle se glissa hors de la cuisine, et emprunta la galerie extérieure qui débouchait sur le garage prévu pour cinq voitures.

La porte de service était verrouillée, mais elle ne se laissa pas décourager.

Se figurant que le système de sécurité était désactivé en raison des allées et venues des invités, elle prit le coupe-papier dans sa pochette de soirée, et s'attaqua à la serrure, qui se révéla bien plus difficile à ouvrir que celle du bureau.

Elle s'acharnait toujours à essayer de l'ouvrir quand elle entendit claquer une porte du côté des cuisines.

Elle n'eut que le temps de se dissimuler derrière un buisson, avant que n'apparaisse le majordome qui lui avait ouvert la porte.

L'homme tenait à la main un trousseau de clés. Il ouvrit la porte du garage, entra et referma derrière lui.

Le cœur battant la chamade, Jodie regarda autour d'elle pour vérifier que la voie était libre, et se précipita à la suite du majordome, en espérant qu'il n'avait pas verrouillé la porte.

Ses espoirs furent déçus.

Le bourdonnement d'un moteur et le claquement de bras

mécaniques annoncèrent l'ouverture d'une des grandes portes basculantes en acier.

Jodie se demanda si elle oserait se glisser à l'intérieur du bâtiment, tandis que le majordome se préparait à sortir en marche arrière un des véhicules hors d'un box.

Risquant un coup d'œil, elle découvrit que l'homme était penché sur le tableau de bord de la berline gris métallisé et vérifiait quelque chose.

Elle en profita pour se glisser derrière un chariot mobile de mécanicien, et attendit que la voiture sorte du garage et que la porte se rabatte.

Enfin seule, elle relâcha son souffle et se redressa, en époussetant sa robe.

Il y avait trois autres voitures dans le garage, chacune recouverte d'une housse.

Devin avait mentionné un 4x4 de couleur sombre, et la première silhouette de voiture n'était pas assez volumineuse pour correspondre à la description. La curiosité la poussa toutefois à soulever un coin de la housse, révélant un cabriolet rouge.

Sous la seconde housse se cachait une Corvette bleu ciel. Jodie en avait vu en photographie, mais n'avait jamais eu l'occasion d'en approcher une. Elle n'avait hélas pas le temps d'admirer ce fleuron de l'industrie automobile des années soixante.

Son cœur battait toujours à se rompre tandis qu'elle se déplaçait dans le garage obscur vers la dernière forme aux allures vaguement fantomatiques.

La Jeep noire qui se cachait sous la housse correspondait à la description faite par Devin.

Et elle n'avait pas de plaque d'immatriculation.

Avait-elle trouvé ce qu'elle cherchait ?

Retenant son souffle, elle fit le tour du côté conducteur.

Vu la violence de l'impact avec la voiture de Craig, tout le flanc gauche devait être endommagé.

Elle souleva la housse, et la déception s'abattit sur elle.

Il n'y avait pas une griffe sur la peinture, et le pare-chocs était intact.

Bien décidée à ne pas rester sur cette déconvenue, elle se dirigea vers une autre porte, qu'elle avait repérée en entrant, et déboucha dans une pièce éclairée par un étroit vasistas en hauteur.

Des étagères métalliques s'alignaient le long des murs, regorgeant de pièces détachées, d'outils et de produits d'entretien. Un bureau métallique occupait le milieu de la pièce, sans doute destiné au chauffeur ou au mécanicien.

Déçue par cette expédition nocturne, et comprenant qu'elle n'était décidément pas faite pour le métier d'espionne, Jodie s'apprêtait à rebrousser chemin quand elle découvrit une autre porte.

Ce bâtiment était décidément un vrai labyrinthe !

Avait-elle le temps de prolonger son escapade ? Elle consulta sa montre et se dit que Devin devait être de retour au bureau. Sans doute se demandait-il où elle était passée…

En outre, elle avait déjà pris beaucoup de risques en fouillant la maison du procureur.

Peut-être ferait-elle mieux de rentrer, maintenant ?

Mais elle était tellement intriguée par cette porte mystérieuse qu'elle ne pouvait se résoudre à partir sans avoir découvert ce qu'il y avait de l'autre côté.

En s'approchant de la porte, elle constata avec dépit que celle-ci était fermée par une targette métallique et un cadenas.

Inutile d'espérer parvenir à un quelconque résultat avec son coupe-papier.

Frustrée, et convaincue que la pièce pouvait contenir les

secrets susceptibles de lever les soupçons sur les Kendall, Jodie balaya du regard son environnement, à la recherche de quelque chose qui pourrait l'aider à ouvrir le cadenas.

Ses yeux se posèrent sur une pince coupante fixée à un râtelier sur le mur.

Elle déposa sa pochette de soirée sur le bureau, se saisit de la pince et appuya de toutes ses forces sur les poignées pour essayer de sectionner l'anneau de la targette, dans lequel était passé le cadenas.

Après quelques minutes d'effort, le métal se rompit et tomba sur le sol en ciment.

Jodie adressa un remerciement muet à son professeur de fitness qui l'avait encouragée à faire des séances de musculation, et tira le battant métallique.

La porte ouvrait sur un étroit escalier dont le bas disparaissait dans l'obscurité. Il s'en échappait un air glacé qui fit monter la chair de poule sur les bras de Jodie.

Elle se munit de sa torche et du coupe-papier, et commença à descendre prudemment.

Se reflétant sur du verre, la lumière révéla bientôt d'interminables rangées de bouteilles.

C'était donc ce qui expliquait le cadenas. Certains vins pouvaient atteindre des prix faramineux. Et Jesse Allen devait posséder au moins un millier de bouteilles.

Mais le vin n'était pas une preuve que Jesse Allen mettait tout en œuvre pour éliminer les Kendall.

Jodie soupira.

Encore une impasse.

Le découragement faillit la pousser à faire demi-tour, mais elle aperçut un renfoncement dans le mur, à moitié dissimulé par un casier à bouteilles.

Se glissant dans l'étroit passage, elle se retrouva dans une sorte de réduit, dont les parois étaient entièrement couvertes de photographies.

Devinant déjà ce qu'elle allait découvrir, elle s'approcha.

Toutes les épreuves avaient pour sujet l'un ou l'autre des Kendall. Un cliché plus grand que les autres se détachait toutefois de l'ensemble.

Il s'agissait d'une photographie d'elle prise au sortir de l'immeuble de Kendall Communications.

— Je me demandais combien de temps il vous faudrait pour découvrir mon antre, scanda une voix masculine dans son dos.

Jodie poussa un petit cri de surprise et pivota sur ses talons.

Le sang afflua violemment dans ses veines.

Et son cœur battait si fort qu'il lui semblait vouloir jaillir de sa cage thoracique.

Elle ouvrit la bouche pour inventer une excuse.

Jesse leva la main avant même qu'un mot ait pu sortir de ses lèvres.

— Ne vous donnez pas la peine de mentir. Nous savons tous les deux pourquoi vous êtes là.

Il eut un ricanement mauvais.

— Et nous savons aussi que vous ne pouvez pas ressortir vivante de cette pièce.

15

Devin s'exhorta à ne pas céder à la panique.

Comme Jodie le lui avait répété un nombre incalculable de fois, elle était assez grande pour se prendre en charge.

En outre, que pouvait-il lui arriver alors qu'elle dînait en compagnie de Natalie, sous la discrète surveillance du garde du corps qu'il avait engagé pour assurer la protection de sa petite sœur ?

Il vérifia sa montre.

Minuit, cela commençait à faire tard pour un dîner.

Il chercha vainement un message sur le bureau de Jodie, quelque chose qui lui indiquerait où elle avait pu aller.

Il fit de même dans son propre bureau, mais n'eut pas plus de succès.

Il n'y avait rien, nulle part. Ni petit mot, ni message sur sa boîte vocale.

Il composa le numéro de Jodie. A la cinquième sonnerie, la messagerie s'enclencha.

— Jodie, rappelle-moi ! aboya-t-il dans le combiné.

Il raccrocha et résista à l'envie de jeter son téléphone contre le mur.

Jodie répondait toujours quand il l'appelait sur son portable.

Avec le recul, il prit conscience qu'il n'était pas normal que son assistante soit joignable en permanence, quels que soient le jour et l'heure. Mais il trouvait rassurant de n'être séparé d'elle que par un appel téléphonique, même s'il était à l'autre bout du monde.

Son estomac se noua tandis qu'il songeait à toutes les raisons qui pouvaient empêcher Jodie de répondre. Chaque hypothèse était plus angoissante que la précédente.

Non, décidément, il préférait encore croire qu'elle était avec Natalie et que les deux amies s'amusaient tellement qu'elles n'avaient pas vu passer le temps.

Il composa le numéro de sa sœur.

— Oh ! salut Devin. Tu as des nouvelles d'oncle Craig ?

— Où es-tu ?

— Oui, moi aussi je suis ravie de te parler, plaisanta sa sœur. Je suis chez moi.

— Seule ?

— Si j'étais avec un homme, je ne te le dirais pas.

— Je suis sérieux. Jodie est avec toi ?

— Non.

Une note d'inquiétude passa dans la voix de Natalie.

— Nous nous sommes quittées devant le restaurant, il y a environ trois heures. Et toi, où es-tu ?

La réponse de sa sœur n'était pas pour le rassurer.

— Au bureau. Elle a dit où elle avait l'intention d'aller ?

— Oui. A un cocktail qu'elle ne voulait manquer sous aucun prétexte.

Devin jura avec force.

— Quoi ? Que se passe-t-il ? s'inquiéta Natalie. Tu veux que je te rejoigne au bureau ? Je peux y être dans dix minutes.

— Non. Mais rends-moi service et préviens Ash. Demande-lui de me retrouver au domicile de Jesse Allen.

— Chez Allen ? C'est là qu'est allée Jodie ?

— Oui, mais je n'ai pas le temps d'en discuter. Je te demande seulement de rester chez toi et d'attendre que je te donne des nouvelles. D'accord ?

— Je ne promets rien. Si Jodie a des ennuis, je veux aider.

— Tu peux aider en ne prenant pas de risques inutiles. Je ne peux pas me concentrer sur Jodie si je m'inquiète pour toi.

— D'accord, je me tiendrai tranquille, répondit Natalie à contrecœur.

Devin n'était pas totalement convaincu, mais il n'avait pas le temps d'argumenter. Il devait se rendre le plus rapidement possible chez Jesse Allen.

Trois heures sans donner de nouvelles, c'était beaucoup trop long.

— Bon, je te laisse, ma puce.

— Devin ?

— Quoi ? demanda-t-il, sans parvenir à cacher son impatience.

— Elle t'aime.

— Qui ?

— Jodie. Je suppose que tu le sais, quand même ?

— Bien sûr que je le sais. Je te rappelle que nous sommes fiancés.

— Si tu le dis. Mais elle est vraiment sincèrement amoureuse de toi. Ne la laisse pas te filer entre les doigts.

— Je n'ai aucune intention de la laisser partir.

Devin mit fin à la communication et tenta de nouveau de joindre Jodie, tandis qu'il se hâtait vers l'ascenseur.

Soudain, il s'arrêta, en se rendant compte qu'il n'avait pas la moindre idée de l'endroit où vivait Jesse Allen.

D'ordinaire, il aurait tout simplement demandé à Jodie de chercher l'adresse. Mais son bureau était vacant. Et, pire que cela, c'était l'ensemble de sa suite de bureaux privés qui résonnait de son absence.

Jodie illuminait sa vie. Elle lui donnait envie de venir travailler chaque matin. Elle éclairait chaque pièce de son sourire, de son intelligence, de son efficacité et de sa beauté.

Il ne pouvait envisager de passer une journée sans elle et, quand tout serait terminé, il lui dirait ce qu'il ressentait pour elle.

Perdu dans ses pensées, il trébucha en entrant dans la cabine d'ascenseur.

Quels étaient au juste ses sentiments pour Jodie, en dehors du fait qu'elle lui manquait quand elle n'était pas à côté de lui. ?

Pour commencer, son être tout entier souffrait du besoin d'être avec elle. Cette impression de malaise diffus – gorge serrée, nœud à l'estomac – cette fébrilité… s'il ne couvait pas un rhume, alors ce devait être…

Non ! Impossible !

Il s'était fait la promesse de ne jamais laisser personne s'interposer entre sa famille et lui.

Il ne pouvait pas être… Il refusait d'être…

Ah, zut ! Il était amoureux d'une rousse au tempérament de feu qui avait risqué sa vie pour lui venir en aide.

Devin s'installait au volant quand son portable sonna. C'était Ash.

— Natalie vient de me prévenir. Tu crois que Jodie est allée à la réception du procureur ?

— J'en suis certain. Dis-moi, tu peux me donner l'adresse d'Allen ?

— Je suis en train de m'y rendre. J'en ai pour vingt minutes pour traverser la ville.

Il indiqua l'adresse à Devin.

— Je suis plus près que toi. Je peux y être dans dix minutes.

— Ne tente rien avant que je sois là. Si je ne me trompe pas, tu n'es pas armé.

Devin n'y avait même pas pensé.

— Je peux me débrouiller sans arme.

— Attends des renforts, Devin. Je vais appeler mes collègues. Ils prendront les choses en main.

— Si Jodie est à l'intérieur, je ne peux pas attendre la cavalerie.

— Ne joue pas les héros. On sait comment ça finit, en général.

Ash raccrocha. Devin jeta son portable sur le siège à côté de lui, entra l'adresse dans son GPS et quitta le parking.

Au début il se concentra sur sa conduite, s'engageant de rue en rue en essayant de respecter la vitesse, pestant quand il était stoppé dans sa course par un feu rouge.

Puis son esprit dériva vers les événements de la journée.

Jesse Allen haïssait-il les Kendall au point de vouloir les éliminer un à un ?

Evidemment, si son père lui avait menti sur les circonstances de son licenciement, il devait penser qu'il avait de bonnes raisons de leur en vouloir.

Mais Devin avait un peu de mal à croire que le motif était suffisant pour qu'un procureur risque sa carrière au nom de la vengeance.

D'un autre côté, il avait vu des hommes plus puissants se ruiner pour assouvir leur soif de revanche.

Si Allen s'était mis en tête de nuire aux Kendall, Jodie n'était qu'un moyen de plus pour parvenir à ses fins.

Et elle était allée se jeter tout droit dans la gueule du loup.

Il avait accéléré sans s'en rendre compte, et faillit manquer une bifurcation, alors que la voix robotisée du GPS délivrait l'information avec une fraction de seconde de retard.

Oubliant qu'il conduisait une rudimentaire voiture de location, et non son luxueux coupé doté d'une direction assistée, d'un ABS et d'un système antipatinage, Devin donna un grand coup de volant tandis que son pied enfonçait la pédale de frein.

La voiture pivota à trois cent soixante degrés, dans un retentissant crissement de pneus, et le moteur cala.

Le cœur battant à se rompre, Devin essaya de se calmer.

Mort, il ne serait d'aucune utilité à Jodie. Il devait arriver entier à destination pour la sauver de la situation périlleuse où elle s'était mise à cause de son entêtement.

Il redémarra la voiture, et poursuivit son trajet à une allure plus raisonnable.

Le lotissement sécurisé où vivait Jesse Allen était fermé par une grille équipée d'un boîtier digital.

Le poste de vigile était vide.

Devin attendit quelques instants, vérifia qu'il ne venait personne, et fit une brève incursion dans la cabine pour actionner l'ouverture à distance.

De retour dans sa voiture, il démarra en trombe et roula à vive allure sur la route privée, jusqu'à ce qu'il voie apparaître les premières maisons.

Le système de navigation le guida à travers un lacis de ruelles qui n'était pas sans évoquer un labyrinthe.

Désespérant de parvenir à destination, il finit par se retrouver dans la zone la plus luxueuse du lotissement, là où les parcelles étaient plus vastes et les maisons plus imposantes.

La propriété de Jesse Allen se trouvait au bout d'une impasse.

Devin éteignit ses phares et se gara à une centaine de mètres.

Une lampe était allumée au-dessus de la porte d'entrée, mais le reste de la maison était plongé dans l'obscurité.

Une unique voiture descendit l'allée, et prit la direction par laquelle Devin était arrivé.

Si une réception s'était tenue là, elle avait pris fin depuis un moment. La voiture qui venait de passer était un vieux break en mauvais état, appartenant sans doute à l'un des employés du traiteur.

Devin sortit de voiture et marcha le long du trottoir, se fondant dans la pénombre jusqu'à ce qu'il arrive à la maison.

Sa première envie fut de débouler à la hussarde et d'exiger de voir Jodie.

Au lieu de quoi il contourna la bâtisse et s'approcha d'une des fenêtres.

Il vit du mouvement à l'intérieur, et constata que les employés du traiteur finissaient de tout ranger et nettoyer.

De fenêtre en fenêtre, il put se faire une idée de ce qui se passait à l'intérieur et finit par comprendre que Jodie ne se trouvait pas au rez-de-chaussée.

De plus en plus inquiet, il se demanda ce qui avait pu advenir d'elle, et si elle allait bien.

Indifférente au danger, Jodie s'était fait un devoir de venir ici pour aider sa famille.

C'était dans sa nature.

Il appréciait ce trait de caractère, et il avait conscience qu'elle possédait encore bien d'autres qualités qu'il avait à peine eu le temps d'apprécier

Poursuivant son tour de la maison, Devin finit par repérer une porte-fenêtre entrebâillée, et se glissa à l'intérieur de la bâtisse.

Ce fut le moment que choisit un serveur pour entrer dans la pièce où il avait trouvé refuge.

Devin n'eut que le temps de se dissimuler derrière un rideau, en espérant que la pointe de ses chaussures ne dépasserait pas.

Une voix appela l'employé depuis le hall.

— M. Allen a dit de ne pas s'occuper de cette pièce. Il veut que nous soyons partis dans cinq minutes. Nous reviendrons demain matin pour finir de tout remettre en ordre.

Des bruits de pas s'éloignèrent, et le silence tomba sur la pièce.

Devin en sortit subrepticement, et joua quelques minutes à cache-cache avec les derniers employés qui s'attardaient à ramasser çà et là ce qui traînait dans le passage, tout en discutant à voix basse.

Bientôt, le rez-de-chaussée fut vidé de ses derniers occupants.

Devin se déplaça de pièce en pièce, ne négligeant aucune porte, aucun placard ou débarras. Pour finir, il tomba sur le vestiaire, occupé par un seul manteau.

Un manteau de femme.

Saisissant le col entre ses doigts, il le porta à son nez, et le parfum de Jodie envahit ses narines.

Le désespoir le gagna. Ainsi, elle était bien venue chez Allen. Et la présence de son manteau indiquait qu'elle s'y trouvait encore.

Oubliant toute prudence, il se rua dans l'escalier et inspecta rapidement chaque pièce.

Il dut bientôt se rendre à l'évidence que la maison était vide.

Comment Allen avait-il pu faire sortir Jodie d'une maison pleine d'invités ? Où l'avait-il emmenée ?

Il dévala les marches deux à deux et retourna dans le hall, en se demandant ce qui retenait Ash.

Chaque minute qui passait pouvait être fatale à Jodie.

S'il arrivait trop tard…

Mais il ne voulait pas envisager cette possibilité. Il la trouverait.

Et il lui passerait le savon du siècle pour lui avoir fait aussi peur.

La seule pièce qu'il n'avait pas vérifiée était la cuisine. Il s'y engouffra. De la vaisselle sale s'empilait dans l'évier.

Pourquoi Allen aurait-il renvoyé le personnel avant que tout ait été nettoyé, si ce n'était pour se retrouver seul avec Jodie ?

Cette pensée glaça le sang de Devin.

Il ne pouvait pas perdre Jodie maintenant.

Il l'aimait.

Cette brusque révélation le laissa figé au milieu de la cuisine, sous le choc.

Il aimait Jodie Carson, et il ne comprenait pas pourquoi il ne s'en était pas rendu compte plus tôt.

Comme l'avait fait remarquer Natalie, elle se trouvait sous son nez durant toutes ces années, améliorant sa vie par un sourire, un trait d'humour, une vraie empathie pour lui et sa famille. Et tout cela dans la plus grande discrétion, sans jamais se mettre en avant…

Et il avait fallu qu'il risque de la perdre pour s'en rendre compte.

Quel idiot il faisait !

Une chose était sûre, il ne laisserait pas Allen lui enlever Jodie maintenant. Il devait la trouver et lui révéler ses sentiments.

Il se précipita hors de la cuisine, et fut enveloppé par l'air frais de la nuit.

Découvrant le garage, il décida de l'inspecter, ne voulant rien laisser au hasard. Il poussa la porte de service, remarquant qu'elle n'était pas fermée.

Malgré le peu de luminosité à l'intérieur, il repéra immédiatement la vieille guimbarde de Jodie.

Seule une autre des stalles était vide. Trois silhouettes de voiture se distinguaient sous des housses destinées à protéger l'éclat de leur peinture.

Allen avait-il utilisé la voiture manquante pour emmener Jodie quelque part ?

Cette pensée l'affola. Si c'était le cas, ils pouvaient être n'importe où. Peut-être même avaient-ils déjà quitté la ville…

Il se demanda si Ash pouvait obtenir de la police qu'elle recherche tous les véhicules appartenant à Jesse Allen, et lance un avis de recherche pour celle qui manquait.

Il sortit son portable de sa poche, pressa une touche de numérotation abrégée, et se rendit compte qu'il n'avait pas de signal.

Il envisageait de sortir quand il repéra une porte au fond du garage.

Avant de déclencher le branle-bas de combat, il se devait de tout inspecter.

Il entra dans la pièce et, au mépris de toute prudence, actionna l'interrupteur.

Un néon grésilla, livrant une lueur tremblotante avant d'éclairer les lieux.

Il remarqua immédiatement la pince coupante abandonnée au sol, et les restes d'un loquet. Sur le bureau métallique, une pochette de soirée avait été abandonnée.

Le cœur de Devin fit une embardée, puis se mit à cogner frénétiquement contre sa cage thoracique.

Jodie était entrée dans cette pièce.

Avait-elle forcé la porte et s'était-elle fait surprendre ?

Si c'était le cas, était-elle de l'autre côté, retenue prisonnière par Jesse Allen ?

Elle était probablement en danger. Blessée, ou même…

Devin déglutit pour essayer de dissiper la boule d'angoisse qui s'était formée dans sa gorge et entravait sa respiration.

Il éteignit la lumière et tira sur le battant métallique.

En contrebas, perdu dans les ténèbres, un chuchotement de voix lui parvint.

16

— Pourquoi, Jesse ? demanda Jodie, en cherchant à gagner du temps pendant qu'elle passait en revue les différentes options qui s'offraient à elle. Pourquoi cette haine envers les Kendall ? Que vous ont-ils fait ?

— Vous devriez être la mieux placée pour le savoir. Les Kendall sont tous des salauds, profiteurs et sans cœur, qui exploitent les petites gens et ne pensent qu'à amasser des dollars.

— C'est faux. Ils font des dons à de nombreuses œuvres caritatives. Ils ont aidé à construire des orphelinats dans de nombreux pays. Ils soutiennent des programmes pour les enfants malades ou démunis aux Etats-Unis. Ils redistribuent largement ce qu'ils gagnent, en se souciant des autres.

— Non.

Allen fit un pas en avant, le regard menaçant.

— Ils se prennent pour Dieu. Ils jouent avec les vies des gens. Ils anéantissent les rêves et détruisent les projets d'avenir, sans réfléchir aux conséquences.

— De quoi parlez-vous ?

— C'est sans importance.

— Apparemment, si.

Jodie avait le dos collé au mur, mais elle leva fièrement le menton, refusant de laisser voir la peur qui étreignait son cœur d'une main de glace.

Allen lui avait dit qu'elle ne quitterait pas la cave

vivante, mais elle ne voulait pas mourir avant d'avoir pu dire à Devin qu'elle l'aimait.

Cela faisait trop longtemps qu'elle gardait ce secret pour elle.

Si elle survivait à cette épreuve, qu'avait-elle à perdre en avouant ses sentiments à Devin ?

Ses doigts se crispèrent autour des objets qu'elle tenait toujours à la main : la minitorche et le coupe-papier. Dans le feu de l'action, elle les avait complètement oubliés.

Elle les glissa discrètement dans la poche de sa jupe, attendant le bon moment pour s'en servir.

L'important était de faire parler Allen.

— De qui parlez-vous ? Qui est cette personne dont les Kendall ont brisé le rêve ?

— Letty Morgan.

— L'employée du courrier qui a démissionné ? Comment la connaissez-vous ?

Une lueur rusée passa dans le regard du procureur.

— Cela fait longtemps que j'ai Kendall Communications dans le collimateur.

— Si vous vous étiez bien renseigné, vous sauriez qu'elle ne faisait pas correctement son travail. Elle multipliait les erreurs, et elle était souvent absente. Devin lui a donné une chance de se ressaisir, mais elle n'a rien voulu savoir. Elle était sous l'influence de son petit ami, qui la fournissait en drogues diverses. Nous ne pouvions plus la garder. Mais finalement, c'est elle qui a démissionné.

— Et que faites-vous de Juan Alvarez ?

— C'était votre père ?

— Il l'est toujours. Pour ce qu'il en reste. Craig Kendall lui a tout pris. Son emploi, sa maison, l'avenir de son fils…

Jodie secoua la tête.

— Je n'arrive pas à croire que Craig ait pu faire ça. C'est un homme bon.

— Eh bien pourtant, c'est la vérité. Quand mon père travaillait pour Josh et Marie, tout se passait bien. Et cela aurait continué ainsi s'ils avaient vécu. Mais il a fallu qu'il les assassine.

— Craig n'a pas tué son frère et sa belle-sœur. Les preuves que vous avez contre lui ne sont que circonstancielles et ne tiendront pas devant un tribunal. Je trouve d'ailleurs curieux que votre témoin providentiel ait été victime d'un accident juste après avoir signé ses aveux.

Elle se pencha, le regard soupçonneux.

— Vous ne vous seriez quand même pas débarrassé de lui ?

— Taisez-vous ! J'ai fait ce que j'avais à faire. Kendall mérite la chaise électrique pour avoir gâché ma vie et celle de mon père.

— Cela se résume donc à ça ? Vous voulez détruire toute la famille Kendall pour une supposée injustice que Craig aurait fait subir à votre père ?

— Vous ne comprenez rien !

Scrutant le regard courroucé de Jesse, Jodie se rappela la lettre de rupture, et la photo d'un couple d'adolescents insouciants.

— Ce que vous reprochez aux Kendall, c'est d'avoir détruit la vôtre, de vie. Vous aimiez cette jeune fille, n'est-ce pas ? Comment s'appelait-elle ?

— Emma.

La voix du procureur avait tremblé en prononçant ce prénom, comme s'il retenait un sanglot.

— Quand mon père a perdu son emploi, le monde s'est effondré. On m'a retiré ma bourse d'études… et elle m'a quitté.

— Savait-elle combien vous l'aimiez ?

Les doigts crispés autour du coupe-papier, elle se

tenait prête à intervenir, mais elle n'avait pas envie de poignarder Allen.

Peut-être parviendrait-elle, à force de patience et de sympathie, à le convaincre de la libérer…

Le pauvre homme lui faisait pitié. Qu'y avait-il de plus douloureux que de perdre l'amour de sa vie ?

Sans doute se retrouverait-elle bientôt dans la même situation.

Quand ses fiançailles avec Devin seraient rompues, son lien avec les Kendall serait définitivement tranché. Elle s'en irait dans une direction, Devin dans l'autre…

Combien de temps lui faudrait-il pour surmonter le chagrin de la séparation ? Y parviendrait-elle jamais ?

— Elle devait être très chère à votre cœur, insista-t-elle.

— Je ne leur pardonnerai jamais. Je veux qu'ils souffrent comme j'ai souffert. Comme mon père a souffert. Je veux qu'ils connaissent la douleur de perdre quelqu'un qu'ils aiment.

Il eut une petite moue contrite, dont Jodie ne parvint pas à décider si elle était sincère.

— Malheureusement pour vous, ma chère, cela veut dire que vous devez disparaître.

— C'est là que vous vous trompez. Devin Kendall ne m'aime pas. Nos fiançailles sont un leurre.

Il écarquilla les yeux.

— Vous mentez !

— Non, je vous assure. C'était un stratagème pour éviter le scandale, et pouvoir enquêter sur la mort mystérieuse des parents de Devin.

Elle grimaça un sourire.

— Me tuer ne fera ni chaud ni froid aux Kendall. Personne ne me regrettera.

Jesse rugit tel un fauve blessé et se rua vers elle, la saisissant d'une main à la gorge.

Jodie s'agrippa à son poignet pour essayer de lui faire lâcher prise.

Elle peinait à respirer, et la panique l'envahit.

Sa vision commençait à se troubler. C'était maintenant ou jamais.

Elle sortit la main de sa poche…

Devin dévalait l'escalier à toute allure, prenant le risque de glisser sur les marches en ciment.

Les voix étaient à présent plus audibles, et il reconnut celle de Jodie.

Grâce au ciel, il l'avait trouvée.

Tandis qu'il longeait d'interminables rangées de casiers à bouteilles, il entendit Jesse Allen crier : « Vous mentez ! »

Arrivé au bout de l'alignement de casiers, Devin découvrit un passage le long du mur. Il l'emprunta sans hésiter et déboucha dans une petite pièce sans ouvertures, qui n'était pas sans évoquer une caverne.

Le procureur lui tournait le dos et plaquait Jodie contre le mur, en la tenant par la gorge.

Il se rua sur lui en hurlant.

— Lâche-la, espèce de salaud !

Allen fit volte-face, en entraînant Jodie avec lui, un bras replié en étau autour de son cou, l'autre main posée sur son front.

— Un pas de plus, et je lui brise la nuque.

Devin s'immobilisa immédiatement, saisi d'effroi.

— Laissez-la partir, Allen. Elle ne vous a rien fait.

— Elle fouinait dans mes affaires.

— Elle ne représente pas une menace pour vous. Libérez-la.

— Que savez-vous des menaces ? Je vais vous montrer ce que c'est.

Allen resserra la pression autour du cou de Jodie.

— Votre petite chérie ne peut plus respirer. Elle devient de plus en plus faible. Elle sera morte dans quelques minutes. Comment trouvez-vous cette menace ?

— Arrêtez, ou bien…

Devin regarda autour de lui, en espérant trouver quelque chose, n'importe quoi, qui pourrait lui servir d'arme.

Allen ricana méchamment.

— Ou bien quoi ? Vous allez me tuer ? C'est décidément une manie chez les Kendall.

Devin essaya de le raisonner.

— Ecoutez, Allen, je suis au courant pour votre père. Je sais que vous rendez les Kendall responsables de sa déchéance sociale. Vous avez perdu votre maison familiale, vous avez dû renoncer à vos études pour l'aider… Mais vous ne pouvez pas détruire tout ce que vous vous êtes donné tant de mal à bâtir. Vous ne pouvez pas laisser le passé déterminer votre avenir. Tuer Jodie ne servira à rien, sinon à perdre une fois encore tout ce que vous avez. Laissez-la partir, je vous en prie.

— Maintenant, vous savez ce que c'est de perdre un être aimé.

— Vous avez raison, je l'aime. Je ferais n'importe quoi pour elle. Tuez-moi, et laissez-la s'en aller.

Jodie écarquilla les yeux. Sa main bougea le long de son corps…

Avant que Devin ait eu le temps de comprendre ce qu'elle faisait, son bras partit en arrière, et elle assena un coup dans la cuisse d'Allen.

L'homme cria, son bras se desserra autour du cou de Jodie et il la repoussa sur le côté, crispant les doigts autour de l'objet métallique planté dans sa cuisse, qu'il arracha sans l'ombre d'une hésitation.

Déséquilibrée, Jodie tomba à genoux, resta un instant sonnée, puis se mit à ramper pour se mettre à l'abri.

Profitant de la confusion, Devin s'était jeté sur Allen et les deux hommes bataillaient ferme.

Evitant les mouvements de la lame, dangereusement proche de son visage, Devin parvint à immobiliser le poignet d'Allen et à lui faire lâcher prise.

Mais l'homme, aussi enragé qu'un taureau blessé, avait de la ressource, et Devin se trouva bientôt en difficulté, acculé au sol par Allen.

Alors qu'il commençait à désespérer de parvenir à neutraliser le forcené, il vit Jodie se dresser au-dessus d'eux, une bouteille de vin à la main.

Le verre se brisa sur le crâne d'Allen, et le vin se répandit sur sa tête, éclaboussant le visage de Devin.

Apparemment K.O., Allen tomba en avant, écrasant Devin de tout son poids. Gesticulant sur le sol humide, ce dernier parvint tant bien que mal à s'extirper de là, et s'assit, à bout de forces.

— Bien joué, dit-il en cherchant à reprendre son souffle.

Jodie lui tendit la main.

Au même moment, Allen se releva en rugissant, et planta le coupe-papier dans la poitrine de Jodie.

Devin assena un coup de coude sur le nez d'Allen. Un bruit de cartilages broyés résonna dans la cave. Allen tomba en arrière, le nez en sang.

Devin se rua sur lui, prêt à le tuer de ses propres poings.

Une main sur son épaule l'en empêcha.

— Je prends le relais, dit Ash en le repoussant. Appelle une ambulance. Jodie a besoin d'aide.

Devin se précipita vers l'endroit où Jodie gisait, prostrée, les mains autour de la lame qui saillait de sa poitrine.

— Ne bouge pas, dit-il. Enlever la lame pourrait provoquer plus de dégâts que de la laisser. Il vaut mieux attendre les secouristes.

Il s'était exprimé d'une voix étonnamment calme, sans savoir où il puisait une telle force.

En état de choc, Jodie fut soudain prise de tremblements. Pourtant, il aurait fallu qu'elle reste parfaitement immobile pour limiter les dommages internes.

Brandissant son téléphone, Devin constata qu'il n'y avait pas davantage de réseau que dans le garage, et courut comme un fou jusqu'à l'extérieur.

A bout de souffle, il donna l'adresse au régulateur, et le supplia de lui envoyer une ambulance le plus vite possible.

De retour dans la cave, Devin constata avec angoisse la lividité de Jodie.

— Devin ?

Sa voix n'était plus qu'un souffle.

— Oui, mon cœur ?

Agenouillé à côté d'elle, il lui caressa tendrement le visage.

— La proposition sur laquelle nous avons travaillé pour l'acquisition Jenkins est sur mon bureau.

Malgré la gravité de la situation, Devin ne put s'empêcher de rire.

— Oublie le travail. C'est vraiment la dernière chose à laquelle j'ai envie de penser.

— Mais tu vas en avoir besoin pour le conseil d'administration de demain.

— Je me fiche bien du conseil d'administration ! Et tu devrais arrêter de parler. Ça te fatigue.

— Non, au contraire. J'essaie de rester éveillée. Sinon, j'ai peur que…

Il posa un doigt sur ses lèvres.

— Ne dis pas ça. N'y pense même pas.

La gorge nouée par les larmes, il avala sa salive et tenta de contrôler le tremblement de sa voix.

— Tu vas t'en sortir. D'ailleurs, tu n'as pas le choix. Natalie et Angela me feraient vivre l'enfer si elles ne pouvaient pas préparer le mariage avec toi.

— Tu sais bien que nos fiançailles n'existent pas.

Elle esquissa un faible sourire.

— Mais, au cas où je n'aurais plus l'occasion de te le dire, je t'aime.

Epuisée, elle ferma soudain les yeux.

— Jodie, tu ne peux pas lâcher une telle bombe et te défiler comme ça.

— Je ne t'avais pas dit que je démissionnais ? murmura-t-elle.

Pendant ce temps, Ash avait menotté Allen et le poussait vers la sortie.

— Je monte le confier à la patrouille, et je vous envoie les secours dès qu'ils arrivent. Ça va aller, vous deux ?

— Rien qu'une bonne tasse de camomille ne puisse arranger, marmonna Jodie.

Son rire se termina en gémissement de douleur.

— Rappelle-moi de ne pas rire, dit-elle à Devin.

— Rappelle-moi de ne plus jamais te laisser te jeter dans la gueule du loup.

— Je ne peux rien te promettre.

Après un temps de silence, elle soupira.

— J'ai toujours voulu ça.

— Quoi ? Te faire poignarder ?

— Non. Etre avec toi. Dans tes bras.

— Eh bien, ce n'est que le début. Attends d'être guérie, et tu verras.

— Ne te moque pas de moi, Devin. Je ne veux pas que tu prolonges cette relation parce que tu as pitié de moi.

— Qui te parle de pitié ?

Il secoua la tête avec incrédulité.

— Il m'a fallu six ans pour comprendre ce que j'aurais dû réaliser à la minute où tu es entrée dans mon bureau.

— Que tu n'aurais pas dû m'engager ?

— Non, que je t'aime.

Une larme roula sur la joue de Jodie.

— Je t'ai dit que je ne voulais pas de ta pitié.

— Et ce n'est pas de cela qu'il s'agit. Enfin, disons que je te plaindrai peut-être pendant une semaine ou deux, le temps que tu te rétablisses. Mais après ça, tu pourras toujours courir pour recevoir de la pitié de ma part !

De lourds bruits de pas retentirent soudain dans l'escalier, et l'équipe médicale d'urgence prit possession des lieux.

Une fois la lame dans sa poitrine stabilisée pour éviter tout dommage interne durant le transport, Jodie fut déposée sur un brancard.

Devin se tint à l'écart, conscient que son bonheur était désormais entre les mains des hommes et des femmes qui prendraient Jodie en charge dans l'unité de traumatologie de l'hôpital de Saint-Louis.

Il suivit les brancardiers jusqu'à l'extérieur. Des véhicules d'urgence bloquaient l'allée, et un hélicoptère était posé dans l'impasse.

Tandis que Devin observait à distance l'installation de Jodie dans l'hélicoptère, Ash le rejoignit.

Sa main se posa sur l'épaule de Devin, réconfortante.

— Viens. Je vais mettre le gyrophare sur la voiture, et nous arriverons à l'hôpital presque en même temps que l'hélico.

Devin hocha la tête et se détourna, tandis que le rotor de l'appareil se mettait en mouvement.

— Il faut que je sois là-bas. Jodie a besoin de moi.

Il s'était élancé en courant vers la voiture d'Ash, et ce dernier le rejoignit avec un temps de retard.

— C'est une première. D'habitude, c'est toi qui as besoin d'elle.

— Et c'est toujours le cas. Elle m'est aussi indispensable que l'air que je respire.

17

Un soleil éblouissant inondait de lumière le visage de Jodie.

Elle cilla, essayant de distinguer son environnement.

Etait-elle morte ? Etait-ce cette fameuse lumière blanche dont parlaient certaines personnes sorties du coma ? L'appelait-on vers un autre monde ?

— Je suis morte ? demanda-t-elle d'une voix enrouée.

Un charmant rire en cascade lui répondit, réchauffant son cœur inquiet, et le visage de la femme assise près de son lit lui apparut avec netteté.

Natalie lui tapota la main.

— Ma belle, tu n'iras nulle part. Les Kendall sont tous d'accord. Tu fais partie de la famille, et nous voulons que tu restes avec nous pour très, très longtemps.

Jodie esquissa un sourire, et ses lèvres desséchées se craquelèrent.

— Bonjour, Nat.

— Tiens, je suis sûre que tu as soif.

Après que Natalie eut tamponné ses lèvres avec une gaze mouillée, Jodie leva la tête et essaya d'apercevoir son torse.

— Ne t'inquiète pas. Le chirurgien a retiré la lame. On me l'a montrée. Ça ressemblait à un coupe-papier.

— C'était un coupe-papier.

Une douleur aiguë se propageait dans sa poitrine, et Jodie reposa la tête sur son oreiller.

— Tu ne dois pas essayer de t'asseoir seule. Il faut imposer le moins d'efforts possible au thorax. Mais, dans quelques jours, tu devrais être complètement rétablie. Tu as eu beaucoup de chance.

— Je sais. Comment va Devin ?

— Oh ! il a quelques contusions, mais ça ne l'empêche pas de faire régner la terreur dans l'hôpital en hurlant des ordres dans les couloirs.

— Tu exagères. Il n'est pas si autoritaire que ça.

— Tu devrais voir comme les infirmières filent doux avec lui. Et les médecins n'en mènent pas large non plus.

— Oh ! mon Dieu. Ils vont tous me détester, ici.

— Ne t'inquiète pas. Tu ne devrais pas tarder à sortir.

— Tant mieux. Je déteste rester à ne rien faire. Je me sens tellement inutile !

— Il s'est passé beaucoup de choses durant ton opération, commença Natalie.

La porte s'ouvrit, et une tête passa dans l'embrasure.

— Ohé ? On est réveillée ?

Le regard de Craig Kendall s'illumina quand il découvrit que Jodie avait les yeux ouverts.

— Oh ! parfait, vous êtes consciente.

Jodie sourit à l'homme qu'elle admirait et qu'elle aimait presque comme un père.

— Craig, comment êtes-vous sorti ? Jesse a-t-il avoué ?

Elle essaya de se redresser, mais la main de Natalie sur son épaule l'obligea à rester à plat.

— Comme je te l'ai dit, il s'est passé beaucoup de choses durant ton opération. Où est passé Ash ?

— Il était derrière moi dans le couloir, dit Craig en jetant un coup d'œil par-dessus son épaule.

— Je suis là !

Ash poussa la porte et entra avec un grand sourire et un bouquet de marguerites.

— Notre héroïne est-elle réveillée et en état de recevoir des visiteurs ?

— Je suis réveillée, mais je ne sais pas pour les visites… Je suis affreuse.

— Pas du tout. Vous êtes ravissante, comme toujours. Rachel vous envoie ceci. Elle voulait venir, mais elle avait peur qu'il y ait trop de monde et que vous soyez fatiguée.

Il écarquilla les yeux en regardant autour de lui.

— Nom d'un chien ! Tous les fleuristes de la ville ont été dévalisés ?

Natalie prit le bouquet des mains de son frère, et le plaça sur le large appui de fenêtre, avec les six autres.

— Oh ! je n'avais pas remarqué, dit Jodie, les larmes aux yeux.

— Beaucoup de gens se faisaient du souci pour toi, expliqua Natalie. Nous avons reçu plein de messages de soutien chez Kendall Communications. Il faut t'y faire, ma belle…

Elle se pencha et déposa un baiser affectueux sur le front de Jodie.

— Tu es très aimée.

En se redressant, elle essuya discrètement une larme au coin de son œil.

— C'est vrai, dit Craig d'une voix émue. Et je voudrais vous remercier pour tout ce que vous avez fait.

— Mais je n'ai rien fait.

— Explique-lui, Ash, suggéra Natalie.

— Je devrais peut-être laisser Devin s'en charger.

— Je vous en prie, dit Jodie, ne faites pas durer le suspense. Je veux savoir.

— L'équipe chargée de l'enquête a mené une recherche approfondie sur Gene Williams, l'homme qui a accusé Craig, et elle a à présent la certitude que ce n'est pas lui qui a assassiné nos parents.

— Pourquoi ?

— Il n'était pas à Saint-Louis à cette époque-là. Le soir du meurtre, ils ont pu établir qu'il se trouvait aux urgences d'un hôpital de Los Angeles, pour une blessure par balle, reçue lors d'un règlement de comptes entre gangs.

— Dès que la police a eu connaissance de cette information le juge a été immédiatement prévenu, termina Craig, et il a prononcé ma remise en liberté.

— Je suis tellement contente ! déclara Jodie. Cela m'attristait tant de vous savoir en prison.

— C'était en fait une expérience intéressante. Cependant, je ne suis pas prêt à la renouveler.

— Qu'est-il arrivé à Jesse Allen ?

— Lorsqu'il a découvert que la version de son témoin ne tenait pas, et qu'il a compris qu'on allait l'accuser de falsification de témoignage, il est devenu fou et s'est mis à proférer des insanités. Avant que son avocat n'arrive, il avait avoué des quantités de forfaits, dont des détournements de fonds, qui vont lui valoir de passer quelques dizaines d'années en prison.

— Comment a-t-il convaincu Williams d'avouer un meurtre ?

— Il lui a dit qu'il le ferait évader, et qu'il lui donnerait assez d'argent pour quitter le pays. Naturellement, il avait prévu dès le début de l'éliminer.

— Allen a été inculpé pour le meurtre de Gene Williams, et une tentative de meurtre sur ta personne, ajouta Natalie.

— Et Rick Campbell, l'homme qui avait été condamné en premier lieu, et innocenté vingt ans plus tard ? demanda Jodie. Si je me souviens bien, il a été assassiné peu après sa sortie de prison. C'est aussi l'œuvre de Jesse Allen ?

— Il a affirmé qu'il n'y était pour rien, répondit Ash,

et j'ai moi-même tendance à penser qu'il s'agit d'une coïncidence, mais seule l'enquête le dira.

— Et le véritable meurtrier de vos parents ?

La bonne humeur d'Ash s'évanouit.

— L'enquête est au point mort pour le moment. Nous n'avons pas réussi à trouver d'autres pistes. Mais je n'ai pas l'intention de baisser les bras. Un jour ou l'autre, je sais que je résoudrai ce mystère.

Jodie soupira.

— Au moins, Craig n'est plus le principal suspect.

Elle ferma les yeux, et forma le vœu que le coupable soit trouvé rapidement.

— Il vaudrait mieux que nous partions, dit Craig. Elle est fatiguée.

Jodie rouvrit les paupières.

— Non, ça va, je vous assure.

— Vous devez vous reposer, insista Ash. Nous voulions juste prendre de vos nouvelles, et vous dire que nous étions heureux de vous savoir saine et sauve.

Il s'avança et se pencha pour déposer un baiser sur son front, comme Natalie l'avait fait un instant plus tôt.

— Vous faites partie de la famille, maintenant, conclut-il.

Craig répéta le geste.

— Angela a commencé à rassembler des magazines de robes de mariée. Dès que vous serez sur pied, elle a l'intention de faire les boutiques avec vous. Prenez soin de vous.

Sur un dernier sourire, il quitta la chambre.

— Je dois y aller aussi, déclara Natalie.

Jodie lui prit la main avant qu'elle ne s'éloigne.

— Merci d'être restée avec moi.

— Ce n'est rien. En fait, je n'étais là que depuis dix minutes. Devin refusait de quitter ton chevet, jusqu'à ce que je lui dise que tu aurais un choc en te réveillant tellement il avait mauvaise mine.

— Il était dans un triste état, renchérit Ash, les mains sur les épaules de sa sœur. Il a refusé de quitter l'hôpital même une seconde. Pour finir, le personnel l'a autorisé à se doucher dans leur salle de repos. Je crois que c'était une décision de santé publique. Ses vêtements tachés de vin empestaient.

Natalie consulta sa montre.

— Il ne devrait pas tarder à revenir.

Elle tourna la tête en entendant la porte s'ouvrir et sourit.

— Quand on parle du loup…

Les larges épaules de Devin occupaient toute l'embrasure. Il avait les cheveux humides, et un début de barbe ombrait ses joues. Jodie le trouva si beau qu'elle eut l'impression d'être montée tout droit au paradis.

Sous l'intensité de son regard bleu, elle frémit et porta la main à ses boucles emmêlées et poisseuses.

— Mes cheveux sont…

— Magnifiques.

— Menteur !

— Bon, eh bien, on va y aller, déclara Ash. Tu viens, Nat ?

— Tu es sûre que je ne peux pas rester ? plaisanta cette dernière.

— Fiche le camp, dit Devin en s'avançant dans la chambre pour libérer l'accès à la porte.

Dès qu'ils furent seuls, Devin vint s'asseoir à côté du lit, et prit la main de Jodie dans la sienne, en faisant attention de ne pas heurter l'aiguille de l'intraveineuse.

— Salut, la belle au bois dormant. Comment te sens-tu ?

Le souvenir de sa confession dans la cave fit monter le

rouge aux joues de Jodie. Devin lui en voulait-il ? Avait-il pitié d'elle parce qu'elle l'aimait sans retour ?

— J'aimerais bien que tu oublies toutes les sottises que j'ai pu dire quand je croyais que j'allais mourir.

— Tu as dit des sottises ?

Il écarquilla les yeux d'un air de parfaite innocence.

— Je ne m'en souviens pas. Tu pourrais peut-être me rafraîchir la mémoire.

Les yeux de Jodie s'emplirent de larmes pour la seconde fois en quelques minutes. Pourquoi était-elle aussi émotive depuis quelques jours ? D'habitude, elle ne pleurait jamais.

Elle cilla, essaya de se contrôler, mais une larme roula sur ses joues, puis une autre.

Devin se pencha et captura une larme du bout des doigts.

— Eh bien, mais que t'arrive-t-il ?

— Rien du tout.

Elle renifla.

— Je dois avoir une poussière dans l'œil.

— Jodie, j'ai quelque chose à te dire.

Baissant la tête, il observa ses doigts un long moment.

Jodie ressentit soudain au fond de son cœur une souffrance cruelle, lancinante, l'impression d'être seule au monde. Devin essayait de trouver les mots pour lui annoncer qu'il voulait la quitter.

— Tais-toi, dit-elle d'une voix enrouée. Je sais ce que tu vas dire.

Il leva les yeux, et l'observa avec une mimique perplexe.

— Tu le sais ?

— Je ne veux pas que tu t'obliges à faire des choses par gratitude ou sens du devoir, alors que tu n'en as aucune envie.

Devin esquissa un sourire ironique.

— C'est ce que j'allais dire ?

Jodie retira sa main.

— Laisse-moi finir.

Il hocha la tête et croisa les bras sur son torse.

— Je t'en prie, continue. Je suis éberlué d'apprendre que tu es capable de lire dans mes pensées.

— Ne plaisante pas. C'est déjà assez difficile.

Une lueur moqueuse dans le regard, il fit mine de tirer une fermeture Eclair sur ses lèvres.

Si Jodie avait eu la force nécessaire pour le faire, elle lui aurait jeté un oreiller au visage.

— Sérieusement, Devin, ce n'est pas un sujet de plaisanterie pour moi.

— Je n'ai pas dit que ça l'était.

— Je t'ai dit que je t'aimais parce que je pensais que j'allais mourir.

Voilà. Elle l'avait dit.

— Et maintenant que tu ne meurs plus, tu vas me dire que ce n'est pas vrai ?

— Non, pas du tout. C'est… Oh ! ne m'embrouille pas. Je n'ai pas encore l'esprit très clair.

Elle porta une main à sa tempe.

— Nous venons de deux mondes très différents. Ce qui s'est passé entre nous, cette nuit-là, dans ton appartement, c'était…

— Magnifique, incroyable, surprenant.

— Eh bien oui, peut-être… Mais ce n'est pas le problème.

Redevenu sérieux, il se pencha vers elle.

— C'est quoi, alors ?

— Plus rien ne nous oblige à poursuivre cette mascarade. Ce n'est pas honnête vis-à-vis de ta famille.

— Et si moi, j'ai envie de continuer ? Si je veux que ça devienne réel ?

Le cœur de Jodie s'emballa, et elle essaya de s'asseoir, mais la douleur la rappela à l'ordre.

— Ne m'oblige pas à m'asseoir. Ça fait trop mal.

— Alors reste couchée, et laisse-moi parler, pour changer.

Il fit entendre un claquement de langue agacé.

— J'en ai un peu assez que tu me commandes au bureau, que tu me commandes à l'hôpital…

Il se radoucit sur la fin pour lui faire comprendre qu'il plaisantait.

— … Je suppose que tu ne pourras pas t'empêcher de me commander quand nous serons mariés ?

Jodie écarquilla les yeux.

— Qu'est-ce que tu viens de dire ?

— Jodie Carson, tu es mon héroïne, ma sauveuse, et la seule femme avec qui j'ai envie de passer le reste de ma vie. Veux-tu m'épouser ?

— Tu n'as pas écouté ce que j'ai dit ? Nous ne sommes pas du même monde.

— Et de quel monde parles-tu ? Nous vivons sur la même planète. Et, en ce qui me concerne, le seul monde où je veux vivre, c'est celui où tu es.

— Et ta famille ?

— Elle t'a déjà adoptée.

— Mais je ne suis qu'une secrétaire…

— Assistante de direction, et bientôt promue associée.

Il lui prit le menton dans sa main, et plongea son regard dans le sien.

— Je t'aime, Jodie, et je veux que tu sois ma femme. Je t'en prie, dis oui.

— Mais…

— Pour reprendre les mots d'une personne très sage : « Arrête de trouver des raisons pour ne pas le faire, et commence à en chercher pour le faire. »

Il rapprocha son visage de celui de Jodie, les lèvres à quelques millimètres des siennes.

— Commence à répondre à la question la plus importante : est-ce que tu m'aimes ?

— Oui.

— Alors ce n'est pas compliqué. Il n'y a plus qu'une seule question à laquelle tu dois répondre : veux-tu m'épouser ?

Il effleura ses lèvres d'un tendre baiser, et se recula pour observer son visage.

Jodie aurait pu se noyer dans les eaux bleues de son regard.

Elle aimait cet homme plus que tout au monde. Comment pouvait-elle seulement envisager de vivre sans lui ?

Et pourquoi le devrait-elle ?

Il lui demandait de l'épouser, pour l'amour du ciel !

Elle leva la main pour lui caresser la joue, puis elle encercla sa nuque et attira son visage à elle.

— Oui, murmura-t-elle contre ses lèvres. Mille fois oui, Devin. Je veux devenir ta femme.

Longuement, ils s'embrassèrent, goûtant la joie de se retrouver après les épreuves qu'ils avaient traversées, heureux tout simplement d'être en vie.

— Tu ne le regretteras pas, déclara Devin quand leurs lèvres se séparèrent. Je promets de tout faire pour te rendre heureuse.

Le cœur gonflé d'un immense bonheur, elle lui sourit à travers ses larmes.

— Je le suis déjà.

JENNA RYAN

Le voile blanc du danger

BLACK *ROSE*

éditions HARLEQUIN

Titre original : COLD CASE COWBOY

Traduction française de PASCALE DOMEJEAN

83-85, boulevard Vincent-Auriol, 75646 PARIS CEDEX 13.
Service Lectrices — Tél. : 01 45 82 47 47
www.harlequin.fr

Prologue

Il avait commis une erreur, une grave erreur. Maintenant, ils allaient l'attraper et l'enfermer dans une cellule dont ils jetteraient la clé. Sa mère lui avait pourtant bien recommandé de ne pas se laisser dominer par ses émotions. A vrai dire, elle l'avait littéralement harcelé à ce sujet, mais il ne l'écoutait plus depuis bien longtemps… Même si, aux moments les plus inattendus, les échos de sa voix plaintive résonnaient dans sa tête et lui donnaient envie de tout casser.

Il avait d'ailleurs cassé quelque chose, ce soir. Le sang sur ses mains en témoignait. Et maintenant, alors qu'il était de retour dans sa chambre d'hôtel, il sentait la panique monter en lui.

Il ouvrit et referma la mâchoire plusieurs fois pour la détendre.

— Tais-toi ! s'écria-t-il lorsque la voix de sa mère menaça de se faire entendre. C'est fait, et il n'y avait pas de témoins. Je suis là. Je suis en sécurité. Je vais régler le problème, parler à mon idiot de cousin, et partir de ce trou au plus vite.

A moins qu'on ne l'attrape avant…

Il resserra sa main ensanglantée sur la clé de sa chambre d'hôtel.

La femme de la réception flirtait avec lui depuis deux jours. Il s'était présenté sous le nom d'Anthony Rush, et avait prétendu être un célibataire cherchant à acheter un petit ranch dans le nord du Colorado. Elle avait avalé cette histoire, et ouvert un bouton supplémentaire de son chemisier. Il lui avait souri.

Elle pourrait témoigner en sa faveur : il était un homme tranquille, ne buvait rien de plus alcoolisé que de la bière, et n'aimait pas être dérangé après 22 heures.

Tout irait bien.

Il continua à se détendre la mâchoire, et alluma la radio.

L'animateur mit une chanson des Eagles et Anthony se dirigea vers la salle de bains pour nettoyer le sang.

S'il y avait une chose qu'il savait bien faire, c'était effacer ses traces. Oh ! oui. Sa mère lui avait appris à être précis en toute chose, des plus insignifiantes aux essentielles.

Après s'être lavé les mains, il éteignit la lumière, retourna dans la chambre et se laissa tomber sur le lit.

Il ne l'aurait pas cru possible tant les pensées se bousculaient dans sa tête, mais il s'endormit malgré tout. Lorsqu'il se réveilla et s'assit dans le lit, avec les idées brumeuses et les yeux qui piquaient, c'était le matin.

En découvrant que la tempête faisait rage dehors, il poussa un grognement. C'était la deuxième en deux jours ! Il mit la radio en marche au moment où un jingle annonçait le bulletin d'information à la radio.

Le magasin de vins et spiritueux avait été dévalisé pendant la nuit, et quelqu'un avait braqué la station-service de Center Street. La situation était tendue à Painter's Bluff ; le shérif allait avoir du travail, aujourd'hui.

Anthony entendit tout cela à travers une sorte de brouillard. Il avait la tête qui tournait ; il revit le sang sur ses mains.

« Tu ne peux pas te faire prendre, murmurait une voix dans sa tête. Il faut que tu partes d'ici. Tu ne peux plus attendre. »

La prison était un enfer pour les gens comme lui.

Mais d'abord…

Les poings et les dents serrés, il se précipita dans la salle de bains… et vomit tout le contenu de son estomac, à l'exception de la boule de terreur glacée qui lui resta coincée dans la gorge.

1

— Skye Painter est une perfectionniste, Sasha. J'ai lu des articles la concernant. Elle attend certainement beaucoup de toi. Ne la déçois pas, et ne me déçois pas non plus !

Tout en conduisant son Land Rover sur une petite route verglacée du Colorado, Sasha posa son téléphone sur le tableau de bord et plissa les yeux pour regarder au loin, à travers les rafales de neige. Sa mère avait pour habitude de s'approprier ses succès professionnels, et elles avaient eu ce genre de conversation un nombre incalculable de fois. La vie de Barbara Leeds ne s'était pas déroulée comme elle l'aurait souhaité, et elle attendait de ses enfants – Sasha et son demi-frère Angus – qu'ils en comblent les manques.

— Skye descend directement de John Painter, le fondateur de la ville, poursuivit Barbara. Elle a de l'argent, du pouvoir, et un sens des affaires plus développé que celui de ses défunts maris. Dessine-lui un complexe hôtelier de rêve, et je serai la plus fière des mères.

Tout en veillant à ne pas prendre un ton narquois, Sasha répondit :

— Je vais faire de mon mieux pour attirer la jet-set à Painter's Bluff.

— Ne fais pas la maligne, Alexandra ! Et je te rappelle que tu as trois jours de retard. On ne peut pas dire que ce soit une excellente entrée en matière !

Sasha détestait que sa mère l'appelle par son prénom.

— Ecoute, maman, je lui ai expliqué pourquoi je n'ai pas pu arriver le jour prévu, et elle a parfaitement compris. Elle ne m'a pas paru contrariée du tout.

— Bien sûr que non. Pourquoi le serait-elle ? répliqua Barbara avec un soupir d'agacement. Son fils est avocat… Elle a bien de la chance ! Le mien est un charmeur qui a arrêté ses études et qui n'arrive pas à tenir en place. En parlant d'Angus, tu l'as vu récemment ?

— Pas depuis Noël.

— Il devrait être en train d'étudier.

— Il a vingt ans, maman. Et visiter l'Europe n'a jamais fait de mal à personne !

— Arrête de lui trouver des excuses !

Elle poussa un nouveau soupir avant de poursuivre :

— Quant à toi, Sasha, tu en as vingt-neuf. Tu devrais être installée.

Sasha fut tentée de raccrocher, de faire comme si la ligne avait été coupée, mais à quoi bon ? Barbara la rappellerait immanquablement à l'hôtel ce soir et continuerait sa harangue jusqu'à ce que… Eh bien, jusqu'à ce qu'elle se fatigue, songea Sasha. Malheureusement, sa mère semblait dotée d'une énergie redoutable lorsqu'il s'agissait de faire des reproches.

— Et dire que tu pourrais être mariée à ce chirurgien esthétique de Philadelphie ! reprit Barbara.

— Tu y aurais effectivement trouvé quelques avantages…

Elle imaginait parfaitement le rouge en train de monter au visage de sa mère.

— Il ne m'a fait qu'un petit lifting !

— A titre gracieux, lui rappela Sasha. Nous n'étions pas faits pour vivre ensemble, d'accord ? Tu as eu ton lifting, et moi j'ai retrouvé ma liberté. Tout le monde est content.

Ce n'était pas tout à fait vrai, mais Sasha avait vraiment envie que cette conversation se termine

— J'aime vivre à Denver, ajouta-t-elle. Je suis tout près de papa et de l'oncle Paul.

— Tu aimes surtout être loin de moi.

Sasha eut envie de lancer le téléphone par la vitre, mais elle se contenta de grimacer.

— Mon agence marche bien, maman, et je me suis toujours sentie chez moi à Denver.

— Et moi, j'y ai perdu sept ans de ma vie !

— Huit. Je te rappelle que ça a été ton mariage le plus long.

— Et ça a aussi été mon poste de professeur le plus long, et le moins épanouissant ! Huit années à essayer d'inculquer à des préadolescents les rudiments de la langue anglaise ! Au moins, les élèves de mon lycée de Boston savent écouter. C'est un art que ni Angus ni toi n'avez jamais réussi à maîtriser.

Une bourrasque secoua la voiture.

— Il fait vraiment mauvais ici, maman. Il va falloir que je raccroche pour me concentrer sur la route.

— Tu dois te concentrer sur le travail qu'on t'a demandé de faire. Sasha, Skye Painter…

— Est une femme importante, et tu veux que je lui fasse bonne impression. J'ai compris. Je ferai de mon mieux.

Déterminée à mettre fin à l'appel, Sasha poursuivit :

— La ligne est mauvaise. Je te parlerai plus tard. Embrasse Hans de ma part.

— Il s'appelle Richard.

— Je sais. Je préférais Hans.

Elle décela une note de colère dans la voix de sa mère.

— Ma vie personnelle…

— Ne regarde que toi. Tu as raison. Je suis désolée.

— C'est à Skye que tu dois dire cela. Pas à moi. Et…

— La ligne est trop mauvaise, maman. Je raccroche. A bientôt.

Sasha referma son téléphone d'un coup sec, et passa les secondes qui suivirent à essayer de contrôler l'énervement qu'elle ressentait invariablement après avoir parlé avec sa mère.

Il était impossible de qualifier leurs relations de bonnes. Tolérables peut-être, regrettables certainement, mais bonnes, non.

Cela n'avait pas grande importance, se rappela-t-elle. Son père, son oncle et son demi-frère, Angus, vivaient à Denver. Elle avait des associés et des amis, et sa réputation d'architecte était grandissante. Ça lui suffisait.

Elle se calma peu à peu, et se mit à penser à la mission que Skye Painter, présidente et directrice de l'entreprise Painter Development, lui avait confiée.

C'était une tâche clairement définie, et potentiellement lucrative. Il s'agissait d'imaginer un complexe hôtelier qui soit exploitable tout au long de l'année. Pas seulement l'hiver, même si les pentes merveilleuses de Hollowback Mountain raviraient les skieurs, mais en toute saison. Le mot d'ordre de Skye était le suivant : il fallait que l'hôtel soit à la fois luxueux et chaleureux, que l'on y retrouve les influences du grand Ouest, que les éléments naturels soient très présents dans les espaces intérieurs, et que les bâtiments soient parfaitement intégrés dans leur environnement.

Sasha se réjouissait à l'avance de ce challenge. L'échec n'était même pas envisageable ; son entreprise était récente, et par conséquent fragile. De plus, ses associés dépendaient d'elle… et sa mère ne la laisserait plus jamais en paix si son travail ne donnait pas satisfaction à Skye. Dieu vienne en aide à ceux qui décevaient Barbara Leeds !

La nuit tombait vite, en ce mois de janvier, et le ciel était lourd de nuages qui déversaient de gros flocons de neige. Par endroits, les ornières étaient si profondes qu'il fallait rouler au pas pour les passer.

« Il faudrait vraiment élargir cette route », se dit-elle.

Elle vit des phares approcher, mais, avec ces mauvaises conditions de visibilité, il était difficile d'apprécier les distances.

Plissant les yeux avec incrédulité, elle souffla entre ses dents. Elle devait rêver. Il ne pouvait tout de même pas y avoir un pick-up en train de foncer sur elle !

Les phares qui venaient dans sa direction dansaient comme des lanternes secouées par le vent. Comme elle l'avait pressenti, l'autre véhicule sortit de la route et fit un tête-à-queue. Elle donna un coup de volant pour l'éviter.

L'arrière du pick-up heurta son pare-chocs avant. Le conducteur parvint à redresser sa trajectoire et repartit. Sasha, qui avait pourtant l'habitude de conduire sur la neige, put seulement contrôler le dérapage et prier pour que la pente du ravin qui longeait la route ne soit pas trop abrupte.

Après ce qui lui parut une éternité, elle sentit quelque chose accrocher le châssis, et son Land Rover fut stoppé dans sa course. Le moteur cala. En regardant par la vitre, elle ne vit que le vide et comprit que la prochaine bourrasque suffirait à l'envoyer au fond du ravin.

Il lui fallut quelques secondes pour reprendre son souffle et calmer les battements de son cœur.

« Respire, se dit-elle. Ne fais aucun mouvement brusque. »

Elle desserra ses doigts crispés sur le volant et se glissa précautionneusement sur le siège passager. Le véhicule glissa un peu plus et oscilla un instant.

Sasha leva les yeux au ciel.

— Je suis trop jeune pour mourir ! lança-t-elle à qui voulait l'entendre.

Elle enleva la clé du contact et, déterminée à sortir

de là, poussa sur la portière. Celle-ci s'ouvrit au même instant et Sasha bascula hors de sa voiture.

Des mains gantées l'empêchèrent d'atterrir tête la première dans la neige. Reconnaissante malgré sa surprise, elle leva les yeux vers un visage aux traits indistincts.

— Vous êtes blessée ?

C'était un homme, et il avait une voix agréable, très agréable même, alors qu'il criait pour couvrir le hurlement du vent.

— Je ne pense pas.

Il l'aida à se mettre debout.

— Quelqu'un dans un pick-up gris m'a fait sortir de la route.

Elle tapota son jean pour en enlever la neige et poursuivit :

— J'ai vu cinq jeunes entassés dedans.

— Le shérif s'occupera d'eux. Vous êtes sûre que vous n'êtes pas blessée ?

— Pourquoi ? demanda-t-elle. Je saigne ?

— J'espère bien que non. Je peux sortir votre véhicule de là, mais je me débrouille moins bien avec le sang.

« J'aime sa voix », songea Sasha en le regardant avec plus d'attention. D'après ce qu'elle distinguait de son visage, il avait des yeux extraordinaires, couleur noisette.

A côté d'eux, le Land Rover grinça et glissa de quelques centimètres supplémentaires.

— Euh… Je pense qu'il serait grand temps d'essayer de faire cette opération de sauvetage, si vous êtes d'accord, lui fit remarquer Sasha.

— Je vais aller chercher le câble. Vous pouvez faire un demi-tour avec ma voiture ?

Si elle n'y parvenait pas, elle ne serait plus la digne fille de son père, concepteur de voitures de courses depuis trente ans !

Sasha se dirigea vers le véhicule de son sauveteur en

escaladant des congères gelées. Encore six mensualités ; c'était ce qu'il lui restait à payer pour que le 4x4 que sa mère avait tenté de la dissuader d'acheter lui appartienne. Elle leva les yeux vers le ciel pour la seconde fois.

— Si vous avez la moindre compassion, faites qu'elle ne sache jamais rien de ça !

Dans la voiture de l'inconnu, il faisait délicieusement chaud. Le siège du passager était encombré de papiers, de dossiers, d'un ordinateur portable et d'autres gadgets électroniques. Il y avait un badge sur le tableau de bord. Dessous, elle aperçut un permis de conduire… Trop curieuse pour pouvoir résister, Sasha jeta un coup d'œil au badge. Police de Denver. Que faisait un policier de Denver dans le nord de l'Etat ? Puis elle jeta un coup d'œil au permis de conduire, et en oublia instantanément sa question.

— Waouh !

Avec stupéfaction, elle étudia le visage de l'homme. *Splendide !* C'était le seul mot qui lui venait à l'esprit, et pourtant la photo n'était certainement pas avantageuse.

Elle regarda les informations personnelles. Dominick Law. Trente-six ans. Un mètre quatre-vingt-huit. Cheveux châtain foncé, yeux noisette. Soixante-dix-sept kilos. Il devait être aussi bien bâti que beau.

Ses traits étaient tout simplement superbes, un peu anguleux, et mis en valeur par une bouche pleine, un nez droit, et une fossette à la joue droite.

— Bon, arrête.

Comme si le badge et le permis lui brûlaient les doigts, elle les laissa retomber sur le tableau de bord.

— Tu es en voyage d'affaires, Sasha. Ce n'est pas le moment de te mettre à imiter ta chère mère.

Pour se changer les idées, elle mit les essuie-glaces en marche, fit demi-tour et observa l'inspecteur Splendide pendant qu'il fixait le câble au treuil et en accrochait l'autre extrémité à son pare-chocs arrière.

Avec la neige qui tombait dru en tourbillonnant, elle avait du mal à distinguer son 4x4. Elle attendit que le policier lui fasse signe et appuya progressivement sur l'accélérateur.

Il ne leur fallut pas plus de dix minutes pour ramener son Land Rover sur la terre ferme. Enfin, relativement ferme : les ornières étaient traîtres, et la chaussée glissante.

Sasha remit sa capuche et se dirigea vers son sauveteur.

— Je vous dois une fière chandelle, inspecteur.

— Vous avez vu le badge ?

Il s'accroupit et détacha le câble.

— Vous pouvez reprendre la route, maintenant, madame…

— Mlle Myer. Sasha.

— Nick.

— Je suis très contente d'avoir fait votre connaissance, Nick.

Puis elle remarqua un petit choc sur le capot de son Rover et se pencha pour mieux le voir.

— J'espère que ce sera facilement réparable.

Elle se mit à genoux et regarda sous le châssis.

— Vous avez remarqué d'autres dégâts ? demanda-t-elle.

— A part ce creux, non. Où allez-vous ?

— A Painter's Bluff.

Ses merveilleux yeux noisette se firent pensifs.

— Vous avez des cheveux blonds…

— Un héritage de ma grand-mère suédoise. Pourquoi ?

Elle se releva et le regarda avec un amusement que le policier ne semblait pas partager.

— Les blondes n'ont pas le droit de circuler à Painter's Bluff ?

— Apparemment, vous n'avez jamais vu Skye Painter !

Sasha sourit.

— Pas encore… Je vais travailler pour elle, sur son projet de complexe hôtelier.

— Vous êtes agent immobilier ?

— Architecte. Beat, Streete et Myer. Notre agence est récente, mais très innovante… Du moins c'est ce que prétend notre attaché de presse.

— Vous travaillez hors de Denver ?

Le ton sérieux du policier la surprit.

— Oui. Y a-t-il un problème, inspecteur Law ?

Il esquissa un léger sourire.

— Les jolies femmes sont souvent un problème…

Pas le moins du monde perturbée, Sasha sourit de plus belle.

— Vous semblez parler d'expérience. Merci encore pour votre aide. Je crois que le moment est venu de nous remettre en route…

Son regard qui semblait la sonder lui donna envie de reculer, mais elle ne baissa pas les yeux et ne bougea pas.

— Ai-je enfreint la loi, inspecteur ?

— Nick. Et non, pas que je sache.

— Alors je peux partir ?

— Si votre véhicule est en état de marche.

— Je croyais vous avoir entendu dire qu'il n'était pas endommagé.

— Manifestement il ne l'est pas, mais nous en saurons plus en le conduisant.

— A moins que nous ne gelions sur pied avant. Aucun de nous n'est habillé pour rester dehors comme ça.

Il eut un demi-sourire.

— Voilà ce que je vous propose : vous allez prendre ma voiture pour aller à Painter's Bluff, et moi, je vais vérifier que votre Land Rover n'a rien.

Puisqu'elle était sur le point de se mettre à claquer des

dents et que, après tout, il était policier, Sasha accepta sa suggestion.

— Je suis à l'hôtel.

— Lequel ?

— Il y en a deux ?

— Trois. Le Mountain House qui appartient à Skye Painter, le Hollowback Inn, et Annie's Barn en dehors de la ville… Vous êtes au Mountain House, c'est ça ?

Elle acquiesça et il la raccompagna vers son véhicule et ouvrit la portière.

— Je pars en premier. Lorsque vous vous serez installée, il faudra que vous alliez voir le shérif Pyle pour lui parler de ceux qui vous ont poussée hors de la route.

Il croisa son regard, et le soutint.

Sasha frissonna. Elle avait l'impression ridicule qu'il lui enlevait ses vêtements un à un. C'était excitant, mais d'une façon étrange et très déconcertante.

Puis il s'en alla, et elle se retrouva seule dans la voiture d'un inconnu au milieu du blizzard, avec la voix de Bruce Springsteen qui sortait des haut-parleurs.

Splendide et étrange… Dans quoi s'engageait-elle ?

— Nick n'est pas là ?

Sasha, qui venait à peine d'entrer dans le hall du Mountain House, se trouvait nez à nez avec un homme blond d'environ trente-cinq ans, aux yeux bleus.

Il la détailla de la tête aux pieds.

— Je reconnaîtrais ce 4x4 noir n'importe où, ajouta-t-il. Pourquoi le conduisez-vous ?

Dans la chaleur du hall à la décoration rustique, Sasha enleva sa capuche et ouvrit son manteau.

— Nick a pris mon Land Rover. Puisque je ne l'ai pas doublé, il a dû arriver avant moi.

Elle adressa un sourire machinal à son interlocuteur.

— A qui ai-je l'honneur ?

— Dana Hollander.

Il jeta un coup d'œil à la rue, et poursuivit :

— Je suis le maire de Painter's Bluff. Je possède le magasin de nourriture et semences de Center Street, et je fais également de la maintenance de matériel informatique.

— Cela fait beaucoup pour un seul homme !

— Encore plus que vous ne l'imaginez. Le shérif et moi avons eu une journée chargée, aujourd'hui !

— Eh bien, je suis désolée d'ajouter à la tâche, mais cinq jeunes dans un pick-up gris sont en train de s'amuser à faire peur aux automobilistes sur Hollowback Road.

— Des jeunes ? Oh ! Ça doit être les Sickerbie !

— Tous les cinq ?

— Il y en avait six au dernier recensement, et tous sont des terreurs.

Sasha était sur le point d'aller se présenter à la réception, mais quelque chose dans l'expression de l'homme la retint.

— Ecoutez, je n'ai pas volé le 4x4 de votre ami, si c'est ce que vous imaginez. Vos Sickerbies m'ont fait sortir de la route, et Nick m'a aidée à remettre ma voiture sur la chaussée. Il voulait s'assurer qu'elle n'avait pas subi de dégâts, alors nous avons échangé nos véhicules. Nous devions nous retrouver ici.

Dana hocha la tête d'un air préoccupé.

— Il s'est peut-être d'abord arrêté chez le shérif Pyle.

— Peut-être.

Sasha ôta son manteau et parcourut le hall du regard. L'hôtel était petit, mais ses cloisons de bois et son parquet ciré lui conféraient énormément de charme. La cheminée en granit du salon était massive et impressionnante, et l'ensemble confortable et chaleureux.

Elle regarda le salon avec plus d'attention.

— Ces fauteuils sont anciens. Ils sont magnifiques !

Il eut un sourire soudain.

— Je vois que vous aimez la décoration. Vous êtes architecte, non ? Sasha Myer, de Denver. Skye nous a parlé de vous. Vous deviez arriver un peu plus tôt, si je ne m'abuse ?

— Oui, il y a trois jours, acquiesça Sasha.

Elle se dirigea vers la réception.

— J'appellerai Mme Painter dès que je me serai installée.

— Vous pouvez l'appeler, mais vous ne pourrez pas la rencontrer dans l'immédiat, dit Dana en lui emboîtant le pas. Elle a quitté la ville hier matin. Elle a de la chance !

Entendre Dana répéter les mots prononcés par sa mère lui causa une sensation étrange.

— Elle a de la chance parce qu'elle a échappé à la tempête ?

— Ça aussi.

Dana s'adressa à la jeune femme rousse qui se tenait à la réception.

— April, voici l'architecte que Skye a fait venir de Denver. Donnez-lui une bonne chambre, et offrez-lui un repas chaud.

— C'est très gentil de votre part, monsieur Hollander, mais je ne veux pas profiter de la situation, répondit Sasha.

— Je m'appelle Dana, et c'est tout à fait normal.

Le téléphone sonna à la réception. Tout en décrochant, la réceptionniste tendit une clé à Sasha.

— Chambre 27, deuxième étage.

Elle écouta un instant son correspondant puis reprit :

— Un instant, Dana. C'est le shérif Pyle qui appelle. Il voudrait parler à l'inspecteur Law.

— Tout le monde le réclame !

Sasha hésita un instant alors qu'il prenait le combiné, puis lui demanda :

— Vous avez le numéro de Nick ?

— Un instant, Will.

Il recouvrit le combiné de la main.

— Il ne m'a pas répondu quand je l'ai appelé, mais vous pouvez toujours essayer. C'est l'indicatif de Denver et les touches correspondant à NICK LAW.

Simple et direct, deux qualités qu'elle admirait.

Elle sortit son portable de son sac et commença à composer le numéro en se dirigeant vers le salon.

A son arrivée, il n'y avait qu'une femme installée dans l'un des fauteuils qu'elle avait remarqués. Maintenant, deux hommes se tenaient près de la cheminée. L'un d'eux, avec des cheveux bruns plaqués vers l'arrière et une petite barbe soigneusement taillée, lui sembla vaguement familier. L'autre avait le col relevé et un chapeau de cow-boy taché posé bas sur le front. Les épaules voûtées, il se dandinait d'un pied sur l'autre. Il avait les mains enfoncées dans les poches de sa parka et remuait les coudes.

Certaine de l'avoir déjà vu ou rencontré quelque part, Sasha étudia son compagnon.

Lorsqu'il la vit, il leva les sourcils, dit quelque chose à l'homme au chapeau, et s'avança vers elle en lui tendant la main.

— Vous êtes Sasha Myer. Bonjour ! Je vous attendais.

— Vous êtes Max, c'est ça ?

— Max Macallum. Je suis flatté que vous vous souveniez de moi. A moins que ce ne soit parce que Skye vous a dit qu'elle avait fait appel à mon entreprise pour travailler sur les accès routiers de son complexe hôtelier ?

— Si je me souviens de vous, c'est parce que nous avons fêté Noël au même moment dans le même restaurant. Votre groupe n'avait plus rien à boire, et vous étiez venu me demander si je pouvais vous donner une bouteille de vin. Vous êtes arrivé depuis longtemps ?

— Trois jours.

— Vous m'attendiez ? demanda Sasha.

Elle sourit avant d'ajouter :

— Je suis vraiment désolée. J'étais dans le Minnesota, et l'aéroport a été bloqué à cause de chutes de neige. Les vols ont été annulés, puis le brouillard s'est mis de la partie. J'ai appelé Skye au moins cinq fois.

— Elle a quitté la ville hier, avant tout ce remue-ménage.

— Quel remue-ménage peut-il y avoir dans une ville de trois mille habitants ?

Max soupira.

— C'est la question que j'ai posée aussi quand…

Dana l'interrompit en les rejoignant.

— Will Pyle n'a pas vu Nick ! Ses adjoints non plus.

— Ecoutez, je vous assure que je ne l'ai pas dépassé en venant ici.

— Vous avez essayé de l'appeler ?

— C'est ce que je suis en train de faire.

Pour que la ligne soit meilleure, elle s'approcha de la porte et remarqua alors que l'homme avec le chapeau de cow-boy sale avait disparu.

Nick répondit à la cinquième sonnerie.

— Law.

— Myer.

En enlevant sa longue écharpe de laine, elle secoua ses cheveux.

— Où êtes-vous ?

— Je rêve ou il y a un soupçon d'inquiétude dans cette voix charmante ?

— Il me semble que vous confondez inquiétude et agacement. Il y a ici un homme qui s'appelle Dana et qui, j'en suis sûre, croit que je vous ai estourbi pour vous voler votre voiture. Le shérif vient d'appeler la réception et vous cherche. Alors, je le répète, inspecteur Law, où êtes-vous ?

— Derrière vous.

Une vie entière de situations de ce genre l'empêcha de sursauter. Elle se retourna lentement pour lui faire face.

— Bienvenue à Painter's Bluff, inspecteur. Pourquoi ce retard ? Vous ne sentez pas l'alcool, donc vous ne vous êtes pas arrêté pour prendre une bière. Je ne vous ai pas doublé, donc ma voiture doit être en état de marche. Et comme vous m'avez l'air parfaitement sensé, je ne pense pas qu'il y ait eu de malentendu sur le nom de l'hôtel.

— Nick ! s'exclama Dana en se précipitant vers lui. Te voilà !

— Je me suis arrêté à la clinique.

Sasha le regarda avec inquiétude. Il était encore plus beau qu'au milieu de la neige.

— Vous vous êtes blessé ?

Elle le vit froncer les sourcils.

— Je voulais voir quelque chose. Quelqu'un, plutôt. Elle avait à peu près votre âge et votre taille. Blonde aux yeux bleus, d'ascendance suédoise.

Sasha sentit son cœur se serrer.

— « Etait ». J'imagine qu'elle est morte…

— Elle s'appelait Kristiana Felgard. On a retrouvé son corps à Painter's Rock tôt ce matin. Elle a été assassinée.

2

— Je pense que Kristiana Felgard a été assassinée par un tueur en série.

Au bar du Mountain House, Nick revint sur les détails macabres.

— Depuis le premier meurtre, il y a huit ans, l'enquête a déjà été classée sans suite à deux reprises, expliqua-t-il. A l'époque, les médias appelaient le criminel « le tueur à la boule neigeuse », parce qu'il laissait une boule neigeuse avec un ange à l'intérieur à côté de chacune de ses victimes.

Sasha se sentait prise au piège et nerveuse, mais refusait d'en rien laisser paraître.

— Dana a dit que la police n'avait rien trouvé près du corps de Kristiana Felgard. Donc, votre théorie ne marche pas.

Vraiment pas ! espérait-elle, car, depuis que Nick avait commencé ses explications, elle avait l'estomac noué.

Nick lui jeta un regard de biais.

— Il y avait une empreinte à droite de la tête de la victime. C'est là que le tueur plaçait toujours la boule. La marque correspond à ça.

L'envie de partir la démangeait mais, plus que tout, elle voulait que Nick et Dana cessent de la regarder comme si elle était marquée au fer rouge.

Elle prit une profonde inspiration pour se calmer, et

huma les odeurs de cuir, de whisky et du bois qui flambait dans l'énorme cheminée du bar.

Avec les tables en chêne lustrées, et le bar surmonté de miroirs qui occupait tout le fond de la pièce, on avait l'impression de se trouver dans un vieux saloon. Chaque objet était patiné par les ans et, si l'on en croyait la réputation de Skye Painter, authentique – jusqu'aux verres qu'une serveuse portant des bottes de cow-boy était en train de poser devant eux.

Sasha attendit qu'elle soit partie pour demander :

— La serveuse est blonde, elle aussi. Pourquoi n'êtes-vous pas en train de lui faire peur avec vos histoires de tueur en série ?

— Mandy Cullen est une fausse blonde, répliqua Dana. Croyez-moi, elle n'est pas du tout le type du tueur.

— Non. D'après Nick, votre homme aime les femmes d'origine scandinave.

Nick continuait à la considérer fixement, et elle se sentait de plus en plus nerveuse sous son regard.

— C'est cela, Sasha, dit-il. Dans toutes les enquêtes que j'ai menées, j'ai trouvé de la famille en Suède ou en Finlande. Et vous m'avez dit que vous avez des origines scandinaves.

Elle ne put s'empêcher de frissonner.

— Mais rien ne prouve que ce meurtre a un rapport avec les autres ! Vous disiez qu'il y a cinq ans que votre gars n'a tué personne.

— Oui… Mais, il y a six semaines, une femme a été attaquée à Aspen.

— « Attaquée », répéta Sasha. Pas tuée ?

— Elle a réussi à s'en sortir, mais n'a pas pu nous dire grand-chose. La nuit tombait, et celui qui l'a agressée portait une cagoule en laine. Elle avait skié toute la journée, et avait pris une remontée pour faire une dernière descente avant de rejoindre ses amis pour le dîner. Un skieur lui a barré le chemin et l'a attirée dans la forêt. Lorsqu'il a commencé à l'attacher, elle s'est débattue.

— Et soit elle lui a arraché sa cagoule, soit elle l'a griffé. Comme elle n'a pas donné de description, je penche pour la seconde hypothèse.

— Bien vu, inspecteur Myer ! En bref, nous avons pu faire une analyse ADN à partir du sang et de la peau qu'il y avait sous ses ongles. Nous avions un suspect, mais son ADN ne correspondait pas. L'enquête s'est poursuivie jusqu'à Noël, et n'a rien donné.

Sasha avait l'impression d'être prise dans des sables mouvants qui l'attiraient inexorablement vers le fond. Elle posa les mains sur la table.

— D'accord. Admettons que Dana ait eu raison de vous appeler et de vous demander de venir enquêter sur la mort de Kristiana Felgard. Pourquoi le meurtrier serait-il toujours ici ? A sa place, j'aurais filé au plus vite, non ?

— Mais vous n'êtes pas un meurtrier.

— Nick, il faudrait qu'il soit fou ! Rectification : il *est* fou. Mais il faudrait aussi qu'il soit stupide pour rester sur les lieux d'un crime qui, il le sait, va attirer l'attention de la police encore plus que d'habitude.

— Ça l'excite, répondit simplement Nick. Certains tueurs en série en ont besoin.

— Vous avez dit que le tueur a étranglé Kristiana et laissé son corps nu dans l'empreinte d'une silhouette creusée dans la neige…

Mon Dieu, c'était une image épouvantable !

— … Et qu'il a tué sept autres femmes de la même manière au cours des huit dernières années ?

Il y avait des moments, se dit Sasha, où avoir de l'imagination pouvait être une malédiction. Elle vit huit femmes, toutes blondes et jeunes, étendues nues sur la neige. Le vent faisait voler leurs cheveux sur leur visage, et leurs yeux regardaient fixement devant elles. Elle pouvait même voir les boules neigeuses, comme celles que son oncle Paul plaçait sur la cheminée à Noël.

En face d'elle, Dana se mit à tambouriner sur la table de bois.

— J'ai demandé à Pyle de nous rejoindre ici à 19 heures. Il est 20 heures. Où est-il ?

Pour Sasha, c'était le cadet de ses soucis. Elle avait déjà assez à faire avec ce que lui disaient les deux hommes attablés en sa compagnie.

— Peut-être que les Sickerbies l'ont fait sortir de la route, suggéra-t-elle.

— Ou qu'ils sont allés faire un braquage, marmonna Nick.

Dana se frotta les tempes.

— J'espère vraiment que ce n'est pas le cas. Si les Sickerbies se mettent à voler, cette ville est perdue !

Voyant là une occasion de changer de sujet, Sasha demanda :

— Vous êtes originaire de Painter's Bluff, Nick ?

— Presque. J'ai grandi à Outlaw Falls, à environ cent cinquante kilomètres d'ici. Dana et moi étions ensemble à l'école primaire. Sa famille a déménagé avant que nous n'entrions au collège, mais nous avons réussi à rester en contact.

Dana expliqua, tout en continuant à se masser les tempes :

— Nous mettions un point d'honneur à nous retrouver tous les ans pour aller pêcher à Sun Lake, près d'Outlaw Falls. Au fil du temps, il y a eu de moins en moins de poisson, et la pêche a fini par y être interdite. Maintenant, nous allons à Hollowback. Mon garçon de cinq ans commence déjà à me demander de l'emmener l'été prochain. Ça ferait plaisir à Fawn. C'est ma femme, précisa-t-il. Nous sommes mariés depuis quatorze ans.

Son portable sonna, et il le décrocha de sa ceinture.

— Et là, c'est elle qui cherche à me joindre.

Il but une gorgée de bière, et se leva.

— Je n'ai plus de batterie. Je vais aller téléphoner à la réception.

— Je peux vous prêter le mien, proposa Sasha, mais Dana refusa d'un geste de la main.

— Je dois aussi appeler Will. D'ailleurs, c'est plus calme dans le hall.

Il pointa le doigt vers Nick.

— Parle-lui des caractéristiques de Kristiana.

— Non, ne m'en parlez pas, dit Sasha lorsqu'il fut parti. J'en ai déjà une idée assez précise. Parlez-moi plutôt du camping à Hollowback Mountain.

Nick haussa les épaules.

— Beaucoup de citadins viennent là chaque été, et c'est probablement la raison pour laquelle Skye veut construire ce complexe hôtelier.

Sasha sourit.

— Vous n'aimez pas la ville, n'est-ce pas, Nick ? Vous êtes bien mystérieux…

Il sourit très légèrement.

— Je n'aime pas spécialement la ville, en effet. Je travaille à Denver, mais j'ai grandi sur un ranch. J'aime faire de la randonnée en montagne l'été, et pêcher. Ça ne me semble pas particulièrement mystérieux.

— J'ai l'impression que vous aimez la solitude.

La fossette de sa joue se creusa.

— C'est vrai. Les rochers et les arbres ne posent pas de questions.

— Vous êtes marié ?

Il continua à sourire.

— Plus maintenant. Et vous ?

— Presque… Mais je suis partie avant. Vous avez un partenaire ?

Amusée par l'éclair de perplexité qui traversa son regard, elle précisa :

— Je veux dire, un partenaire de police.

Puis elle leva les sourcils.

— Oh ! c'est vrai, vous n'aimez pas les questions ! Mais je ne suis pas un rocher ou un arbre. Dana et vous, vous voulez connaître ma vie, alors je veux connaître la vôtre. Sinon, ce n'est pas juste, inspecteur Law.

— J'ai de bonnes raisons pour vous poser ces questions, Sasha.

— Moi aussi.

— Pourquoi ne voulez-vous pas parler de Kristiana Felgard ?

— Si vous étiez à ma place, vous aimeriez passer votre première soirée dans une ville étrangère à évoquer une femme assassinée ?

— Je le ferais si sa mort pouvait avoir un rapport avec moi.

— Je trouve que c'est un peu pervers. Parlez-moi plutôt de vous.

Elle vit Nick esquisser un petit sourire alors qu'il observait un groupe de clients installés au bar et qui parlaient avec animation.

— Vous êtes en train de flirter, Sasha ?

Elle se sentit sourire elle aussi.

— Peut-être un peu, mais c'est sans arrière-pensée ! Reprenons. Pourquoi Denver ?

— Pourquoi pas ?

— D'accord. Allons plus loin. Pourquoi policier ?

Il leva les yeux au plafond.

— Vous êtes du genre tenace ! Il n'y a pas grand

mystère. J'étais un gamin du Colorado qui regardait la télé, et qui a eu envie de devenir policier. Ce gamin a grandi, est allé à Chicago, et est lentement revenu vers les montagnes.

Sasha observa les expressions qui traversaient son regard. Il avait vraiment des yeux merveilleux.

— Et pourquoi avez-vous choisi de vous spécialiser dans les affaires non résolues ?

— Pourquoi architecte ?

Elle le dévisagea un instant, puis poussa un soupir.

— Ma mère voulait que je dessine des vêtements.

Tout en portant son verre à ses lèvres, il eut un petit rire.

— Ce n'est pas une réponse ! C'est carrément une énigme.

— Pas si vous connaissiez ma mère. Et nos relations.

Elle laissa son regard errer vers Mandy, la serveuse, qui versait un verre de whisky à un client.

— Bon, d'accord. Dites-moi : pourquoi pensez-vous que l'homme qui a tué Kristiana Felgard va s'en prendre à moi ?

— Je n'ai pas dit qu'il allait s'en prendre à vous. J'ai dit qu'il le pourrait.

— La différence est subtile. Voyons, Nick, je ne suis même pas d'ici ! Et ce n'est pas que je veuille qu'il y ait une autre victime, mais, dans une ville de trois mille habitants, il doit bien y avoir une ou deux autres femmes blondes d'origine scandinave.

— C'est ce que le shérif et ses adjoints sont en train de vérifier.

— Quel est votre rôle ici ? Vous enquêtez officiellement, ou vous êtes un policier de Denver en visite chez son ami ?

Il lui prit la main, et la caressa de son pouce.

— Dana m'a contacté tôt ce matin. Je suis en mission.

Il la regarda dans les yeux.

— Les crimes de ce tueur en série ont fait grand bruit. Comment se fait-il que vous n'en ayez jamais entendu parler ?

Des petites décharges électriques lui parcourant le bras, Sasha pensa un instant à enlever sa main, mais elle n'en fit rien. Pour le moment, la sensation la fascinait plus qu'elle ne la troublait.

— Il y a huit ans, je vivais à Atlanta, et ensuite à Philadelphie. La côte Est a ses propres meurtriers. Je suis revenue à Denver il y trois ans.

— Donc, vous aviez déjà vécu à Denver ?

Lorsque la caresse de son pouce sur ses doigts la fit frissonner, elle sut qu'elle devait vraiment retirer sa main. Le fait qu'elle ne le fasse pas la surprit et l'intrigua à la fois.

— Je suis née à Denver. J'ai vécu là-bas jusqu'à ce que mes parents divorcent et que ma mère m'emmène à New York. Elle s'est remariée, a divorcé de nouveau. Nous nous sommes installés à Miami. A l'époque, mon frère était déjà né. Un autre mariage, un autre divorce, puis New Haven. Ensuite, ça a été Londres pendant un moment, puis Paris. La vie en France n'était pas très facile ; ma mère avait du mal à parler la langue, et j'ai refusé d'aller étudier dans l'école de mode où elle m'avait inscrite. Mais ce n'était pas important, puisque la liaison qu'elle a eue là-bas s'est terminée aussi lamentablement que les précédentes. Nous sommes allés à Stockholm, et sommes restés un an chez ma grand-mère. J'ai fini mes études secondaires, et je suis partie étudier l'architecture à Boston. C'est là que ma mère vit actuellement.

Sasha venait d'en dire bien plus qu'elle n'en disait habituellement. Ne sachant trop pourquoi elle s'était montrée si diserte, elle secoua légèrement la main. Il la lâcha et continua à l'observer attentivement.

— Vous avez aimé vivre dans tous ces endroits ?

— J'ai aimé les gens. Je me fais facilement des amis, alors déménager souvent n'a pas été un problème. Et qui pourrait ne pas apprécier New York, Londres et Paris ?

Elle entendit Mandy rire en servant des clients et, une fois de plus, l'image des huit femmes assassinées lui vint à l'esprit. Elle soupira.

— Vous savez pourquoi il l'a tuée ?

Nick n'eut aucun mal à suivre ses pensées.

— Tout ce que nous savons pour le moment, c'est que Kristiana Felgard ressemblait à ses victimes précédentes.

Sasha avait la tête qui tournait.

— Vous avez dû le dire, mais j'ai oublié… Elle était d'ici ?

L'expression de Nick s'adoucit.

— C'était une touriste, Sasha. April dit qu'elle est arrivée hier dans la soirée. Elle ne parlait pas très bien l'anglais.

Sasha réfléchit un instant.

— Pourquoi pensez-vous qu'elle était venue à Painter's Bluff ?

— Elle voulait peut-être faire du ski avec dépose en hélicoptère. Beaucoup de gens viennent ici pour ça. Elle avait un casque et un masque de ski dans sa valise. Il y a aussi le festival de sculpture sur glace qui se déroule à la fin du mois de janvier. Certains participants commencent déjà à arriver.

— Et vous pensez quoi ? Que le tueur l'a suivie jusqu'ici ?

— Ou qu'il connaissait sa destination et est arrivé avant elle.

— Vous voulez dire qu'il piste ses victimes ?

— Je l'ai toujours pensé.

— C'est charmant !

Mandy passa près d'eux en portant des assiettes en équilibre précaire sur un bras.

Nick reprit la main de Sasha.

— Vous avez faim ?

« Faim de vous », pensa-t-elle, alors que des picotements lui parcouraient de nouveau le bras.

— Oui, très. Je n'ai pas déjeuné.

— Alors, nous allons commander quelque chose. Pendant que nous mangerons, vous pourrez me parler de votre vie à Denver, et vous me direz pourquoi une jolie femme comme vous a préféré dessiner des bâtiments plutôt que des vêtements.

Se sentant soudain intrépide, Sasha se pencha vers lui.

— D'accord. Mais vous me direz aussi pourquoi un policier aussi splendide que vous a décidé de s'occuper de tueurs en série.

— Pardon, madame.

Un homme bouscula Sasha en passant rapidement devant elle dans le couloir du deuxième étage, et s'arrêta devant une porte quelques instants plus tard. Lorsqu'elle passa près de lui pour se rendre à sa propre chambre située un peu plus loin, elle reconnut le chapeau de cow-boy taché et la parka gris foncé mais, à part cela, elle ne fit pas très attention à lui.

Tant d'événements s'étaient produits depuis son arrivée, qu'elle avait du mal à croire qu'il n'était que 22 heures.

Nick Law, un policier spécialisé dans les affaires non élucidées, craignait qu'un tueur en série ne la choisisse comme victime suivante. Même s'il se trompait, il n'en restait pas moins qu'une femme avait été tuée hier soir. Une femme qui, comme elle, était d'origine suédoise. Le meurtrier l'avait laissée dans la neige, au milieu d'une empreinte de corps. Il l'avait étranglée. L'avait-il aussi violée ? Nick n'en avait pas fait mention, et Sasha n'avait rien demandé – elle ne voulait pas y penser.

Pour le moment, le journal local parlait du crime sans faire référence à un tueur en série. On n'avait pas laissé de boule neigeuse sur la scène de crime ; s'il y en avait eu une, quelqu'un l'avait enlevée.

Pourquoi ?

Sasha entendit des pas derrière elle, et la voix d'une femme. Elle se retourna.

— Bonsoir, monsieur Rush.

April, la réceptionniste, lança un sourire éclatant à l'homme au chapeau sale qui se tenait devant la chambre 23.

— Votre pick-up n'est toujours pas réparé ? demanda-t-elle.

L'homme fouillait dans ses poches à la recherche de sa clé.

— Peut-être demain.

L'ayant enfin trouvée, il la mit dans la serrure d'un geste brusque, jeta un coup d'œil en direction de Sasha, et hocha la tête.

— Bonsoir, mesdames.

April s'approcha de Sasha en se tapotant discrètement le cœur.

— Il ressemble tellement à Gary Cooper ! murmura-t-elle tandis que Sasha s'efforçait de faire entrer sa clé dans la vieille serrure.

— Je n'ai pu voir qu'un chapeau, une barbe de deux jours, et le col de sa veste, répondit-elle à voix basse.

— C'est sa troisième nuit ici. Ce n'était pas prévu. Son pick-up est tombé en panne à trois kilomètres au sud de la ville. Vous avez assez de serviettes ?

— Oui. Tout est parfait.

Lorsque la porte de la chambre 23 grinça légèrement en s'ouvrant, April se retourna et lança d'une voix suave :

— Bonne nuit, monsieur Rush.

Puis, faisant de nouveau face à Sasha, elle poursuivit en chuchotant :

— Je pense que je vais louer *Le Train sifflera trois fois* ce soir.

— Si je le regardais, je crois que je m'endormirais dans les trois premières minutes !

— A propos de cinéma, vous me faites penser à Grace Kelly. On ne voit pas beaucoup de filles comme vous, à Painter's Bluff.

April lui tapota le bras et conclut :

— Vous avez l'air épuisée ; une bonne nuit de sommeil vous fera du bien. La météo annonce une tempête pour la nuit prochaine, mais il devrait faire assez beau demain. Dormez bien.

— Je ferai de mon mieux.

Alors qu'elle entrait dans sa chambre, Sasha crut entendre une respiration rauque. Quand la porte de la chambre 23 se referma, le bruit cessa.

— C'est étrange…, murmura-t-elle.

Et elle veilla à bien tourner la clé dans la serrure.

Il verrouilla soigneusement la porte derrière lui, pour se cacher. Personne ne pouvait le voir, ici. Tremblant de tout son corps, il pressa son front contre l'épais battant de bois.

Impossible de se voiler la face plus longtemps. La créature monstrueuse qui se terrait en lui s'était réveillée. Elle était devenue une harpie vicieuse à la queue fourchue. Parfois, elle disparaissait comme de la fumée. A d'autres moments, elle grondait, grattait, et fouettait l'air de sa queue jusqu'à ce qu'il n'ait d'autre choix que de la laisser sortir.

Elle rampait vers la surface, si près de s'échapper qu'il sentait son cœur battre contre ses côtes, et le souffle de sa respiration chaude, haletante, sur sa peau. Il imaginait son visage, entendait sa voix…

Bien qu'il l'ait déjà tuée à plusieurs reprises, elle revenait toujours. Il fallait la tuer de nouveau – et le faire correctement, cette fois. Alors, sa souffrance s'arrêterait enfin.

Il revit la jolie femme blonde, l'imagina en train de se préparer à se coucher dans son lit douillet… d'ôter ses vêtements, l'un après l'autre… d'enlever sa fausse auréole et ses ailes, peut-être pour la dernière fois.

Il se redressa… et entendit la harpie ricaner.

3

— Alors, Nick, vous allez lâcher le morceau ? Je vois bien que les photos de la scène de crime vous font penser à quelque chose !

Le shérif Pyle commençait à s'impatienter. C'était évident à la crispation de son visage, au ton de sa voix.

Agé d'une soixantaine d'années, corpulent, Pyle avait été policier dans l'Illinois pendant plus de trente ans avant de venir à Painter's Bluff dans l'espoir d'y couler des jours paisibles.

Jusqu'à la nuit dernière, tout s'était déroulé à merveille. Hélas ! la mort de Kristiana Felgard jetait une ombre sur son bilan… C'était peut-être pour cela qu'il ne semblait pas en vouloir à Dana d'avoir fait appel à Nick sans le consulter, et qu'il avait accepté son aide avec reconnaissance.

Assis à califourchon sur une vieille chaise pivotante, Nick réarrangea les photos sur le bureau du shérif.

— Vous avez pris beaucoup de clichés, Will.

— Les vieilles habitudes, Nick. On se couvre… Nous avons fait de notre mieux pour protéger la scène de crime, mais, avec toute cette neige, il n'y a plus grand-chose à voir !

Il soupira puis s'étira en levant les bras.

— Vous voulez du café ?

— Noir, avec deux sucres.

— Deux ? ironisa Pyle. Ces policiers de Denver, de vraies fillettes !

Il se mit à chercher le sucre dans un placard.

— Savez-vous seulement monter à cheval ?

— J'allais à l'école à cru, à travers la neige. Comme mon père et son père avant lui.

Après un autre soupir, cette fois amusé, Pyle redevint sérieux en versant le café.

— Et que pensez-vous de toute cette affaire ?

Nick prit une photo.

— Rien de bon. Je vois du sang sur la neige, ici. A part les traces de strangulation sur le cou de la victime et celle d'une corde sur ses poignets et ses chevilles, il n'y a aucune marque.

— En effet.

Nick compta les taches de sang. Il y en avait quatre sur la neige, et une autre sur un rocher affleurant près de l'épaule gauche de la victime.

— Parlez-moi du sang.

— Nous en avons recueilli des échantillons et les avons envoyés au laboratoire. Je devrais recevoir les résultats des analyses dans un jour ou deux. Ce serait bien s'ils correspondaient aux échantillons d'ADN de l'homme qui a agressé cette femme à Aspen.

Pyle chercha un ustensile pour remuer le café dans le tiroir de son bureau.

— Depuis combien de temps travaillez-vous sur ces meurtres, Nick ?

— Neuf mois.

— Sur des affaires non élucidées… Vous ne trouvez pas ce genre de missions frustrantes ?

— Ça pourrait l'être, mais il ne faut pas oublier les victimes et leur famille. Elles méritent justice. Sans parler du meurtrier qui, lui, mérite la prison !

— Dana dit que vous avez un ranch qui vous attend quand votre père prendra sa retraite. Au lieu de ça, vous préférez la compagnie des cadavres ! Je suis sûr que les familles des victimes vous en sont reconnaissantes, mais, à votre place, j'aurais choisi le bétail. Sans la moindre hésitation.

— Donnez-moi encore dix ans, et je serai d'accord avec vous.

Pyle lui tendit un mug ébréché.

— Et voilà, avec deux sucres ! Et maintenant, j'aimerais bien que vous me parliez de cette architecte dont mon adjoint m'a rebattu les oreilles toute la nuit. Il l'a vue alors qu'elle arrivait à l'hôtel de Skye. Elle est aussi canon qu'il le dit ?

— « Canon » ? Oui, on peut dire ça. Elle est sans aucun doute très belle. Longues jambes, longs cheveux blonds, yeux bleus…

— Bleus comme le lac de Painter's Lodge, m'a dit mon adjoint. Ou comme l'océan au large d'une île tropicale.

— Votre adjoint regarde trop de documentaires à la télé.

— Non. Sa mère écrit des poèmes. Quand il faisait l'andouille dans sa jeunesse, elle le mettait au coin avec un bouquin.

Nick utilisa son ordinateur portable pour agrandir une image montrant l'empreinte près de la tête de la victime.

— Il a posé quelque chose là, Will. A en juger par l'empreinte et les traces dans la neige juste autour, j'ai l'impression que l'objet a été renversé.

— Et vous pensez que c'était une boule neigeuse ?

— C'est ce que j'imagine.

Nick mit en évidence les traces de sang qui n'étaient qu'à quelques centimètres de l'empreinte. C'était un élément à ne pas négliger.

— Vous m'avez dit que c'est un certain Hank Mulligan qui a découvert la victime. Il a touché à la scène de crime ? demanda Nick

— Hank est peut-être vieux, mais il a une meilleure vue que moi. Il n'a pas eu à s'approcher pour savoir que la jeune femme était morte.

— A quelle heure pense-t-on qu'elle a été tuée ?

— Entre 11 et 3 heures. Désolé, Nick, nous n'avons pas pu faire mieux. Le médecin légiste pourra peut-être être plus précis.

Pyle but une gorgée de café, puis prit un bloc-notes et ajouta :

— Nous enquêtons sur les gens de passage en ville. Jusqu'à maintenant, aucun n'a de casier judiciaire.

— Je ne pense pas que le meurtrier en ait un… Quand Kristiana Felgard est-elle arrivée aux Etats-Unis ?

— Il y a sept jours. D'après son passeport, son avion a atterri à JFK.

Nick sortit une carte de Suède.

— Elle était originaire de Hallstavik. C'est près de Stockholm…

Là où Sasha avait vécu un an lorsqu'elle était chez sa grand-mère.

— Où est-elle allée, après New York ? demanda-t-il.

— Il va falloir nous laisser un peu de temps ! Nous sommes en train de vérifier les vols intérieurs, les trains et les compagnies d'autocar.

— Comment est-elle arrivée à Painter's Bluff ?

— Avec une voiture qu'elle avait louée à Denver.

— Il faut remonter la piste à partir de Denver… Trouver depuis combien de temps elle était là… Contacter sa famille en Suède…

— Bien, mon général, répondit le shérif d'un air moqueur, ce qui fit sourire Nick.

Pyle avala bruyamment une autre gorgée de café.

— Vous êtes logé chez Dana ?

Nick ouvrit un autre fichier sur son ordinateur.

— J'ai été invité. Je vais voir. Les parents de Fawn sont là, et leur maison est déjà pleine.

Il recula et observa l'écran.

— Si cet homme remarque Sasha, nous sommes cuits.

Pyle grogna.

— Bon Dieu, il faut que j'aille voir cette femme ! Quel âge pensez-vous qu'elle a ?

Nick n'avait pas à penser : il connaissait l'âge de Sasha ainsi que nombre de détails qu'elle aurait peut-être préféré garder pour elle.

— Vingt-neuf ans. Elle est la plus jeune associée d'une agence qui a été créée il y a trois ans seulement. Ils sont en train de se constituer une clientèle et une réputation, mais l'architecture est un secteur difficile. Le contrat de Skye Painter est important pour elle. Je ne crois pas qu'elle puisse se permettre de le laisser tomber.

La porte s'ouvrit et se referma pendant que Nick regardait le visage de Sasha Myer sur son écran.

L'adjoint de Pyle les rejoignit en toute hâte, les joues rouges, et les regarda tour à tour.

— La boule neigeuse ! Nous l'avons retrouvée cassée, dans une poubelle derrière Annie's Barn.

Quelqu'un utilisait un marteau piqueur dans le hall de l'hôtel. Sasha leva la tête de l'oreiller, et essaya de se souvenir si April avait parlé de travaux dans l'établissement.

Le martèlement se transformant en coups sourds, elle comprit enfin que quelqu'un frappait à sa porte. Ce n'était jamais une bonne chose au beau milieu de la nuit.

— Une seconde !

Elle se leva.

— Mais arrêtez, enfin ! Vous allez réveiller tout l'hôtel ! s'exclama-t-elle en ramassant vivement sa robe de chambre qui était tombée au pied du lit.

Les coups cessèrent lorsqu'elle déverrouilla et ouvrit la porte.

— Quoi ? s'écria-t-elle, agacée.

Puis elle marmonna :

— Oh non ! Pas vous ! Ne le prenez pas mal, inspecteur Law, mais partez.

Il passa devant elle, appuya sur l'interrupteur mural, et entra dans la chambre.

— Vous ne regardez pas par le judas ?

— Le quoi ?

Elle se retourna et remarqua l'œilleton.

— Si je vous avais vu, je n'aurais pas ouvert la porte. J'aurais même mis la chaîne de sécurité. Qu'est-ce que vous faites là ?

Elle regarda machinalement son poignet, mais elle avait enlevé sa montre avant de se coucher.

— Quelle heure est-il ?

— 6 heures.

On n'était donc plus en pleine nuit. En se passant les doigts dans les cheveux, elle s'efforça de reprendre ses esprits.

— Il n'y a personne sous mon lit ni dans la salle de bains, je peux vous l'assurer. J'ai mis le verrou hier soir, et il ne s'est absolument rien passé jusqu'à ce que vous veniez me réveiller en catastrophe.

Elle ignora son regard scrutateur et resserra la ceinture de son peignoir. Il lui fallait un café. Malheureusement, il n'y avait qu'un minibar dans la chambre, aussi dut-elle se contenter d'un jus d'orange.

— Ecoutez, Nick, je sais très bien qui vous cherchez. Mais pourquoi dans ma chambre ?

— Le meurtre ne s'est pas déroulé comme il aurait dû, Sasha. Nous avons trouvé la boule neigeuse.

C'était de pis en pis !

— Où ?

— Derrière Annie’s Barn. Elle était cassée.

— Et ça veut dire… ?

— Que quelque chose ne s’est pas passé comme prévu.

— Surtout pour Kristiana Felgard, il me semble. Peut-être qu’elle s’est débattue et a cassé la boule ?

— J’en doute.

Il jeta un coup d’œil autour de lui et s’arrêta sur son sac à dos.

— Vous n’avez pas d’autres bagages ?

Bien qu’encore à moitié endormie et privée de sa dose de caféine, Sasha éclata de rire.

— Vous connaissez beaucoup de femmes qui ne voyagent qu’avec un sac à dos ?

Il lui lança un regard rapide, et elle regretta de ne pas avoir pris au moins le temps de se brosser les cheveux.

— J’en ai rencontré quelques-unes.

— La plupart d’entre elles devaient garder les moutons dans la montagne et ne pas savoir quel jour de la semaine on était.

Elle but quelques gorgées de jus d’orange avant de poursuivre.

— Skye veut que nous nous installions dans son chalet pendant notre séjour.

Il s’approcha d’elle, et elle dut se retenir pour ne pas faire un pas en arrière.

— « Nous » ? Vous et qui ?

— Moi et Max, je pense. Pas moi et un tueur en série !

Nick lui enleva la cannette de la main et la posa sur la commode. Il la saisit par les bras et l’attira vers lui.

— Le problème, Sasha, c’est que vous n’avez pas encore pris conscience du danger.

— Je viens tout juste de me réveiller, Nick. Je n’ai pas l’habitude d’être si méfiante à peine levée.

Il y avait des paillettes dorées dans ses yeux noisette ; il était vraiment superbe.

— Vous ne vous êtes pas rasé… et vous portez les mêmes vêtements qu'hier. Vous n'avez pas dormi, c'est ça ?

— Je me suis allongé une heure à la prison.

— Vous avez dormi dans une cellule ? C'est un sacerdoce !

— Nous avons découvert des traces de sang sur la boule.

Comme il la tenait par les bras, elle réprima le frisson qui montait en elle.

— De la femme ou du tueur ?

— Pas celui de la victime. Nous ne savons pas encore si c'est celui du tueur. Il y avait du sang sur la scène de crime, aussi.

— Charmant.

Une pensée la frappa soudain.

— Vous êtes certain que vous avez le droit de me raconter tout ça ?

— Pourquoi ? Vous avez l'intention d'aller trouver le journal local pour leur vendre un scoop ? Vous avez le droit de connaître certains aspects de l'enquête.

— Et vous pensez que, puisque le tueur n'a pas complètement réussi son coup, il va vouloir réparer son erreur ? Mon Dieu !

— Sasha, dites-moi que vous rêvez de retourner à Denver.

— Oh oui ! J'en rêve…

Elle leva la tête d'un air de défi.

— … Mais je ne le ferai pas. Voyons, Nick, poursuivit-elle en voyant une ombre de contrariété traverser son visage. Qu'est-ce que ça changerait ? S'il veut me tuer – et, cette fois, elle frissonna –, il va tout simplement me suivre et le faire n'importe où. Vous voulez bien me lâcher ?

Il obtempéra, mais ne s'éloigna pas.

— Pourquoi êtes-vous venu me réveiller si tôt ?

— J'ai eu envie de le faire à 2 heures. Vous auriez préféré ?

Sans qu'elle sache pourquoi, son ironie la calma.

— Bon, écoutez : je me rendrai sur le site de la station uniquement dans la journée, et je rentrerai à l'hôtel avant qu'il ne fasse nuit. Je resterai toujours avec Max, et je ne parlerai à aucun étranger, que ce soit à l'hôtel ou ailleurs. Ça vous convient ?

— J'ai le choix ?

— Vous pouvez m'arrêter.

— J'aimerais bien, dit-il en reposant les mains sur ses bras.

Captivée par son regard autant que par son contact, Sasha n'offrit aucune résistance. Elle le laissa l'attirer contre lui, et tourna son attention de ses yeux vers sa bouche.

Se mettant soudain à redouter ce qui allait arriver, elle posa les mains sur son torse.

— Non, Nick. Attendez.

Il s'arrêta, ses lèvres fascinantes à quelques centimètres des siennes.

— Attendre quoi, Sasha ?

— Je ne sais pas…

— Un tueur en série ? Ici ? A Painter's Bluff ?

Un Max tout agité se passa les doigts dans les cheveux.

— Je ne vous crois pas. J'ai entendu dire qu'une femme était morte à Painter's Rock, mais personne n'a parlé de meurtre ! Sasha, il faut que…

— Que nous allions sur le site, et que nous fassions le travail pour lequel Skye nous a embauchés, l'interrompit Sasha.

Elle jeta son sac à dos dans le coffre de son Land Rover.

— Vous pouvez venir dans ma voiture, si vous voulez.

— Non. C'est mieux d'y aller à deux véhicules. J'ai entendu dire que la route qui mène au col de Smoking Gun est difficile.

— Et très pentue, se souvint Sasha. Skye a dit qu'elle mettait des chaînes.

Un homme avec une parka bleu marine traversa la rue et vint vers eux. En voyant le badge sur sa poitrine, Sasha se demanda quel obstacle il s'apprêtait à mettre sur sa route.

— Vous êtes Sasha Myer ?

Elle hocha la tête tout en refermant son coffre.

— Vous devez être le shérif Pyle. Dana a parlé de vous, hier soir.

— Exact.

Le regard étonnamment vif du shérif se tourna vers Max.

— Et vous devez être l'ingénieur de Skye.

— Max Macallum. Est-il vrai que vous cherchez un tueur en série ?

— Juste un tueur, à ce point de l'enquête. Pour le « en série », nous verrons plus tard

Le sourire du shérif avait quelque chose de prédateur.

Sasha regarda par-dessus son épaule et demanda :

— Où est Nick ?

— Il est en train d'interroger les personnes de passage à Painter's Bluff. Il veut qu'un de mes adjoints vous escorte.

— Comment se fait-il que je ne sois pas surprise ?

— Et j'ai décidé de le faire moi-même.

Elle s'y était presque attendue, mais protesta tout de même pour la forme.

— J'ai une arme, shérif, et je sais m'en servir. Nick ne semble pas avoir compris que je peux prendre soin de moi toute seule.

Pyle secoua la tête.

— Nous avons affaire à un pervers. Il est possible

qu'il ait tué huit femmes, jusqu'à maintenant. Et si c'est vraiment le cas, il n'y a pas de raison pour qu'il s'arrête. Vous ressemblez beaucoup à la dernière victime. Nous sommes dans une petite ville ; je parierais qu'il vous a remarquée, s'il est toujours là.

Sasha sentait un regard peser dans son dos.

— Cesser de me regarder fixement, Max, dit-elle sans se retourner. Le meurtrier ne s'en prendra pas à vous !

Max s'éclaircit la voix.

— Vous ne pensez pas que nous devrions contacter Skye et essayer de lui expliquer la situation ?

— J'ai essayé de l'appeler quatre fois, ce matin. Apparemment, elle est dans un endroit où il n'y a pas de réseau. Faisons notre travail, Max, et laissons le shérif Pyle et Nick faire le leur.

— Je vais chercher mes clés, marmonna-t-il en soupirant.

Il paraissait si mal à l'aise que Sasha lui tapota le dos en signe d'encouragement lorsqu'il passa près d'elle.

— Tout ira bien.

Le shérif émit un son qui aurait pu être un petit rire.

— Si vous voulez être rassuré, allez parler à notre inspecteur. Ce tueur ne s'intéresse qu'aux femmes. Comme l'a dit la demoiselle, vous n'avez rien à craindre.

— Je le confirme ! intervint Nick qui arrivait derrière eux.

— Je reviens dans une minute, annonça Max en s'éloignant. Essayez d'appeler Skye de nouveau pendant ce temps, vous voulez bien ? Elle ne va tout de même pas vous demander de risquer votre vie pour un hôtel !

Sasha l'ignora et porta son attention sur Nick. Son visage était aussi impassible qu'à l'accoutumée, et elle aurait pu croire qu'elle avait rêvé le baiser de ce matin.

— Je n'ai pas besoin d'un baby-sitter, inspecteur.

Le shérif Pyle poussa un soupir.

— Vous n'arriverez pas à lui faire quitter Painter's Bluff, Nick. Le mieux est que je l'accompagne là-haut pendant que vous restez ici pour faire votre enquête.

Elle lui adressa un rapide sourire avant de regarder Nick de nouveau.

— Vous voyez ? Même le shérif me comprend.

Avant qu'elle ne puisse faire un geste, Nick la coinça contre le Land Rover. Elle fut à la fois amusée et agacée d'en avoir le souffle coupé.

Il la regarda droit dans les yeux, et murmura en se penchant vers elle :

— N'essayez pas de le semer en passant le col de Smoking Gun, Sasha. Et soyez de retour avant la nuit. D'accord ?

Elle fut tentée de le taquiner, puis elle repensa à Kristiana Felgard, et acquiesça.

— Ne vous inquiétez pas. Max n'aura pas envie de rester là-haut très longtemps.

— Vous le connaissez bien ?

— Nos entreprises ont fêté Noël dans le même restaurant.

— C'est tout ?

— Je lui ai donné une bouteille de notre bar.

— Autant dire que c'est un bon ami, maintenant !

Elle sourit.

— Disons seulement que je le connais mieux que vous.

— Max Macallum était ici, à Painter's Bluff, lorsque Kristiana Felgard est morte.

Sasha resta impassible.

— Le shérif aussi, répliqua-t-elle. Tout comme Dana. Et le Gary Cooper qui a sa chambre non loin de la mienne également.

Nick regarda sa bouche, puis de nouveau ses yeux.

— Vous pouvez travailler avec Max, Sasha. Mais ça ne veut pas dire que vous devez le croire.

— Je suis de nature méfiante, Nick. C'est une des rares bonnes leçons que ma mère m'a données. Je vous promets que je ne ferai confiance à personne… Pas même à vous !

4

— Tu l'as embrassée ?

Dana secoua la tête avec stupéfaction.

— Tu la connais à peine, et tu l'as embrassée ?

— Je sais, répondit Nick en consultant le bloc-notes de Will Pyle. Ça ne me ressemble pas.

— C'est peu dire ! Lacey…

— Est remariée et vit dans le Michigan avec un homme qui n'est pas dans la police. Le sujet est clos.

Dana fronça les sourcils lorsque Nick se dirigea vers la porte.

— Où vas-tu ?

— Au Mountain House.

Il avait parcouru rapidement la deuxième feuille du bloc-notes, et constaté que le shérif n'avait pas encore interrogé les résidents de l'hôtel.

— J'en ai terminé avec l'Annie's Barn et j'ai vu presque tous les occupants du Hollowback Inn.

Tout en mettant ses gants, Dana lui emboîta le pas.

— April a dit qu'il y avait un groupe d'alpinistes qui sont allés faire la voie nord de Hollowback. Ils sont cinq.

— Quand sont-ils partis ?

— Le lendemain du meurtre.

— Elle a leurs noms ?

— Leurs noms et leurs numéros de carte de crédit. Ils ont loué du matériel.

Alors que Nick ouvrait la porte, Dana remonta son col.

— On peut dire qu'il fait froid !

— La neige arrive, remarqua Nick en observant un instant les nuages qui filaient dans le ciel déjà gris.

— Il y en a beaucoup, cette année. Nous avons déjà eu trois grosses avalanches. Une est passée juste à côté du chalet de Skye.

Nick regarda le sommet de la montagne.

— Où va se situer le complexe hôtelier ?

— A sept kilomètres à l'ouest du chalet. L'ingénieur a de quoi faire. Rien que la route du col risque de lui donner beaucoup de fil à retordre !

Peu après, ils arrivèrent au Mountain House. Nick regrettait d'avoir laissé ses gants dans le bureau du shérif, ce qui n'était pas très malin alors qu'il faisait - 25°. Il souffla dans ses mains pour les réchauffer alors qu'April venait à leur rencontre en leur tendant une feuille de papier.

— Voilà la liste complète de nos hôtes, inspecteur Law.

Elle s'approcha assez pour lui frôler le bras de sa poitrine.

— Il n'y avait que sept hommes ici la nuit du meurtre, plus les cinq qui sont partis faire de l'escalade. M. Phlug a quatre-vingt-douze ans et il se rend dans le nord du Montana avec son petit-fils, le Dr Phlug. Ils sont charmants tous les deux. James Peebles est moins agréable, je ne sais pas pourquoi. Quant à M. Rush… eh bien, il est plutôt pas mal.

Nick leva les sourcils.

— Il a une chambre près de celle de Mlle Myer, non ? J'ai déjà parlé à certains de ces types, dit-il à Dana. Occupe-toi des Phlug. Je prends Peebles et Rush.

April s'approcha encore plus de lui.

— M. Rush n'est pas là pour le moment, inspecteur. Il est au Harvey's Garage. Son pick-up est en panne, avec un cardan cassé. Le mécanicien attend qu'on lui livre celui qu'il a commandé pour le remplacer. M. Rush n'arrête pas de leur téléphoner pour voir si c'est fait. C'est un homme très poli et calme, un peu renfermé, mais c'est certainement de la timidité…

Elle étudia Nick de la tête aux pieds puis ajouta :

— Et je trouve ça très sexy.

— Ah… Rendez-moi service. Appelez le Harvey's Garage et demandez-leur de ne pas se presser pour réparer le pick-up de Rush.

— D'accord.

Elle hésita avant de poser la question qui manifestement lui brûlait les lèvres :

— Mais pourquoi ? Je veux dire, il est tellement gentil ! C'est M. Peebles qui… Bon, d'accord, je leur téléphone ! Ne pas se presser… Ça ne devrait pas être un problème pour Harvey !

Dana jeta un coup d'œil à la feuille que tenait Nick.

— Anthony Rush. Telluride, Colorado. Tu te méfies de lui ?

Nick relut la liste.

— Pas particulièrement. Mais je ne veux pas qu'il quitte la ville et, apparemment, il a déjà réglé la note.

Nick sentait l'excitation le gagner, comme toujours lorsqu'il y avait du nouveau dans une affaire. Il aimait conduire les interrogatoires. Savourant ce moment à l'avance, il demanda à Dana :

— Tu veux assister à l'entretien ?

— J'ai pris mon petit déjeuner ; je vais pouvoir tenir le coup.

Nick entendit de la compassion dans la voix de Dana lorsque ce dernier ajouta :

— Mais je me fais du souci pour Anthony Rush !

— J'ai lu sur internet qu'une femme était morte près de Painter's Bluff.

La voix de sa mère parvenait à Sasha sur un fond de grésillements.

— Comment est-elle morte ? Où ? Et qu'en dit Skye Painter ?

— Je ne sais pas. A Painter's Rock. Et rien pour le moment, mentit Sasha.

Les panneaux indiquant le col de Smoking Gun avaient disparu – en admettant qu'il y en ait jamais eu –, et elle avait dû s'arrêter et déplier la carte sur le tableau de bord pour trouver son itinéraire. Etant donné le nombre de petites routes et la neige qui rendait le repérage difficile, c'était une entreprise ardue.

— Sasha…

— Ecoute, maman, je conduis. Je n'ai pas le temps.

Barbara ne se laissa pas démonter.

— Skye Painter te confie-t-elle ce projet, oui ou non ?

— J'espère bien que oui !

— Alors, je peux dire à Donald que tu travailles pour elle ?

Non, elle n'allait pas poser la question. En aucun cas…

— Qui est Donald ?

— Il écrit pour des magazines féminins connus. Je lui ai parlé de toi, et il a été si impressionné qu'il veut écrire un article sur toi.

— Je suppose que je dois être flattée !

Du doigt, elle suivit le tracé de la route sur la carte. Dans son rétroviseur, elle ne voyait que des flocons de neige et la cime des sapins enneigés. Comment avait-elle pu à ce point distancer Max et le shérif ?

— Je t'ai envoyé un mail, hier soir, dit Barbara par-dessus les parasites. Tu n'as pas répondu.

— J'étais trop fatiguée pour allumer mon ordinateur.

— Et pourquoi donc ? J'aimerais bien le savoir ! Tu es sortie ? Franchement, Sasha, ton frère et toi…

Sasha raccrocha et jeta son téléphone sur le siège passager. Lorsqu'il se mit à sonner de nouveau, elle fut tentée de le lancer dehors.

Sans même regarder qui appelait, elle décrocha.

— Quoi encore, maman ?

— Laissez-moi deviner… Vous étiez en train de vous disputer.

Au lieu des jérémiades de sa mère, elle entendit la voix amusée de Nick.

— Cette journée va de mal en pis ! Au cas où vous ne l'auriez pas remarqué, Nick, il ne fait pas encore nuit.

Pourtant, les nuages alourdis de neige jetaient une ombre grise sur la route devant elle. Fatiguée de discuter, elle demanda :

— Vous ne m'appelez pas pour me harceler, j'espère ? Parce que ma mère l'a déjà fait, et que je ne suis pas d'humeur à être agréable.

— Ça veut dire que vous ne voudrez pas dîner avec moi ?

— Vous voulez seulement vous assurer que je vais revenir à Painter's Bluff comme promis.

— Vous avez raison, vous n'êtes pas très agréable.

Elle ne put s'empêcher de rire.

— Vous ne vous énervez jamais, inspecteur ?

— Seulement lorsque c'est nécessaire. 19 heures, ça vous va ? Il fera nuit depuis longtemps.

— D'accord. 19 heures.

— Conduisez prudemment.

— Toujours, répondit-elle avant de raccrocher.

Elle replia sa carte et démarra. Quelques minutes plus tard, elle vit des phares qui venaient à toute allure dans sa direction. Ce n'étaient pas les Sickerbie, cette fois. Les feux étaient plus hauts, et beaucoup plus puissants.

Cependant, celui qui conduisait semblait avoir appris

dans la même école que les Sickerbies : il fonçait sur les ornières de la petite route étroite et sinueuse.

— Décidément, je n'ai pas de chance, murmura Sasha.

Et, pour la deuxième fois en deux jours, elle donna un coup de volant pour éviter une collision.

— Harvey ?

Dana entra dans la station-service.

— Harvey ? Tu es là ?

Nick balaya le garage plongé dans la pénombre d'un regard méfiant. Un pick-up gris – probablement celui des Sickerbies – était sur un pont, à côté d'un Ford 250. Il entendit un bruit métallique, et fit signe à Dana de s'arrêter.

Tous ses sens aux aguets, Nick commença à avancer vers le fond du local, lorsqu'un grognement monta de derrière des tonneaux métalliques.

— Harvey ?

Par précaution, Dana se saisit d'un démonte-pneu.

— Harvey ? C'est toi ?

Nick sortit son pistolet de son holster et l'y remit lorsque, après avoir contourné les tonneaux, il aperçut Harvey gisant sur le sol.

Il s'accroupit et prit le pouls de l'homme. Il était fort et régulier.

Harvey grogna et battit des paupières. Par terre, non loin de lui, Nick aperçut une grosse clé à molette rouillée, avec du sang dessus.

— Occupe-toi de lui, dit-il à Dana.

Ressortant son arme, il scruta attentivement les alentours. Soudain, il vit quelque chose bouger près de la porte du bureau.

— Police ! Sortez de là !

Quelques longues secondes s'écoulèrent avant qu'un

jeune homme portant un bonnet et un anorak ne sorte lentement de l'ombre. L'air terrifié, il leva les mains.

— Vous êtes un des frères Sickerbie ?

Dana, qui était accroupi auprès de Harvey, jeta un coup d'œil vers le garçon.

— Randy, bon Dieu ! Qu'est-ce que tu fais là ?

— J'attendais que notre pick-up soit prêt.

Le regard du jeune homme était rivé au pistolet de Nick.

— J'étais aux W.-C. quand j'ai entendu du bruit. J'ai pensé que c'était mon père qui venait me botter les fesses, alors je suis resté à l'intérieur.

Nick baissa son arme et demanda :

— Vous avez vu quelque chose ?

— Pas nettement. Un homme. Il avait un chapeau de cow-boy, un peu comme mon père. Il était grand, mais pas très gros. Il voulait son pick-up.

Nick fouilla encore l'ombre du regard, tout en désignant le Ford 250.

— Celui-là ?

— Oui, celui-là, grogna une voix pâteuse.

Harvey s'assit avec l'aide de Dana, et se palpa la tête.

— Quand je lui ai dit que son pick-up n'était pas prêt, le type a attrapé une clé et m'a frappé. C'est un fou furieux !

Les yeux d'Harvey étincelaient de colère.

— C'est pas comme si j'avais une centaine de cardans dans mon garage qui attendaient d'être installés ! Il a fallu que je commande la pièce à…

— Comment s'appelle-t-il ? l'interrompit Nick.

— Rush. Il n'arrête pas de me harceler. Je lui ai dit le fond de ma pensée, je lui ai tourné le dos, et vlan ! il m'a frappé !

Nick poussa de côté l'adolescent terrifié.

— Ça s'est passé il y a longtemps ?

— Comment voulez-vous que je vous le dise ? grommela Harvey. J'étais dans les vapes !

Randy intervint :

— Il est parti dans une grosse Chevrolet gris métallisé.

— Il n'a pas fait le meilleur choix ! ricana Harvey. J'ai siphonné presque tout le réservoir ce matin. Il n'ira pas loin !

Soutenu par Dana, il se leva tandis que Nick remettait son pistolet dans son holster.

— Nous allons essayer de retrouver sa trace.

Dana serra le bras d'Harvey.

— Ça va aller ?

— Ne t'en fais pas pour moi ; j'ai un crâne d'acier.

Il se tourna vers Nick.

— C'est quoi, le problème de ce type ?

— Pour le moment, je n'en sais rien ! Viens, Dana, poursuivit Nick en se dirigeant vers la porte. Tu pourras essayer de te renseigner avec le numéro de la plaque minéralogique du Ford 250 pendant que nous allons à sa poursuite.

— A la poursuite de qui ? demanda le garagiste. Que se passe-t-il ?

Dana répondit, tout en notant le numéro :

— Crois-moi, Harvey, il vaut mieux que tu ne le saches pas.

« Tous des fous ! se dit Sasha alors que son Land Rover finissait sa course près d'une congère. Les gens d'ici ne savent-ils donc pas conduire dans la neige ? »

La Chevrolet qu'elle avait évitée de justesse avait l'arrière coincé contre la paroi rocheuse.

Avec irritation, elle ouvrit la portière et descendit de sa voiture.

— J'espère bien qu'il n'est pas blessé, marmonna-t-elle

en mettant sa capuche et en prenant ses gants posés sur le tableau de bord. Mes cours de secourisme se sont arrêtés aux morsures de serpent et aux intoxications alimentaires…

Elle entendit le moteur rugir, vit les larges pneus tourner à toute vitesse, et hésita avant de refermer sa portière. Elle ne distinguait pas les traits du conducteur, mais tout dans son attitude exprimait la colère. Il frappait sur le volant et passait brutalement les vitesses.

Alors qu'elle était là à le regarder, l'arrière du véhicule bougea un peu. L'homme passa une vitesse et donna un coup de poing rageur à son volant.

— Je ne vais peut-être pas y aller, murmura Sasha, figée sur place.

Le moteur du pick-up rugit de plus belle et les roues projetèrent des giclées de neige. L'homme mit la marche arrière, puis accéléra brutalement. Son véhicule eut un soubresaut.

Dans sa vision périphérique, Sasha aperçut une voiture qui avançait lentement sur la route du col. En reconnaissant le monospace loué par Max, elle poussa un soupir de soulagement.

L'homme dans le pick-up remit la marche arrière et donna de brusques coups de volant en tous sens. L'arrière se souleva, les pneus finirent par entrer en contact avec la pierre et, soudain, le véhicule fit un bond en avant.

La voiture de Max approchait, suivie de près par le 4x4 du shérif. La Chevrolet fit demi-tour en projetant au loin une gerbe de glace et de gravillon. Sasha aperçut le visage du conducteur alors qu'il lui jetait un regard furieux en passant devant elle. Puis il appuya sur l'accélérateur et partit dans un rugissement.

Ce ne fut que lorsqu'il eut disparu qu'elle se rendit compte que son cœur battait la chamade et qu'elle avait les doigts crispés sur la portière de son Land Rover.

Max s'arrêta à sa hauteur, le shérif derrière lui. Les deux hommes descendirent de voiture. Will Pyle lança un regard assassin à Max au passage.

— Que s'est-il passé, Sasha ? Vous avez eu un accrochage avec ce pick-up ?

Sasha détacha son regard de la route.

— Presque, mais non. C'était seulement très étrange. Il avait l'air si… en colère.

— Contre vous ?

— Plus contre lui et sa voiture, je pense.

Puis elle ajouta :

— Votre téléphone sonne.

Pyle sortit son portable en lançant un autre regard glacial à Max, et répondit :

— Shérif Pyle.

Il fronça les sourcils.

— Dana, c'est toi ? Dana ?

Il regarda l'écran, puis poussa un soupir agacé.

— Fichue camelote ! J'ai perdu l'appel. Bon, écoutez-moi, Sasha : je vous suis, et l'ingénieur fermera la marche.

Sasha se sentit soulagée de pouvoir sourire après cet épisode traumatisant.

— Il y a eu un problème ? demanda-t-elle d'un air innocent.

— Monsieur a réussi à faire un tête-à-queue sur une portion de route toute droite.

Le shérif secoua la tête d'un air exaspéré en remettant son téléphone dans sa poche.

Max, qui était resté silencieux jusque-là, lui fit face.

— Les pneus sont mauvais, et les chaînes ne vont pas ! Et ne me parlez pas de vos routes, shérif Pyle ! Si c'était moi qui m'en étais occupé, elles seraient praticables en hiver comme en été.

Son expression se fit contrite lorsqu'il s'adressa à Sasha.

— J'ai essayé de vous appeler après avoir glissé, mais votre ligne était occupée.

Pyle examina l'arrière du Land Rover.

— Je n'ai pas l'impression que vous ayez heurté quoi que ce soit. Je propose que nous repartions, à moins que vous ne préfériez retourner à Painter's Bluff.

Sasha remit son bonnet.

— Je ne me laisse pas facilement décourager, shérif. Allons-y, Max. Vous pouvez ouvrir le chemin.

— Je préférais mon arrangement, grommela le shérif.

Son téléphone sonna de nouveau. Le temps qu'il le sorte, il s'était déjà arrêté.

— Le réseau est trop mauvais, par ici. Bon, allons-y. C'est à droite à la fourche, ensuite à gauche. Puis à droite et à gauche encore une fois.

Il se tourna vers Max et demanda :

— Vous avez entendu, monsieur l'ingénieur ?

— Pas de problème, shérif Pyle. A tout à l'heure.

Sasha se remit doucement en route… en essayant de ne pas penser que l'homme qui l'avait forcée à sortir de la route avait pris la même direction.

Il recommença à neiger alors que Nick et Dana n'étaient même pas encore à mi-chemin dans le col de Smoking Gun.

Dana avait l'ordinateur de Nick sur les genoux.

— C'est bon. Je suis connecté.

Il tapa le numéro de la plaque minéralogique, fit une grimace et attendit.

— Bon sang ! Je ne me souvenais pas que cette route avait autant d'ornières. Il faudra la refaire. J'en parlerai à… Attends, je l'ai. Anthony James Rush. Ville : Telluride, Colorado. Quarante-sept ans, mâle. Il conduit un Ford 250 de 1988. Jusque-là, tout va bien.

— Oui, si l'on excepte le fait qu'il a frappé Harvey Stubbs avec une clé, et volé une Chevrolet.

Dana tapota le clavier.

— J'ai de moins en moins de réseau, Nick. Tu as besoin d'autre chose ?

— Pas pour le moment.

Dana émit un petit sifflement en refermant l'ordinateur.

— Regarde un peu cette paroi. C'est impressionnant ! Tu sais que, dans les mauvaises années, ce col peut être fermé à cinq ou six reprises à cause des avalanches ? On a déjà dû le dégager deux fois depuis novembre, et quand je vois cette neige qui se remet à tomber, je me dis que la troisième est pour bientôt !

Nick gardait les yeux fixés sur une fissure de la paroi, pendant que Dana regardait de l'autre côté.

— Ça va tenir, dit-il malgré son inquiétude évidente.

Lorsqu'un paquet de neige atterrit sur le capot du véhicule, Dana murmura :

— Ça ne me dit rien qui vaille. Nous pourrions rester coincés.

— Rush aussi.

— Je ne suis pas tranquille. Souviens-toi que j'ai une femme et trois enfants qui m'attendent en bas. Tourne à gauche.

— Je connais l'endroit, Dana.

— Désolé. Je suis un peu nerveux.

Dana désigna l'est.

— Le chalet de Skye est par là-bas. Je ne sais pas trop où elle veut faire le complexe hôtelier.

Nick le savait ; il avait la carte en tête. Mais où était Rush ?

Un morceau de glace atterrit sur le pare-brise et, peu après, Nick dut contourner un bloc assez volumineux tombé sur la chaussée.

— Il neige de plus en plus…

Il tourna à droite, continua pendant environ un kilomètre, et prit un virage serré. Un instant plus tard, il freina si brusquement que, sans sa ceinture de sécurité, Dana serait allé heurter le pare-brise.

Son ami cligna les yeux devant le mur de neige et de roches qui leur coupait la route.

— Mon Dieu ! Quand est-ce arrivé ? Tu as entendu quelque chose ?

Nick considéra la coulée pendant un moment, et fit demi-tour.

— Ça a dû se passer hier soir

— Mais c'est le seul chemin pour aller de l'autre côté de la montagne !

Un grondement de mauvais augure emplit l'air alors que des morceaux de glace commençaient à dévaler la pente.

— Euh, Nick…

— J'ai entendu.

Le sol commença à trembler. Même l'air semblait vibrer. Des morceaux de glace tombèrent sur le capot.

— Nick, je crois que nous…

— … Avons des problèmes.

Dans le rétroviseur, Nick vit une plaque de neige plus grosse que sa voiture atterrir sur la route.

— J'ai l'impression qu'on va s'amuser, murmura-t-il.

5

— Nous sommes coincés là, coupés de tout, et destinés à faire les délices d'un grizzly… Ou, mieux, nous allons tous mourir de faim !

Max frissonnait dans la neige tourbillonnante, alors qu'ils venaient de descendre de voiture et se dirigeaient vers le grand chalet de Skye Painter.

— Même si nous pouvons entrer là-dedans, qui nous dit que nous y trouverons à manger ?

Sasha lui donna un coup de coude.

— Arrêtez de vous plaindre ! Soyez plutôt content que le shérif Pyle ait su nous conduire jusqu'ici !

— C'est exactement comme dans *Shining* ! s'exclama Max en ajustant le bandeau qui lui couvrait les oreilles. Vous allez voir. Il va y avoir un gardien, là-dedans, et il sera complètement fou !

— Dites-moi… Vous vous droguez ? demanda Pyle sans chercher à cacher son agacement. Ou alors vous êtes invariablement pessimiste ?

Soudain, Sasha s'arrêta et se retourna.

— Vous n'entendez pas un moteur ?

Pyle regarda à travers les rafales de neige.

— C'est la voiture de Nick.

Le soulagement se lisait clairement sur son visage.

— Dieu merci, je crois qu'il a un téléphone satellitaire.

— Il ne fonctionnera pas dans ces conditions, marmonna Max d'une voix éteinte. Il faut que le signal soit capté par un satellite. Ça me semble difficile, avec cette couverture nuageuse.

— Décidément, vous êtes un vrai boute-en-train, Macallum !

Pyle agita les bras devant la voiture qui s'approchait.

— Dana est avec lui, dit-il à Sasha.

— J'ai l'impression que les ours vont avoir droit à un véritable festin, ce soir, remarqua-t-elle avec un sourire.

— Je n'arrive pas à croire que vous ayez envie de plaisanter ! répliqua Max qui commençait à claquer des dents. A cause de cette avalanche, la seule route qui mène en ville est complètement bloquée.

Elle lui tapota l'épaule.

— Oui, Max, nous avons bien compris. Mais paniquer ne résoudra pas le problème.

Elle le laissa continuer à geindre alors que Nick se garait derrière son Land Rover. Dana sortit du 4x4, les jambes tremblantes.

— Je ne veux plus jamais vivre ça ! s'écria-t-il en s'appuyant contre le capot. L'avalanche a menacé de nous engloutir jusqu'à Painter's Outlook. J'ai eu peur que mon cœur lâche !

Sasha avança jusqu'à la portière du conducteur.

— Et le col lui-même ? Il est praticable ? entendit-elle le shérif Pyle demander. J'ai l'impression que la route est coupée elle aussi.

— Oui. Il y a un mur de neige infranchissable.

Dana semblait toujours sous le choc.

— J'ai l'impression que nous allons passer une semaine, voire une dizaine de jours ici. Heureusement qu'il y a le chalet de Skye !

Nick avait ouvert la portière arrière et fouillait sous les sièges. Sasha se pencha à l'intérieur du véhicule.

— Que se passe-t-il, inspecteur ? Je me doute que vous n'étiez pas en promenade.

Il se redressa et lui tendit la sacoche contenant son ordinateur portable.

— Si vous pouviez prendre ça…, répondit-il avant de se remettre à tirer sur quelque chose qui paraissait coincé.

— Je peux vous aider ?

— Dana a voulu mettre mon téléphone satellitaire en lieu sûr, et maintenant, il est coincé.

Elle allait lui proposer d'essayer de le tirer de là avec ses mains plus petites, lorsqu'elle vit quelqu'un sortir du chalet.

— Mon Dieu ! Voilà le gardien fou !

— Quoi ? fit Nick en levant la tête. Où ?

— A droite. On dirait l'abominable homme des neiges.

Alors que la silhouette s'approchait, elle plissa les yeux.

— Je crois que c'est Skye Painter. Que fait-elle là ?

Sasha entendit un craquement, alors que Nick s'écriait :

— Bon sang !

Elle se pencha vers lui.

— Vous avez cassé le téléphone ?

— Du moins abîmé.

Il s'extirpa de la voiture en brandissant l'appareil, et Sasha remarqua qu'il s'était égratigné la main.

— J'espère que vous n'avez pas mis de sang sur les sièges, Nick ! Ça risque d'attirer les ours, et Max a déjà assez peur comme ça !

Nick l'observa alors qu'elle inspectait sa coupure. Elle sentit son sang s'échauffer, et croisa son regard. Ses yeux étaient presque dorés, et absolument fascinants.

Un soupir lui échappa.

— Si vous regardez les grizzlys comme ça, Nick, nous n'aurons aucun problème…

— Je vais prendre ça comme un compliment.

Sasha jeta un coup d'œil en direction de Skye. Elles ne s'étaient rencontrées qu'une fois, mais c'était suffisant pour qu'une personne telle que Skye laisse une impression durable.

Ses cheveux noirs, manifestement teints, encadraient un visage aux traits fins. Mais, comme chez Nick, c'était surtout ses yeux qu'on remarquait : ils étaient marron, avec une expression directe et vive. A soixante-seize ans, elle se tenait toujours très droite, et si elle avait l'air d'un homme des neiges dans son épaisse combinaison, elle était en réalité très mince.

Sasha prit un mouchoir en papier pour essuyer le sang qui coulait sur la main de Nick.

— Pressez ça dessus pendant une minute pour arrêter le saignement. Je vous mettrai un pansement lorsque nous serons à l'intérieur.

Nick retira la clé du contact et ferma le 4x4.

— C'est un beau bazar ! s'exclama Skye en arrivant près d'eux. Je dois être à Houston dans trois jours.

Elle désigna le téléphone satellitaire.

— Ce truc fonctionne ?

— Je ne compterais pas trop dessus, répliqua Nick.

— Bon… Nous trouverons bien un moyen de nous en sortir.

Elle leur indiqua le chalet d'un geste de la main.

— Allez, venez ! Tous à l'intérieur. Vous pourrez mettre vos véhicules dans le garage quand vous vous serez installés. Bonjour, Sasha, Max et Dana.

Elle observa Nick de la tête aux pieds, puis se dirigea vers le chalet.

— Bonjour à vous aussi, poursuivit-elle. Je vous connais ?

— Nick Law… De la police de Denver, précisa-t-il en lui emboîtant le pas.

En entrant dans le chalet, Dana s'exclama :

— Vous êtes bien, ici, Skye. C'est un palace !

Skye ignora la remarque, et regarda Nick d'un air interrogateur.

— Vous êtes ici en vacances ?

— Vous ne lui avez pas parlé de Kristiana ? demanda Sasha qui venait d'entrer à leur suite en lançant un regard incrédule au shérif

— Je n'en ai pas encore eu le temps ! répondit Pyle en refermant la porte derrière lui. Au cas où vous ne le sauriez pas encore, Skye est un vrai moulin à paroles.

Et Skye possédait un magnifique chalet. Impressionnée, Sasha s'arrêta pour admirer la pièce.

Trois des murs étaient de bois équarri au lieu des rondins traditionnels. Le dernier consistait en d'immenses panneaux vitrés d'une dizaine de mètres de haut, disposés côte à côte. Au centre de la pièce se trouvait une magnifique cheminée en granit.

Les meubles, simples, paraissaient confortables, et la vue depuis la salle à manger était superbe. On voyait la chaîne de montagnes, ainsi qu'un grand lac.

— C'est Painter's Pond, dit Skye qui avait suivi son regard. C'est ainsi que mon arrière-grand-père l'a appelé. Son véritable nom est Hollow Lake.

— C'est très beau. Tout. L'intérieur et l'extérieur.

Un escalier menait à l'étage.

— Ce chalet est immense, poursuivit Sasha. Pourtant, il a l'air très douillet.

Il n'en fallait pas plus pour que Skye se mette à parler.

— Si vous voulez voir quelque chose de vraiment douillet, il faudra passer dans la cabane de mon arrière-grand-père George. Il y a aussi ce que nous appelons « le terrier » – c'est Sam, le frère de George, qui l'a construit. Quant à leur cousin Deacon, il a préféré se faire une maison en torchis. Il a passé un enduit dessus pour la protéger des intempéries ; personne ne sait exactement ce que c'est.

— On dirait l'histoire des trois petits cochons, remarqua Dana.

— Que faites-vous ici, Skye ? demanda Sasha. Nous savions que vous étiez partie, mais bien plus loin !

— Je suis venue préparer l'endroit pour Max et vous.

— Vous êtes venue pour le faire vous-même ? s'étonna Max en arrêtant un instant de gesticuler pour se dépêtrer de son manteau. Vous n'avez personne pour vous aider ?

— J'ai une armée d'employés dans ma vie professionnelle. Pour ma vie personnelle, je préfère la simplicité.

Elle considéra Sasha de son regard perçant.

— Le policier est venu de Denver avec vous ? C'est votre ami ?

Sasha sourit.

— Non.

Puis elle soupira.

— Ecoutez, Skye, il y a eu des ennuis, dit-elle en faisant signe au shérif Pyle de parler.

Skye lui tapota la main en riant.

— Il faut que vous sachiez quelque chose : malgré toute son expérience et sa compétence, Will a peur de moi.

Elle donna un petit coup de coude au shérif Pyle, et Sasha eut la surprise de le voir rougir légèrement.

Tout en enlevant son bonnet, Sasha s'adressa à Nick, qui observait le lac de la fenêtre.

— Nick, dites à Skye pourquoi vous êtes venu à Painter's Bluff.

— C'est à Will de le faire.

— J'aimerais bien boire quelque chose avant, déclara Will.

Les traits de Max se détendirent enfin.

— Moi aussi ! renchérit-il.

— Il y a un bar entre le salon et la salle à manger, leur répondit Skye. Mais personne ne boira avant de m'avoir dit ce qu'il se passe.

Résolu, Dana mit ses mains dans ses poches et prit la parole :

— Il y a eu un décès à Painter's Bluff, Skye. C'est arrivé juste après votre départ.

— Par décès, j'imagine que vous ne voulez pas dire que Pearl Perkins, qui a quatre-vingt-dix-huit ans, est morte paisiblement dans son lit.

— Non. Il s'agit d'une femme beaucoup plus jeune. Une étrangère. Elle… elle a été assassinée.

— Je vois. Aucun détail. Juste assassinée.

— A Painter's Rock. Vous savez, là où votre gendre de Denver voulait que vous construisiez un restaurant. Ça n'aurait pas marché, dans un endroit si reculé. Vous avez eu raison de refuser.

Sasha roula les yeux mais, avant qu'elle ne puisse donner les détails, Nick prit la parole.

— Cette femme a été étranglée, dit-il à Skye. Certainement par un tueur en série. Dana et moi avons suivi la piste d'un suspect jusqu'ici, un nommé Rush. Il a volé un pick-up dans le garage d'Harvey et, apparemment, il se dirigeait vers le col de Smoking Gun. Nous n'avons pas réussi à l'arrêter.

— Vous étiez sur la piste d'un suspect ? répéta Sasha. C'est pour ça que vous êtes ici ?

— Anthony Rush. Il était au Mountain House. Il a assommé le mécanicien qui réparait son pick-up et volé une Chevrolet gris métallisé.

— Je sais qui est Anthony Rush, intervint Sasha en repensant à la nuit précédente. Je l'ai rencontré hier soir. Sa chambre est non loin de la mienne.

Elle vit les muscles de sa mâchoire se crisper, mais, avant qu'il ne puisse parler, elle demanda :

— Vous ne pensez tout de même pas qu'il est dans les parages ? Vous croyez qu'il est pris au piège lui aussi ?

— C'est possible, répondit Dana.

— C'est certain, corrigea Nick. La route qui mène au col était bloquée quand nous y sommes arrivés, et il n'avait pas plus d'une heure d'avance sur nous. J'ai déjà vu des avalanches. Celle qui barrait la route n'était pas fraîche, contrairement à celle qui empêche de retourner en ville.

Sasha mit la main sur sa gorge soudain nouée.

— Etes-vous sûr que c'est lui qui a tué Kristiana Felgard ?

— Quoi ? s'écria Skye d'une voix rauque. Vous avez dit Felgard ? Kristiana Lotta Felgard ?

Nick la regarda fixement :

— Vous la connaissez ?

Skye prit une profonde inspiration.

— Oui. Elle vous ressemble beaucoup, Sasha.

— C'est ce que l'on m'a dit.

— Elle… Elle était infirmière en Suède. Elle n'était jamais venue aux Etats-Unis avant.

— Elle venait vous voir ?

— Si elle était à Painter's Bluff, c'était certainement le cas… mais elle ne m'avait pas prévenue. Nils, mon second mari, était suédois. Nous nous sommes mariés lorsque j'avais cinquante-cinq ans et lui soixante. Il est mort cinq ans plus tard. Pendant cette période, je suis allée deux fois en Suède. C'est là que j'ai rencontré Kristiana.

Elle regarda tour à tour Sasha et Nick.

— Comme moi, Nils avait une famille avant que nous nous rencontrions. Kristiana était l'aînée de ses petits-enfants.

*
* *

— Comment ai-je pu fermer l'œil la nuit dernière ? murmura Sasha en se massant les tempes pour chasser le mal de tête qu'elle sentait venir. J'ai dormi à quelques mètres d'un meurtrier !

— Un suspect, rectifia Nick.

Elle lui lança un regard contrarié.

— Va pour un suspect ! Et maintenant, je suis prise au piège dans les montagnes avec lui. La petite-fille du second mari de Skye est morte. Max est mort de peur. Dana court partout en cherchant un endroit où son téléphone portable pourrait fonctionner, parce que votre satellitaire est hors service, tout comme l'émetteur-récepteur de Skye. Et la seule viande qu'il y a dans le congélateur est du gibier ou du lapin.

Il était un peu plus de 19 heures. Nick et elle étaient installés à l'étage, dans une petite mezzanine dotée d'une large baie vitrée. Elle avait visité tout le chalet, et découvert plusieurs endroits semblables.

Max avait été surpris qu'elle ait envie d'explorer les lieux. Tout ce qu'il voulait, c'était un verre, une aspirine, et un fauteuil confortable où s'installer pour établir la liste de ses doléances.

Skye, au contraire, la comprenait parfaitement. Comme elle, elle trouvait dans l'activité un remède à son angoisse. Elle avait envoyé Nick et Dana chercher du bois, attribué une chambre à chacun, et leur avait montré où se trouvaient toilettes et salles de bains. Puis elle avait fait sortir tout le monde de la cuisine pour pouvoir préparer ce qu'elle appelait un « dîner réconfort ».

L'odeur du gibier qui mijotait montait jusqu'au premier étage. Sasha songea que, en une semaine, elle aurait le temps d'apprendre à en apprécier le goût. Dans l'immédiat, cependant, elle n'était pas pressée de tester les talents de cuisinière de Skye.

Accoudé à la balustrade, Nick lui lança un regard de biais.

— Vous allez bien ? lui demanda-t-il.

Elle regarda les arbres secoués par le vent.

— Pas vraiment. Il va peut-être falloir passer dix jours ici, Nick… En admettant que nous arrivions à contacter quelqu'un à l'extérieur pour signaler quelle route il faut dégager. Dix jours dans les mêmes parages qu'un probable tueur en série… et en compagnie de Max qui est en train de rendre fou le shérif Pyle !

Les yeux de Nick se plissèrent.

— Et dire que je vous croyais optimiste !

— Je *suis* optimiste. C'est juste…

Elle soupira.

— C'est juste un moment de découragement. Et c'est parfaitement justifié, si l'on considère qu'il y a dans le coin un tueur qui a un problème avec les femmes blondes. A votre avis, que va-t-il faire ?

— Essayer de survivre.

— Eh bien, il va pouvoir choisir son abri.

Elle désigna une petite hauteur, à peine visible sous les rayons de la lune.

— La cabane de George Painter est juste derrière. A un kilomètre à l'ouest, il y a le « terrier » de son frère Sam, et, un peu plus loin, la cabane en torchis du cousin Deacon. Skye dit qu'il y a aussi deux vieilles étables, trois remises désaffectées, et quatre ou cinq autres bâtiments dans lesquels elle n'est jamais entrée.

Sasha s'interrompit, puis demanda :

— Il doit avoir une arme, non ?

— J'imagine qu'il a un fusil.

— Alors, il ne mourra pas de faim. C'est bien dommage.

— S'il a de la chance et s'il est malin, il n'aura même pas à chasser pour se nourrir. Le troisième fils de Skye a construit un atelier de fumage quelque part près du terrier de Sam. Skye pense qu'il y a au moins deux cerfs pendus là-bas en ce moment.

— C'est une image réconfortante. Merci, Nick.

— Vous êtes bien délicate !

Elle eut un petit rire.

— A Denver, ceux qui aiment le gibier – ce qui n'est pas mon cas – l'achètent chez le boucher.

— Votre mère aime le gibier ?

Sasha avait depuis longtemps pris l'habitude de ne pas réagir aux questions concernant sa mère. Elle sourit.

— Disons seulement que le fait qu'il n'y ait pas de réseau est le seul avantage que je trouve à être retenue ici.

Il changea de position pour l'observer, et elle éprouva un certain plaisir à sentir son regard sur elle.

— Vous vous chamaillez tout le temps ?

— Oh ! nous ne nous chamaillons pas, Nick ! Ça ne serait pas civilisé. Nous avons des points de vue différents sur bon nombre de sujets. Barbara Leeds, ma mère, est professeur de littérature anglaise. Dans la mesure où les enfants l'énervent, je ne comprends absolument pas pourquoi elle a choisi ce métier, mais c'est ainsi.

Elle entendit des branches craquer dans le vent.

— J'ai vingt-neuf ans et, si l'on en croit ma mère, je n'ai pas plus de maturité que si j'en avais quinze. Elle est convaincue que je passe mon temps à faire la fête à Denver. Venant d'elle, c'est presque comique !

Le sourire de Nick coupa le souffle de Sasha. Il lui caressa doucement la joue.

— Ainsi, vous aimez vous amuser, Sasha ?

— Ça dépend ce qu'on entend par là. Si passer le plus clair de son temps dans un bureau avec des associés qui ont des caractères diamétralement opposés et qui menacent d'en venir aux mains au minimum deux fois par jour compte, alors oui.

— On dirait que vous avez le rôle de l'arbitre, dans votre agence.

— Apparemment, j'ai ça dans le sang. Puisque j'arrive à me débrouiller avec ma mère, je dois pouvoir maîtriser toutes les situations de crise. Mais, à vrai dire, tous les gros problèmes que j'ai – si l'on excepte les tueurs en série – viennent de ma mère.

— … Qui habite à Boston.

— Vous savez écouter les gens. Et vous, où vit votre mère ?

— Avec mon père, sur un ranch près d'Outlaw Falls. Elle est gentille, généreuse, et garde ses émotions pour elle.

Sasha n'était pas surprise.

— Vous avez des frères et sœurs ?

— Un frère. Il a trois ans de plus que moi.

— Il travaille sur le ranch ou il est policier ?

— Pompier. A Los Angeles.

Elle sourit.

— Deux preux chevaliers dans la même famille !

Son sourire s'évanouit soudain et elle frissonna.

— Skye est bouleversée par la mort de Kristiana Felgard…, reprit-elle. Quand je pense que ce fou dispose soigneusement ses victimes dans la neige… Comment peut-on faire cela ?

— C'est quelque chose d'orchestré, Sasha. Il tue la même personne chaque fois.

Sasha tenta de ne pas imaginer la douleur et la terreur, la tentative de lutte, les cris étouffés dans la gorge, alors que la vie de huit femmes trouvait une fin brutale.

Un autre frisson monta en elle.

— Je ne veux plus y penser ce soir… Je ne veux pas

me dire qu'il est peut-être tout près de nous, et que si le besoin de tuer ne l'attire pas ici, ce sera peut-être le froid et la faim. Anthony Rush…

Elle ferma les yeux, regrettant de ne pouvoir chasser facilement les images qui lui venaient à l'esprit.

— Mon Dieu, Nick, je lui ai parlé ! Et April flirtait avec lui.

Avec peu d'efforts, rien qu'en posant la main sur son bras, Nick l'attira à lui. Ses si beaux yeux firent le reste.

— Il ne peut rien contre vous ici, Sasha. Pas au milieu de cinq personnes. Et, étant donné les conditions météo et le froid qu'il fait dans les remises, la survie va être sa priorité pendant un moment.

Comme l'humour aidait à oublier la peur, Sasha pencha la tête de côté.

— Alors, quelle est votre priorité, inspecteur Law ? Un homme, un vrai – vous savez, un de ces pisteurs de l'Ouest qui savent rien qu'en voyant un brin d'herbe écrasé par où le méchant est passé et de quelle couleur est son cheval – un pisteur serait déjà sur la trace de Rush au moment où nous parlons, en train d'inspecter le terrain et de humer l'air pour y sentir l'odeur de la transpiration et de la poudre de fusil.

Elle tapota légèrement le sparadrap qu'elle lui avait collé sur la main.

— Les policiers d'aujourd'hui sont vraiment des mauviettes ! Vous n'arrivez pas à voir les brins d'herbe écrasés, et vous vous blessez pour un rien…

Elle sentit son regard se poser sur ses lèvres.

— Rush ne vous fera aucun mal, Sasha.

Il l'attira contre lui et murmura :

— Il aurait déjà de la chance de sortir d'ici en vie.

La chaleur remplaça l'humour, et elle eut l'impression de se fondre en lui.

— Vous savez que ce geste est très déplacé, inspecteur ? demanda-t-elle.

— Vous ai-je dit que je ne suis pas en service ?

— Je pensais que les policiers étaient toujours…

Elle oublia le reste de sa phrase lorsque Nick écrasa sa bouche sur la sienne, et sentit une boule de chaleur se former au creux de son ventre.

Nick prit son temps, la goûtant, la caressant, explorant sa bouche. La douleur et le plaisir fusèrent, mais c'était une douleur délicieuse, un besoin d'en avoir plus, la promesse d'atteindre des hauteurs nouvelles et étourdissantes.

Elle mordilla sa lèvre inférieure, chaude, excitante et douce, et eut un sentiment de plénitude.

Comme elle se serrait plus encore contre lui, Nick reprit possession de sa bouche, et l'embrassa si profondément qu'elle en oublia simplement tout le reste.

Quand il releva doucement la tête, elle prit son visage entre ses mains, et le caressa doucement de ses lèvres, s'interrompant parfois pour le regarder dans les yeux.

Elle s'arrêta lorsqu'un rai de lumière troua l'obscurité, dehors.

Son cœur qui battait déjà la chamade se mit à tambouriner.

— C'était quoi ?

Il s'écarta légèrement d'elle et regarda en direction du lac.

— Regarde, là, encore, insista-t-elle en désignant le nord. Nick, c'est la route que nous avons prise pour revenir du site du futur hôtel.

Elle scruta l'obscurité par-dessus son épaule, mais il l'éloigna de la vitre, tout en sortant son arme de son holster.

— Il ne faut pas rester près de la fenêtre.

Nick lui prit la main, et la fit sortir de la mezzanine, mais Sasha résista.

— Attends, Nick ! Nous devrions patienter et voir ce

qu'il fait. Il n'est tout de même pas assez stupide pour venir ici !

— Et pourquoi pas ? Il ignore combien de personnes sont là. Il verra les lumières, et se dira qu'il a trouvé un abri.

— Oui, mais même s'il a froid et qu'il est désespéré, il ne se précipiterait pas ici sans vérifier l'endroit auparavant.

— Will ! cria Nick. Dana ! Il y a quelqu'un dehors !

Sasha entendit des pas traînants, et la voix grondante de Will Pyle qui demandait :

— Où donc ?

— Il se dirige vers l'avant du chalet.

Tandis qu'ils descendaient l'escalier pour rejoindre les autres, Nick lui donna ses consignes.

— Va chercher Max et Skye. Dis-leur de rester ensemble.

— Nick, tu ne vas tout de même pas…

— Si. Et non, tu ne peux pas venir, ajouta-t-il.

— Je n'allais pas te le demander.

— Si.

Arrivé au bas de l'escalier, Nick s'arrêta, et la saisit par les bras.

— Tu voulais venir, parce que tu détestes l'inactivité.

Comment pouvait-il la connaître si bien après une seule journée ?

— Je sais me servir d'une arme à feu.

— Je sais.

— Alors, je devrais…

Elle le regarda avec une soudaine méfiance.

— Ça veut dire quoi ? Comment le sais-tu ?

L'explication qu'il s'apprêtait à lui donner fut perdue lorsqu'une détonation retentit dans la nuit.

6

Nick veilla à ce que Sasha reste près de l'escalier.

— Ne bouge pas et, surtout, ne t'approche pas des fenêtres.

En lui prenant le menton, il ajouta calmement :

— Et ne discute pas.

— Je veux une arme, Nick.

Skye intervint :

— Tenez, voici mon Mach 70, dit-elle en tendant un fusil à Sasha.

Puis elle appuya sur un interrupteur et plongea tout l'étage dans l'obscurité. Seules trois veilleuses d'urgence restèrent allumées.

— J'ai aussi un fusil à canon scié, mais vous savez que ce n'est pas très légal par ici, ajouta Skye.

— Ça ne l'est nulle part, répondit Nick en glissant son arme dans sa ceinture.

Il alla prendre deux autres chargeurs dans son sac, puis il enfila sa veste, et fit signe à Dana de le suivre. Will Pyle était déjà posté devant le chalet.

Max, qui sommeillait sur le sofa, se redressa lorsque la porte s'ouvrit et qu'une bouffée d'air glacé entra.

— Que… Que se passe-t-il ?

Sasha lui posa la main sur la bouche.

— Nous avons un visiteur.

Voyant que Max ne réagissait pas, elle enleva la main.

— Vous savez vous servir d'une arme ? lui demanda-t-elle.

— Je sais tirer à l'arc, grâce aux leçons d'une instructrice très sexy de Camp Potoomie, dans le Wisconsin. Mais que se passe-t-il ? Quelqu'un essaie d'entrer dans le chalet ?

— Si c'est l'homme qui a tué Kristiana, il ne s'en sortira pas comme ça, déclara Skye en s'approchant doucement de la grande baie vitrée.

— Vous êtes bien calme, remarqua Sasha en regardant Max.

— J'ai pris un tranquillisant. Il est plutôt fort.

Sasha rejoignit Skye.

— Vous voyez quelque chose ?

— Nick, de temps en temps, puis plus rien.

Sasha aperçut du mouvement près du porche.

— Là, souffla-t-elle. Ce n'est pas Nick… ni le shérif Pyle.

Skye essuya la vitre avec sa manche.

— Il a un chapeau de cow-boy.

— Anthony Rush en avait un, la dernière fois que je l'ai vu.

Sasha avait les mains moites ; elle sentit monter l'adrénaline et se força à respirer normalement.

Elle vit encore quelqu'un bouger dans l'ombre. La silhouette disparut un moment puis, soudain, sortit des ténèbres et s'avança bruyamment vers le porche.

— La porte, souffla Skye. Elle est fermée à clé ?

— Oui.

Du moins, Sasha l'espérait-elle. Par précaution, elle prit le fusil et le pointa sur la porte alors que la poignée commençait à bouger.

La logique permettait de penser que leur visiteur était caché à proximité du chalet. Il était désespéré, prêt à tout.

Accroupi dans l'ombre d'un sapin, Nick continua à

observer les environs alors que Dana se baissait à côté de lui.

— Il n'y a rien derrière. Pyle a inspecté les remises, et j'ai vérifié les deux autres entrées.

— Alors où est-il allé ?

Nick balaya les alentours du regard. Pendant quelques secondes, le vent se calma et la neige cessa de tourbillonner. Les nuages masquaient la lune et les étoiles, mais les veilleuses du chalet dispensaient assez de lumière pour que l'on puisse voir dans la nuit.

Au-dessus de lui, les branches des arbres se balançaient. De petits morceaux de glace en tombaient et roulaient sur le toit du chalet.

— Il est peut-être mort, dit Dana qui claquait des dents. C'est ce qui me serait arrivé si j'étais resté cinq heures dans ce froid. Rappelle-toi, Nick, Harvey a dit que le véhicule que Rush a volé n'avait pas beaucoup d'essence. Ça veut dire qu'il ne peut pas faire tourner le moteur pour se réchauffer.

Nick crut apercevoir une ombre à proximité du porche. Malheureusement, le vent se remit à souffler, soulevant les flocons fraîchement tombés et les faisant tournoyer.

Nick plissa les yeux.

— Il n'est pas mort, Dana. Il est là.

— Où ? Tout ce que je vois c'est... Nick, attends, Nick !

Nick se dirigeait déjà vers l'intrus. L'homme, portant des bottes de cow-boy, une parka et un chapeau, s'avança vers le porche. Il saisit la poignée de la porte d'entrée à deux mains, poussa un juron en constatant qu'elle était verrouillée, et commença à donner des coups de pied dedans. Puis il se dirigea vers la fenêtre qui était à côté.

Nick entendit un bruit de verre brisé et vit l'homme passer la main à l'intérieur. Deux secondes et un coup de feu plus tard, il la retira brusquement. En grondant des obscénités, il se précipita à l'autre bout du porche.

Utilisant une des congères comme une rampe pour accéder à la balustrade et sauter de l'autre côté, Nick atterrit sur l'homme qui fut projeté contre le mur du chalet.

Il se releva, essaya de frapper Nick, mais le manqua. Nick sourit et posa le canon de son arme sur le cou du rôdeur.

— J'espère que tu vas rester tranquille, mon gars, parce j'ai les mains froides, et que mon doigt pourrait très bien déraper sur la détente.

Dana et Will arrivèrent vers eux en courant.

— Dites à Sasha que je l'ai attrapé, et qu'elle peut ouvrir la porte.

— C'est Rush ? demanda Pyle en frappant.

Nick regarda les yeux noirs qui brillaient d'une lueur hostile dans un visage inconnu.

— Non, mais ça ne veut pas dire qu'il n'est pas un tueur.

— J'ai tué personne !

L'homme articulait mal ses mots, et dégageait une odeur qui pouvait laisser penser qu'il avait dormi dans une décharge pendant une semaine, probablement en compagnie d'une bouteille de whisky.

Sasha veilla à se tenir à distance de leur odorant visiteur alors qu'ils le conduisaient vers la cuisine, où ils s'assirent.

— Mon pick-up est tombé en panne, marmonna l'individu. J'étais en train de déménager des affaires de ma cabane, de l'autre côté de l'arête, quand y a eu l'avalanche. J'ai essayé de passer le col, mais il était complètement bloqué, alors je suis venu vers ici. C'est là que mon pick-up m'a lâché.

Max secoua discrètement la main devant son nez en demandant :

— Alors, c'est un Sickerbie ?

— Un des huit, confirma le shérif Pyle. C'est Bo, le père de cette charmante tribu. Il a une femme, Molly. Bo, Mo, et leurs six démons. Je ne savais pas que tu avais une cabane par là, Bo. A quoi te sert-elle ?

L'homme baissa la tête.

— A mettre des choses…

— Comme de l'alcool volé ? suggéra Nick. Le magasin de spiritueux de Painter's Bluff a été dévalisé il y a deux jours, Sickerbie. Tu le savais ?

Bo releva brusquement la tête. Ses yeux injectés de sang brillèrent d'une lueur mauvaise.

— J'ai rien volé !

Munie d'une trousse de premiers secours, Skye s'assit à côté de lui.

— L'arête et tout le terrain autour m'appartiennent, Bo. Si vous avez une cabane là-bas, c'est illégal, et je vais porter plainte. Mais ce n'est pas grand-chose comparé à un meurtre.

Elle se pencha en avant et sa voix sembla descendre d'une octave.

— Quelqu'un a tué ma petite-fille par alliance. Qui que ce soit, où qu'il soit, il va payer pour ça.

Bo serra son poing blessé sur ses genoux.

— J'ai jamais fait de mal à personne ! Saleté de bonne femme ! poursuivit-il en considérant Sasha avec colère. Elle m'a tiré dessus, et ça dérange personne ici !

Sasha haussa les sourcils.

— Vous étiez en train de forcer la porte, monsieur Sickerbie !

— Tu pourrais être arrêté pour tentative d'effraction, intervint Nick tout en fouillant dans les poches de la parka crasseuse dont il venait de débarrasser l'homme. Et tu as aussi ce couteau à cran d'arrêt et ce 45mm qui n'est probablement pas enregistré…

Il tendit la main vers l'avant-bras de Bo que dévoilait la manche remontée d'une chemise de flanelle miteuse.

— Cette grosse éraflure sur ton bras a l'air de dater de quelques jours. Nous avons trouvé du sang à côté du corps d'une femme assassinée avant-hier… Tu as un alibi, pour cette nuit-là ? Nous savons que tes garçons n'en ont pas. Ils étaient en train de faire les idiots sur les routes, après avoir volé de l'essence à la pompe.

Bo serra les lèvres.

— Vous pouvez rien prouver contre mes garçons !

— En fait, si. Il y avait trois témoins qui les ont reconnus à la station-service.

Le cou de Bo devint rouge brique. Le bandage que Skye était en train de mettre autour de sa main blessée se défit alors qu'il serrait les poings.

— J'ai jamais fait de mal à personne ! s'exclama-t-il. Vous pouvez pas dire le contraire, parce que c'est pas vrai. J'ai des droits, même ici ! J'ai rien dit, et vous avez rien contre moi. Alors je vous dirai plus rien !

Sasha prit la parole.

— Vous aimez les boules neigeuses, Bo ? demanda-t-elle.

— C'est une question idiote.

— Ce n'est pas une réponse, dit Nick.

— Je lui dirai rien.

— D'accord, répondit Nick. Mais vous pouvez me parler, à moi. Où est votre pick-up ?

Bo sembla chercher où était le piège. Incapable d'en trouver un, il marmonna :

— Je sais pas bien. J'ai un peu tourné. Peut-être vers chez le vieux Martin.

Skye se leva.

— Vous avez besoin d'un bain, Bo, avec de l'eau chaude et beaucoup de savon.

Elle pointa le doigt vers Will et Dana.

— Vous deux, surveillez-le, et assurez-vous qu'il se lave bien. Il y a des vêtements propres là-haut, pour lui et pour vous tous. Le repas sera servi dans une demi-heure. Bo dormira avec le shérif Pyle.

— Attendez un instant ! fulmina Pyle. Je veux bien veiller à ce qu'il se lave, mais je refuse de dormir avec lui !

— Même chambre, lits séparés. C'est mon chalet, ce sont mes lits, et c'est ma décision.

— Nous l'interrogerons après le dîner, suggéra Nick.

Sasha posa la main sur le bras de Nick.

— Pourquoi veux-tu l'interroger ? C'est Anthony Rush qui nous intéresse.

— Je sais.

— Alors pourquoi ?

Nick regarda l'homme en face de lui.

— Parce que le tueur a peut-être un complice… Et parce qu'il sait peut-être quelque chose.

Le dîner fut un moment pénible pour tous. Un Bo Sickerbie tout propre mais à l'expression farouche s'attabla entre Max et le shérif Pyle.

Sasha avala péniblement quelques bouchées de gibier en sauce.

Dehors, des rafales de vent chargées de neige frappaient les fenêtres et les portes. Max avait raison : si rien ne changeait, ils pouvaient rester coincés là jusqu'en juin.

Sasha aida Skye à remettre de l'ordre dans la cuisine après le repas. Puis, laissant Nick, Dana et le shérif Pyle discuter, elle monta à l'étage.

Skye lui avait donné la plus belle chambre du chalet. Elle était en forme de L avec un petit salon privé, un immense lit, une cheminée, et une armoire où se nichaient toutes sortes de gadgets électroniques.

Des étagères couvraient tout un pan de mur, et étaient remplies de livres abordant les sujets les plus divers.

Sa salle de bains était équipée d'une douche et d'un Spa.

Par chance, comme elle n'avait pas pris le temps de décharger son Land Rover en arrivant au Mountain House la veille, elle avait sa valise et tous ses vêtements avec elle.

Lorsqu'elle se fut douchée et qu'elle eut séché ses cheveux, il était plus de minuit. Elle pensa aller se coucher, mais elle avait trop faim pour pouvoir dormir. Elle enfila son peignoir et, à la lueur des veilleuses qui éclairaient constamment l'endroit, descendit l'escalier.

Le silence régnait dans le chalet. En se rendant compte qu'elle marchait sur la pointe des pieds, Sasha eut un petit sourire. C'était stupide ! Elle voulait trouver quelque chose à manger, pas partir avec l'argenterie de Skye !

Arrivée sur le seuil de la cuisine, elle entendit un bruit derrière elle et s'arrêta. Elle alluma la lumière et, sans même se retourner, demanda :

— Il vous arrive parfois de dormir, inspecteur Law ?

La voix de Nick surgit de l'ombre.

— J'avais le sentiment que tu viendrais avant le petit déjeuner. Trois bouchées de ragoût ne constituent pas un repas digne de ce nom. Il y a des pâtes dans le placard au-dessus du four.

Amusée qu'il ait lu si facilement en elle, elle alla prendre une casserole et la remplit d'eau.

— Je vois que tu as mis une planche sur la vitre cassée.

Quand il la rejoignit, elle remarqua qu'il s'était douché et rasé. Ses cheveux étaient humides, et il portait un T-shirt bleu nuit et un jean. Elle soupira. Pourquoi fallait-il qu'il soit toujours si beau ?

Elle s'affaira devant la cuisinière.

— Comment se porte votre prisonnier, inspecteur ?

— Il ronfle allègrement. Will a dû mettre des boules

Quies. Tu portes toujours des choses comme ça pour dormir ?

Surprise, elle se regarda.

— Comme quoi ? Comme la nuisette, le peignoir ou…

Elle lui fit un sourire malicieux.

— Les bottes ?

La nuisette de soie noire était courte, le peignoir long, et ses bottes noires avaient des talons hauts. Sa mère aurait été horrifiée.

— J'ai pris ce que j'avais sous la main, Nick. Skye m'a prêté une paire de pantoufles en peluche rose qui ont l'air de tapis de bain avec des yeux. Je crois qu'elles sont censées représenter des chats. Ma grand-mère porte ce genre de trucs. Je ne suis pas encore prête pour ça.

Elle lui fit face et posa les coudes sur le comptoir.

— Mais je pourrais changer d'apparence…

Il eut l'air méfiant.

— Je peux savoir comment ?

— J'ai regardé dans les placards de ma salle de bains, et j'ai découvert trois boîtes de teinture noire pour les cheveux. Si je n'étais plus blonde, le tueur à la boule neigeuse serait-il encore intéressé ?

— Encore intéressé, oui, mais certainement contrarié.

— Nick, pourquoi as-tu dit tout à l'heure qu'il a peut-être un complice ?

— Parce ce qu'il y a peut-être ici quelqu'un qui l'aide.

En se perchant sur un haut tabouret, Sasha essaya de mettre de l'ordre dans ses pensées.

— Tu crois que Bo Sickerbie pourrait connaître Anthony Rush ?

— C'est possible.

— Si c'est le cas, il ne l'admettra jamais.

— Pas sans les incitations appropriées.

— Alors, qu'allons-nous faire ? Le menacer de lui arracher les ongles un à un s'il refuse de parler ?

— Je pourrais lui dire que tu as l'intention de l'utiliser comme cible pour apprendre à tirer.

— Ah oui. D'ailleurs, il y a un petit mystère…

Sans bouger de son tabouret, elle mit des pâtes dans l'eau qui bouillait.

— Comment savais-tu que j'ai appris à tirer ? Tu as fait une recherche internet sur moi ?

Il sourit.

— Ça veut dire oui. Pourquoi ?

— La première fois que tu t'es enfuie de chez toi, tu avais neuf ans. La police t'a retrouvée en train de faire du stop sur l'autoroute. A onze ans, tu es montée à bord d'un train qui allait vers l'Ouest. Un an plus tard, tu es allée à Denver en avion. Le FBI t'a retrouvée chez ton père. Ils l'auraient arrêté pour enlèvement si tu n'avais pas avoué que tu t'étais enfuie du domicile de ta mère.

— Je t'ai demandé comment tu avais appris que je savais tirer. Je suis parfaitement au courant de ce que j'ai fait quand j'étais enfant.

— J'y arrive. Un jour, la maison de ta mère à Londres a été cambriolée, et elle a déclaré qu'elle détestait les armes et n'en voulait surtout pas chez elle… Alors, par esprit de contradiction, tu t'es mise au tir. Tu as si bien appris que tu es devenue une des meilleures juniors du Kent.

Sasha grimaça.

— Je hais les ordinateurs, marmonna-t-elle.

— Combien de fois t'es-tu enfuie ?

— Ça ne te regarde pas.

Puis elle haussa les épaules et poursuivit :

— Sept. Pour quatre de mes tentatives, Barbara n'est pas allée voir la police. Elle a envoyé ses propres limiers à mes trousses. Elle a pu le faire parce que, pendant deux ans et demi, elle a été mariée à un détective privé.

Nick lui caressa le dos de la main. C'était un geste tout simple, mais qui éveillait des sensations si érotiques… Elle en avait des frissons dans tout le corps.

— Pourquoi faisais-tu ça ?

Elle n'arrivait pas à détacher ses yeux de ses longs doigts.

— Faire quoi ? Oh ! m'enfuir… Barbara voulait nous contrôler, mon frère Angus et moi. Mais surtout moi. Elle se voyait en moi. Tous les rêves qu'elle n'avait pas pu réaliser, je devais les réaliser pour elle. Je ne suis même pas sûre d'avoir un jour eu envie d'être architecte. Je sais seulement que ce métier ne l'a jamais intéressée. C'est comme si je faisais systématiquement le contraire de ce qu'elle attend de moi, et ça me rend folle quand j'y pense. Alors, je fais en sorte de ne pas y penser…

Elle chercha son regard.

— A moins que quelqu'un ne me force à le faire. Et, pour ton information, j'étais *la* meilleure junior du Kent.

— Tu n'as pas loupé Bo Sickerbie.

— Il guérira. Si tu veux savoir ce que j'en pense, Nick, Bo est un ivrogne qui n'est bon à rien, pas même à aider un tueur en série.

— C'était une théorie, Sasha, une possibilité. Quand on est policier, on apprend à ne négliger aucune hypothèse. Les certitudes sont ce qu'il y a de pire. Alors, de temps en temps, on lance une idée folle.

Sasha avait elle-même une idée folle en ce moment, sans le moindre rapport avec Bo Sickerbie ni avec les tueurs en série.

Elle se pencha de nouveau sur le comptoir.

— T'ai-je déjà dit que tu as des yeux magnifiques ?

— J'hypnotisais les chevaux ombrageux, quand j'étais plus jeune.

— Et maintenant, ce sont les voleurs, les tueurs et les femmes.

L'ombre d'un sourire apparut sur son visage.

— Pas beaucoup de femmes, en ce moment.

— Je trouve ça difficile à croire. Je veux dire… Voyons, Nick, tu es superbe, et tu ne sembles pas avoir de tics ou de phobies étranges.

Soulevant sa main, il la porta à ses lèvres, et déposa un léger baiser sur le bout de ses doigts.

— Tu sais ce que l'on dit sur les apparences.

— Voilà une réflexion bien mystérieuse !

Elle reprit un ton badin.

— Laisse-moi voir si je t'ai bien compris. Tu étais un enfant timide, et bien que tu aies surmonté ce problème lorsque tu es devenu adulte, tu es encore réservé… Du genre à t'asseoir dans un coin lorsqu'il y a une fête, en buvant un verre et en observant les autres invités.

— Alors que tu préfères danser et parler.

— J'aime danser. Je vais aussi d'un groupe à l'autre, j'échange quelques propos polis et je flirte un peu, mais rien de sérieux. Pour trouver une championne dans ce domaine, il faut voir ma mère à l'œuvre dans les cocktails ! Elle était venue à l'une des fêtes de Noël de mon agence lorsque j'étais à Atlanta, et elle est repartie avec mon patron.

— C'est un peu embarrassant.

— J'ai démissionné deux semaines plus tard, et je suis allée à Philadelphie. Mais Denver est mieux. A Noël dernier…

Elle s'interrompit alors qu'un souvenir lui revenait.

— Max…

Nick entrecroisa ses doigts avec les siens.

— Eh bien ?

— Hier, il parlait à Anthony Rush, au Mountain House.

Elle vit son regard se durcir.

— Où ?

— Dans le salon, pendant que je me présentais à la réception.

— C'était une conversation amicale ?

Elle rejoua la scène dans sa mémoire.

— Pas particulièrement. Bon Dieu !

En lui prenant doucement le menton, Nick attira son visage à lui.

— Ne t'inquiète pas, Sasha. Max ne me fait pas l'effet d'être un bon menteur.

Elle sourit.

— Tu l'as dit toi-même : il faut se méfier des apparences.

— Alors, attendons et voyons.

Le baiser qu'il lui donna fut chaud, brusque, et totalement fascinant. Sasha aurait juré avoir vu des étoiles pendant un moment, puis elle se rendit compte que c'était l'une des veilleuses de Skye. Pourtant…

— Tu fais ça très bien, Nick.

Si bien qu'elle eut envie de l'embrasser à son tour. Au lieu de cela, elle se passa le doigt sur la lèvre inférieure.

— Mais les pâtes sont prêtes, et j'ai faim. Promets-moi simplement une chose.

— Que je te laisserai la grande portion ?

— Presque. Promets-moi de ne pas interroger Max sans moi.

— D'accord… si tu me promets de ne pas utiliser la teinture que tu as trouvée dans ta salle de bains.

La température baissa encore alors que la nuit avançait. Heureusement, une des cabanes – un bâtiment d'une couleur terreuse avec une fenêtre et une porte fixées par des lanières de cuir – avait un petit poêle dans un coin. A côté se trouvaient du bois et une pile de journaux jaunis.

Ça irait pour la nuit. Il mangerait une des barres chocolatées qu'il avait dans sa poche, boirait le whisky de sa flasque, nettoierait son fusil, et essaierait peut-être de dormir. Il ne se ferait pas pincer.

Il entendit sa mère souffler avec dédain derrière lui, et se retourna brusquement.

A la lumière de sa torche, il ne vit rien, mais ça ne voulait rien dire. Elle pouvait surgir de nulle part ; elle l'avait fait un nombre incalculable de fois quand il était jeune. Elle était là, à lui souffler sur le cou une haleine sentant le dentifrice et la vanille. Bon Dieu, comme il détestait ces odeurs ! Et elle, comme il la haïssait ! Pas étonnant que son père l'ait quittée.

Il posa ses quatre barres chocolatées sur un banc poussiéreux, dirigea le faisceau de sa lampe torche vers le poêle, et commença à y mettre du petit bois.

Demain, ça irait mieux. La nuit n'était jamais facile. Le jour, les ombres disparaissaient et, avec elles, la possibilité que sa mère vienne l'espionner.

Il ne se rendit pas compte qu'il tenait un petit morceau de bois dans les mains jusqu'à ce qu'il le casse en deux. Il entendit alors son soupir moqueur, et brandit les morceaux comme des couteaux.

— Va en enfer ! hurla-t-il. Vas-y, et laisse-moi seul !

— Espèce d'idiot, murmura-t-elle. Tu es seul depuis des années… Depuis que tu m'as tuée.

7

— C'est ridicule ! s'exclama Max en faisant les cent pas sur le ponton d'embarquement. Si vous m'avez amené jusqu'à ce lac en espérant que le froid me ferait confesser mes crimes, alors nous allons tous mourir, parce que je n'ai absolument rien à avouer ! Allons, Sasha, vous ne pouvez tout de même pas croire que je suis de mèche avec un tueur en série !

Nick voyait bien que Sasha regrettait de les avoir mis dans cette situation. Elle posa la main sur le bras de Max.

— Je sais que vous n'avez rien à voir avec Rush, Max, mais l'inspecteur Law n'en est pas convaincu. Répondez seulement à ses questions, et nous retournerons tous au chalet.

Max se mit à battre la semelle.

— Je vous ai déjà dit que je ne connaissais pas cet homme. Il m'a demandé si je savais où trouver un bureau de tabac, c'est tout.

Nick s'adossa à un poteau.

— Au lieu d'aller se renseigner à la réception, ce qui aurait semblé logique, il a préféré s'adresser à quelqu'un au hasard dans l'hôtel. C'est pour le moins étonnant !

— Je me moque de ce que vous en pensez. C'est la vérité.

Sasha se mordillait la lèvre.

— Qu'a-t-il dit d'autre, Max ?

— Les choses habituelles. J'ai dit qu'il n'y avait pas

grand-chose à faire, le soir, à Painter's Bluff. Il a acquiescé, et a ajouté qu'il détestait les petites villes.

Nick le dévisagea.

— Il a dit s'il connaissait quelqu'un ici ?

— Non. Mais il a parlé de louer un véhicule, et voulait savoir où j'avais eu le mien.

— Il semblait nerveux ?

— Peut-être un peu. Je ne faisais pas très attention. Croyez-moi, si j'avais su que c'était un tueur en série, j'aurais alerté tout le monde !

Max remua les doigts pour tester sa circulation.

— Sasha, poursuivit-il, dites-lui que vous étiez en retard de trois jours, et que, si vous étiez arrivée au moment prévu, nous serions aussitôt allés dans le chalet de Skye, loin du Mountain House et d'Anthony Rush, et que nous ne serions pas en train d'avoir cette conversation.

— Il a raison, acquiesça Sasha.

Nick demeura un instant pensif, puis hocha la tête.

— Retournez au chalet, Macallum.

— Et si vous voulez vous rendre utile, suggéra Sasha, vous pourriez essayer de réparer l'émetteur-récepteur de Skye.

— Dana s'en occupe, répliqua Max.

Amadoué par l'attitude bienveillante de Sasha, il ajouta en mettant ses mains dans ses poches :

— Mais je peux peut-être l'aider.

Nick s'écarta du poteau.

— En fait, nous allons rentrer avec vous.

— Oh ! Bien ! Une escorte policière. Je me sens privilégié !

Sasha regarda Max s'éloigner.

— Tu sais, je suis vraiment arrivée avec quelques jours de retard, et il a une excellente réputation dans le métier. Nous l'avons vexé en le suspectant.

Elle sortit une deuxième paire de gants de ses poches en demandant :

— Pourquoi veux-tu que nous retournions au chalet ? Je pensais que tu avais l'intention de te mettre à la recherche de Rush.

— C'est bien mon intention, répondit Nick en observant la silhouette de Max qui s'éloignait. Mais tu préfères peut-être rester ici avec Skye.

— Merci, mais j'ai besoin de prendre un peu l'air. J'ai montré mes plans à Skye, et lui ai demandé de me signaler ce qu'elle voudrait changer. Elle va être occupée pour le reste de la journée.

— Il faudra lui dire de garder son fusil à portée de main.

— Tu ne crois pas que c'est un peu exagéré ?

— Peut-être.

Il jeta un regard songeur vers le hangar à bateaux derrière elle.

— Mais j'ai parlé à Will, hier soir. Avant qu'il ne rencontre sa femme, Molly, il y a vingt-cinq ans, Bo Sickerbie avait une amie qui s'appelait Leanne. Apparemment, ils ont eu une courte liaison. Deux jours avant son dix-septième anniversaire, on a retrouvé le corps de Leanne à Painter's Creek.

— J'ai l'impression d'être une adolescente dans un camp de redressement, soupira Sasha.

Elle devait presque trotter pour rester à la hauteur de Nick.

— Ces manteaux sont chouettes, pourtant. Et Skye nous a même prêté des protège-oreilles et des Stetson !

Ils étaient assortis aux longs manteaux en peau lainée dont les avait pourvus leur hôtesse, pour les protéger du froid mordant.

Nick lui jeta un coup d'œil.

— Inutile de prendre cet air dédaigneux, Nick. Je fais simplement la conversation pour que tu oublies que ce vent est glacial, et pour que j'évite de penser à Anthony Rush. Tu veux vérifier le « terrier » de Sam en premier ou plus tard ?

— En premier, si nous arrivons à le trouver. Will et Dana sont en train de fouiller les bâtiments les plus proches du chalet.

Nick regarda une bâtisse au loin. Elle avait tellement subi les assauts du vent qu'elle penchait d'un côté.

— Ça pourrait être une des fumeries dont Skye a parlé, dit-il.

— Si c'est le cas, je préfère rester dehors. Je ne veux pas voir une carcasse de cerf pendue aux poutres.

— C'est de la nourriture, Sasha. Un moyen de survie.

Sans lui répondre, elle remit en place la bandoulière de son fusil qui avait glissé de son épaule.

— Skye dit qu'il y a une ferme de l'autre côté de la montagne, à environ cinq cents mètres à l'ouest. Son père s'en servait pour y remiser du bois.

— Allons voir la fumerie d'abord, puis le terrier, et enfin la ferme.

Sasha ralentit en approchant de la cabane penchée et ôta son fusil de son épaule.

— Je vais rester dehors pour monter la garde.

Nick sourit.

— Lâche !

— Citadine, rectifia-t-elle en s'appuyant contre l'un des murs.

Il ne fallut à Nick que quelques minutes pour explorer l'intérieur.

— Il y avait un cerf ? demanda-t-elle lorsqu'il ressortit.

— Trois, mais aucun signe de passage d'un intrus.

Sasha utilisa le bout de son fusil pour relever son chapeau.

— J'ai parlé à Skye de l'amie de Bo qui a été assassinée. Elle habitait à Denver, à l'époque, mais elle se souvient d'en avoir entendu parler. Elle a dit que Leanne fréquentait un garçon de Virginia Dale, cette année-là. On raconte qu'elle avait laissé tomber Bo six mois plus tôt, et qu'il n'avait pas du tout apprécié. Alors, il la suivait tout le temps, le plus souvent soûl, et toujours prêt à se battre. Le shérif l'a arrêté à deux reprises pour avoir menacé de réduire l'homme en bouillie, et de le donner aux cochons de son père.

— Ensuite il a épousé Molly et ils ont eu six garçons à son image, conclut Nick.

Il désigna la droite d'un mouvement du menton et ajouta :

— Le terrier est par là.

Des flocons tombaient du ciel gris. Sasha en attrapa un sur sa langue, puis elle vit que Nick avait remarqué son manège et souriait.

— Tu aimais jouer dans la neige, quand tu étais enfant ? demanda-t-elle.

— Dana et moi avons fait plus d'une bataille de boules de neige.

— J'imagine ! Comment l'as-tu rencontré ?

— Quand j'avais six ans, je lui ai mis mon poing sur le nez de la part d'une de mes cousines. Il lui tirait les nattes et lui volait son goûter.

— Tu étais déjà un défenseur de l'ordre public !

— Il y avait deux sections de CP, dans notre école. Dana n'arrêtait pas de s'échapper de sa classe pour venir dans la mienne. Je le comprenais bien : tous les garçons de l'école avaient le béguin pour ma maîtresse, et personne n'aimait celle de Dana. Elle sentait la naphtaline et avait une moustache.

— C'est un portrait flatteur, Nick. Donc, comme beaucoup de garçons, vous avez commencé par vous battre avant de devenir meilleurs amis.

— Jusqu'à nos douze ans. Puis la famille de Dana a déménagé à Denver.

— Mais vous êtes restés en contact.

— Il venait voir ses grands-parents à Outlaw Falls chaque été.

La couche neigeuse devenait de plus en plus épaisse au fur et à mesure qu'ils pénétraient dans la forêt.

— Tu connais sa femme ?

— Oui. J'étais garçon d'honneur à leur mariage.

— Elle ressemble à ton ex-femme ?

Il eut un petit rire.

— Voilà qui est subtil !

— Hé ! j'ai de la neige jusqu'aux genoux. Je n'ai pas assez d'énergie pour être subtile. Si tu ne veux pas répondre, il te suffit de me dire de me taire. Mon frère le fait tout le temps.

— Vous êtes proches ?

— Très. Angus et moi sommes meilleurs amis, alliés et conspirateurs. Ma mère pense qu'il est en Europe en ce moment. En fait, il est en Australie. Lorsque les sources européennes de ma mère lui auront appris qu'on n'arrive à le localiser nulle part sur le continent, il sera en Malaisie. C'est à ce moment-là que je dirai à ma mère qu'il a quitté l'Europe et qu'il est allé en Australie.

Nick regarda les environs rapidement, mais avec attention.

— Tu vis dans un monde compliqué, Sasha.

Ils marchèrent dans un silence uniquement rompu par le crissement de la neige sous leurs pas pendant plusieurs centaines de mètres. Lorsque Sasha aperçut une porte nichée dans le flanc de la montagne, elle se dit qu'ils avaient trouvé le terrier.

— Mon ex-femme s'appelle Lacey, dit soudain Nick.

Sasha, dont la curiosité était éveillée, ralentit le pas.

— C'est un joli nom.

— Nous sommes restés mariés trois ans. Ça s'est bien passé la première année. Les deux suivantes ont été plus difficiles… Elle n'arrivait pas à accepter mon métier.

— Il y a certainement beaucoup de femmes dans son cas, Nick. Celle du shérif Pyle ne l'a pas supporté non plus, même si, apparemment, elle-même n'était pas très facile à vivre. Il m'a parlé d'une attitude dominatrice, mais je n'ai pas demandé de détails.

L'expression de Nick passa de la légère surprise à l'amusement.

— Tu as parlé de son mariage avec Pyle ?

— A vrai dire, *il* m'en a parlé… pendant que tu interrogeais Bo. Will m'a dit que sa femme l'avait quitté lorsqu'il avait été blessé par balle pour la troisième fois.

— Ça arrive. C'est un des aléas du métier.

— Et toi, ça t'est arrivé ?

— Une fois.

Sasha retint son souffle.

— Un malfrat m'a touché à l'épaule alors qu'il partait avec une voiture volée.

— J'espère qu'il en a pris pour longtemps !

Nick inspecta les montagnes environnantes.

— Ça n'a pas été utile.

En se penchant vers elle, il lui demanda :

— Tu viens, cette fois-ci ?

Elle se contenta de hocher la tête.

La porte s'ouvrait vers l'intérieur, ce qui leur épargna l'effort d'avoir à dégager le passage. De toute évidence, personne n'était entré ici depuis des années, peut-être même des décennies.

Nick parcourut l'unique pièce du regard. Même avec la porte ouverte et le conduit de cheminée qui donnait sur le flanc de la montagne, ils avaient besoin de leurs lampes. Il dirigea le faisceau lumineux vers le haut et remarqua :

— Une grotte aurait été plus hospitalière.

— Tout ce qu'ils buvaient devait avoir un goût de métal, dit Sasha en considérant une vieille cafetière rouillée et un gobelet en étain.

Deux araignées mortes et quelques mouches en tombèrent lorsqu'elle le retourna.

— Je parierais mon chiffre d'affaires annuel que Sam n'a jamais été marié ! déclara-t-elle.

Nick se pencha sur son épaule.

— Si tu as fini d'examiner la vaisselle, nous pouvons y aller. Rush n'est pas venu ici. Je voudrais voir aussi la ferme dont tu parlais.

— Ça ne peut pas être pire qu'ici.

Elle avait envie d'enfouir son visage dans le cou de Nick, mais elle réprima ce besoin et dit simplement :

— Skye a dit qu'elle est à l'ouest en partant d'ici.

Lorsqu'ils furent dehors, elle regarda le ciel.

— C'est une information qui pourrait être utile si on voyait le soleil. Où est l'ouest ?

Nick eut un petit rire.

— Tu n'as jamais été scout, on dirait ! Tu as déjà campé ?

Elle mit le fusil sur son épaule.

— Deux fois, avec mon père. Il a dit que j'étais une brave fille, et m'a emmenée dîner au restaurant.

— Je suis impressionné.

— Et vous n'avez encore rien vu, inspecteur cow-boy, répliqua-t-elle d'un air léger.

Les cinq cents mètres de Skye se révélèrent être près de deux kilomètres.

Sasha le suivit apparemment sans peine, ce qui était un bel effort de sa part. Nick l'admirait de ne pas se plaindre, et de ne même pas lui demander de ralentir. Il le fit tout de même, lorsqu'ils abordèrent une montée.

L'entendant murmurer quelque chose, il la regarda.

— Il y a un problème ?

— Pas du tout, parce que, comme je me le suis répété sur tout le dernier kilomètre : « Je suis dans une salle de sport, je suis dans une salle de sport, je suis dans une salle de sport… » Tu es certain que nous allons vers l'ouest ?

— La ferme devrait être au sommet de cette montagne.

Il sourit et ajouta :

— Moi aussi, j'ai parlé à Skye.

Le rire de Sasha résonna en lui jusqu'au fond de ses entrailles, et lui assécha la gorge. Voilà pour la maîtrise de soi !

Elle ôta son fusil de l'épaule, et l'utilisa comme une canne.

Il ralentit un peu plus, et fronça les sourcils.

— Tu as froid ?

— Ne vous inquiétez pas, inspecteur. Je vais bien… Mais je veux redescendre cette montagne en glissant.

— Je verrai ce que nous pourrons faire. Qu'y a-t-il ? demanda-t-il lorsqu'elle s'immobilisa soudain.

Elle désigna quelque chose.

— La maison.

Cachée derrière un bosquet, à une centaine de mètres, elle était en très mauvais état. Nick trouva étonnant qu'elle soit encore debout.

Ils se remirent en marche, et sortirent du couvert des arbres.

Sur l'avant du chalet, la terrasse couverte et l'escalier qui y menait étaient à moitié effondrés. Sasha posa précautionneusement le pied sur la marche la plus basse, qui se cassa en deux.

— Tout ça m'a l'air bien dangereux.

Nick jeta un coup d'œil à la porte voilée. Personne n'avait utilisé cette entrée récemment.

— Allons voir l'arrière.

— Rush est plus lourd que toi, Nick… Au moins dix kilos de plus. Un pas sur une planche pourrie, et il se retrouve dans la cave. Il n'a pas pu entrer là.

— A l'extérieur, le bois est exposé aux éléments. Il n'est peut-être pas aussi abîmé à l'intérieur.

— Hum…

Elle lui donna un coup de coude.

— C'est ta théorie, pas la mienne. Alors tu entres le premier.

Nick aperçut une porte latérale. D'une solide poussée, il l'ouvrit et entra dans ce qui avait été autrefois une grande cuisine.

Sasha le suivit examina la pièce avec attention.

— Si l'on excepte la poussière et les toiles d'araignées, c'est comme si on sortait d'une machine à remonter le temps.

Elle ouvrit une porte

— Je pense que j'ai trouvé le garde-manger, dit-elle en regardant les étagères couvertes de poussière. En ce qui me concerne, je pense qu'autrefois j'aurais vécu à Boston, Saint-Louis, ou n'importe quelle autre ville, et que je me serais contentée de faire « au revoir » à ceux qui partaient vers l'Ouest en chariot. On croirait peut-être entendre ma mère, mais jamais je n'aurais pu vivre ici.

Nick, pour sa part, avait ouvert une autre porte. Il éclaira l'endroit de sa torche et aperçut une étroite cage d'escalier. Ça ne pouvait pas être la seule manière d'accéder à l'étage, se dit-il. Il devait y avoir un escalier plus large quelque part au milieu de la maison. Pourtant, il décida de l'emprunter.

— Je monte ! annonça-t-il. Fais en sorte de ne pas passer à travers le plancher pendant ce temps !

— Pas de problème. Je vais rester ici sagement, et essayer de comprendre pourquoi le père de Skye a entreposé vingt cagettes de poussière dans le garde-manger.

Avec un léger sourire, Nick testa la première marche. L'escalier paraissait relativement solide. Pourtant, alors qu'il était presque arrivé en haut, le bois céda sous son poids, et il poussa un juron. La marche inférieure tint pendant une fraction de seconde, avant de casser elle aussi.

Sasha entendit les craquements et le bruit de la chute.

— Nick ? cria-t-elle en se précipitant vers la porte.

La panique s'empara d'elle, mais elle s'efforça de la maîtriser. Sortant sa lampe torche, elle se mit à avancer.

— Nick ? appela-t-elle en essayant de contrôler la note de panique dans sa voix. Où es-tu ?

Elle balaya l'escalier de sa lampe. Lorsqu'elle aperçut les marches brisées, elle sentit son cœur se serrer.

— Mon Dieu !

Elle se mit à grimper en posant les pieds sur le côté extérieur des marches, qui semblait plus solide. Elle l'appela encore, et n'obtint aucune réponse. Sur la dernière marche en place, elle s'agenouilla… et sentit le bois ployer dangereusement sous son poids.

— Nick, tu es là ?

Retenant son souffle, elle regarda dans le trou noir. A la lueur de sa torche, elle ne vit qu'un enchevêtrement de poutres brisées, et ne put distinguer le plancher.

— Il doit y avoir un sous-sol, murmura-t-elle.

Elle redescendit précautionneusement les marches et retourna dans la cuisine. Quelque chose – peut-être une latte de plancher – craqua dans une partie de la maison.

— Nick ?

Sa voix résonna dans le silence.

Un autre craquement lui parvint, cette fois beaucoup plus proche.

Elle sentit l'espoir renaître en elle. Traversant la cuisine, elle poussa à deux mains une porte qu'ils n'avaient pas encore ouverte, et la vit s'écraser par terre comme un arbre abattu.

Le nuage de poussière qui s'éleva la fit tousser. Les larmes aux yeux, elle l'enjamba.

Elle chercha de l'énergie dans la colère.

— Nick, tu es là ? Où es-tu Nick ? Je te jure que si tu es blessé et que je dois retourner toute seule au chalet chercher de l'aide, je vais…

Mais la peur gagna, et elle poussa un soupir entrecoupé :

— Je t'en prie… Ne sois pas blessé !

Un couloir traversait la maison. Au bout, elle vit une porte prometteuse.

— Nick ? appela-t-elle encore.

Toujours pas de réponse.

La porte résista d'abord puis s'entrouvrit de quelques centimètres. Sans doute le bois avait-il gonflé avec le temps… S'arc-boutant, elle pesa dessus de toutes ses forces.

Le battant céda soudain, comme s'il n'avait pas été bloqué. Emportée par son élan, elle trébucha et se rattrapa de justesse au chambranle.

— Je déteste ces vieilles baraques ! marmonna-t-elle.

Puis son cœur fit un bond alors que le visage d'un homme sortait de l'ombre, et que des mains la saisissaient par le bras.

8

Tout tournait autour de Nick. L'ombre, les planches brisées, le faisceau de sa lampe torche encore allumée…

Il sentit quelque chose d'humide et collant sur son front, et sut que c'était du sang. Il fallait qu'il reprenne ses esprits, qu'il comprenne où il était, et qu'il essaie d'aller retrouver Sasha.

Se redressant avec difficulté, il s'assit et respira profondément jusqu'à ce que les vertiges qui menaçaient de lui faire perdre l'équilibre se calment.

Sasha était à l'étage, et devait être en train de le chercher. Ses idées commençaient à être un peu plus claires. Il avait remarqué quelque chose avant de tomber, en haut de l'escalier… Des traces de pas dans la poussière, comme si quelqu'un s'était approché des marches. Nick avait un instant pensé les emprunter pour descendre, puis s'était ravisé.

Il expira profondément une dernière fois puis se leva. C'étaient peut-être les empreintes de Rush. Dans ce cas, l'homme était toujours là, et il avait conduit Sasha dans un piège !

Combattant ses étourdissements, il balaya l'endroit de sa lampe. Il était tombé dans ce qui était une cave, au milieu d'un enchevêtrement de vieilles poutres et de planches, probablement clouées les unes aux autres pour étayer les murs et les sols qui s'affaissaient. La maison était dangereuse… et peut-être à plus d'un titre.

Il découvrit tout à coup une porte en haut de l'un des murs. Il n'y avait pas de marches pour y accéder, seulement un amas de poutres qu'un enfant aurait certainement escaladé avec plaisir, mais pas un adulte qui avait des éblouissements au moindre mouvement trop brusque.

Après avoir mis la lampe dans sa poche, il attrapa la première poutre. Elle grinça, mais ne bougea pas.

De manière étonnante, cette échelle improvisée se révéla beaucoup plus solide que les marches. Il donna un coup de poing pour ouvrir la porte, puis se hissa par l'ouverture.

— Sasha ?

Il fit bouger sa mâchoire d'un côté puis de l'autre, et s'éclaircit la voix.

— Sasha, où es-tu ?

Des cris étouffés et les bruits d'une lutte lui parvinrent. D'où ? Il resta à genoux, parfaitement immobile, et prêta l'oreille. Quelque part à l'arrière de la maison… Il se leva, dégaina son arme et se mit à courir.

Les bruits s'amplifièrent. Il entendit un homme grogner, puis les cris étouffés de Sasha. Des cris de douleur ? Nick poussa un juron et s'efforça d'aller plus vite.

Il arrivait vers un couloir lorsque des pas précipités résonnèrent sur le plancher.

Serrant son arme à deux mains, Nick cria :

— Police !

Un homme fonça sur lui, le poussa violemment sur le côté, et poursuivit son chemin. Nick, qui avait perdu l'équilibre, tira à deux reprises. Une des balles se logea dans le bois, l'autre il ne savait où.

Il se rua dans le couloir.

— Sasha ?

La peur le glaçait. Il reconnut cette sensation, bien qu'elle lui ait été totalement étrangère jusqu'à ce jour.

— Sasha ! Où es-tu ?

— Ici.

Elle apparut si soudainement qu'il faillit la renverser.

— Que…

Il la prit par les bras et demanda, le souffle court :

— Tu vas bien ?

Il examina son visage, repoussa son chapeau.

— Il ne t'a pas fait de mal ?

— Non, je vais bien. Il m'a seulement frappée.

Elle lui passa la main dans les cheveux, et eut l'air effrayée lorsqu'elle la retira.

— Tu saignes, Nick ! J'ai entendu des détonations. Que s'est-il passé ? Il t'a touché ?

— C'est moi qui ai tiré.

Il essaya de recouvrer son sang-froid pour l'aider à se calmer elle-même.

— Je vais bien, tu vas bien, et il est parti.

— C'était Rush.

Elle fouilla dans les poches de son jean pour y prendre un mouchoir, n'en trouva pas, et finit par utiliser la manche de son épaisse chemise pour lui essuyer le front.

— Ne bouge pas. Laisse-moi voir… La plaie est profonde.

— Tu as dit que c'était Rush, poursuivit-il en lui prenant les mains. Où était-il ? Qu'a-t-il fait ?

— Il était derrière une porte. Je pensais qu'elle conduisait à la cave, mais c'était un placard, et il était caché dedans. J'ai eu un peu de mal à l'ouvrir, et, quand j'y suis arrivée, il m'a attrapée. Je me suis battue. C'est alors que nous t'avons entendu. Il a commencé à me traîner derrière lui, peut-être pour m'utiliser comme bouclier, puis il m'a lâchée quand je lui ai donné des coups de pied.

Nick baissa la tête. Les étourdissements le reprenaient.

— Il n'ira pas loin. Il est pris au piège, comme nous.

Il l'attira à lui, posa sa joue contre ses cheveux, et respira longuement. Rush était parti, et Sasha allait bien. Le reste importait peu.

— Je craignais de te trouver empalé sur une poutre...

La sentant trembler, il resserra ses bras autour d'elle.

— Cela aurait fait un gros titre intéressant.

— Oui, très accrocheur ! répliqua-t-elle avec une ironie forcée.

Elle s'écarta de lui en demandant :

— On y va ?

— Dès que nous aurons trouvé quelque chose qui puisse faire office de luge, répondit-il en déposant un baiser sur sa joue.

Ils descendirent la pente en glissant et, malgré elle, Sasha y prit un certain plaisir. Lorsqu'ils arrivèrent en titubant au chalet, la nuit était déjà tombée.

Nick refusa obstinément de laisser Sasha s'apitoyer sur ses blessures.

— Ce doit être une particularité des policiers, remarqua Skye. En général, les hommes sont de vrais bébés... A moins qu'ils ne soient policiers. Alors, ce sont des super-héros. Le frère de mon premier mari était médecin. Il disait qu'il était stupéfait de constater le nombre de policiers blessés qui refusaient de prendre la totalité de leur congé maladie. Votre petit ami a peut-être plusieurs côtes cassées, mais personne d'autre que lui ne le saura jamais.

Sasha posa les coudes sur la table de la cuisine et se massa les tempes.

— A votre avis, Skye, comment se fait-il que l'on n'éprouve pas vraiment d'émotion au moment où quelque chose de dramatique se produit et que cela n'arrive qu'après, quand on est de nouveau en sécurité ?

— C'est un mécanisme de défense. C'est seulement

lorsque nous ne craignons plus rien que nous nous donnons le droit de ressentir les choses.

— Je voudrais bien ressentir un peu moins, en ce moment !

Sasha resta silencieuse un instant avant de préciser :

— Il n'est pas mon petit ami.

— Ce n'est qu'une question de temps.

Skye ouvrit un placard et remarqua :

— Ah, il y a quelqu'un ici qui aime les haricots noirs et les poires… et le jus de tomates.

Sasha eut l'impression de sourire bêtement. Ce devait être l'aspirine. Elle en avait pris cinq, jusque-là, et son mal de tête n'avait pas diminué pour autant.

— Vous nous avez dit que nous pouvions nous servir, Skye.

— Et c'était sincère ! Mais j'ai certainement plus de provisions pour les jeunes que pour les adultes. J'ai de la glace, des cookies et des chips pour les visites de mes petits-enfants. J'ai aussi des bouteilles de soda, des pizzas surgelées…

— Vous avez des pizzas surgelées ?

Alors que Skye levait les sourcils, Sasha se mit à rire.

— Ma mère dit qu'en termes de nourriture j'ai les goûts d'un enfant de douze ans. Finalement, elle a peut-être raison.

— Il y a des pizzas, de la glace et même des frites dans la remise. L'endroit a été surnommé « le garde-manger des petits ». Vous n'avez qu'à prendre des sacs et revenir avec tout ce qui vous fait envie. Il y a un interrupteur à l'entrée.

— La remise est derrière le garage, c'est ça ?

— C'est le bâtiment avec la porte blanche. C'est une idée d'un de mes petits-fils. Il s'est dit que, puisque tous les bâtiments extérieurs étaient des cabanes en rondins, il fallait peindre la porte de chacun d'une couleur différente pour les identifier plus facilement.

— Il deviendra architecte !

Sasha prit le long manteau noir qui pendait à un crochet et l'enfila.

— Prenez aussi un chapeau, lui rappela Skye, qui fourrageait toujours dans ses placards. Les sacs sont dans le coffre qui est dans le sas. Et vous ne devriez pas sortir sans ça, dit-elle en désignant le râtelier d'armes. Un pistolet ferait probablement l'affaire.

— Vous ne croyez tout de même pas que…

— Pourquoi ne demandez-vous pas à Nick ce qu'il en pense ?

Sasha utilisa la clé que Skye lui avait donnée pour ouvrir la porte du râtelier, et prit un petit pistolet noir. Il serait assorti au reste de son équipement, se dit-elle avec un léger sourire. Après avoir mis ses bottes, un chapeau et des gants, elle sortit du chalet par une porte latérale et se dirigea vers la remise.

La lune et les étoiles étaient enfin apparues. Des nuages noirs bordés d'argent filaient dans le ciel, mais ils n'étaient pas assez nombreux pour cacher la lune presque pleine. L'air était frais et léger, le vent s'était calmé.

Sasha repéra la Grande Ourse, et la ceinture d'Orion. Le ciel était merveilleux dans les montagnes de l'Ouest, plus que dans tous les autres endroits où elle avait vécu…

Elle arriva devant la porte blanche et espéra, un peu tard, qu'elle n'était pas verrouillée, car Skye ne lui avait pas donné de clé. Elle posa la main sur la poignée, la tourna, et s'immobilisa en revoyant le visage d'Anthony Rush sortant de l'ombre.

Mais c'était ailleurs, à un autre moment. Faisant taire ses craintes, elle ouvrit fermement la porte et tâtonna à la recherche de l'interrupteur.

Rien ni personne n'apparut lorsque la lumière s'alluma. Malheureusement, elle n'éclairait que très faiblement l'intérieur. Elle savait que la remise se composait de trois pièces en enfilade – et, bien entendu, le congélateur se trouvait dans la dernière.

Elle entra. Sans qu'elle sache pourquoi, comme si la peur faisait son effet à retardement, sa peau commença à picoter.

« Ne sois pas stupide ! se dit-elle. Rush ne va pas venir ici. Il serait fou de s'aventurer si près du chalet. »

D'un autre côté, si les ours devenaient intrépides lorsqu'ils avaient faim, pourquoi pas les êtres humains ? Et la remise n'était pas fermée à clé.

Il fallait qu'elle arrête de penser à ça et garde les idées claires. Elle n'était pas en danger dans un bâtiment qui ne se trouvait qu'à une dizaine de mètres du chalet. Il lui suffirait de crier, et Nick accourrait.

Elle remua les épaules pour chasser les picotements qu'elle ressentait. Malgré ses efforts, cette sensation étrange demeura – ce sentiment qu'on l'observait, que quelque chose de mauvais était tapi dans l'ombre épaisse.

Les talons de ses bottes claquaient sur le sol de bois. Elle eut l'impression d'entendre un craquement et s'arrêta. Au même instant, la porte derrière elle grinça doucement, ce qui la fit se retourner d'un bond.

Dana, qui se tenait sur le seuil, leva les mains dans un geste d'apaisement.

— N'ayez pas peur, Sasha, c'est moi.

Il regardait le pistolet qui visait sa tête tout en avançant vers elle.

— Je vous ai vue venir ici, et je me suis dit que vous ne deviez pas rester seule.

Sasha baissa un peu son arme en poussant un soupir de soulagement.

— J'ai cru voir le visage d'Anthony Rush lorsque vous êtes apparu, Dana !

Il lui baissa la main qui tenait l'arme.

— Je préfère que vous visiez le sol, si ça ne vous dérange pas.

La tension la faisait trembler de tout son corps. Elle se souvint du craquement qu'elle avait entendu, et se tourna dans la direction opposée.

— Qu'y a-t-il ? demanda Dana.

— J'ai entendu quelque chose au moment où vous êtes entré. C'était peut-être la glace sur le toit, dit-elle en restant prête à tirer, et en espérant que son cœur allait enfin battre moins fort. Lorsque la glace tombe, ça provoque un craquement, non ?

Alors qu'elle commençait tout juste à respirer de nouveau normalement, elle entendit de nouveau le petit bruit.

— Manifestement, ce n'était pas de la glace.

Dana passa nerveusement les mains le long de son manteau en disant :

— J'imagine que nous allons devoir inspecter la pièce…

Elle le regarda, incrédule.

— Pourquoi ?

— Je ne sais pas. Et si c'était Rush ?

— Je n'ai pas envie de le revoir. Et vous ?

— Finalement, vous avez peut-être raison. Soyons raisonnables et allons chercher…

Dans sa vision périphérique, Sasha détecta le mouvement en même temps que Dana. De longs doigts agrippèrent son bras. Elle se retourna et s'immobilisa en étouffant un juron.

— Nick !

Il lui pressa la main sur la bouche et fit signe à Dana de rester silencieux.

— Il y a quelqu'un ici, souffla-t-il

Sasha ôta sa main.

— Nous le savons. Nous allions venir te chercher.

— C'est vrai, confirma Dana dans un murmure. C'est peut-être Bo, d'ailleurs. Je le surveillais, mais comme il s'est endormi, j'ai décidé d'aller essayer de réparer la radio. Quand je suis retourné le voir, il y a un quart d'heure, il n'était plus dans son lit.

— Va au chalet, souffla Nick à l'oreille de Sasha. C'est ce que tu voulais faire il y a une minute, lui rappela-t-il avant qu'elle ne commence à protester.

Des raclements prolongés se firent entendre, et Dana serra les poings.

— On dirait le bruit d'une fenêtre coulissante, remarqua Sasha.

En prenant son arme, Nick donna une petite tape sur l'épaule de son ami en lui chuchotant :

— Reste derrière moi.

Il regarda Sasha et ajouta :

— Toi aussi. Je vais aller voir ce qu'il y a dans la pièce du fond.

Il traversa la remise en trombe, donna un coup de pied dans la porte qui se trouvait à l'autre extrémité, et se mit en position de tir.

— Police !

Sasha sentit l'air froid lui fouetter le visage.

— Il a filé par la fenêtre, Nick !

Nick inspecta rapidement la pièce avant d'emprunter la même issue que l'intrus.

— Restez-là. Je reviens dans une minute.

Dana semblait prêt à obéir, mais Sasha se précipita à la suite de Nick.

— Tu n'as pas entendu ce que je viens de dire ? s'exclama-t-il lorsqu'elle le rejoignit à l'extérieur.

— Anthony Rush pourrait être n'importe où, Nick, et je préfère être le chasseur que la proie.

— Nous n'allons pas le poursuivre dans le noir. Je veux seulement savoir dans quelle direction il est parti.

Il regarda autour de lui.

— Garde ton arme à la main, et marche derrière moi.

— Oui. Ça, j'avais compris.

Avec sa lampe, elle éclaira les traces qui menaient dans la direction du lac.

— Les empreintes vont par là.

Nick se retourna vers la fenêtre.

— Dana, va dire à Pyle ce que nous sommes en train de faire… Et assure-toi que Skye ferme bien toutes les portes du chalet.

— D'accord, mais n'allez pas sur le lac. Skye dit que la glace est déjà fissurée.

La lune brillait, éclairant toute l'étendue de terrain neigeuse. Seule une épaisse forêt à l'est demeurait dans l'ombre.

Sasha trottait à côté de Nick.

— Il y a un ruisseau qui alimente le lac et qui passe dans cette forêt. Il est entièrement gelé. La neige qui tombe dessus est emportée par le vent et ne tient pas sur la glace. Rush n'a pas à se soucier de ses empreintes : il lui suffit de suivre le cours d'eau.

— Il semblerait qu'il en ait eu l'idée, déclara Nick en observant les traces, qui s'arrêtaient au bord du ruisseau.

Avec curiosité, Sasha demanda :

— Tu sais faire du patin à glace ?

Il étudia la glace, et sembla enregistrer la question avec quelques instants de retard.

— J'ai joué au hockey pendant plusieurs années.

— Sur des lacs ?

— Parfois.

— Tu réussirais à savoir si la couche de glace est assez épaisse pour que l'on puisse marcher dessus ?

— Pas la nuit.

— Alors, Rush va peut-être passer à travers, dit-elle.

Elle frissonna, et se frotta les bras en concluant :

— Le problème serait réglé.

— Tu es plus expéditive que je ne l'aurais cru !

— Je préférerais de loin que nous mettions la main sur lui et qu'il soit jugé ! Mais si quelqu'un doit mourir, j'aime mieux que ce soit lui que l'un d'entre nous. Nous pouvons rentrer, maintenant ?

— Oui.

Nick lui prit la main avant qu'elle ne se retourne, et l'attira dans ses bras. Puis il poussa son chapeau en arrière et l'embrassa.

Ce ne fut pas un long baiser. Il ne fut ni vorace, ni passionné, ni enflammé… mais elle le ressentit dans tout son corps. Et cela voulait dire quelque chose, songea-t-elle, parce qu'elle était vraiment engourdie par le froid.

Lorsqu'il releva la tête, elle dut s'intimer l'ordre de respirer.

Du bout de son nez, il effleura le sien.

— Je te taquinais quand je disais que tu étais expéditive. Je te comprends tout à fait. Mais, à l'heure qu'il est, nous n'avons que des présomptions : rien ne prouve que Rush soit le tueur en série.

Cela semblait pourtant plus que probable à Sasha même si, en ce moment, alors qu'elle était encore troublée par le baiser de Nick, elle n'avait pas les idées très claires. Elle essaya de se ressaisir et fit un pas en arrière.

— Il s'est enfui du Mountain House lorsque tu as commencé à poser des questions, Nick. Il était dans la chambre à côté de Kristiana Felgard, et il est arrivé en ville avant qu'elle ne soit assassinée. Il avait une blessure ou quelque chose à la main droite et…

Elle s'interrompit, et lui donna une petite tape sur l'épaule.

— Je ne t'avais pas parlé de ça auparavant, non ?

— Une blessure ? dit Nick en la regardant droit dans les yeux. Tu en es sûre ?

— Oui. Je ne sais pas pourquoi j'ai oublié ce détail. Il avait la main bandée quand il m'a attrapée. Le pansement a glissé pendant notre lutte, et j'ai aperçu la blessure. Elle n'était pas vieille, et elle n'était pas belle.

Elle pouvait presque voir Nick passer mentalement toutes ces informations en revue. L'expression de ses yeux alla de l'intérêt profond à la réflexion, puis à la conjecture.

Elle arqua un sourcil.

— Tu penses toujours que nous n'avons que des présomptions contre lui ?

— Oui, mais elles semblent de plus en plus fondées.

— Alors, le sentiment de culpabilité que j'ai ressenti après avoir dit que j'aimerais bien qu'il meure était totalement inutile.

— Je n'essayais pas de te faire sentir coupable, Sasha. Tu as peur. C'est une réaction naturelle.

— Hum… Il faut avoir fait des études de psychologie, pour être policier ?

Il ne répondit pas, et parcourut le lac du regard.

— Tu as raison de croire qu'il tuerait pour se mettre à l'abri et manger. Will et moi en avons parlé tout à l'heure. Comme Rush est tout près et qu'il est désespéré, nous avons décidé qu'à partir de ce soir il y aura toujours quelqu'un qui montera la garde dans le chalet pendant que les autres dormiront.

*
* *

Il avait raté son coup. Il aurait pu la tuer ce soir, l'attirer dans les bois, y trouver un espace de neige lisse, et l'étrangler. Au lieu de cela, il était seul, et il avait froid. Si froid !

Le monstre en lui fit claquer ses mâchoires. Il serra les siennes en réponse. La prochaine fois, il la tuerait, et au diable ceux qui s'interposeraient !

Il l'imagina dans la neige, là où elle aurait dû être. Une belle blonde en surface, avec un cœur de glace à l'intérieur. Comment un cœur de glace pouvait-il battre ?

Il n'avait pas de réponse à cette question, et n'était même pas sûr que cela importait encore. Il se sentait troublé et seul, ici, coupé de tout. Il avait besoin de manger, de dormir, et de se ressaisir. Mais pour cela, il fallait que le monstre le laisse reprendre pied.

— Patience, lui murmura-t-il pour le calmer.

Puis, fermant les yeux, il se balança d'avant en arrière jusqu'à ce que la bête sombre dans un sommeil agité.

9

Nick prit le premier tour de garde de la nuit, parce que Sasha était persuadée qu'il avait une légère commotion cérébrale, et que le repos serait le meilleur traitement possible.

Comme il ne semblait pas très équitable que toutes les tâches déplaisantes incombent à Will, Nick et Dana avaient accepté de garder leur prisonnier à tour de rôle. Nick ne pensait pas qu'il chercherait à s'enfuir, mais la possibilité que Bo soit complice d'Anthony Rush demeurait. En fait, Dana pensait que Bo avait peut-être essayé de l'aider ce soir.

— Comment peux-tu affirmer que c'était Rush qui se trouvait dans la remise ? demanda-t-il à Nick, alors que les deux hommes se reposaient dans le bureau. Ça aurait très bien pu être Bo. Peut-être sont-ils liés d'une manière ou d'une autre. Nous étions à l'école ensemble. Pourquoi pas Sickerbie et Rush ? Tu me suis, Nick ?

— Pas vraiment.

— Mais c'est plausible, non ? Pourquoi ça ne te plaît pas ?

— Parce qu'après que tu l'as perdu de vue ce soir Skye a découvert Bo dans la chambre de son gendre, en train de fouiller dans un placard. Il devait y chercher de l'argent. C'est à peu près au moment où nous sommes sortis de la remise.

— Bon, au temps pour le détective qui sommeille en

moi ! A la vérité, je n'arrive même pas à savoir quand mes enfants me mentent.

Dana but une gorgée de bière et ajouta :

— Ils grandissent ! Notre garçon touche à tout, maintenant. Avant Noël, nous avons descendu du grenier le vieux coffre qui nous servait de malle aux trésors quand on était gamins. Tu te souviens de sa petite clé en laiton ? Nous croyions qu'elle était en or, à l'époque. Il nous sert à mettre les objets hors de sa portée. Quant à Jessica... Au fait, je t'ai dit qu'elle est amoureuse de toi ? Elle trouve que tu es supersexy, comme une rock star.

— Super ! Maintenant, je me sentirai mal à l'aise chaque fois que je viendrai chez toi !

— Ne t'en fais pas, ce n'est que l'affaire de quelques mois, tout au plus. Elle va vite passer au fils des voisins.

— Ou à l'un des garçons de Bo Sickerbie...

— Voilà une pensée réconfortante. Merci !

Allongé sur le sol du bureau, Dana regardait les flammes de la cheminée qui dansaient gaiement.

— J'ai du mal à croire que nous ayons déjà trente-six ans. Le temps passe si vite... Tu vois encore Lacey ?

— Non. Nous nous sommes mariés trop tôt. J'avais vingt ans et je commençais tout juste l'école de police... Et elle était une toute jeune fille.

— Ça ne veut rien dire. Fawn et moi, nous nous sommes mariés jeunes aussi. Si les choses doivent marcher, elles marchent ! Lacey ne m'a jamais convaincu.

— C'est sympa de me le dire maintenant ! Tu as encore d'autres conseils un peu tardifs à me donner ?

— Simplement que j'espère que tu vas finir par te caser un jour.

Tous deux restèrent silencieux un instant. Dana ferma les yeux et croisa les mains sur sa poitrine.

— Tu sais, Nick, je n'ai jamais compris pourquoi tu

es entré dans la police. Pourquoi n'as-tu pas repris le ranch de ton père ?

Sasha ouvrit la porte, et vint saisir Nick par son T-shirt, lui évitant ainsi d'avoir à répondre.

— Au lit, maintenant ! Will monte la garde, et Bo a l'air d'une fouine de dessin animé en train de saliver devant un poulailler… Sauf que les poules sont des bouteilles d'alcool, et que Skye dit que la serrure du placard n'est pas plus solide que ça.

Dana bâilla en s'étirant.

— Tu ne veux pas que je monte la garde cette nuit, Nick ?

— Merci. Je t'ai déjà dit que ce ne sera pas nécessaire.

Sasha intervint :

— Si vous êtes d'humeur généreuse, Dana, Max cherche quelqu'un pour jouer aux échecs avec lui.

— Je joue très mal ! D'ailleurs, il commence à être tard. J'ai les yeux qui se ferment tout seuls, après 11 heures.

— Tu vois, Dana a tout compris, lui, dit Sasha en tirant encore sur le T-shirt de Nick. Quand minuit arrive, on va se coucher. Quand le soleil se lève, on se réveille.

— Les policiers ont des horloges internes différentes. J'ai travaillé dans l'équipe de nuit à Chicago et à Denver, Sasha.

— Alors, tu es complètement décalé, et il serait temps que ça s'arrête.

— Tu es un tyran dans un corps de princesse.

— Tout ça n'est qu'illusion. Ma mère est une femme superbe aujourd'hui encore, avec l'aide d'une seule petite opération de chirurgie esthétique. Mais si on parle à la plupart de ses ex-maris, le mot qui revient est « vipère ». De façon surprenante, c'est également une illusion. Ça m'a pris des années, mais j'ai fini par le comprendre : si on enlève la façade, ce qui reste est une femme qui n'a pas la moindre confiance en elle.

— On dirait que je ne suis pas le seul à avoir fait des études de psychologie !

Elle se mit derrière lui et posa sa main dans le creux de son dos pour le faire avancer.

— Vas-y. Monte l'escalier et tourne à droite.

— A gauche. Je dors avec Bo ce soir, tu te souviens ?

— J'essaie de l'oublier.

Il n'y avait pas le moindre bruit dans le chalet. Les lucarnes et les grandes baies vitrées laissaient largement entrer la lumière de la lune. Même si Nick n'agissait jamais sans réfléchir – surtout pas dans sa vie personnelle –, il saisit la main de Sasha au moment où elle allait s'éloigner, et l'attira par un petit couloir vers une large véranda.

Skye l'appelait la galerie. Les portraits qui y étaient accrochés rappelaient l'histoire de ses ancêtres hauts en couleur. En face du mur s'étendait une immense baie vitrée.

L'amusement de Sasha se mua en étonnement lorsqu'elle entra dans la pièce.

— Dire que j'avais loupé ça quand j'ai exploré le chalet hier !

Elle recula pour avoir une meilleure vue du plus grand tableau.

— Ce doit être George Painter, l'arrière-grand-père de Skye. Commerçant, trappeur, rancher, fondateur et bienfaiteur de la ville.

Suivant encore son impulsion, Nick vint derrière elle et lui enveloppa les épaules de ses bras.

— Tu savais qu'il avait trouvé une femme par correspondance ?

— Ce doit être celle du portrait à côté de lui.

La tête penchée, Sasha étudia la femme aux cheveux bruns et à l'expression austère.

— J'ai une grand-tante qui a cet air sévère chaque jour de sa vie. J'espère que je ne serai jamais comme elle.

— Impossible.

— Pourquoi ? demanda-t-elle en se retournant et en le prenant par la taille.

— Nous avons des vies plus douces, Sasha. Nous mangeons mieux, nous nous amusons plus.

— C'est vrai.

Elle pencha la tête en arrière pour le regarder dans les yeux et poursuivit :

— Par exemple, je me suis beaucoup amusée, cet après-midi, et aussi ce soir. J'aurai vieilli de dix ans lorsque je retournerai à Denver... A moins que je ne tombe encore une fois sur Anthony Rush. Alors, je n'y remettrai peut-être jamais les pieds.

Même si son estomac se serra en entendant ces mots, Nick demeura impassible et la regarda.

Il sentait quelque chose d'étrange lui brûler l'intérieur de la poitrine, et le priver de toutes ses défenses. Peut-être valait-il mieux qu'il ne suive pas ses impulsions, après tout.

Il vit le sourire qui se dessina doucement sur ses lèvres, et demanda :

— Il y a quelque chose d'amusant ?

Elle passa les doigts dans ses cheveux, et lui caressa le cou.

— Tu n'as pas envie de m'aimer, c'est ça, Nick ?

— Ça complique les choses.

— Tu aimes bien Dana, pourtant.

Il la regarda avec surprise. Le sourire de Sasha se transforma en un rire léger qui pénétra au plus profond de lui.

— Je veux dire, expliqua-t-elle, que tu as accepté de t'investir dans une longue amitié avec lui. Tu aurais pu couper ces liens il y a bien longtemps, mais tu ne l'as pas fait. Pourquoi ?

— Je suis désolé, mais les vieilles amitiés n'étaient pas au programme de mes cours de psycho.

— Et pourquoi ne veux-tu pas en former de nouvelles ?

Il posa son pouce sur le menton de Sasha, juste sous sa lèvre inférieure.

— Ce ne sont pas nécessairement de nouveaux liens, Sasha.

Il ne savait pas si elle comprendrait ce qu'il voulait lui dire… Mais, lorsqu'il voyait Sasha, il se remémorait les histoires que le contremaître indien de son père lui racontait le soir autour du feu… Celles de ces âmes qui se connaissent depuis toujours. Le fait qu'il y ait souvent songé au cours des deux derniers jours l'irritait et l'intriguait tout à la fois.

Elle laissa sa main posée sur la joue de Nick.

— Tu veux parler d'âmes sœurs ?

— Je connais quelqu'un qui y croit.

— Et toi, tu y crois ?

Il en avait assez de réfléchir. Il voulait ressentir, plonger dans cet océan inconnu, et voir où il ressortirait.

Parce que cela lui était totalement étranger, il hésita un instant, et la regarda qui le dévisageait. Puis, d'un mouvement brusque, il la prit dans ses bras et se laissa emporter par le désir.

C'était comme être happé par un tourbillon, une longue spirale qui aspirait toutes ses défenses une à une et l'encourageait à se laisser aller toujours plus loin.

Pendant des années, il avait fait taire ses émotions et s'était consacré à son travail. Maintenant, elles palpitaient en lui, grandissaient, et demandaient à s'exprimer, emportant toutes les barrières qu'il s'était construites.

Il attira Sasha plus près de lui pour qu'il puisse sentir tout son corps, de sa poitrine qui s'écrasait contre son torse jusqu'à ses hanches et ses cuisses. La chaleur de sa peau était perceptible à travers son peignoir. Il prit son temps pour la caresser, laissant ses doigts monter lentement le long de ses flancs, et sa bouche approfondir leur baiser.

Il sentait le cœur de Sasha battre au même rythme que le sien, et s'imagina en train de lui enlever ses vêtements, de lui faire l'amour sur le sol de la galerie… Il se demanda un instant ce que ce serait d'abandonner la logique et la raison et de simplement laisser s'exprimer la faim qu'il ressentait.

Des pensées vagues se formaient et disparaissaient aussi vite. Sasha balançait ses hanches contre lui sur un rythme sensuel, enfonçait ses ongles dans ses épaules, et il eut l'impression que tout basculait.

Il s'éloigna, la respiration haletante, sachant qu'il devait mettre un terme à cela avant de se perdre complètement en elle… Et aussi parce qu'ils se trouvaient dans un endroit où on pouvait les surprendre.

— Eh bien !

Il lui saisit les bras et posa son front contre le sien en essayant de recouvrer un peu de sang-froid.

Elle l'embrassa une fois encore, un baiser léger, près de l'oreille.

— Je ne veux pas de « eh bien », Nick. Embrasse-moi encore.

Il ne parvenait pas à calmer sa respiration.

— Sasha…

Elle lui mordilla la lèvre inférieure, puis sourit.

— Il n'y a personne.

Il l'embrassa encore et releva la tête.

— Nous sommes devant une fenêtre, Sasha.

— Rabat-joie !

Mais elle regarda par-dessus son épaule.

— Effectivement, je n'aime pas penser que Rush peut nous voir.

Malgré son trouble, Nick remarqua soudain une ombre dans l'embrasure de la porte. Il murmura à l'oreille de Sasha :

— N'aie pas peur.

Puis il se redressa et déclara d'une voix calme et forte :

— Laisse tomber ce couteau, Bo. Et avance pour que je puisse te voir.

— Sickerbie vous espionnait ? Avec un couteau à la main ?

Un Max stupéfait frappait ses bottes par terre pour en enlever la neige, alors qu'il pénétrait dans la cuisine où se trouvait Sasha. Il tenait un seau plein d'outils et avait un téléphone portable à la main.

— Toujours pas de signal, dit-il en le tendant à Sasha. Ce qui veut dire que notre seul espoir est l'émetteur-récepteur, puisque personne ici ne sait réparer le téléphone satellitaire de Nick. Je vais voir ce que je peux faire aujourd'hui, si Dana accepte de me laisser le regarder. Et qu'a fait Nick ? demanda-t-il en sautant du coq à l'âne.

Sasha lécha la confiture de framboise qui lui était tombée sur les doigts alors qu'elle mangeait sa tartine.

— Il a dit à Bo de lâcher le couteau et lui a demandé ce qu'il comptait faire avec.

— Et qu'a dit Bo ?

— Qu'il aimait tailler le bois.

— Quoi ?

— Je ne fais que répéter ce qu'il nous a répondu.

— Et vous l'avez cru ?

— Non, mais je ne sais rien de cet homme. Peut-être que la sculpture est un de ses hobbies. J'ai cru comprendre que Bo avait des talents… multiples. Autrefois, il faisait de la distillation et vendait sa propre production jusqu'à ce que la police y mette un terme.

— Et c'est alors qu'il s'est mis à voler l'alcool des autres.

— Si nous avons de la chance, nous allons peut-être tomber sur sa cachette. Nous devons encore vérifier la ferme de Martin et quelques autres endroits dont Skye vient de se souvenir.

Sasha désigna le seau rempli d'outils et demanda :

— Lequel est le meilleur pour réparer les radios : vous ou Dana ?

— Il est plus calé en électronique, mais, pour l'inventivité, je gagne. Mais c'est un vieux machin : Skye aurait dû le remplacer depuis longtemps.

— Facile à dire, avec du recul !

Max se rembrunit lorsque Nick apparut au haut de l'escalier.

— Bon, j'y vais. Bonne journée, Sasha.

Elle regarda Nick approcher avec plaisir. Sa démarche souple, sa silhouette élancée, ses hanches minces, associées au souvenir du baiser de la nuit dernière suscitaient en elle des images agréablement érotiques… Et il n'était même pas 10 heures du matin !

— Alors ? lui demanda-t-elle. Qui va où, pour faire quoi, avec qui ?

— Toi, Will et moi allons monter voir la cabane en torchis du cousin Deacon.

— Tu m'emmènes vraiment dans des lieux de rêve, Nick !

La porte s'ouvrit et Skye entra, secouant la neige de son anorak et de ses cheveux.

— Il s'est remis à neiger, dit-elle en déboutonnant sa veste. Je suis allée inspecter le garde-manger ; il manque de la nourriture. J'avais apporté six grosses boîtes de raviolis, et il n'en reste que trois. Idem pour les haricots et un paquet de café du Brésil. Il manque des bouteilles de jus de fruits, du beurre de cacahuètes, des biscuits et quelques morceaux de cette viande de bœuf séchée que mon gendre s'obstine à m'offrir à Noël.

Sasha sentit son cœur se serrer.

— Donc, il y a vraiment quelqu'un ici qui aide Anthony Rush… Ou alors c'est Rush lui-même qui est venu se servir.

Nick regarda le comptoir.

— En parlant de nourriture, vous avez préparé quelque chose pour notre sortie ?

Sasha termina sa tartine.

— Nous avons rempli trois sacs à dos de victuailles.

— Méfiez-vous, dit Skye en pointant le doigt vers les nuages. Ils apportent la neige, et même si la température est remontée de plusieurs degrés, il fera tout de même très froid là-haut. Oh ! Je vous ai dit qu'il y a une cabane de chasseur à trois-quarts d'heure d'ici ?

Elle avait évoqué tant de bâtisses ces derniers temps que Sasha en avait perdu le compte.

— Elle est habitable ? demanda-elle.

— Elle sert en cas d'urgence à ceux qui en ont besoin.

— Anthony Rush, par exemple.

Skye eut un petit rire.

— Ce n'est pas vraiment une cachette, elle est trop exposée. Mais vous pourriez y passer pour vérifier sur le chemin du retour. Bon, quoi qu'il en soit, il faut que vous redescendiez avant 3 heures cet après-midi, vous entendez ?

Ils furent bien forcés d'entendre, puisque Skye le leur répéta encore et encore avant qu'ils ne partent.

Alors qu'ils avaient quitté le chalet depuis un petit moment, le shérif remonta son sac sur ses épaules.

— Skye Painter est une brave femme, dit-il, mais elle me fait trop penser à mon ex pour que je m'entende avec elle. Ça fait quatre ans que je suis shérif ici, et j'ai toujours l'impression d'être à l'essai, avec elle.

— A-t-elle des ancêtres suédois ou finnois ? s'enquit Sasha.

Pyle eut un geste vague de la main.

— Je crois que la femme de George Painter avait du sang scandinave.

Sasha revit le portrait de la femme au visage austère.

— Elle avait des cheveux noirs et le teint mat !

— Sa mère était espagnole. Les gènes latins ont eu le dessus, intervint Nick.

— Vous avez fait vos recherches, inspecteur Law ?

— Il y a une bibliothèque, au deuxième étage, avec beaucoup d'informations sur la famille. Par exemple, j'ai appris que le cousin Deacon avait eu quatre femmes.

— Il n'y a rien d'extraordinaire, répondit Sasha. Ma mère a bien eu cinq maris.

— A la fois ?

Elle rit.

— Bon, d'accord, le cousin Deacon a gagné. Il était polygame ?

— Non. Seulement séducteur invétéré. Il a eu dix enfants, ce qui ne l'a pas empêché de mourir seul dans sa cabane en torchis.

Ils progressaient sur une pente raide, et le shérif Pyle, qui accusait une bonne dizaine de kilos de trop, commençait à donner des signes de fatigue.

— Comment est le ranch de tes parents, Nick ? demanda Sasha, non seulement par curiosité, mais aussi pour éviter de penser à Anthony Rush.

— Grand.

— Bon… J'attendais des détails plus précis.

— Mon père élève des chevaux et des poulets, mais l'essentiel de son activité est le bétail. Il a une dizaine d'employés, et un contremaître indien de soixante-quinze ans qui s'appelle Dan Tunning Bear Greeley.

— Celui qui croit aux esprits ?

— Oui.

— La cabane de Deacon est encore loin, Nick ? marmonna le shérif Pyle.

Nick désigna un bosquet de sapins couverts de neige.

— Elle est là… Sasha, tu as vu ces trous à moitié emplis de neige ?

Elle les regarda et sourit en comprenant.

— Ce sont des empreintes de pas ?

— Des empreintes récentes.

Les yeux de Nick se mirent à briller d'une lueur d'anticipation qui lui envoya un frisson d'excitation dans tout le corps.

— Nous devons être sur nos gardes ; le cousin Deacon a eu de la visite.

Effectivement, quelqu'un était passé dans la hutte de Deacon Painter. Des emballages de barres chocolatées, une flasque de whisky vide, et des bûches calcinées dans la cheminée en témoignaient.

Nick s'accroupit devant le foyer, et prit un petit bout de bois noirci qu'il réduisit en cendres entre ses doigts.

— L'homme n'était pas là hier soir.

Pyle enleva son sac.

— Je me demande bien ce que Skye et vous avez pu mettre là-dedans, Sasha. J'ai l'impression de porter un tas de briques !

— Essentiellement de quoi manger, Will. Et nous avons réparti le poids de façon égale.

Le shérif soupira.

— Bon, notre homme n'est plus là, déclara-t-il. Vous

pensez qu'il a quitté cet endroit depuis combien de temps, Nick ?

— Environ vingt-quatre heures. Nous sommes loin de la ferme de Martin ?

— A une bonne heure.

— Ça pourra aller ? demanda Nick.

— Pas de problème, répondit Sasha. J'imaginerai que je suis dans ma salle de sport, tu te souviens ?

Il se souvenait. Et s'il avait posé la question, c'était surtout en pensant à Will, dont la condition physique s'était manifestement dégradée depuis qu'il avait quitté la police.

Ce fut une marche pénible dans la neige, la glace et les rochers. La ferme, qui se trouvait sur un petit plateau, était à proximité d'un bosquet et d'un ruisseau.

Nick remarqua que le shérif prenait du retard à chaque pas. Il regarda Sasha.

— Qu'y a-t-il dans son sac ?

— Du pain, des biscuits, de la viande sèche et du beurre. Je pense que Skye a aussi mis deux cannettes de jus de fruits.

— C'est tout ?

— Il y a aussi des gants, des chaussettes, une couverture de survie et quelques allumettes.

Elle jeta un coup d'œil au shérif par-dessus son épaule.

— Il est un peu… enrobé. Tu devrais ralentir.

— Oui…

Nick balayait les arbres et les crêtes environnantes du regard. Il semblait préoccupé.

Sasha l'observa avec méfiance.

— Il y a quelque chose que tu ne me dis pas ?

— Oui. J'ai faim.

— Moi aussi ! s'écria Pyle en les rattrapant enfin.

Il posa son sac à terre et s'étira.

— Mangeons un peu !

— Lorsque nous aurons vu la maison, répliqua Nick.

Pyle grimaça.

— Je hais la jeunesse.

— Vous n'êtes pas encore bon pour le rocking-chair, Will.

Avant qu'il ne puisse protester, Nick attrapa son sac… et fut surpris par son poids.

— Laissez-le-moi, dit Will en s'en emparant prestement et en le remettant sur son dos.

— Vous en êtes sûr ?

— Certain ! Je ne suis pas aussi rapide que vous, mais j'arrive encore à avancer. Allons-y, maintenant. Je vous suis.

Ils marchèrent encore quelques minutes puis Sasha tapota l'épaule de Nick.

— Pourquoi as-tu cet air-là ?

— Je n'ai aucun air, Sasha, je réfléchis.

— A Will ?

— Oui.

Il la regarda.

— Dans son sac, il y a bien plus que du pain, du jus de fruits et des chaussettes.

— Il y a peut-être ajouté une arme.

— Les armes ne tintent pas.

Elle fronça les sourcils.

— Tu penses qu'il a emporté du verre ? Quelques bouteilles de plus ?

— Peut-être quelques bouteilles, concéda Nick… Et une boule neigeuse ?

10

Sasha appréciait Will Pyle ; elle n'avait pas envie de le considérer comme un suspect. Et, d'ailleurs, que prouvait le fait qu'il y ait du verre dans son sac ?

A cause de la façon dont les congères s'étaient formées, ils s'approchèrent de la maison de Martin par un chemin détourné.

Le bâtiment avait particulièrement bien résisté aux assauts du mauvais temps. Même s'il était inoccupé depuis la mort du vieux Martin, trois ans auparavant, toutes les portes s'ouvraient et se refermaient sans peine, les escaliers et les planchers semblaient solides, et même avec une épaisse couche de poussière et beaucoup de toiles d'araignées, les quelques meubles qui restaient étaient en bon état. Mais il n'y avait aucun signe indiquant qu'Anthony Rush soit passé par là, ni aucune raison de s'y éterniser lorsqu'ils eurent terminé leur pique-nique.

— Je t'interdis de regarder dans ce sac ! dit Sasha d'un ton menaçant alors que le shérif venait de sortir. S'il y avait une boule neigeuse dedans, tu crois qu'il le laisserait là, au risque que nous la trouvions ?

— Ce n'est pas son sac, Sasha, c'est le mien, répliqua Nick en le soulevant et en ajustant les lanières. Il a pris le sien avec lui.

— Arrête, Nick ! Will Pyle n'est pas un tueur !

Nick lui remit son Stetson sur la tête, et lui toucha le bout du nez.

— Je n'ai pas dit qu'il l'était.

— Alors pourquoi penses-tu qu'il y a peut-être une boule dans son sac ?

— Nous en avons déjà parlé. Quelqu'un a volé de la nourriture à Skye la nuit dernière. Si ce n'est pas Rush, il est possible qu'il soit aidé par quelqu'un du chalet.

— Oui, mais je croyais que tu pensais à Bo Sickerbie ?

— J'y pense toujours très sérieusement.

Elle bougea la tête pour chasser les tensions de son cou.

— Suis-je réellement censée croire que Will Pyle est peut-être le complice d'Anthony Rush ?

— Le mieux serait de croire que tout est possible, et de ne faire confiance à personne.

— Pas même à Skye et toi ?

Il l'attira contre lui et répondit en la regardant dans les yeux :

— Pour ce qui est de ta sécurité, tu peux me faire confiance, Sasha. Mais ça s'arrête là.

Elle sentit son cœur se serrer et, pendant un instant, elle cessa même de respirer. Ce ne fut que lorsqu'elle eut un étourdissement qu'elle reprit son souffle.

Elle soupira lorsque Will revint dans la pièce.

— Je suis désolé d'avoir été si long. Vous êtes prêts ?

Nick, qui la tenait et la regardait toujours, hocha la tête. Sasha aurait pu jurer que, pendant un instant, il lisait dans son esprit. Puis il sourit en disant :

— Nous allons vers le sud-ouest, Will, vers Painter's Ridge. Vous voulez ouvrir le chemin ?

L'arête de Painter's Ridge dominait la rivière que l'on apercevait en contrebas. A cette époque de l'année, elle ressemblait à une haute falaise, mais lorsque la neige avait fondu et que les torrents dévalaient les pentes, Nick imaginait que la vue devait être spectaculaire.

— Je ne vois le pick-up de Bo nulle part, dit Sasha en mettant la main en visière pour scruter dans le lointain. Il n'y a que des arbres !

— Et la cabane de Bo.

— Quoi ? dit-elle en cherchant du regard. Où ?

Will, qui se trouvait devant, annonça :

— Là, au milieu des sapins.

Elle dut regarder le paysage très attentivement pour réussir à distinguer la remise.

— Nous y serons dans dix minutes, dit Nick. Ça va, Will ?

— J'avance.

Nick veillait à ce que Sasha soit toujours devant lui. Suspectait-il Pyle d'aider un tueur ? Pas vraiment. Mais était-il prêt à laisser Sasha risquer sa vie parce que son instinct lui soufflait que Pyle était un honnête homme ? Certainement pas.

Un quart d'heure plus tard, Sasha soulevait le lourd cadenas qui fermait la porte de bois.

— A la façon dont Bo barricade l'endroit, il ferait tout aussi bien de mettre un écriteau disant : « Entrée interdite. Entrepôt de marchandises volées. »

Nick lui prit son fusil en déclarant :

— Avec Bo, il y aurait plutôt : « Défense d'entrer si vous tenez à la vie. »

Tenant l'arme à la hauteur de la taille, il visa le cadenas et tira. L'écho de la détonation se répercuta dans la forêt pendant plusieurs secondes.

— On se sent bien isolé de tout, quand on entend ça, observa Pyle.

Nick ne répondit pas. Il se contenta d'enlever le cadenas et d'ouvrir la porte d'un coup de pied.

Sasha se mit à rire lorsqu'elle aperçut l'intérieur.

— Mon Dieu ! Combien de fois le magasin de spiritueux de Painter's Bluff a-t-il été dévalisé ?

Nick observa les piles de caisses et de cartons.

— Il n'a pas volé tout ça à Painter's Bluff.

Il ouvrit l'un des cartons.

— On dirait surtout des alcools forts. Sickerbie connaît les goûts des clients.

— Il va surtout connaître la prison pendant un bon moment ! grogna Pyle. Il y a assez de whisky ici pour que tous les habitants de Painter's Bluff organisent des beuveries pendant six mois !

Nick ne vit rien pouvant indiquer que Rush était entré là. A leur arrivée, le cadenas était neuf, solide et intact.

Pyle continua à grommeler.

— Je vais lui tordre le cou et l'enfermer dans la cave de Skye jusqu'à ce que nous quittions le chalet !

Sasha remit une bouteille poussiéreuse dans son carton.

— Je ne pense tout de même pas qu'il ait assassiné Kristiana Felgard.

— Moi non plus, reconnut Pyle. Mais il est possible qu'il aide le tueur. Qu'en pensez-vous, Nick ? Vous imaginez Bo de mèche avec le tueur ?

— Je peux voir n'importe qui dans ce rôle, si j'essaie.

Il croisa le regard de Sasha et lui demanda :

— Il est quelle heure ?

— 16 h 5.

Même en partant tout de suite, ils n'arriveraient pas au chalet avant la nuit.

— Il faut que nous y allions, Will, dit-il lorsque le shérif commença à fouiller parmi les cartons. Nous nous occuperons de tout ça plus tard.

— Je vais le cuisiner jusqu'à ce qu'il avoue !

Sasha secoua la tête.

— Il faut partir, maintenant. Votre colère va vous donner de l'énergie pour marcher vite.

Nick passa mentalement le chemin en revue, et estima qu'il leur faudrait au moins deux heures pour rentrer.

Will tint bon pendant la première moitié du trajet, mais il commença à peiner lorsqu'ils atteignirent une série de pentes verglacées. Nick gardait Sasha près de lui et surveillait le shérif, qui les suivait à quelques mètres.

Nick marqua un temps d'arrêt lorsqu'il vit Will tirer un tube de sa poche et en sortir deux pilules blanches.

Sasha l'entendit souffler entre ses dents :

— Il prend des comprimés.

— S'ils sont à la caféine, j'en voudrais bien quelques-uns !

Comme Nick lui lançait un regard insistant, elle soupira.

— Tu veux que j'aille lui demander ce que c'est, c'est ça ?

— Tu penses qu'il te répondra ?

— Impossible de le savoir sans essayer.

Elle resta en arrière et adressa à Will un sourire auquel Nick aurait eu bien du mal à résister.

— Ça va, Will ?

— J'ai un peu de mal à respirer. Ça va passer.

— Vous avez des médicaments pour ça ?

Pyle lança un regard mauvais à Nick.

— Je viens d'en prendre. Vous entendez, Nick ? dit-il d'un air de défi. Ce sont des comprimés contre l'asthme.

Il eut un rire amer.

— Je vous ai vu me regarder. Vous pensiez que je me dopais, n'est-ce pas ?

— Ça m'a traversé l'esprit.

— Les policiers des villes ! se moqua Pyle. Vous…

Le dernier mot se perdit alors que son pied butait sur une pierre verglacée. Sasha essaya de le rattraper par le bras, mais Will tomba en avant, et se mit à glisser le long de la pente gelée.

Nick ne put rien faire pour le retenir. Prenant la main de Sasha, il l'aida à descendre vers l'endroit où le shérif s'était immobilisé.

— Il n'est pas mort, répétait-elle. Il n'est pas mort !

Mais Will ne bougeait pas, et restait le visage à demi enfoui dans la neige.

— Will ?

Nick s'agenouilla, lui enleva son sac, et lui prit le pouls. Heureusement, son cœur battait régulièrement.

— C'est ma cheville…

La voix de Pyle était un murmure à peine audible.

Sasha poussa un soupir de soulagement.

Nick se mit à examiner la jambe de Will, qui se raidit lorsqu'il lui palpa doucement la cheville.

— Vous n'avez pas mal ailleurs ?

— Si, à mon amour-propre.

— Il n'y a pas de sang, confirma Sasha.

Elle enleva son sac à dos et le posa de côté. Puis elle signala à Nick en lui indiquant sa montre qu'il était plus de 17 heures.

Ils aidèrent Will à se retourner dans un concert de grognements et de jurons fleuris. Nick lui posa la jambe sur l'un des sacs.

— Je sais comment faire une attelle, Nick, s'exclama Sasha. Trois bouts de bois feront l'affaire, et des morceaux de tissu pour les tenir.

Nick enleva la botte de Pyle.

— Il ne pourra pas marcher, même avec une attelle.

Pyle se pencha en avant, et se frotta le mollet au-dessus de la blessure.

— Ne dites pas ça, Nick. Je pense que ce n'est qu'une entorse.

— Et vous voulez escalader cette montagne dans la neige avec une entorse ? demanda Nick en inspectant les alentours. Il faut que nous trouvions un abri.

Mentalement, il repéra l'endroit où ils se trouvaient. Skye avait dressé la liste de tous les bâtiments des environs ce matin. Etaient-ils près de l'un d'eux ?

La lumière du jour s'estompa rapidement, et ils se retrouvèrent bientôt dans l'obscurité.

Sasha alluma sa lampe torche.

— Une des rares choses que je sache faire en camping, c'est un feu. Pendant que vous bandez la cheville de Pyle, je vais chercher du bois.

Nick, qui avait retrouvé ses repères, secoua la tête.

— Je m'occupe du feu. La vieille cabane de chasseur dont Skye nous a parlé ne doit pas être loin. J'irai voir ensuite si je peux la trouver.

Pour cela, il allait devoir laisser Sasha seule avec un homme à qui il n'était pas certain de pouvoir faire confiance. En plissant les paupières, il déclara :

— Gardez votre arme près de vous, Will, et ne quittez pas Sasha des yeux. Si Rush lui fait du mal, il vaut mieux que vous ne me revoyiez jamais.

— Je suis à deux pas de vous deux, Nick, dit Sasha en se relevant. J'entends tout ce que tu dis, et je peux parfaitement prendre soin de moi toute seule.

Will fit la grimace et demanda :

— Nous avons une trousse de secours ?

Sasha fouilla dans son sac à dos et en sortit une pochette en tissu.

— Oui, grâce à Skye. C'est pour les randonneurs, alors il devrait y avoir plein de médicaments d'urgence à l'intérieur.

Les lèvres de Will devenaient bleues, remarqua Nick, et Sasha devait être elle aussi frigorifiée. Le fait qu'elle ne se soit pas plainte une seule fois était une des choses qu'il aimait en…

Il leva les yeux au ciel. « Aimait » ? Le mot qui lui était venu à l'esprit était « aimait » ?

Il entendit l'exclamation de Sasha, et préféra mettre de côté ces réflexions dérangeantes.

— C'est super ! Ces bouts de métal sont des attelles. Il va falloir que vous invitiez Skye à dîner pour la remercier, Will !

Toujours un peu désarçonné, Nick se força à réfléchir. Même s'il ne voulait pas perdre de temps à faire un feu dont ils n'auraient peut-être pas besoin, il ne pouvait pas savoir s'il localiserait rapidement la cabane, ni même s'il pourrait la trouver dans le noir. Pendant que Sasha s'occupait de la cheville de Will, il ramassa du petit bois, posa dessus les serviettes en papier qu'ils avaient utilisées pour leur pique-nique, et les alluma.

Il dut souffler doucement et user de nombreuses précautions, mais le feu prit. Lorsqu'il fut certain qu'il pouvait ajouter du bois, il arracha quelques branches de bouleau et les entrecroisa sur les flammes.

— Voilà ! dit Sasha en reculant pour admirer son bandage. Pas mal, hein ?

Nick sourit, et se réchauffa les mains au-dessus du feu.

— Pas mal du tout, infirmière Myer. Vous allez bien, Will ?

— Je boirais bien un peu du whisky que nous avons trouvé dans la cabane de Bob… Ou, peut-être…

Il s'éclaircit la voix.

— Une des bières qui sont dans mon sac.

Sasha haussa les sourcils.

— Vous avez pris de la bière ?

— Trois bouteilles, confessa Pyle. Je me suis dit que nous pourrions les boire sur le chemin du retour. Le jus de fruits que Skye nous a donné n'a absolument aucun goût. Une bière nous fera du bien.

Sasha était assez proche de Nick pour qu'il puisse lire l'amusement sur son visage. Elle se pencha en avant.

— C'est de la bière en bouteille, Will ?

— Il n'y a que ça de vrai, répondit-il.

Elle eut un large sourire.

Nick donna une tape sur le pied valide de Will.

— J'ai senti une odeur de malt lorsque j'ai pris votre pouls. Je crains qu'elles n'aient pas survécu à la chute.

Après s'être assuré que le feu allait continuer à brûler, il se mit debout et attira Sasha avec lui dans l'ombre. Il hésita, puis décida d'arrêter d'analyser ses émotions. Il la prit par le cou et lui donna un long baiser.

Il sentit que ses lèvres étaient glacées, tout comme sa joue qu'il caressa.

— Je vais nourrir un peu le feu avant de partir, et te laisser du bois. Si je ne suis pas là dans une heure, il faudra que tu ailles arracher d'autres branches.

Il pouvait voir ses yeux à la lueur des flammes. Il y décela un peu de peur, mais aussi de la détermination.

— Garde ton fusil à portée de main.

Elle parvint à sourire.

— Prends ma lampe à tout hasard, Nick. Si les piles des deux torches s'épuisent, tends l'oreille : je chanterai. C'est une leçon que mon père m'a apprise quand j'étais enfant. Chaque fois que je me perdais, je devais chanter.

Nick sourit.

— Je ne savais pas que tu avais tant de talents : architecte, infirmière, chanteuse…

— N'applaudis pas trop vite. Mes talents vocaux sont extrêmement limités.

Elle recula, lui tendit sa lampe et, avec une lueur ironique dans les yeux, commença à fredonner une vieille chanson de Johnny Cash.

— C'est un peu étrange d'être dans la forêt quand la nuit est tombée, vous ne trouvez pas ? Vous avez peur ? demanda le shérif en faisant un sourire en coin à Sasha.

Elle était assise en tailleur sur la neige, aussi près du feu que possible, et mettait des branches de bouleau dans les flammes.

— Vous voulez dire que je suis terrifiée.

Elle lui tendit un paquet.

— Un gâteau ?

Il émit un grognement dégoûté.

— Ça ne remplace pas un repas.

— Pour moi, si, dit-elle en plongeant la main dans le paquet. Au moins pour cette nuit. Ça fait quarante minutes que Nick est parti. Il est peut-être perdu, ou blessé, ou…

En s'interrompant, elle referma le paquet et le mit dans son sac.

— … Il a peut-être rencontré un ours.

— J'en doute. Un couguar, peut-être, ou un puma.

— Ou Anthony Rush ?

— C'est une conversation sinistre. Vous passez trop de temps avec votre ami Max.

Will changea de position, fit la grimace, et tassa la neige sous lui jusqu'à ce qu'il soit à son aise.

Sasha compta les branches à côté d'elle et décida qu'elle devait aller en chercher d'autres pour que le feu continue à brûler au même rythme.

— Si vous connaissez une blague, reprit Will, ça ne me dérangerait pas de l'entendre. Je commence à avoir des engelures, à rester assis ici !

Elle frappa la crosse de son fusil de la paume de la

main, et baissa son Stetson jusqu'à ce qu'il touche son col remonté.

— Je pensais à ma mère. Elle serait horrifiée, si elle savait où je suis en ce moment. La fille qu'elle a élevée était censée être très distinguée. Je devrais être en train de dîner avec un médecin, un avocat ou un comptable, pas en train de couper des branches et de tendre l'oreille pour écouter s'il y a des bêtes sauvages dans le coin.

— Elle est aussi belle que vous ?

Sasha sourit.

— Tout le monde dit que je lui ressemble… et qu'elle ressemble à sa mère. Et la fille qu'elle espère que j'aurai nous ressemblera aussi. C'est le plan de Barbara Leeds. Prolonger la lignée jusqu'à ce qu'une des filles redresse les choses.

— Redresse quoi ?

— Ce qui ne va pas.

— Je ne comprends pas très bien.

— Moi non plus…

— Pourquoi j'entends surtout de l'ironie dans votre voix quand vous parlez d'elle ?

— Parce que j'ai décidé très tôt que je ne voulais pas devenir folle. Et pour cela, il faut arrêter de se mesurer aux attentes des autres.

Elle remonta sa manche, et tourna sa montre vers le feu.

— Ça va faire cinquante minutes, Will.

— Je sais.

Elle poussa un soupir.

— Nous avons besoin de bois.

— Je le sais aussi. Je vais vous dire : vous allez m'apporter des branches, et je vais les casser en petits bouts.

Will poursuivit d'un ton rassurant tandis qu'elle se levait :

— Ne vous inquiétez pas. Nick est un bon policier, un des meilleurs que je connaisse. La police de Chicago aurait aimé le récupérer, mais le capitaine qui dirige son unité n'est pas près de le laisser partir. C'est ce que l'on dit, du moins.

Il prit un couteau, essuya la lame sur sa manche, et conclut :

— Nous ne sommes pas totalement aux oubliettes, ici.

Peut-être pas, mais ils étaient presque à court de bois.

Sasha mit le fusil sur son épaule et se dirigea vers un bouleau. Elle arracha quelques branches tout en restant aux aguets, pour s'assurer qu'aucun animal ni personne ne s'approchait.

— Vous pourriez peut-être chanter une autre chanson, cria le shérif. Comme ça, je saurai que vous allez bien.

Elle choisit Queens et entonna un de leurs refrains avec énergie.

En riant, Will brisa en petits morceaux la première branche qu'elle lui lança.

— J'ai l'impression d'être dans un stade !

Elle se tut, et se mit à scruter la nuit.

— J'aimerais bien y être. J'ai l'impression que nous n'arriverons jamais à nous sortir d'ici…

— C'est la nervosité qui vous fait dire ça. Tout ira très bien.

Elle aurait cru cela plus facilement si Nick avait été avec eux. Et plus facilement encore si elle avait pu se débarrasser de la sensation que quelque chose avec de très grands yeux et un esprit malin était en train de les observer.

— C'est de la paranoïa, murmura-t-elle en attrapant une autre branche.

— Vous ne chantez plus, Sasha ?

Elle chercha dans son répertoire, et finit par choisir *Small World,* la chanson de Disneyland. Ça lui faisait du bien de chanter ; c'était incontestablement mieux que de penser à serrer les mâchoires pour ne pas claquer des dents.

La neige crissait à chacun de ses pas. Les branches craquaient au-dessus d'elle. Un instant, elle crut voir quelque chose bouger sur sa droite. Puis les arbres bruissèrent de nouveau, et toutes les ombres se mélangèrent.

Derrière elle, Will continuait à casser les branches. C'était un son caractéristique, répétitif. Ce fut certainement la raison pour laquelle elle remarqua si clairement un autre bruit.

Elle s'immobilisa alors qu'elle s'apprêtait à arracher une branche et, le cœur battant, tendit l'oreille.

Crac. Will avait cassé un morceau de bois. *Crac.* Un autre. Et encore un autre. Puis, quelque part dans l'ombre un peu plus loin, elle détecta un bruissement furtif.

Etait-elle en train d'imaginer des choses ?

— Mon Dieu ! murmura-t-elle en retournant vers le feu. Will…

— Vous connaissez des chansons de Willie Nelson ?

Elle fit glisser le fusil de son épaule, et se mit à reculer doucement vers Will.

Elle distingua du mouvement dans l'ombre. Ce n'était pas Nick qu'elle voyait là-haut, ni un animal. Elle prit le fusil dans sa main droite.

— Nous avons de la compagnie, murmura-t-elle.

— J'ai entendu, répondit-il sur le même ton.

Plus fort, il poursuivit :

— Ça fera assez de bois, Sasha.

Il se leva péniblement en prenant appui sur sa jambe valide.

— Il faut que je me retire un instant derrière le rocher, annonça-t-il. Vous pouvez surveiller le feu ?

— Oui, bien sûr.

— Et continuez à chanter.

Elle fredonna quelque chose, et fit le tour du feu comme si elle l'inspectait. Anthony Rush était-il là à les regarder ? C'était certainement lui, non ? Et même si elle essayait de se comporter normalement, à moins qu'il ne soit complètement idiot, il devait s'être rendu compte qu'elle l'avait entendu.

— Ce serait bien si tu pouvais revenir maintenant, Nick, murmura-t-elle.

L'ombre bougea encore. Sasha serra les dents, et posa fermement le doigt sur la détente.

Si seulement elle pouvait le voir et tirer ! Lui devait la distinguer très clairement, en ce moment.

S'éloignant des flammes, elle se mit à sautiller sur place pour trouver un exutoire à sa nervosité.

« Où es-tu, Nick ? Je sais que j'ai dit que je pouvais prendre soin de moi toute seule, mais je n'ai pas l'habitude de repousser des tueurs en série tapis dans le noir. »

Elle regarda le rocher.

— Will, vous allez bien ?

— Oui, répondit-il, et elle suspecta qu'il était en train de chercher un angle de tir. Et le feu ?

— Pas de problème.

Alors que ses yeux s'accoutumaient à l'obscurité après avoir fixé les flammes, elle distingua une silhouette dans l'ombre. Les secondes passèrent. La silhouette se baissa, puis se mit à avancer doucement.

— Bon Dieu !

Lorsqu'elle entendit le bruit de pas dans la neige, Sasha abandonna tout faux-semblant et arma son fusil.

— Je vous en prie, revenez, Will ! cria-t-elle. Je ne sais pas qui c'est, mais il arrive !

11

Nick trouva la cabane de chasseur une demi-heure après avoir quitté Sasha et Will. Elle était située sur une étendue dégagée, près de la crête d'une montagne. Comme Skye l'avait fait remarquer, c'était le pire endroit où se cacher dans le massif de Hollowback. La faible lueur orangée qui éclairait les fenêtres lui apprit que quelqu'un – Anthony Rush peut-être – avait pourtant eu cette idée.

Il s'approcha prudemment et, n'entendant aucun bruit, risqua un coup d'œil à l'intérieur. La cabane comportait une unique pièce sans placards, avec quatre fenêtres. Un feu brûlait doucement dans le foyer. Personne n'était en vue.

Il décida d'entrer. Dégainant son arme, il ouvrit la porte d'un coup de pied, et ne vit toujours personne.

— Bon, que fais-tu, mon gars ? marmonna-t-il.

Rush allait certainement revenir d'un instant à l'autre.

Tout en demeurant aux aguets, Nick parcourut les lieux du regard. Il aperçut d'abord la nourriture sur la table : des boîtes de raviolis, de haricots, de poires au sirop, et des emballages vides jetés sous le banc. Un paquet de café avait été ouvert et se trouvait à côté d'une casserole. Une grande bouteille de vodka était posée entre deux couchettes, dont l'une était garnie de deux couvertures d'aspect rêche.

Nick utilisa son arme pour fouiller dans les couvertures.

Sentant quelque chose de dur, il repoussa le lainage, et eut un petit rire : ce n'était pas une boule de verre comme il l'avait cru, mais une bouteille de cognac encore pleine. Celui qui l'avait achetée savait apprécier les bonnes choses.

Un morceau de bois craqua dans la cheminée, projetant une gerbe d'étincelles, mais à part cela la cabane demeura silencieuse.

Nick remarqua alors une lanière de tissu qui dépassait de l'ombre sous un autre banc. Il la prit et tira jusqu'à ce qu'un sac volumineux apparaisse.

En faisant face à la porte, il l'ouvrit. Jeans, chemises, caleçons, chaussettes… Rien d'excitant là-dedans, se dit-il. Pas de boule neigeuse, d'alcool, rien que des vêtements, un nécessaire de toilette avec un rasoir, un coupe-ongles, et – il leva les sourcils – une moustache et une barbe postiches. Voilà qui commençait à être intéressant !

Pas autant cependant que ce qu'il découvrit dans le deuxième compartiment : un petit paquet, enveloppé dans un sac plastique retenu par des élastiques.

Gardant son arme à portée de main, il jeta un coup d'œil vers la porte avant de défaire le paquet et d'en sortir le contenu. Il trouva un passeport américain récent et deux permis de conduire du Colorado. Le premier appartenait à Antony Rush, domicilié à Telluride, Colorado. Le second, plus ancien, portait le nom de Jason Watts. Les photos des deux documents étaient identiques, et correspondaient à celle du passeport, également établi au nom d'Anthony Rush.

— Qu'est-ce que nous avons d'autre ici ? marmonna-t-il en ouvrant une enveloppe en papier kraft.

Il ne fut pas surpris d'y découvrir une liasse de coupures de vingt, cinquante et cent dollars. Les numéros ne se suivaient pas, et leur état variait de presque neuf à très usagé.

Le feu crépita. Nick remit les documents dans leur

emballage et les glissa dans la poche de son manteau. Puis il referma le sac et le repoussa sous le banc.

Il devait être là depuis presque dix minutes, maintenant. Pourquoi Rush n'était-il pas revenu ?

Cette question le tracassait. Il se dirigea vers la fenêtre qui donnait sur le nord… et sentit son estomac se nouer lorsqu'il remarqua la lueur au loin.

C'était le feu qu'il avait allumé avant de laisser Sasha et Will. S'il pouvait le voir, l'occupant de la cabane l'avait pu aussi.

Reprenant son arme qu'il avait posée sur la table, il se rua dehors.

— Will ?

Sasha gardait son fusil braqué et tentait de surmonter la peur qui menaçait de la paralyser.

— Vous savez où il est allé ? demanda le shérif en s'appuyant sur l'épaule de Sasha.

— Non. Il descendait par ici, mais il s'est arrêté.

— Il a peut-être vu votre fusil ?

— Peut-être…

Mais elle était loin d'être convaincue.

— Je pense qu'il est par là, reprit-elle en indiquant une pente rocheuse. Une pierre vient de rouler.

Les minutes passèrent.

Elle y voyait de plus en plus trouble, mais c'était peut-être dû à la fumée… ou à la peur.

— C'est un jeu, Sasha, murmura Pyle. Le chasseur et sa proie. Je l'ai moi-même toujours détesté, mais nous n'avons pas le choix… Et le chasseur part toujours avec un avantage.

— Vous n'êtes pas très rassurant, Will.

Sans ôter son doigt de la détente, elle essaya de se décontracter et tendit l'oreille. Les chasseurs étaient nerveux eux aussi. Ils ne pouvaient pas avoir tous les avantages.

Une autre minute s'écoula.

Will pesait de plus en plus lourdement sur son épaule. Il fallait que cela s'arrête, songea-t-elle.

— Vous êtes sûr que nous ne devrions pas faire quelque chose ? Lui indiquer que nous avons décelé sa présence ?

— Et puis quoi ? Commencer à tirer ? Je ne sais pas pour vous, mais je ne suis pas prêt à mourir ce soir si ça ne marche pas.

Il avait raison ; il ne leur restait plus qu'à attendre.

Un peu de neige dévala la pente. Sasha fronça les sourcils pour mieux y voir malgré la fumée.

— Là ! s'écria-t-elle. J'arrive à distinguer sa silhouette !

— Vous avez peut-être raison. Il descend. Bon Dieu ! s'écria-t-il en visant l'homme. Vous êtes prête ?

— Non.

Elle plissait les yeux pour mieux voir, mais la fumée la gênait.

Le feu, qui n'était plus alimenté, commençait à s'éteindre. Une gerbe d'étincelles fusa, qui fit sursauter Sasha et s'arrêter l'homme qui, un instant plus tard, baissé, obliqua vers la gauche.

Will abaissa son fusil.

— Il vaut mieux attendre.

Ils entendirent soudain des pierres et des morceaux de glace rouler le long de la pente.

Lorsque des coups de feu claquèrent, Will se laissa tomber à terre et entraîna Sasha avec lui. Elle atterrit sur le dos dans la neige alors qu'une autre détonation résonnait.

Sur qui tirait l'homme ? La réponse était évidente. Sasha se redressa et se mit à genoux.

— Nick !

Elle ne savait que faire : crier ou rester silencieuse ? Optant pour un compromis, elle visa le ciel et tira.

L'homme – elle le voyait maintenant nettement, sous la lumière argentée de la lune – se retourna vers eux. Elle retint son souffle en le mettant en joue, mais il disparaissait régulièrement de sa vue.

— Reste tranquille…, murmura-t-elle avant qu'il ne se fonde de nouveau dans le noir.

Un moment plus tard, elle entendit le bruit d'une lutte et fut saisie de panique.

Rush émit un son furieux, comme un cri de guerre. Elle l'aperçut qui sortait un couteau de sa parka et se jetait sur Nick.

Saisie de terreur, elle visa et appuya sur la détente.

Rush eut un sursaut et pivota vers elle. Elle vit Nick l'empoigner, mais Rush se libéra et recula.

Réprimant le tremblement de ses bras, elle pointa de nouveau son fusil sur Rush. Mais Nick se jeta sur lui, et il lui fut impossible de tirer.

« Ecarte-toi de lui, Nick ! le supplia-t-elle mentalement. Juste un peu ! »

Un instant plus tard, les deux hommes disparurent dans le noir.

— Bon sang !

Elle s'apprêtait à se lever pour aller les rejoindre, mais Will la retint en agrippant le bas de son manteau.

— Restez là ! ordonna-t-il.

Elle tira sur le vêtement pour se dégager.

— Je ne supporte pas de ne rien faire !

— Moi non plus, répliqua le shérif sans la lâcher. Mais se précipiter vers le danger avec un fusil à moitié chargé n'est pas la chose à faire.

— Mais…

— Vous restez là, c'est tout.

La peur et la frustration le disputèrent au bon sens. Le bon sens l'emporta.

— Vous avez raison. Je sais que vous avez raison. C'est seulement… difficile.

En regardant vers le haut de la montagne, elle se rapprocha de lui.

— Vous avez vu où ils sont allés ?

— Vers le haut de la pente.

— Vous n'avez pas l'air très inquiet.

— Nick est plus jeune. Il est très entraîné.

— Vous dites n'importe quoi, Will ! Rush est peut-être entraîné lui aussi.

Elle aurait bien continué à discuter, mais elle remarqua soudain que le shérif était très pâle.

— Venez, allons vers le feu.

Sasha aida Will à se lever et à avancer vers le feu, et se laissa tomber à genoux près de lui lorsqu'il fut assis.

Un chapeau vola au même instant par-dessus sa tête et atterrit dans la neige devant elle.

C'était le chapeau de cow-boy d'Anthony Rush, et son apparition fut immédiatement suivie d'un murmure à son oreille :

— Vous avez oublié la règle d'or, ma jolie demoiselle : il faut toujours surveiller ses arrières !

Elle reconnut la voix.

Si elle n'avait pas été momentanément pétrifiée par la peur, Sasha aurait assommé Nick pour la frayeur qu'il lui avait causée. Au lieu de cela, elle laissa retomber sa tête contre lui.

— Tu as failli me faire avoir une attaque !

— Je n'ai pas réussi à l'attraper. Il est plus solide que je ne m'y attendais.

Il lui passa doucement le bras autour de la taille.

— Ça va ?

— J'essaie de me remettre.

Will émit un petit toussotement gêné.

— Vous n'allez tout de même pas m'embarrasser, non ?

Le sourire de Nick réapparut.

— Ça dépend si vous l'êtes facilement.

Le shérif soupira.

— C'est vraiment une nuit de cauchemar.

Will avait raison. C'était un cauchemar. En fait, Sasha ne pouvait pas se souvenir qu'aucune nuit ait jamais passé si lentement.

Ils songèrent un instant à se réfugier dans la cabane puisque Nick pensait que Rush n'y retournerait pas, mais ils se dirent que la montée serait trop difficile pour Will. Ils préférèrent rester près du feu, à l'affût du moindre mouvement dans l'ombre.

Ils furent prêts à partir dès l'aube. Nick avait fabriqué un brancard de fortune avec des branches de sapin. Ils mangèrent quelques cookies et de la viande séchée en guise de petit déjeuner et, à 7 heures, se mirent en route.

Nick leur avait montré le passeport découvert dans la cabane, ainsi que les deux permis de conduire et l'argent liquide. Il leur avait annoncé avoir une idée, mais refusait de leur en dire davantage avant d'avoir pu scanner la photo de Rush sur son ordinateur.

Au bout d'environ une heure et demie d'une progression pénible à travers la neige et la glace, ils parvinrent en vue du chalet. Alors qu'ils arrivaient à proximité de la cabane de George Painter, ils rencontrèrent Skye et Dana, équipés des pieds à la tête.

— Nous nous faisions un sang d'encre ! leur cria Skye par-dessus le vent qui s'était levé au cours du dernier quart d'heure. Le mauvais temps arrive.

Elle aida Sasha à soulever son côté du brancard improvisé.

— J'essayais de me persuader que vous alliez bien, mais je dois reconnaître que je suis vraiment soulagée de vous voir !

— Moi aussi !

Sasha sourit à Dana, qui lui prit le brancard des mains.

Ils restèrent silencieux pendant le reste du trajet. Alors que le vent soufflait de plus en plus fort, Sasha sentait son corps devenir de plus en plus lourd. Nick pouvait peut-être fonctionner sans dormir, mais elle se faisait l'effet d'un zombie.

Max les salua à la porte.

— Bo est comme un lion en cage, ajouta-t-il. Il est insupportable !

— Il ne perd rien pour attendre, celui-là ! s'exclama Pyle, que soutenaient Nick et Dana pour le faire entrer. Quel bandit ! Quel exemple il donne à ses fils !

En temps normal, Sasha aurait chaudement acquiescé, mais elle n'en avait plus la force.

— Au lit ! déclara Nick en la conduisant vers l'escalier tandis que Dana s'occupait de Will.

— Un bain d'abord, marmonna-t-elle en sentant des mains la pousser vers le haut.

Ce n'étaient pas les mains de Nick, comprit-elle vaguement déçue. Cependant, du moment que ce n'étaient pas celles d'Anthony Rush non plus, elle était reconnaissante de cette aide.

La vapeur d'un bain moussant à la rose s'élevait autour d'elle ; elle avait l'impression d'être dans un rêve et avait perdu la notion du temps.

Un peu plus tard, quelque chose de chaud et parfumé au miel descendit le long de sa gorge.

Puis elle entendit la voix de Skye qui lui parlait comme de très loin :

— Et maintenant, il faut dormir !

— Nick… ?

— Il est le suivant sur ma liste de personnes à martyriser. Ne vous inquiétez pas, Sasha. J'arriverai à le faire rester au lit, même s'il faut que je m'asseye sur lui pour cela !

Sasha sentit l'amusement venir puis s'éloigner alors qu'elle glissait dans un profond sommeil.

Elle vit le visage de Nick, se sentit tendre la main vers lui. Il était si beau, si désirable, trop facile à aimer…

Oups ! Mauvaise idée ! Il ne fallait pas tomber amoureuse. Barbara ne serait pas d'accord. Quoique… Un policier dans la famille serait peut-être une bonne chose selon sa mère.

Une mer de soie bleue l'entourait. L'image de sa mère apparaissait puis s'évanouissait. Sasha voulait que Nick revienne. Au lieu de cela, elle vit une silhouette, l'ombre d'un homme dont elle n'arrivait pas à distinguer les traits, qui la regardait avec des yeux froids, sans couleur.

— Bientôt, l'entendit-elle murmurer.

Il se pencha, mais l'obscurité était trop profonde pour qu'elle puisse le voir. Elle aperçut une petite boule dans sa main. A l'intérieur, des flocons de neige flottaient et dansaient autour d'un délicat ange blond. L'ange tenait une harpe, mais si c'était la musique de cet instrument qu'elle entendait, il avait été fabriqué en enfer.

Elle perçut un souffle chaud sur son visage.

— Je vais t'étrangler. Tu vas mourir, et elle souffrira enfin. Je verrai son cœur de glace souffrir.

— Nick ?

Les yeux encore tout gonflés de sommeil, Dana entra dans le salon.

— Mon Dieu ! Il t'arrive de dormir ?

— J'ai dormi quand nous sommes rentrés, répondit Nick installé au comptoir de la cuisine.

— Oui… Pendant deux heures. J'ai compté. Will et Sasha n'ont pas refait surface depuis qu'ils sont montés ce matin. Non, attends… C'était hier, puisqu'il est 2 heures du matin !

— Où est Bo ? demanda Nick en gardant les yeux rivés sur l'écran de son ordinateur.

— En train de ronfler à l'étage. Tu ne l'entends pas ?

Nick tendit l'oreille et sourit à son ami.

— On dirait une tronçonneuse…

Il cliqua sur la touche « Entrée » et étudia l'image sur l'écran.

— J'ai déjà vu cet homme.

Dana vint s'accouder sur le comptoir à côté de lui et demanda :

— C'est Rush, c'est ça ?

— L'autre nom que j'ai pour lui est Jason Watts.

— Le nom que se donne un tueur en série a-t-il de l'importance ?

— Pour moi, oui.

Dana eut un haussement d'épaules résigné.

— Je m'en serais douté.

Poussant son ordinateur de côté, Nick tira vers lui une pile de dossiers.

Dana le regarda un moment, puis passa de l'autre côté du comptoir, mit la cafetière en route et sortit deux tasses d'un placard.

— Skye t'a dit que j'ai réussi à capter des parasites sur la radio, hier, et, en arrière-fond, peut-être une voix ?

— Tu peux émettre ?

— Il va falloir éliminer les parasites d'abord. J'y travaillerai tout à l'heure.

Il lui tendit une tasse.

— Tu prendras du café ?

— Hum…

— Ces dossiers concernent les femmes qui ont été tuées ?

Dana tourna vers lui la photo de Kristiana Felgard.

— Elle est très belle, même morte. Quel gâchis ! Tu sais pourquoi Rush fait ça ?

Nick se redressa et se frotta les yeux tandis que la cafetière se mettait à crachoter. Il était resté éveillé trop longtemps, et n'avait plus les idées claires.

— Je n'arrive plus à bien réfléchir, en ce moment. Ne lésine pas sur le sucre, et ne prends pas cet air dégoûté. J'ai besoin d'énergie.

— Prends plutôt une barre chocolatée ! Ou Rush les a-t-il toutes volées ?

Pendant que son ami vantait les mérites du chocolat plutôt que du sucre en leur servant du café, Nick songea à la cabane de chasseur. Il fit mentalement la liste des vivres et de l'alcool qu'il y avait trouvés… et quelque chose ne lui plut pas du tout.

— Hé ! fit Dana en claquant des doigts. Tu es toujours avec moi ?

— Je réfléchis, marmonna Nick.

Il but une gorgée de café et referma son ordinateur.

— Il y a quelque chose qui cloche, et je n'arrive pas à voir ce que c'est.

Si ce n'était qu'il avait la certitude d'avoir vu Anthony Rush, alias Jason Watts, par le passé.

— Je vais voir comment va Sasha. Ensuite, j'irai dormir un peu. Au fait…

Il termina son café et fit un petit signe de tête en direction de l'escalier.

— Ta tronçonneuse s'est arrêtée il y a quelques minutes.

*
* *

Sasha se réveilla brusquement, en retenant son souffle. Comme la couette était enroulée autour d'elle, il lui fallut quelques secondes pour se rendre compte qu'elle était tombée du lit.

Elle écarta ses cheveux de son visage, et entreprit de se dégager.

— Ça ne m'est plus arrivé depuis que j'avais sept ans ! murmura-t-elle.

Elle remarqua les premières lueurs de l'aube qui pointaient à l'horizon, puis entendit un léger bruit.

— Skye ?

Se mettant à genoux, elle regarda la femme installée dans un fauteuil près de la fenêtre. Elle tenait dans ses bras son fusil à canon scié, et ronflait doucement.

A la fois touchée et amusée, Sasha commença à pouffer et dut enfoncer son visage dans la couette pour étouffer son rire.

Skye Painter montait la garde pour elle ! Cette femme possédait des banques et des supermarchés, un ranch et un immense patrimoine immobilier, elle projetait de construire un complexe de luxe sur Hollowback Mountain, qui lui appartenait presque en totalité… Et pourtant elle était là, profondément endormie dans un fauteuil, enveloppée dans une couverture grise, un vieux fusil dans les bras. C'était à la fois émouvant et à mourir de rire !

Bon sang, elle devenait hystérique ! Elle avait besoin de café. Et aussi besoin de trouver Nick.

Aussi doucement que possible, elle enfila son peignoir de soie et ses bottes. Puis, retenant toujours son rire, elle ouvrit doucement la porte.

Elle n'entendit pas le moindre bruit, mais sentit quelque chose… Un picotement qui courut le long de son dos. Ce picotement se transforma en violent sursaut lorsqu'une main se referma sur sa cheville.

12

Si elle n'avait pas eu la gorge nouée par la peur, Sasha aurait réveillé tous les occupants du chalet en hurlant. Au lieu de cela, elle donna une brutale ruade pour se dégager et s'éloigna, prête à se battre jusqu'à ce que…

— Nick ?

Elle écarta les cheveux de ses yeux et le regarda avec incrédulité.

— Tu es fou ! Que fais-tu là ?

Il se frotta la hanche à l'endroit où elle lui avait décoché un rude coup de pied.

— Je suis là parce que Skye a insisté pour te surveiller elle-même à ma place. Elle voulait que tu dormes et non, selon ses propres termes, que tu mettes le feu aux draps.

— Skye a dit ça ?

Sasha oublia momentanément son irritation et eut un petit rire. Elle se massa le cou comme pour calmer les battements de son cœur.

— Comme si je ne faisais déjà pas assez de cauchemars, il a fallu que tu me fasses assez peur pour me faire vieillir de dix ans ! Au rythme où ça va, j'aurai les cheveux blancs avant que toute cette histoire ne soit finie.

Soudain inquiète, elle demanda :

— Pourquoi tu ne te lèves pas ?

— J'admire la vue.

Il lui emprisonna le pied avant qu'elle ne puisse lui donner un autre coup.

— J'attends aussi d'avoir un peu moins mal à la hanche. Tu as parlé à Skye ?

Sasha songea un instant à resserrer la ceinture de son peignoir, puis décida de ne pas le faire. C'était peut-être l'influence de Barbara.

— Elle dort. Pourquoi ?

Il se leva et lui tendit la main.

— Je voudrais te montrer quelque chose.

Ce n'était pas bon signe. En moins de cinq secondes, il était passé de l'homme admirant ses jambes nues au policier froid… même s'il lui caressa le cou avant de la pousser doucement devant lui.

Elle entendit un ronflement sonore derrière l'une des portes, et fit la grimace.

— Nick, tu crois que c'est vraiment utile de surveiller Bo ? Ce n'est pas comme s'il pouvait s'enfuir d'ici !

— Je ne pense pas que tu diras encore ça quand nous serons en bas.

Ce n'était pas une réponse, mais ce fut tout ce qu'il consentit à lui dire.

Il s'arrêta devant le placard où se trouvaient les bouteilles d'alcool.

— Tu peux ouvrir ça ?

De toute évidence, il n'allait pas lui apprendre quelque chose d'agréable.

— Non.

— Et si tu essaies de secouer la porte ?

Elle fit ce qu'il lui disait.

— Toujours pas.

— Tu vois des éraflures autour de la serrure ?

— Aucune, dit-elle en se penchant pour bien voir.

— Et nous savons que Skye a branché l'alarme depuis que Bo est là.

— Oui.

— Dernière question : tu sais où Skye garde la clé du bar ?

— Dans le placard près de l'évier, avec toutes les autres clés, dont celle de la cave à vin.

Sasha sentit son cœur se mettre à battre plus vite.

— Qu'y a-t-il, Nick ?

— J'ai vu une bouteille de cognac… très vieux, très cher… ressemblant étrangement à celle que Skye se souvient avoir mise dans ce bar.

Elle sentit l'angoisse la gagner.

— Elle est certaine que personne ne l'a bue à Noël ou pour le nouvel an ?

L'expression du visage de Nick lui arracha un soupir.

— Ça veut dire oui.

— Elle l'a rapportée de Denver pour un ami qui sera membre du jury du concours de sculpture sur glace qui va bientôt avoir lieu. Et, en ce moment, cette bouteille se trouve dans la cabane du chasseur.

— Donc, quelqu'un ici aide Rush.

Sasha s'assit sur un tabouret du bar.

— Bon, reprit-elle, ce n'est ni Skye, ni Dana, ni Will. Ça ne peut pas être Max… Mais ça pourrait être Bo. On le surveille, mais pas vingt-quatre heures sur vingt-quatre.

— Bo n'était pas dans la remise l'autre nuit.

— Et Dana était avec moi, et Will était… quelque part. Skye m'a envoyée là-bas, donc ce n'était pas elle… Ce n'était pas Will, répéta-t-elle fermement, lorsque Nick leva les yeux vers elle.

— Il ne reste plus que Max, Sasha.

Elle secoua la tête.

— Je suis désolée, Nick, mais je n'y crois pas. Son entreprise est sérieuse, et il a une excellente réputation. Il conçoit des réseaux routiers, des ponts, des viaducs, et même des tunnels. Son associé et lui ont dessiné un échangeur extraordinaire pour une autoroute de Houston il y a deux ans.

Nick alla droit vers les placards de la cuisine.

— Skye a bien dit qu'il lui manquait des poires ?

— Oui. Je suppose que tu en as trouvé dans la cabane.

— Trois boîtes.

— Je pense toujours que c'est Bo.

Comme elle avait envie de le toucher, elle descendit de son tabouret et s'approcha assez de lui pour passer le doigt sur la fossette de sa joue.

— Quelles pensées diaboliques se forment derrière ce si beau visage, inspecteur ?

Le sourire de Nick s'élargit. Lui prenant les bras, il l'attira à lui.

— « Des pensées diaboliques », Sasha ?

Il souffla légèrement pour écarter des cheveux de son visage, et lui caressa les pommettes de ses pouces.

— J'ai déjà vu Rush quelque part.

Elle sentit son cœur se mettre à battre plus fort.

— Dans le dossier d'une des victimes du tueur ?

Elle vit une ride se former entre ses yeux.

— Je les ai parcourus. Je n'y ai vu personne qui ressemble à Anthony Rush.

— Si c'est son nom…

— D'après moi, sa véritable identité est Jason Watts.

Il poussa un soupir lorsqu'elle se serra contre lui. Elle lui passa les bras autour du cou et le regarda avec un air de défi.

— Si Skye ne veut pas que nous mettions les draps en feu dans ma chambre, nous pourrions aller dans la tienne.

— Tu lis dans mes pensées, mon ange.

Alors qu'il s'apprêtait à l'embrasser, il s'immobilisa tout à coup.

— Pourquoi es-tu soudain si tendue ?

— J'ai fait un rêve.

Elle tenta de ne pas y penser, mais frissonna.

— Tu as dit « mon ange », et je m'en suis souvenue.

— Je suis désolé.

Elle s'accrochait à ses épaules.

— J'ai rêvé qu'un homme – Rush – me disait qu'il allait me tuer. J'ai vu un ange dans une boule neigeuse, mais c'était un petit globe, de la taille d'une grosse bille. L'ange avait une harpe, et j'ai entendu de la musique. Mais c'était une musique horrible, très angoissante.

Elle passa le doigt sur la gorge de Nick.

— Pendant un moment, j'ai senti ses mains sur moi. Il tremblait, comme s'il voulait m'étrangler, mais il s'est retenu. Il a dit que lorsque je serai morte, quelqu'un d'autre souffrira. Puis, soudain, il est parti, et le rêve a changé.

Nick la regarda dans les yeux.

— Tu es sûre que c'était un rêve ?

— Pratiquement certaine. Skye m'a donné un sédatif… Non que j'en aie eu besoin pour dormir. C'était forcément un rêve, Nick ! Comment veux-tu que Rush soit entré dans ma chambre ?

L'inquiétude qu'elle lisait dans son regard s'intensifia.

— Tu as vu son visage ? demanda-t-il.

— Non, pas vraiment. Mais je n'aurais pas pu voir Rush, parce que je n'ai pas son visage clairement en tête. Pour moi, il se résume à un chapeau de cow-boy sale, une moustache et une peau mal rasée. Qu'y a-t-il ? ajouta-t-elle, comme il ne répondait pas.

— Rien. Une simple impression. Il faut que j'arrive à savoir où je l'ai vu.

— C'était un rêve, insista-t-elle. Pour ma santé mentale, Nick, redis-moi que ce n'était qu'un rêve. Rush n'a tout de même pas pu entrer dans le chalet !

— Non, confirma Nick, le regard sombre… A moins que quelqu'un ne l'ait fait entrer.

Le monstre s'agitait et rugissait. Il grandissait en lui, et menaçait de sortir.

— Pas encore, supplia-t-il. Pas avant qu'elle soit seule, et que personne ne puisse intervenir.

Bientôt, elle serait morte, avec une boule neigeuse à côté de son corps nu.

Oh ! comme il savourerait cet instant ! Celui-là et les autres à venir. Les larmes… Il lui tardait tant de voir les larmes ! Et la douleur… La fille morte. La mère anéantie.

Pour la première fois de sa vie, le monstre danserait de joie.

Dana s'affala dans le fauteuil du bureau de Skye, but une gorgée de café, et jeta un regard furibond à l'émetteur-récepteur.

— Comment peut-il fonctionner une minute et s'arrêter la suivante ? J'ai entendu des parasites, Nick, je te le jure, et la voix d'un homme. Mais quand je suis revenu ici ce matin, il n'y avait plus rien.

Nick vit quelque chose bouger dans l'embrasure de la porte, et aperçut Bo qui les observait avec un sourire patelin.

— Vous aimez les radios, Bo ? lui demanda-t-il avec douceur.

Bo leva les mains au ciel.

— Je me suis pas approché de ce truc ! Mais, poursuivit-il en tapotant le bout de son nez, je sens bien les ennuis.

Nick garda une expression avenante.

— Et qu'avez-vous senti récemment ?

Le sourire de Bo s'élargit.

— Rien du tout. Skye m'a demandé de vous dire qu'elle faisait des crêpes pour le petit déjeuner.

Il leur fit un salut moqueur.

— A tout à l'heure, inspecteur Law et monsieur le maire.

Dana se passa la main dans les cheveux.

— Très franchement, je suis bien content que ce soit à toi de le surveiller cette nuit, déclara-t-il.

Il se frotta les yeux et soupira :

— Tu as vu Max récemment ?

— Il est en train de parler routes avec Skye.

— Il devrait être en train de parler radio avec moi. Ce poste est presque en état de marche. Il doit bien y avoir un moyen de le réparer.

— Continue à essayer. Je vais à la cabane de chasseur avec Sasha.

Dana secoua la tête d'un air incrédule.

— Tu es fou ? Elle est beaucoup plus en sécurité au chalet que dans l'antre d'un tueur en série !

— Il ne sera pas là-bas.

Nick vérifia son pistolet.

— Je veux voir s'il a laissé quelque chose derrière lui.

— Et tu penses que Sasha est mieux avec toi là-bas qu'ici avec nous ? Je ne suis pas très rassuré, Nick.

— Je comprends bien.

Nick mit un nouveau chargeur dans son arme.

— Laisse Max avec Skye, d'accord ? Occupe-toi seul de la radio.

Il n'y avait plus rien dans la cabane de chasseur, pas même une boîte de conserve vide. Le feu était éteint, les lits défaits, les couvertures emportées.

— Tu devais bien te douter qu'il partirait.

Sasha testa le confort d'un des minces matelas.

— Ils ne sont pas si mauvais, en fait.

Après un dernier rebond, elle se leva.

— Nick, que cherches-tu au juste ?

— N'importe quoi qui ne devrait pas se trouver ici.

— Tu as pris ses papiers et son argent. Il me semble que tu as ce qui est important.

— Hum…

Elle donna une petite tape sur le chapeau de Nick.

— Je pourrais être en train de jouer aux échecs avec Max, ou de peaufiner mes plans pour Skye… Au lieu de ça, je me suis laissé convaincre de t'accompagner en bravant la neige et le froid. Et finalement je fais quoi ? Je soliloque parce que tu veux inspecter le moindre recoin de cette cabane.

— On peut trouver des choses très utiles dans les recoins.

— Des cheveux, par exemple ? Je sais que ce n'est pas pour ça que nous sommes ici. Tu voulais que je parte du chalet parce que tu avais peur que le complice de Rush fasse quelque chose que tu n'aurais pas prévu.

— Je voulais que tu sois là où je pensais que tu serais en sécurité.

— Et si Rush décide de nous prendre en embuscade ici ?

Toujours à genoux, Nick considéra la pièce vide.

— Il vaut mieux connaître son ennemi.

Il fronça les sourcils.

— Qu'est-ce que c'est que ça ?

Suivant son regard, Sasha se pencha vers la cheminée.

— Je dirais que c'est une bûche carbonisée.

Nick s'était relevé avant qu'elle n'ait pu terminer sa phrase.

— C'est comme si on jouait à Sherlock Holmes, murmura-t-elle.

Puis elle aperçut le morceau de papier presque consumé qu'il venait de ramasser dans le foyer.

— C'est quoi, Nick ? Une étiquette ? Des papiers d'identité ? Un emballage de chewing-gum ?

En s'approchant davantage de lui, elle vit les lettres « ARTEGENA » et le nom « Hotel Blanca », et sa curiosité s'éveilla.

— Si c'est l'hôtel Blanca à Carthagène, je le connais.

Nick étudia ce qui était les restes calcinés d'une pochette d'allumettes.

— Tu es allée en Colombie ?

— Deux fois. Nous n'avons pas séjourné dans cet hôtel-là, mais c'est un grand bâtiment blanc très impressionnant… pas tant architecturalement qu'esthétiquement. On le remarque.

— Hum…

— C'est ta seule réaction ? demanda-t-elle.

Elle ne put retenir son rire.

— Tu ne t'exclames pas : « Je me demande ce que ça fait dans une cabane où est venu Anthony Rush » ?

— J'imagine qu'il a utilisé des allumettes pour allumer son feu.

— Il y a aussi de fortes probabilités pour qu'il ait eu ces allumettes à l'hôtel Blanca de Carthagène. Pourtant, son passeport ne porte aucune trace de ce voyage, remarqua Sasha.

— Celui de Jason Watts raconte peut-être une histoire différente.

Elle posa le menton sur l'épaule de Nick.

— Si cette boîte d'allumettes lui appartient vraiment, que faisait-il à Carthagène ? Aucune des femmes assassinées par le tueur à la boule neigeuse ne venait de là.

Elle leva les sourcils.

— Il est peut-être trafiquant de drogue !

— C'est une éventualité.

— Nous allons parler de cela aux autres ?

— Il vaut mieux se taire… Pour le moment.

Elle retourna s'asseoir sur l'une des couchettes, et se mit à réfléchir tout haut.

— Rush a de multiples facettes. Je ne m'attendais pas à celle-là. Peut-être qu'une femme blonde a fait louper un gros coup et que c'est pour ça qu'il les tue… Ou peut-être qu'elle l'a dénoncé à la police, et qu'il utilise différents noms pour pouvoir continuer son trafic.

— Ou peut-être qu'il fuit et qu'il a simplement besoin d'une fausse identité.

— Mes hypothèses sont plus rocambolesques. Je les préfère !

Comme il ne répondait pas, elle l'observa pendant un petit moment.

— Ça te tracasse vraiment de ne pas te souvenir où tu l'as déjà vu. C'est ça ?

— Oui.

— Relaxe-toi, et ça te reviendra tout seul. Ça marche toujours pour moi. D'ailleurs, tu te souviens quand je t'ai dit, la nuit dernière, que je ne connaissais pas le visage de Rush ? Eh bien maintenant, je vois une cicatrice. Une cicatrice longue et fine sur son menton.

Malgré les efforts qu'elle fit pour la repousser, la peur s'insinua en elle.

— Ce qui est étonnant, c'est que dans mon rêve j'ai vu le menton de Rush assez clairement… Et il n'avait pas de cicatrice.

Lorsque l'heure du dîner arriva, Will descendit l'escalier avec des béquilles de fortune, tout en grognant et poussant moult jurons. Pendant tout le repas, Bo arbora un sourire suffisant tandis que Max et Dana s'accusaient mutuellement d'avoir cassé l'émetteur-récepteur.

— Il fonctionnait ! insista Dana. J'ai entendu une voix.

— Ce n'est pas parce que j'ai touché quelques fils après que je l'ai cassé, protesta Max. C'est un vieux machin.

— Ça suffit, vous deux ! les interrompit Skye.

Elle semblait contrariée.

— Quand nous serons de retour à Painter's Bluff, vous pourrez vous en prendre à mon gendre pour avoir dit que le vieux matériel est de meilleure qualité que le nouveau, et à moi pour l'avoir écouté. C'est le verre de Dana, Bo ! ajouta-t-elle sèchement. N'y touchez pas !

Bo eut un sourire méprisant.

— Je peux pas me soûler avec un seul verre de vin !

— Vous ne vous soûlerez plus jamais, si ça dépend de moi, intervint Pyle en pointant du doigt l'assiette de Bo. Mangez votre lapin et fermez-la !

L'atmosphère aurait-elle pu être plus pesante ? se demanda Sasha. L'énervement semblait gagner tous les occupants du chalet.

Elle donna discrètement sa part de lapin à Nick, et essaya de ne plus entendre les hurlements du vent dehors, et le bruit des grêlons qui martelaient les fenêtres.

— Nous allons regarder un film, annonça Skye lorsque le café et le dessert furent servis. Qui veut choisir ?

Max fit quelques propositions, et Sasha comprit vite que leurs goûts différaient et qu'elle était minoritaire.

Pyle reprit ses béquilles et se tourna vers Nick en disant :

— Vous montez avec moi ? Il faut que je vous parle.

Nick embrassa Sasha sur le bout du nez.

— Fais de beaux rêves cette fois, d'accord ?

— J'essaierai.

A 22 heures, le film était déjà terminé. Skye ronflait

dans son fauteuil, et Max s'était assoupi sous l'effet de l'alcool.

Sasha gagna sa chambre sans faire de bruit. Ça aurait été plus amusant d'avoir de la compagnie, songea-t-elle en versant de l'huile essentielle de lavande dans l'eau de son bain. Mais puisque Nick surveillait Bo, cela signifiait qu'elle devrait attendre… Et, d'ailleurs, il valait mieux qu'elle cesse de penser à Nick.

Où cela pouvait-il les mener ?

Nulle part.

Elle mit de la musique, entra dans l'eau, et regretta de ne pas avoir apporté un verre de vin.

Le vent soufflait au-dehors, et les grêlons frappaient toujours les fenêtres. Elle se mit à rêvasser.

Les images se formaient doucement, sans aspérités, sans peur. Il y avait de la neige, douce sous son corps, et les mains de Nick sur sa peau. Ses longs doigts qui caressaient sa poitrine et descendaient lentement, jusqu'à se glisser entre ses jambes

Elle sentit des frissons de plaisir la parcourir puis tout, autour d'elle, changea. Le froid l'envahit, et les mains sur elle n'étaient plus celles de Nick. Celles-là lui serraient la gorge si fort qu'elle ne pouvait plus respirer. Elle entendit le battement de son propre cœur. Il n'y avait plus d'air, seulement le visage d'un homme dans l'ombre au-dessus d'elle.

Pendant un moment, il serra plus fort encore. Puis il se mit à rire et la lâcha. Il passa la main sur la cicatrice de son menton, et elle s'étira jusqu'à devenir une corde qu'il lui enroula autour du cou.

— Ce soir, Sasha Myer, tu vas mourir, lui promit-il dans un murmure.

*
* *

La température avait encore baissé. Il ne supporterait plus cela très longtemps. Attendre, toujours attendre. Se cacher, rester tapi dans le noir. Sans compter les récriminations de sa mère chaque fois qu'il croyait pouvoir être tranquille.

— Ce n'est pas très amusant de souffrir avant de mourir, n'est-ce pas ? lui dit-elle d'un air moqueur. Tu m'as fait souffrir, puis tu m'as tuée. Tu n'as que ce que tu mérites.

Elle conclut sur un ton sarcastique :

— Pauvre idiot d'Anthony Rush !

— La ferme ! hurla-t-il avant de se boucher les oreilles. Va-t'en, laisse-moi tranquille !

— A qui parles-tu ?

La question le frappa comme un coup à la mâchoire. Il se retourna, le fusil à la main, et dut prendre plusieurs inspirations avant de pouvoir ôter son doigt de la détente.

Son visiteur pâlit.

— Tu vas bien ? réussit-il à lui demander.

— Pauvre idiot ! Comment je pourrais aller bien ? Le flic a pris mes papiers et mon argent. Il faut que tu les récupères.

— C'est impossible. Tu sais que c'est impossible.

— Alors, il va falloir que tu m'aides. Je ne veux pas aller en prison. Tu mets le flic sur une autre piste, ou je jure que tu tombes avec moi !

Sentant venir une objection, il poursuivit :

— Si tu veux sortir vivant d'ici, cher cousin, il va falloir que tu fasses exactement ce que je te dis.

13

Sasha sortit brusquement de son bain en éclaboussant le sol. Il lui fallut plusieurs secondes pour comprendre où elle était et pour que les battements frénétiques de son cœur se calment.

— Il faut que j'arrête ces rêves idiots ! murmura-t-elle lorsque le cauchemar se fut dissipé et qu'elle eut repris pied dans la réalité.

Tout avait si bien commencé ! Nick et elle, et la promesse d'un moment enivrant… Comment Rush était-il parvenu à s'immiscer dans ses pensées ?

Elle résolut de ne plus prendre de bains ici. Dorénavant, elle se contenterait de douches. Au moins, on ne risquait pas de s'endormir dessous !

Après s'être enveloppée dans un peignoir en éponge blanc, elle vida la baignoire, et décida d'aller retrouver Nick. Elle avait besoin de lui.

Rejetant les épaules en arrière, elle ouvrit la porte de sa chambre… et se heurta au torse d'un homme.

Nick la prit dans ses bras avant qu'elle ne puisse s'écarter.

— C'est moi, lui dit-il en retenant le genou qui allait le frapper. Seulement moi !

Le soupir haché qu'elle laissa échapper le surprit.

— Qu'y a-t-il ?

Il s'éloigna assez d'elle pour lui prendre le menton et lui relever le visage.

— J'ai encore rêvé de Rush.

Nick sentit le frisson qui la parcourut.

— J'étais dans mon bain. Il a enlevé sa cicatrice et a essayé de m'étrangler avec.

Il lui passa la main dans le dos pour la réconforter.

— Je déteste les rêves étranges, murmura-t-elle.

— En existe-t-il d'autres ?

— J'en ai fait d'autres, ces derniers temps… et Rush en était totalement absent, répondit-elle avec un petit sourire.

Nick sentit son corps s'enflammer immédiatement. Il était fasciné par la vitesse avec laquelle elle passait de la terreur à la séduction.

— J'ai fait des rêves très agréables, depuis que je suis arrivée à Painter's Bluff, reprit-elle. Et plus encore depuis que nous sommes coincés ici.

Il regarda sa bouche et eut envie de la dévorer. Mais il fallait qu'il soit sûr qu'elle n'avait plus peur.

— Tu veux me raconter les détails de ton rêve ou tu préfères laisser mon imagination limitée les inventer ?

Une lueur entendue brilla dans les yeux de Sasha.

— Je ne crois pas que quoi que ce soit en vous soit limité, inspecteur…

Elle posa les mains sur ses épaules.

— Je sortais pour te retrouver, et tu es apparu.

Soudain méfiante, elle fronça les sourcils.

— Pourquoi es-tu là ? Tu n'allais pas encore dormir dans le hall, tout de même ? Parce que tu es censé surveiller Bo et…

Elle s'interrompit, baissant les yeux.

— Qu'est-ce que tu as à la main ?

Son sourire revint lorsqu'elle aperçut la bouteille.

— Bordeaux 1972.

Elle lui passa doucement les doigts dans les cheveux, et lui embrassa le coin des lèvres. Nick sentit sa tête tourner.

— Et Bo ?

— Will m'a proposé de prendre le relais il y a un quart d'heure. C'est lui qui a insisté pour le faire.

Nick inspira son parfum, cessa de résister à ses pulsions, et couvrit la gorge de Sasha de baisers.

— J'ai accepté, conclut-il.

Elle le serra dans ses bras lorsqu'il releva la tête.

— Non, je t'en prie, continue ! C'était si bon…

Il lui embrassa les tempes, les paupières, les pommettes.

— Je descends doucement vers ce qu'il y a de meilleur.

Lorsqu'il atteignit finalement ses lèvres, il la sentit esquisser un sourire.

— Si tu crois que c'est ce qu'il y a de meilleur, tu vas m'entendre, Nick Law.

Le feu qui couvait en lui l'embrasa tout entier alors qu'il l'embrassait passionnément. Pour la première fois de sa vie, il ne se demanda pas où cette nuit allait le mener, du moment qu'il y allait avec elle.

Sasha ne s'était pas attendue à ce qu'un unique baiser la consume tout entière… Ce fut pourtant le cas.

Une vague de chaleur la parcourut. Les émotions, les besoins, les désirs, tout se mêla dans son esprit. Elle avait envie de lui, avec une intensité qu'elle ne se rappelait pas avoir un jour ressentie.

Elle avait la certitude que ce ne serait pas uniquement sexuel ; les choses ne pouvaient pas être si simples entre eux. Mais si elle se mettait à réfléchir à cela maintenant, elle risquait de mourir de peur.

Mieux valait profiter du moment sans se soucier des conséquences… Pour cette nuit.

La bouche de Nick la rendait folle. Elle voulait le boire,

l'absorber tout entier, parce que le toucher ne suffisait plus. Elle recula dans sa chambre, et l'entendit refermer la porte du pied.

— Pose la bouteille, réussit-elle à dire d'une voix étouffée. J'ai des bougies.

Il sourit contre ses lèvres.

— Tu es sérieuse ?

— Epices de Tahiti. Ma mère me les a offertes à Noël.

— Et tu les as apportées à Painter's Bluff ?

Elle alluma l'une des bougies posées sur la commode puis se tourna vers Nick et lui ôta son T-shirt noir.

— J'ai des idées romantiques, tu sais.

— Je vois ça…

Lorsque sa fossette apparut, elle ne put résister au désir de l'embrasser.

Lorsqu'elle se fut occupée du T-shirt, Sasha tourna son attention vers son jean. Pourquoi le bouton du haut était-il toujours impossible à ouvrir ?

Nick semblait avoir d'autres projets. Sans prêter attention aux efforts de Sasha pour lui enlever ses vêtements, il lui entoura la taille de ses mains et la souleva. Elle enroula les jambes autour de ses hanches et le laissa l'embrasser.

Il y avait quelque chose entre eux. Elle l'avait senti dès le début. Quelque chose, comme il l'avait suggéré, qui était plus de l'ordre de l'âme que du sexe… Mais ce n'était pas le moment d'y penser.

Elle continua à s'escrimer sur son jean.

— Saleté de bouton ! marmonna-t-elle en tirant dessus.

Le bouton céda soudain et rebondit sur le parquet.

— Oups ! C'est bien que tu aies des vêtements de rechange. Sinon, tout le monde ici saurait ce que nous sommes en train de faire.

— La plupart d'entre eux pensent que nous le faisons depuis le début.

— Vraiment ?

Sans qu'elle sache pourquoi, l'idée lui plut.

— Dans ce cas, faisons beaucoup de bruit, pour stimuler leur imagination !

La fermeture Eclair s'ouvrit enfin. Sa mission accomplie, elle posa les mains sur les épaules de Nick.

— Comment est votre tension, inspecteur ?

— Au maximum.

Elle se serra contre lui, puis retint son souffle lorsqu'il écarta son peignoir et referma la bouche sur l'un de ses seins.

Une douleur exquise la transperça, allant de la poitrine aux cuisses. Sa respiration se fit haletante, et elle lui enfonça les ongles dans les épaules.

Une odeur d'épices monta dans l'air tandis que Nick la déposait sur le lit tout en gardant sa bouche sur elle.

La sensation irradia dans tout son corps, et se concentra en un tourbillon de désir entre ses cuisses.

Elle était secouée de frissons. L'anticipation et le délice tournaient dans sa tête comme des bourrasques de neige.

Elle laissa glisser ses mains sur la peau de Nick, en savoura la texture douce et satinée, et la fermeté des muscles en dessous. Un gémissement de désir monta dans sa gorge. Nick enleva la bouche de son sein et souffla d'un air taquin sur sa peau humide.

Il lui avait presque fait perdre tout contrôle d'elle-même, et ils venaient à peine de commencer.

Lui attrapant les cheveux à pleines mains, elle le tira en arrière.

— Ce n'est pas juste ! Je veux te séduire.

Il la regarda dans les yeux.

— C'est ce que tu es en train de faire, répliqua-t-il.

Bien qu'ils n'aient pour seul éclairage que la flamme

vacillante de la bougie, elle vit comme ses yeux noisette étaient devenus sombres.

Elle le laissa lui ôter son peignoir alors qu'elle faisait glisser son jean sur ses cuisses. Une autre vague d'émotions la submergea lorsqu'elle caressa son sexe dressé.

Il s'apprêtait à la serrer contre lui, mais elle lui posa la main sur le torse.

— C'est mon tour, murmura-t-elle avant de le prendre dans sa bouche.

Nick réagit par une grande inspiration et un calme soudain, bien plus éloquents que tous les mots qu'il aurait pu prononcer.

Désirer un homme à ce point avait quelque chose de presque indécent… Mais ce n'était pas une simple histoire de sexe. Sasha avait le sentiment que c'était très important. Et très beau.

— C'est bon…

Il la prit par les bras et l'attira vers lui.

— Seulement bon, Nick ?

— Incroyablement bon.

Il réussit à reprendre une longue inspiration.

— Merveilleusement bon.

— Voilà qui est mieux !

Elle se serra contre lui en gardant les yeux sur son visage. Il poussa un grognement en riant.

— Recommence, Sasha, et je ne réponds plus de rien. Il faut que nous allions moins vite.

Tout en parlant, il glissa la main entre ses cuisses. Sasha s'arrêta de respirer puis émit un son étranglé en sentant ses doigts pénétrer en elle.

— Je n'appelle pas ça aller moins vite.

Les yeux de Nick brillaient à la lueur de la bougie.

La faisant rouler sur le dos, il remplaça ses doigts par sa langue.

Il n'y avait plus rien à faire… Plus rien, à part tenir et savourer.

La chaleur qui frémissait en elle depuis des jours l'enveloppa et elle s'arc-bouta sous la caresse.

Le corps de Nick était à la fois doux, souple et musclé. Il éloignait les ombres, lui faisait tourner la tête. Les sensations se succédaient, l'envahissaient. Elle allait toujours plus haut, toujours plus près de ce merveilleux précipice. Elle n'avait encore jamais été aussi excitée.

Elle se cambra soudain, et accueillit avec un long gémissement la jouissance qui l'envahit en une vague de couleurs et de lumière.

— Waouh, souffla-t-elle lorsqu'elle put parler. Ce n'était pas juste du tout !

Il caressa de ses lèvres la peau de son ventre et remonta jusqu'à sa poitrine.

— La nuit est loin d'être terminée, Sasha…

Il semblait être comme elle, peut-être pas aussi essoufflé, mais comme frappé par la foudre… Et juste un peu trop content de lui.

Elle prit une profonde inspiration, se dégagea sans qu'il y oppose la moindre résistance, et le poussa pour qu'il s'allonge sur le dos.

— C'est mon lit, Nick, et c'est moi qui fixe les règles.

Il l'interrompit avec un baiser et l'attira sur lui.

Même si elle savourait encore sa jouissance, elle sentait un désir plus profond, plus fort, qui prenait naissance. On pouvait mourir de cela, elle en était sûre. Trop de désir, trop de sensations…

En se penchant, elle lui prit la lèvre inférieure entre ses dents et le mordilla.

Les yeux de Nick reflétaient des émotions qu'elle n'arrivait pas à déchiffrer.

Soudain, d'un mouvement si rapide qu'elle eut à peine le temps de s'en rendre compte, il la souleva et entra en elle.

Elle retint son souffle, puis s'abandonna et se laissa emporter par l'intensité du moment. Nick était beau, dans la lumière dorée de la bougie, et elle aurait pu le chevaucher ainsi la nuit durant.

S'accordant à son rythme, elle savoura chaque poussée. Elle rejeta la tête en arrière et le laissa l'emmener toujours plus loin, jusqu'au bout… Puis elle tenta de reprendre sa respiration, en se demandant si son cœur n'allait pas s'arrêter.

Alors qu'il était toujours en elle, Nick lui prit les hanches.

— Dis mon nom, Sasha. Je veux que tu dises mon nom.

Tous ses muscles vibraient encore. Il lui fallut quelques secondes avant qu'elle puisse avoir une pensée cohérente.

— Je t'en prie, recommence… Nick.

Il eut un petit sourire.

— Dès que j'en serai de nouveau capable.

Trois heures plus tard, Nick était surpris de se souvenir encore de son nom. Si Sasha ne l'avait pas répété, il l'aurait certainement oublié.

Elle s'était endormie dans ses bras, la tête sur son épaule, et ses cheveux lui chatouillaient le menton. Elle avait un corps magnifique et avait su exactement comment lui faire l'amour, ce qui le faisait réagir, comment le toucher… Elle lui avait fait ressentir des choses qui lui étaient jusque-là inconnues, des choses qu'il ne comprenait toujours pas, ou auxquelles il ne faisait pas entièrement confiance.

Si une partie de lui acceptait la philosophie indienne dans laquelle il avait baigné lorsqu'il était enfant, une autre, plus rationnelle, était prête à la renier. On ne pouvait pas tomber éperdument amoureux en quelques jours. Ce devait être seulement du désir ; c'était uniquement physique.

Il allait se répéter cela jusqu'à ce qu'il en soit convaincu… Ou jusqu'à ce qu'il parle au contremaître de son père. A vrai dire, il était plus amusé que troublé de constater qu'il préférait croire le vieil homme.

Sasha bougea à côté de lui. Il rit presque en constatant que son corps répondait instantanément. Ils avaient fait l'amour trois fois en trois heures. Il ne pouvait pas avoir la force de recommencer !

Les yeux fermés, elle murmura d'un ton paresseux :

— Tu veux entendre quelque chose qui fait peur ? Je ne sais plus quel jour nous sommes. Je suis restée allongée ici à essayer de ne pas penser à refaire l'amour avec toi, et tout à coup je me suis rendu compte que je ne savais pas si nous étions mercredi, jeudi ou vendredi.

— Vendredi.

— Tu pourrais me faire plaisir en faisant au moins semblant d'avoir tout oublié !

Il eut un petit rire.

— Je le sais uniquement parce que l'anniversaire du fils aîné de Dana est dans une semaine, et qu'il a peur de ne pas être rentré pour le fêter.

Sasha se redressa et s'appuya sur un coude.

— Skye dit que nous réussirons bientôt à partir d'ici. Je ne sais pas pourquoi, mais j'ai envie de la croire.

Les bougies qu'elle avait allumées étaient consumées, et le feu qui brûlait dans la cheminée était presque éteint. Ils avaient fait l'amour, bu du vin, et refait l'amour. Et de nouveau, comme Sasha, Nick avait suivi ses instincts. Mais il en était toujours à se demander s'ils n'étaient pas poussés par quelque chose de plus profond.

— Parle-moi, Nick. Tu m'as demandé de prononcer ton nom et je l'ai fait. En fait, je pense l'avoir crié une ou deux fois… Alors, tu m'es redevable.

— Si tu veux un discours cohérent, il va falloir que tu t'habilles.

— Pas de problème.

Elle se pencha hors du lit, attrapa son T-shirt, et l'enfila. Il la recouvrait jusqu'à mi-cuisses, ce qui était mieux que rien. Mais, T-shirt ou non, NIck devinait sa poitrine. Etait-il obsédé ?

— Nous avons déjà parlé de mon premier mariage, et tu sais comment j'ai rencontré Dana. Que reste-t-il ?

— Environ vingt-cinq ans à couvrir. Tu es resté avec Dana de six à douze ans, et tu as été marié à Lacey pendant trois ans. De toi, je sais seulement que tu vas pêcher avec Dana et que tu es arrivé à Painter's Bluff le lendemain de la mort de Kristiana Felgard. C'est peu, pour un homme avec lequel on vient de faire l'amour.

Nick s'adossa contre la tête de lit. Sasha était assise jambes croisées à côté de lui. La neige tombait dans le noir. Le vent s'était calmé, mais les rafales étaient encore assez fortes pour faire ployer les arbres les plus hauts.

Il regarda les gros flocons danser derrière la fenêtre.

— Je ne passe pas beaucoup de temps avec les autres, en ce moment. Je vois surtout mon coéquipier, Ray, mais il a la réputation d'être excentrique. Il vit dans la banlieue de Denver avec son père – un militaire à la retraite – et un gamin qu'il a recueilli. A part lui, il n'y a personne.

— Pas de femme ?

Il secoua la tête, et ne put s'empêcher de sourire.

— Pas encore.

— Alors, tu es un solitaire.

— J'aurais voulu présenter les choses d'une façon un peu plus positive mais, oui, je suis un solitaire. Je passe beaucoup de temps sur mon ordinateur.

— Et pourquoi as-tu décidé de t'occuper d'affaires non classées ?

Il hésita un instant, puis se dit qu'elle méritait qu'il lui dévoile un peu de son âme.

— Je travaillais avec un inspecteur, à la police de Chicago. Je ne l'aimais pas. Il était déplaisant et sarcastique, mais il était compétent. Il était divorcé et avait une fille qui s'appelait Linda. Elle avait onze ans, lorsqu'elle a disparu.

— Disparu ? répéta Sasha horrifiée. A onze ans ?

— C'est un âge difficile.

Nick retourna en esprit dans le passé, comme si le crime avait eu lieu la veille.

— On n'a pas su si elle s'était enfuie ou si elle avait été enlevée. Quoi qu'il en soit, on l'a retrouvée morte. Un restaurateur a découvert son corps dans une benne à ordures six semaines après sa disparition.

— Comment son père a-t-il réagi ? demanda doucement Sasha.

— Mal. Il s'est complètement replié sur lui-même. Il est mort au mois de février l'année suivante.

— De chagrin ?

— Dans une course poursuite. Mais c'est la douleur qui a provoqué sa mort. Il avait cessé d'être un bon policier parce qu'il pensait avoir été un mauvais père.

— Et l'affaire a été classée sans suite… Et c'est alors que tu as décidé de travailler dans ce service.

— Trois ans plus tard seulement, mais c'est cette histoire qui m'a décidé. Lorsque l'équipe de Denver a été montée, on m'a proposé de les rejoindre.

— On a retrouvé… ?

Elle fit un geste de la main pour terminer sa question. Il savait ce qu'elle voulait dire : avait-on retrouvé le meurtrier de Linda ?

— Non. Parfois, on ne découvre jamais ce qui s'est

passé. Mais il arrive aussi qu'une affaire soit soudainement relancée.

— Comme, par exemple, pour le tueur à la boule neigeuse.

— Je te promets, Sasha, que tu ne feras jamais partie de ses victimes.

— Et je parie que tu ne fais presque jamais des promesses, n'est-ce pas ?

— C'est rare, en effet.

Sasha se pencha vers lui.

— Pourquoi, se demanda-t-elle à voix haute, cette caractéristique me semble-t-elle tout à coup très érotique ? Cet homme ne fait pas de promesses mais, au lit, il est sexy à mourir.

Il ne dit rien, se contentant de la regarder d'un peu plus près.

Elle toucha un coin de sa bouche.

— T'ai-je dit que j'aime qu'un homme ait des fossettes ? Parce que c'est le cas.

Il la renversa sur le dos si brusquement qu'elle se mit à rire.

— On ne peut pas dire que tu sois adepte de la persuasion douce !

Elle ôta son T-shirt.

— Je crois comprendre que tu as une idée en tête ?

— Oui.

Il lui prit les poignets, et les tint fermement de chaque côté de l'oreiller.

— Et, cette fois, je pense que Skye avait raison et que nous allons mettre le feu aux draps.

Les minutes étaient aussi longues que des heures, les heures que des jours. 3 heures du matin… Il devait prendre garde à ne pas glisser sur le toit verglacé. Heureusement, la pente n'était pas raide de ce côté, et il lui suffisait de faire attention.

Il regarda par la première fenêtre. Deux lits, deux corps, tous deux endormis. Il poursuivit son chemin et alla jusqu'au bout du toit. Là, il poussa vers le haut la fenêtre dont le système de fermeture avait été modifié par ses soins…

Il sentait la boule neigeuse dans la poche de son manteau. Elle était là, témoignage beau, amer, un peu plus petite que d'habitude, mais ça irait. Et, bien sûr, il avait son arme.

En tendant et refermant les doigts, il s'arrêta un moment pour anticiper et savourer la pensée de ce qui allait venir. Mais le monstre s'impatientait. Il ne voulait plus attendre…

14

Cette fois, c'était Nick qui rêvait.

Il était à Chicago, ou peut-être à Denver, et avançait dans une ruelle nauséabonde. Il entendait des gens respirer dans l'ombre, et le froissement de rats qui fouillaient dans les poubelles. Une bouffée d'air froid l'assaillit. Il vit la benne devant lui, mais ne voulut pas regarder à l'intérieur. On avait déjà trouvé une fillette ici, autrefois. Qu'allait-il y voir, ce soir ?

Le jeune adjoint de Pyle apparut à côté de lui. Dans ses mains, il tenait les débris d'une boule neigeuse écrasée. La tête de l'ange manquait.

La voix de Pyle résonna :

— Il y a quelque chose qui cloche, Nick. Pourquoi avez-vous l'impression que le visage de Rush vous est familier ? Vous croyez qu'il est sur une liste de personnes recherchées ?

Non, Nick ne le pensait pas. Mais quelque chose dans la forme de sa mâchoire et peut-être de ses yeux le troublait.

— Je n'ai plus l'habitude de faire attention aux détails, admit Pyle. Autrefois, j'observais attentivement les gens tout le temps. Maintenant, je ne regarde plus que l'essentiel.

Il agrippa le bras de Nick alors qu'ils passaient devant la benne.

— Vous ne voulez pas regarder là-dedans, c'est ça ?

Nick savait qu'il devait le faire, mais lorsqu'il s'exécuta, son estomac se retourna. Il recula en trébuchant, et s'efforça de reprendre son souffle. Elle n'était pas morte ! Il ne la laisserait pas mourir !

Une autre bouffée d'air froid le frappa comme un coup par-derrière. Il entendit un grattement…

Et c'est alors qu'il se réveilla.

Sasha entendit la voix de Nick, étouffée mais pressante. Elle ouvrit les yeux. Pourquoi n'arrivait-elle pas à respirer ?

— Tu es réveillée ?

Il parlait à son oreille. Elle hocha la tête, et repoussa la main qui couvrait sa bouche.

— Chut ! murmura Nick. Ne fais pas de bruit…

— Que se passe-t-il ?

— Il y a quelqu'un dans le chalet.

Nick enfilait déjà son jean, son T-shirt et ses chaussures.

— Reste là, ordonna-t-il.

Il prit son arme, et glissa un autre chargeur dans sa ceinture.

Aussi silencieusement que possible, Sasha se leva et mit son jean et un haut.

Il y avait deux grandes fenêtres dans le salon attenant. L'une pouvait uniquement être atteinte avec une échelle, mais l'autre donnait directement sur un petit toit plus bas. C'est par là, elle en était certaine, que l'intrus était passé.

Un souffle d'air glacial lui caressa la peau. Elle aperçut une ombre. L'individu s'arrêta, comme surpris, puis rebroussa rapidement chemin.

Nick se précipita vers lui avant qu'il ne puisse retourner à la fenêtre, mais Rush – elle supposait que c'était lui – poussa un canapé dans sa direction pour lui barrer le passage.

La lame d'un couteau brilla soudain. Sasha chercha fébrilement l'interrupteur, pendant que Nick sortait son arme.

Comme un artiste de cirque, Rush lança son couteau sur Nick puis il plongea par la fenêtre et disparut.

Nick poussa un juron, et tira un coup de feu. Sasha alluma enfin la lumière.

— Va chercher Will ! cria Nick en se précipitant à la suite de Rush.

Sasha aurait voulu le suivre, mais elle obéit et se rendit dans la chambre de Bo.

Elle rencontra Skye dans le couloir.

— J'ai entendu un coup de feu !

— Rush est entré dans le chalet par une fenêtre. Nick est à sa poursuite.

Elle frappa à la porte de Bo.

— Shérif, réveillez-vous !

Comme il ne répondait pas, elle entra dans la chambre.

— Réveillez-vous, Will !

Il coassa comme un crapaud enroué.

— Quoi ? Que se passe-t-il ?

Elle le secoua jusqu'à ce qu'il ouvre les yeux.

— Nick est parti à la poursuite de Rush ! Je ne sais pas comment il a fait, mais il s'est introduit dans le chalet !

— J'avais mis l'alarme, dit Skye depuis le seuil. Elle était branchée lorsque je suis montée me coucher. Nick l'a vérifiée pendant que j'allais chercher le vin.

— Quel vin ? demanda Will en levant la tête. Que se passe-t-il ?

Sasha le secoua de nouveau. Il était pire qu'un ours en train d'hiberner.

— Nick est à la poursuite de Rush !

Bien qu'elle criât presque, l'occupant du lit voisin ne bougea pas et ne protesta pas non plus. Avec méfiance, elle regarda les couvertures.

— Je croyais que Bo ronflait…

Toujours ensommeillé, mais commençant à reprendre

ses esprits, Will tendit la main et souleva la couverture, découvrant deux oreillers et une polaire bouchonnée qui imitaient grossièrement la forme d'un corps.

— Comment avez-vous pu ne pas remarquer qu'il était parti ? s'exclama Sasha. Vous pouvez marcher ?

— Il va bien falloir que j'y arrive ! Où sont-ils ?

— Ils sont sortis par une fenêtre. Je ne sais pas où ils sont allés ensuite.

La panique menaçait d'avoir raison d'elle, mais elle tenait bon.

— Rush avait un couteau. Il l'a lancé sur Nick, et Nick a tiré.

Pyle se leva maladroitement, et commença à boitiller vers la porte en disant :

— Je ne pourrai jamais marcher comme ça dans la neige. Montrez-moi votre chambre.

Il parcourut péniblement le couloir et entra dans la pièce.

— C'est cette fenêtre ?

— Non, l'autre. Dans le salon.

La neige tombait, et commençait à recouvrir le rebord de la fenêtre. Les rideaux volaient à chaque rafale de vent.

— Les traces sur le toit s'arrêtent ici, observa Pyle. Il y a les empreintes d'un seul homme qui passent devant les autres fenêtres jusqu'à la vôtre. Mais celles qui vont vers le bois sont doubles. Ils sont certainement descendus par l'avant-toit.

Rush était habillé pour se protéger du froid, mais pas Nick. En se passant les doigts dans les cheveux, Sasha fit le tour de la pièce. Où étaient-ils partis ? Rush avait-il une arme ? Nick allait-il revenir sain et sauf ?

Elle aperçut le couteau que Rush avait lancé. La lame disparaissait sous le canapé. Gardant les yeux fixés sur le manche, elle se pencha pour l'examiner.

— Will…

— La fenêtre a été trafiquée, annonça le shérif. Quelqu'un a bloqué le système de fermeture. Qu'y a-t-il, Sasha ?

— Il y a du sang sur le manche du couteau…

— Quoi ? Où ?

Il s'approcha du canapé en boitant, et le poussa.

— Bon Dieu !

Il y avait du sang sur la lame également.

— Nick, tu es là ? Nick ?

Il entendait Dana appeler, mais il ne pouvait pas vraiment dire d'où venait la voix. Il avait l'impression de se trouver dans un congélateur géant et de ne plus savoir où était la porte.

Il savait qu'il perdait du sang, assez pour être désorienté… Même si le froid seul aurait suffi pour cela.

— Où es-tu, Nick ?

— Je ne sais pas, répondit-il, tout en ayant conscience que Dana ne pouvait pas l'entendre.

Nick voyait la buée se former alors qu'il luttait pour respirer. Son bras gauche était humide… ou, plutôt, glacé maintenant, mais il l'avait senti humide pendant un moment.

— Nick, je sais que tu es là ! Le chalet est par là ! Suis ma voix !

Comment le même son pouvait-il provenir de tant d'endroits à la fois ? Il essaya de voir à travers les flocons de neige qui s'épaississaient, mais ne distingua que les vagues contours de rochers blancs qui ressemblaient à des fantômes pétrifiés par le froid.

Il savait qu'il n'avait pas perdu tout son sang, parce qu'il le sentait battre à ses tempes si fort qu'il n'arrivait plus à penser. C'était sans importance, de toute façon. Le vent continuait à tourbillonner, emportant la voix de Dana.

— Nick ?

La voix de Sasha se joignit à celle de Dana. Nick se tourna instinctivement vers elle.

— Law, où êtes-vous ?

Max aussi ? Il devait être là depuis plus longtemps qu'il ne le pensait.

— Je t'en prie, Nick, réponds ! cria Sasha.

Elle semblait plus proche – ou avait-il envie de le croire ? Le vent se calma un instant, et il lui sembla apercevoir une lueur à travers la neige qui tombait.

Le chalet ?

— Nick ? appela encore Sasha.

— Ici, réussit-il péniblement à articuler.

Il avait l'impression qu'il n'arrivait plus à respirer.

— Nick ?

La lumière devint plus forte, l'éblouissant.

— Dis-moi quelque chose !

Les voix masculines s'éloignèrent et il se concentra sur celle de Sasha.

— Je suis là.

Il fallait qu'il se plie en deux pour respirer, maintenant. Mon Dieu, qu'il avait froid ! Lorsqu'il était adolescent, il lui arrivait de sortir l'hiver en chemise. Pourquoi cela ne le gênait-il pas, à l'époque ?

Il se força à avancer. C'étaient les lumières du chalet, il en était sûr. Une plus petite, qui oscillait devant lui, était certainement la lampe de Sasha.

— Réponds-moi, Nick ! cria-t-elle.

— Ici… Devant toi.

— Ni…

Cette fois elle ne prononça pas entièrement son nom. Il releva la tête, essayant de distinguer des ombres dans la nuit.

— Sasha ?

— Je vais bien. J'ai trébuché. Mon pied est coincé. Oh ! mon Dieu !

— Quoi ?

Il ne la voyait pas.

— Sasha, que se passe-t-il ?

Elle apparut soudain, sans lampe torche, avec une expression terrifiée sur le visage, et se jeta à son cou.

— Que se passe-t-il ? demanda encore Nick

Sa lampe torche brillait toujours, là où elle était tombée dans la neige.

— Tu t'es fait mal ?

— C'est… C'est…

Il la secoua.

— Il y a quelque chose qui ne va pas ? Que s'est-il passé ?

— J'ai trébuché… J'ai trébuché sur Bo. Il a les yeux ouverts et il ne respire plus. Nick, Bo est mort !

C'était le chaos, dans le chalet. Skye empilait des bûches dans la cheminée pour entretenir un feu ronflant tandis que Nick se réchauffait devant les flammes et laissait Sasha s'occuper de lui.

Elle enleva son T-shirt ensanglanté pour pouvoir soigner son épaule. Sa blessure le faisait terriblement souffrir, mais le baiser qu'elle déposa délicatement sur sa joue le soulagea un peu.

— Je suis si heureuse que tu sois là ! murmura-t-elle.

— Il a besoin de points, déclara Skye en regardant sa plaie. Je vais chercher la trousse d'urgence.

— La trousse ?

Nick avait beau avoir des étourdissements, il pouvait encore reconnaître une menace lorsqu'il en entendait une.

— Il est hors de question que vous me fassiez des points, Skye !

— Ah ! les hommes ! soupira Sasha en approchant un verre de ses lèvres. Allez, bois un peu. Skye dit que ce whisky est si fort que tu ne sentirais pas un boulet de canon.

Ça lui allait. Il avala, le liquide lui brûla la gorge, et il se demanda vaguement s'il respirerait de nouveau normalement un jour.

Etourdi mais déterminé à rester conscient, il posa les yeux sur le visage de Sasha. Sa vie était en danger. Bo Sickerbie était mort. Il devait la protéger.

— Vous allez mieux, Nick ? demanda Pyle en s'asseyant près d'eux. Ce feu est plus chaud que l'enfer ! Ça devrait vite vous faire du bien.

Nick se tourna vers Will.

— Vous n'auriez pas dû envoyer Max et Dana chercher le corps de Bo. C'est trop dangereux, avec Rush toujours dans les parages.

— C'est à moins de cent mètres du chalet, Nick !

La pièce devint comme brumeuse. Ce n'était pas bon signe. Nick posa les mains sur ses genoux, baissa la tête, et expira doucement.

Il avait besoin de penser. Quelque chose ne collait pas, mais il n'arrivait pas à voir quoi.

Les visages se succédaient dans son esprit… surtout celui, obsédant, de Rush. Nick ne parvenait pas à se défaire d'un sentiment de déjà-vu.

La porte s'ouvrit, et Dana entra.

— Nous avons mis le corps de Bo dans le garage. Le bâtiment est près de la maison, et il est protégé par l'alarme.

En parlant d'alarme…

— Elle était branchée quand je suis monté hier soir, Dana, réussit à articuler Nick, qui avait de plus en plus mal à la tête. Elle était en marche, et Skye est la seule à connaître le code.

— Bo a dû le trouver d'une manière ou d'une autre, déclara Pyle en se massant la cheville. Skye dit qu'il passait son temps à fouiller dans tous les tiroirs, les placards et les réduits du chalet.

Sasha secoua la tête.

— Le code n'est noté nulle part, Will. Seule Skye le connaît.

— Alors Bo l'a découvert tout seul.

— Impossible, répliqua Nick. Cette alarme est ce qui se fait de mieux. Bo n'était pas assez malin pour trafiquer un système aussi sophistiqué.

— Il s'est peut-être fait passer pour plus bête qu'il n'était, suggéra Pyle.

Peut-être… Nick pressa ses paupières qui brûlaient.

— Vérifie l'alarme, Dana.

Skye les rejoignit avec une longue aiguille menaçante posée sur un morceau de coton blanc.

— Vous plaisantez ! protesta Nick en levant les yeux vers elle. Vous n'allez pas me recoudre avec ça ?

— Il a bu le whisky ? demanda Skye à Sasha.

— Le verre entier.

Il regarda une femme, puis l'autre, puis ferma les yeux et eut un petit rire.

— Je n'arrive pas à le croire ! Vous m'avez drogué !

— C'était l'idée de Skye, murmura Sasha. Tu ne vas pas dormir longtemps. J'ai insisté pour qu'elle te donne seulement la moitié de la dose.

— Dose de quoi ?

— Ne t'inquiète pas, Nick, je ne mets jamais en danger ceux que j'aime. Tout ira bien.

Ceux qu'elle aimait…

Les mots résonnèrent dans son esprit embrumé, mais Dana le rappela brutalement à la réalité en annonçant :

— L'alarme a été trafiquée.

— Comment ? demanda-t-il d'un ton pressant en s'efforçant de rester encore éveillé. Dis-moi vite, Dana !

— Le voyant est allumé, et donne l'impression que le système est en marche, mais c'est tout. L'alarme elle-même est inactive.

— Ce n'est pas Bo qui a fait ça, répéta Nick pour la dixième fois depuis qu'il s'était réveillé. Il n'était pas assez calé en informatique.

— Je suis d'accord.

Sasha le retenait par la ceinture de son pantalon pour le garder sur le lit.

— Allons, Nick, tu as seulement dormi trois heures. Tu ne peux tout de même pas avoir récupéré de ta nuit !

Il lui lança un regard taquin.

— Tu parles de quelle partie de la nuit, Sasha ?

— Toutes. Tu pourrais au moins me laisser te donner de la soupe en disant « pauvre bébé », avant que tu ne repartes à la poursuite des méchants ?

— Essaie quand j'aurai la grippe ! Mais les blessures me mettent en rogne.

— Nick…

— Bo est mort, Sasha.

— Il devait être de mèche avec Rush, mais Rush a décidé de le tuer pour une raison ou pour une autre. Dana a même retrouvé la pierre avec laquelle il a porté le coup près du corps de Bo.

— C'est trop simple, trop évident.

Elle poussa un soupir.

— J'étais certaine que tu dirais ça !

— Je ne crois pas que Bo ait désactivé l'alarme.

— Et Rush ? Peut-être que Bo l'a fait entrer en douce plus tôt dans le chalet, et qu'il s'en est occupé lui-même.

— Où était Max la nuit dernière ?

— Max ?

Elle dut faire un effort.

— Je ne sais pas vraiment. J'ai aidé Will à descendre l'escalier, et quand nous avons trouvé le couteau avec du sang, il y a eu beaucoup de confusion. Je faisais des efforts pour ne pas paniquer, Skye a commencé à ameuter tout le monde. Ensuite, je suis retournée enfiler mes bottes et un manteau, j'ai pris mon arme, une lampe, et je suis allée te chercher.

— J'ai entendu la voix de Dana en premier, lui dit Nick, puis la tienne, et enfin celle de Max. Vous avez été ensemble à un moment ?

— Non. J'ai entendu Dana aussi. Il était quelque part sur ma droite ; Max était sur ma gauche. Je ne les voyais pas. Je suis allée vers les arbres, parce que Will disait que c'était par là que les deux traces de pas se dirigeaient.

— Oui…

Comme il ne poursuivait pas, elle demanda :

— Quel est le problème, maintenant ?

— Il n'y a pas de problème, mais des questions. Ça devrait être clair pour moi, mais ça ne l'est toujours pas.

— Alors, tu vas faire quoi ? Démonter l'alarme ? Faire subir la question à tous les occupants du chalet ? Partir de nouveau à la recherche de Rush ? Parce que, si c'est ton plan, il vaut mieux que tu en fasses vite un autre. Tu as été blessé la nuit dernière, tu te souviens ?

Il sourit.

— Je suis encore capable de me défendre, Sasha.

— Un coup de poing dans l'épaule, et je t'allonge.

La fossette apparut, et elle sentit son cœur fondre.

— Je m'allonge quand tu veux… sauf maintenant.

— Toujours une bonne excuse ! répliqua-t-elle du tac au tac.

Elle l'attrapa par son bras valide et demanda :

— Que vas-tu faire ?

— Je vais aller examiner en détail le corps de Bo.

Sasha le laissa faire. Certaines choses étaient tout simplement trop difficiles pour elle. Pendant ce temps, elle parla du complexe hôtelier avec Skye, apprit à faire du pain, et refit un pansement à Will.

— Nick fait une montagne d'un rien, dit le shérif avec une grimace. C'est trop serré, Sasha.

— Pardon.

Elle défit un peu le pansement et ajouta :

— Nick n'est pas certain que Bo aidait Rush.

— Pourquoi pas ?

— Parce que c'est Nick, et qu'il n'aime pas les choses simples. Je lui donne encore une demi-heure et, s'il le faut, j'irai le faire sortir de ce garage moi-même !

Dana entra par la porte arrière, et secoua la neige de ses cheveux.

— Où est Max ? demanda-t-il.

— Il travaille sur la radio, répondit Sasha. Dana, que cherche Nick ?

— Ce qui ne colle pas.

Dana, qui était visiblement fatigué, enleva sa parka. Il s'accroupit pour réchauffer devant le feu ses mains rougies par le froid.

— J'ai fait ce que m'a demandé Nick : j'ai passé deux heures à chercher des traces de Rush, et je n'ai rien trouvé.

— Il n'y avait pas d'empreintes ?

— Le vent a soufflé toute la nuit et a tout effacé. J'ai regardé autour de l'endroit où Bo a été frappé, j'ai même creusé un peu. J'ai vu du sang, mais rien d'autre.

— Je pensais qu'on connaissait l'arme du crime ?

— Oui. J'ai trouvé la pierre hier soir. Il y avait même

des cheveux dessus. Mais Nick pense que c'est trop beau pour être vrai.

Sasha referma la trousse de premiers secours.

— Il a toujours été comme ça, Dana ?

— Oui. Il fait très attention aux détails. Personnellement, je pense qu'il ne faut pas en faire trop, mais je n'arriverai jamais à convaincre Nick de cela.

— Comment peut-on en faire trop ?

— Imaginez que vous examiniez un tableau à la loupe. Vous verriez chaque coup de pinceau, mais vous manqueriez la globalité. Pour moi, il y a un tueur fou à Hollowback Mountain. Pour Nick, il y a des questions sans réponses.

— Mon Dieu ! On croirait entendre ma mère… Elle pose des questions sur tout et sur tout le monde. Surtout sur moi. Puis elle oublie les réponses.

— J'ai déjà connu quelqu'un comme ça, remarqua Dana. Elle est distante ?

— Oui.

— Très critique ?

— Je n'ai rien fait de bien en vingt-neuf ans.

— Elle ne se soucie pas des sentiments des autres ?

— Jamais ! Mais c'est ma mère, Dana, et je l'aime profondément malgré tout. Et, pour vous, qui est votre sorcière ?

Dana posa les coudes sur ses genoux et se frotta les yeux.

— Je crois que son vrai nom était Dorothy, mais tout le monde l'appelait Dolly. Nick la connaissait. Elle avait seize ans, et nous dix. Nous étions tous les deux amoureux d'elle. Un jour, Nick lui a offert une rose. Elle s'est piqué le doigt en la prenant, et la lui a jetée au visage. Moi, je lui ai donné une barre chocolatée, mais je n'ai pas eu plus de succès : elle m'a traité d'idiot parce qu'elle était allergique au chocolat.

— Et maintenant, elle est probablement divorcée, stressée et malheureuse.

— Oh non !

Il laissa retomber ses mains.

— Elle a épousé le cousin de Nick. Ils ont un ranch de vingt-mille au Texas, pas d'enfants, et passent leur temps à faire la fête.

Sasha se mit à rire.

— Il n'y a vraiment aucune justice ! Nick la voit parfois ?

— Non. Mais pour rien au monde il n'oublierait de lui envoyer une rose à Noël.

Nick entendit la porte s'ouvrir et se refermer derrière lui. Il n'eut pas besoin de regarder pour savoir qui c'était.

La voiture s'affaissa très légèrement lorsque Sasha vint s'asseoir à côté de lui.

— Il faut que je vous dise, inspecteur, que c'est un spectacle étrange que de vous voir assis sur le capot de mon Land Rover à regarder le corps d'un homme mort.

— Je réfléchis.

— Il est également peu commun de le faire en regardant fixement un cadavre.

Elle poursuivit d'une voix douce :

— Quoi que Bo ait fait, il était le père de six enfants. Probablement pas le meilleur père du monde, et je suppose qu'il était un mari détestable, mais je ne peux pas m'empêcher d'avoir de la peine pour lui. Personne ne mérite de mourir comme ça.

Elle demeura silencieuse un instant.

Comme Nick ne répondait pas, elle ajouta :

— Pourquoi restes-tu ici à réfléchir, alors que tu pourrais faire la même chose confortablement installé au chalet ?

Il se mordilla la lèvre inférieure ; il se sentait toujours

un peu nauséeux, après le somnifère que Skye et Sasha lui avaient mis dans le whisky.

— J'ai trouvé quelque chose dans la poche de son manteau.

— J'imagine que ce n'est pas la clé de sa cabane ?

— Elle y était aussi. Mais la doublure de la poche était gelée, comme si elle avait été mouillée.

— Ce qui signifie ?

— Qu'il a peut-être découvert cet objet dans la neige.

— Ne pourrais-tu pas être un peu plus précis ? De quel objet parles-tu ?

Il hésita, puis mit la main dans la poche de sa veste. Il aurait senti l'émotion de Sasha même si elle n'avait pas retenu sa respiration.

— Une boule neigeuse…, murmura-t-elle en regardant le petit globe dans la main de Nick. Et j'ai le sentiment qu'elle m'était destinée.

15

— Elle est exactement comme celle que j'ai vue en rêve ! déclara Sasha avec colère. Sauf que ce n'était pas un rêve. Il était là, prêt à me tuer.

Elle fronça les sourcils.

— Mais il ne l'a pas fait… Pourquoi ?

— C'était le soir où Skye a décidé de monter la garde dans ta chambre. Elle a dû l'empêcher de mettre son projet à exécution.

Nick était soulagé de constater que la colère prenait le pas sur la peur chez elle.

— Tu es vivante, et je ne lui laisserai plus l'occasion de t'approcher.

Il la prit dans ses bras et enfouit son visage dans ses cheveux blonds.

— S'il essaie, je le tue.

La sentant frissonner, il resserra ses bras autour d'elle.

— Mais pourquoi cette boule est-elle si petite ? murmura-t-elle.

— Je ne sais pas. Il y a un peu de colle sur le fond, comme si elle avait été fixée à quelque chose d'autre.

— Tu vas en parler aux autres, ou nous tenons également ça secret ?

Il se souvint de la pochette d'allumettes provenant de l'hôtel Blanca de Carthagène, qu'ils avaient trouvée dans les cendres de la cabane de chasseur.

« Ça ne colle pas », lui soufflait une petite voix.

Qu'est-ce que Carthagène et son climat tropical avaient à voir avec un tueur en série qui laissait ses victimes dans la neige ?

— Nous les mettrons au courant pour la boule, finit-il par dire.

Elle le regarda attentivement.

— Il y a quelque chose qui ne va pas, Nick ?

Il fronça les sourcils.

— Je ne sais pas. La Colombie et la drogue n'ont rien à voir avec des meurtres en série en hiver.

Sasha lança un coup d'œil vers l'établi où était déposé le corps de Bo.

— Peut-être qu'il est trop difficile de réfléchir à un problème en restant debout à côté d'un cadavre. Nous devrions retourner au chalet.

— Tout le monde est là-bas ?

— Pour autant que je sache, oui. Dana et Max se chamaillaient à propos de la radio et Will est descendu en boitillant environ un quart d'heure avant que je ne vienne te rejoindre. Skye préparait le dîner.

Sasha se força à sourire.

— Du lièvre. Je vais être beaucoup plus mince lorsque je partirai d'ici.

Du moment qu'elle était encore en vie…

Nick chassa cette pensée et lui pinça le menton.

— Je t'offrirai des hamburgers et des frites plus tard. Pour le moment, on y va ?

Sasha avait les nerfs à vif. Deux nuits durant, elle ne dormit que parce que Nick était à ses côtés. Pendant deux jours, elle ne mangea que parce qu'ils descendaient dans la nuit pour cuisiner ce qu'ils trouvaient qui ne ressemblait pas de près ou de loin à du gibier.

— Sept minutes au four, et ces trucs au fromage et poivron seront chauds.

Nick déposa deux fajitas congelées dans le micro-ondes.

— Sasha, comment peux-tu avoir vécu en France et aimer ce genre de choses ?

Lorsqu'il se redressa, elle le vit rouler son épaule blessée. Elle remplit deux verres de vin, lui en tendit un, et commença à monter l'escalier.

— Il faut que je refasse ton pansement. Je reviens tout de suite.

Sasha trouvait le silence du chalet plus oppressant qu'un concert de craquements et de grincements dans une maison hantée. Il faudrait qu'elle en parle à Skye. Peut-être serait-il judicieux de faire exprès de mal fixer quelques planches dans le nouvel hôtel.

Elle tourna à gauche et compta les portes. La septième à droite correspondait au cagibi où l'on rangeait la trousse. Mais quand elle passa devant la cinquième porte, elle entendit quelque chose et s'arrêta.

Ce n'était pas un bruit de pas ou un froissement de tissu, et certainement pas le vent. Et personne ne dormait dans cet endroit du chalet.

Ce n'était pas Anthony Rush non plus, se dit-elle pour calmer les battements de son cœur : l'alarme était activée et en état de marche. Nick y avait veillé.

Elle frissonna. Devait-elle aller prévenir Nick ou avancer ?

Elle entendit de nouveau le bruit. Cela lui rappela tout à coup un très long mois qu'elle avait passé dans la petite maison de son oncle Paul au bord du lac Bow. A l'époque, il utilisait encore une antenne de télévision, et les quelques chaînes qu'il parvenait à capter étaient pleines de parasites.

Elle considéra la porte. N'était-ce pas la pièce où se trouvait la radio ?

Elle s'approcha de la porte et, cette fois, entendit clairement. Des parasites, puis une voix. D'homme ou de femme ? Impossible à dire.

Celui qui lui répondit dans la pièce était indubitablement un homme.

— Max ? appela-t-elle doucement. Vous êtes là ?

Les voix et les parasites se turent instantanément.

Elle tourna la poignée, et hésita en constatant que la porte était verrouillée.

— Max ?

Personne ne répondit, mais elle savait ce qu'elle avait entendu : il y avait quelqu'un dans cette pièce.

Anthony Rush ?

Elle retira sa main en sursautant, fit quelques pas en arrière. Bo avait peut-être donné une clé à Rush…

Troublée, elle recula encore.

— Sasha ?

Le murmure de Skye lui retourna les sangs. Elle prit une profonde inspiration pour tenter de se calmer.

— Vous savez, je ne suis pas si nerveuse d'habitude !

— Je connais ça, dit Skye en lui tapotant l'épaule. Pourquoi regardez-vous cette porte ?

— J'ai entendu des parasites.

Skye tourna la poignée. Cette fois, la porte s'ouvrit.

Sasha murmura :

— Elle était fermée à clé il y a une minute.

S'arrêtant sur le seuil, Skye tendit la main vers l'interrupteur en demandant :

— Il y a quelqu'un ?

Sasha entendit le déclic, mais la pièce resta plongée dans l'obscurité.

— Je n'aime pas ça, murmura-t-elle.

Elle prit Skye par le bras.

— Nous devrions aller chercher Nick.

— Nous savons qu'il y a quelqu'un dans cette pièce ! cria Skye, refusant de se laisser intimider. La seule voie pour en sortir, c'est par cette porte. Alors, vous feriez mieux de vous montrer !

— Je vais chercher Nick.

Sasha se précipita dans le couloir et rencontra Nick en haut de l'escalier.

— Il y a quelqu'un dans la pièce de la radio !

Comme aucun des couloirs de l'étage n'était droit, il leur fallut quelques secondes pour atteindre la pièce. Ils étaient à mi-chemin lorsque l'alarme retentit.

Nick arriva le premier, Sasha sur ses talons. Skye était étendue par terre, et un vent glacé soufflait par la fenêtre ouverte.

Nick alla droit à la fenêtre tandis que Sasha se précipitait vers Skye.

— Que se passe-t-il ?

Will Pyle, qui arrivait aussi vite qu'il le pouvait en boitillant, faillit trébucher sur Skye. Il perdit l'équilibre, heurta une chaise et finit par tomber lourdement aux pieds de Nick. Alors que Nick l'aidait se relever, Skye tenta de se redresser en gémissant.

— Ne bougez pas, lui dit Sasha.

— Mon Dieu ! Ne me dites pas que ça a recommencé ! s'exclama Dana en arrivant à son tour.

— Il m'a prise au dépourvu, et m'a frappée avec le poste de radio, je crois, marmonna Skye en se tâtant le crâne du bout des doigts. Je n'arrive pas à croire que je vois des étoiles !

— C'était Rush ? demanda Dana à Nick.

— Peut-être.

Nick referma la fenêtre et Max apparut dans l'embrasure de la porte, visiblement effrayé.

— Je crois que je vais renoncer à travailler sur ce projet d'hôtel, dit-il. Et vous, Sasha ?

Dana souffla d'un air méprisant, l'empêchant de répondre.

— Comment se fait-il que chaque fois que je réussis presque à faire fonctionner cette radio, je la retrouve cassée quand je reviens ?

— J'ai entendu des parasites, intervint Sasha. Et des voix.

— Elle ne veut pas en démordre, ajouta Skye.

Nick réfléchit.

— Max, il faudrait que vous descendiez et que vous remettiez l'alarme en marche. Dana, laisse cette radio pour cette nuit.

— Et Rush ? demanda Will. Vous n'allez pas à sa poursuite ?

— Pas dans le noir.

Tout en aidant Skye à se remettre debout, Sasha lança à Nick un regard sceptique. Elle ne fit cependant aucun commentaire et, passant le bras autour de la taille de la vieille dame, elle la guida vers sa chambre.

Il fallut plus d'une heure pour que tout revienne en ordre. Sasha s'assura que Skye dormait bien avant de retourner dans sa chambre. Nick la rejoignit dix minutes plus tard, lui tendit un paquet de biscuits, et vérifia que les fenêtres étaient bien fermées.

— Mmm… des biscuits au miel et aux noix. Je suis gâtée !

Elle s'assit sur l'appui de fenêtre et commença à ouvrir le paquet.

— Nick, que se passe-t-il ? Je n'avais aucune envie que tu le fasses, mais pourquoi n'es-tu pas allé à la poursuite de Rush ? Il n'avait pas beaucoup d'avance.

— Il n'avait pas d'avance du tout.

Elle posa le paquet à côté d'elle.

— Maintenant, tu me fais peur. Que veux-tu dire ?

En lui mettant les mains sur les épaules, Nick la fit se tourner vers la fenêtre.

— Des empreintes, murmura-t-il à son oreille. Tu en vois sur le toit ?

— Devant ma fenêtre, non, mais…

Elle se retourna et leva les yeux vers lui.

— Il n'y a pas d'empreintes ? Mais ça veut dire…

— C'était une ruse. Celui que tu as entendu dans la pièce a ouvert la fenêtre. Mais il n'est pas parti par là.

La bête écumait en lui. Il fallait que cela advienne, il le savait. Le monstre salivait… C'était si près ! Il avait été sur le point de réussir tant de fois ! Mais, toujours, ses plans avaient été contrecarrés.

« Bien ! » le félicitait une voix intérieure.

Bien, parce que ce qu'il faisait était mal… Ce n'était pas sa volonté.

Hélas ! cette voix était trop faible pour combattre les cris de la bête. Elle devait mourir. Il fallait qu'il la tue !

Il avait perdu sa boule neigeuse… Serait-il suffisant de la tuer et de la laisser dans la neige, dans l'empreinte d'un corps ? Il ne savait pas, et le monstre était bien trop occupé à se lécher les babines pour lui répondre.

Il fallait qu'il réfléchisse. En avait-il le temps ? Le policier était sur sa trace. A la moindre erreur, il serait pris.

Le monstre battit furieusement de la queue. Il le sentit souffler le feu à l'intérieur de lui. Il vit son visage, entendit son rire, le vit lâcher cette première boule neigeuse qui s'écrasait sur le sol.

L'ange s'était cassé. Il fallait qu'elle souffre ! Et voilà que se présentait l'occasion parfaite pour lui.

Ensuite, il n'y aurait plus de tourment dans sa tête. Avec sa mort, la blessure qu'elle lui avait infligée allait enfin commencer à guérir.

Il était largement temps que Sasha Myer meure.

Des nuages chargés de neige s'approchaient, le vent était glacial. Nick fouillait le chalet de la cave au grenier, ainsi que les abords. Skye se reposait, Max et Dana travaillaient sans succès à essayer de réparer la radio, et Will se bandait la cheville avec tant de zèle qu'il faillit se couper la circulation.

Nick ne trouva aucune trace de Rush. Sasha aurait aimé être sûre que c'était lui qu'elle avait entendu dans la pièce de la radio… Dans le cas contraire, cela voudrait dire qu'un des occupants du chalet mentait, et elle n'était tout simplement pas préparée à envisager cette possibilité. Personne ne l'était. Sauf Nick.

Il fit le tour des bâtiments extérieurs cinq fois avant le dîner. Comme il ne voulait pas quitter Sasha des yeux, elle était obligée de l'accompagner partout.

Lors de leur sixième tour, elle remarqua :

— Tu sais, Nick, même si quelqu'un – disons Max ou Dana – avait réussi à réparer la radio et l'utilisait la nuit dernière, ça ne veut pas dire qu'il aide Anthony Rush.

— Disons Max, suggéra-t-il. Et alors, que penses-tu que ça signifie ?

— Chacun a des priorités différentes. Peut-être que Max trafiquait tout simplement la radio, et qu'il avait réussi à trouver une station.

Nick dirigea sa torche entre les bâtiments.

— Et… ?

— Il ne voulait pas que nous ayons de faux espoirs, alors il l'a éteinte.

— Tu as pris les antalgiques de Skye ? demanda Nick

en observant les environs du garage. Ils ont tendance à ramollir le cerveau.

Comme il ne vit rien, il avança.

— Ce n'est pas parce que Bo est mort que nous devons en déduire que c'est lui qui aidait Rush.

— N'oublie pas que Bo avait une petite boule neigeuse dans sa poche, observa Sasha.

— Il l'avait peut-être trouvée par terre.

— Pourquoi était-il dehors ? répliqua-t-elle

— Parce que Bo était souvent là où il n'aurait pas dû, et que l'alarme était éteinte. Il a peut-être vu Rush s'enfuir, et a décidé de le suivre.

— Pourquoi ?

— Pourquoi pas ? Il ouvrait tous les placards qu'il trouvait pour voir ce qu'il y avait dedans. Il avait tout intérêt à découvrir où se cachait Rush : il aurait pu avoir une remise de peine, et peut-être même une récompense. Tu ne dois pas raisonner de façon logique avec un homme comme Bo Sickerbie.

— D'accord, dit-elle en levant la main. Tu veux que Max soit le complice de Rush. Je n'arrive pas à comprendre comment une radio qui fonctionne pourrait aider un tueur en série, mais je suis certaine d'avoir entendu quelqu'un l'utiliser. En tout cas, ça n'explique pas pourquoi nous sommes ici pour la sixième fois de la journée !

Nick balaya la neige du faisceau lumineux.

— J'arrive mieux à réfléchir quand je suis actif. Quand j'arrête, je pense à toi.

— Vraiment ?

Un mélange de surprise et de joie lui amena un sourire aux lèvres. Elle s'arrêta et se tourna vers lui.

— Alors, comme ça, je perturbe ton processus mental ?

— On peut dire les choses ainsi.

Elle agrippa son manteau.

— Que pourrais-je dire pour te faire retourner au chalet ?

Il baissa la tête et captura sa bouche en un baiser chaud, dur, qui, pour être bref, ne lui en fit pas moins tout oublier.

— Faisons d'abord un dernier tour.

Sasha n'avait pas encore repris ses esprits lorsqu'elle eut l'impression de voir quelque chose bouger dans le noir.

— Nick, c'est Rush ! dit-elle en pointant le doigt. Il était derrière le garage. Il se dirige vers les bois !

— Retourne au chalet !

Nick avait dégainé son arme, et se précipitait déjà à la suite de Rush.

— Dis à Skye de mettre l'alarme et de ne laisser personne approcher du boîtier de commande, cria-t-il.

Sasha voulut discuter, le suivre, faire n'importe quoi pour ne pas avoir à se mettre à l'abri et attendre. Elle se força néanmoins à lui obéir.

— Sasha, on dirait que tu viens de voir un fantôme ! s'exclama Skye en la voyant entrer dans la cuisine.

Dana, qui triait des outils dans une boîte, s'interrompit.

— Nous avons vu Rush ! expliqua Sasha en prenant la main de Skye. Nick est à sa poursuite. Il veut que vous remettiez l'alarme, et que vous restiez à côté du boîtier.

— Oh ! Et pourquoi donc ? demanda Max du haut de l'escalier.

— Parce qu'il ne pense pas que Bob…

Elle s'interrompit alors qu'il descendait. Il avait une main derrière le dos, et une lueur étrange brillait dans ses yeux.

— Je ne sais pas, reprit-elle.

— D'accord, dit Max en faisant un autre pas. J'imagine que Nick ne pense pas que Bo Sickerbie était le complice de Rush, c'est ça ?

Dana avança entre Sasha et Max et demanda :

— La question est : Nick a-t-il raison ?

Une expression contrite passa sur le visage de Max. Il sortit la main qu'il avait jusque-là gardée dans son dos. Avec un petit sourire désabusé, il déclara en les visant de son arme :

— Je crains que oui.

Rush tira plusieurs coups de feu derrière lui à l'aveuglette. Nick continua à le poursuivre.

Il n'allait pas s'échapper. La lune et les étoiles brillaient. L'homme n'était certes qu'une silhouette qui courait sur la neige, mais il était nettement visible.

Accoutumé au terrain, et mieux équipé cette nuit, Nick le suivit de près jusqu'aux rives du lac. Rush n'hésita pas : il se lança sur la glace.

— Méfie-toi, mon gars ! cria Nick en visant et en tirant.

Rush trébucha, se saisit le bras droit, là où Nick l'avait touché. Prenant son arme dans sa main gauche, il tira à deux reprises, puis continua à avancer vers les arbres.

— Arrête-toi, Rush, ou tu es un homme mort ! cria Nick.

Rush poussa un juron, mais continua à avancer.

Nick tira de nouveau. La jambe gauche de Rush se plia, mais il refusa de s'arrêter.

— La prochaine fois, je vise le torse ! le prévint Nick.

Un autre coup d'œil de Rush, un autre coup de feu. Mais, ses forces diminuant au fur et à mesure qu'il perdait du sang, il tomba à genoux.

Nick entendit la glace craquer. Surveillant tout à la fois la surface et Rush, il s'approcha de l'homme épuisé.

— Pose ton arme ! ordonna-t-il.

Il attendit que Rush s'exécute.

— Mets les mains là où je peux les voir.

— Je vais saigner encore plus, gronda Rush.

— Ce serait bien dommage !

Nick lança un regard méfiant à la surface gelée. Pourquoi avait-il l'impression qu'elle allait céder ? La glace craqua de nouveau, mais c'était un bruit distant, qui fut étouffé par le souffle du vent et la respiration saccadée de Rush.

Nick avait été policier trop longtemps pour ne pas s'attendre à rencontrer de la résistance. Rush ne le déçut pas. Il se ramassa sur lui-même, comme pour reprendre son souffle, puis pivota brusquement sur ses talons et se jeta sur ses jambes. La glace choisit cet instant pour se fissurer sous les pieds de Nick.

Il fit un saut de côté, glissa, mais ne tomba pas. Il vit la glace se craqueler autour de Rush. Reculant vers la rive, il visa l'homme entre les yeux.

— Si je ne te tue pas, c'est le lac qui le fera. Regarde autour de toi, Anthony.

Le regard de Rush se posa sur la glace qui se lézardait à la vitesse de l'éclair. Il s'immobilisa, la respiration courte.

— Vous devez m'aider ! hurla-t-il. Vous êtes policier. Vous ne pouvez pas me laisser tomber !

Ce fut l'indignation qui provoqua le déclic. Nick vit apparaître une image imprécise. Elle était là, prête à revenir à sa mémoire, si proche qu'il pouvait distinguer la forme d'un visage.

La glace craqua de nouveau. Nick lui fit signe avec son arme.

— A gauche, dit-il. Un grand pas… Un autre…

Lorsque Rush arriva au bord du lac, Nick l'avertit :

— Si tu essaies de t'enfuir, je te tire une balle dans l'autre jambe.

Il y avait une mare de sang là où s'était tenu Rush.

Il devait énormément souffrir, et pourtant il marchait encore. Le retour vers le chalet promettait d'être difficile.

— Je n'irai pas en prison, gronda Rush. Personne ne me mettra derrière les barreaux ! Elle vous dirait que je l'ai tuée, si elle le pouvait, mais c'est sa faute si elle est morte. Elle buvait, elle se droguait. Elle dit que c'est moi, mais c'est faux !

— C'est à un jury de décider. N'y pense même pas ! ajouta Nick lorsque l'homme fit mine de se précipiter sur lui.

Il savait que Rush voulait s'emparer de son arme. Il le voyait dans ses yeux, dans la manière dont ses lèvres s'étiraient.

Un autre déclic, une autre image plus nette.

— Marche ! ordonna-t-il en lui indiquant la direction avec son arme. Vers le chalet. Tu connais le chemin.

— Vous pensez que j'ai tué cette femme blonde et cet ivrogne… Sickerbie, c'est ça ?

— Avance.

— Ce n'est pas moi, affirma Rush avec un regard hostile. Je ne sais pas qui l'a fait, mais ce n'est pas moi.

— Pour ça aussi, c'est à un jury de décider.

— Je savais qu'on croirait que c'était moi, marmonna Rush.

Ses épaules s'affaissèrent.

— C'est ce que tu voulais depuis le début. Je le sais.

— A qui parles-tu ? demanda Nick.

Rush eut un mouvement convulsif.

— Je suis dealer. Ma mère se droguait. Elle voulait de la dope, mais j'ai refusé de lui en donner. Alors, elle est allée voir quelqu'un d'autre. Et devinez quoi ? Elle était mauvaise, coupée avec Dieu sait quelles saletés. Ma mère est morte. Après ça, elle s'est installée dans ma tête pour rappeler constamment que si je lui avais donné ce qu'elle voulait, elle serait encore en vie. Toujours droguée, mais en vie…

Il éleva la voix et poursuivit :

— Dis-lui la vérité ! Je ne t'ai pas tuée, je n'ai pas tué la blonde, et je n'ai pas tué l'ivrogne !

Il se retourna en respirant bruyamment. Des gouttes de sang se mêlaient à ses traces de pas dans la neige épaisse.

— Je m'appelle Jason Watts, dit-il à travers ses dents. Mais vous le savez déjà, n'est-ce pas, parce que vous avez pris mon permis.

— *Les* permis, corrigea Nick. Si ce n'est pas Bo, qui vous a procuré les faux ?

Rush retroussa sa lèvre supérieure.

— Bonne question, inspecteur ! Je vais vous dire une chose… Votre jolie demoiselle n'est pas en sécurité là où vous l'avez laissée. Mon cousin est un lâche, un froussard. Il sait que, si vous m'attrapez, je vais avouer qu'il est mon complice. Il doit être paniqué, en ce moment… Tant pis pour lui !

Le déclic se fit complètement, cette fois. La couleur des yeux était la même, mais c'est la forme de la mâchoire qui fut l'élément déterminant. Si l'on enlevait la barbe, les traits étaient les mêmes.

— Vous comprenez enfin ? Mon vieux cousin Max, un peu nerveux, un peu imprévisible… Mort de trouille à l'idée qu'un grain de sable pourrait venir détruire sa vie tranquille ! Vous devriez vous méfier de ce genre de types, inspecteur. Ils sont bizarres. Moi, j'étais nul à l'école, et je suis devenu dealer. Max était nul lui aussi, même plus que moi. Alors, vous devez vous demander comment il est devenu ingénieur…

Le sourire de Rush se transforma en un rictus.

— En admettant qu'il soit réellement ingénieur… Qu'en pensez-vous inspecteur ?

Le regard de Nick se dirigea vers le chalet. Ce fut une erreur. Rush serra le poing. Avec un cri de bête, il se jeta sur la main qui tenait l'arme.

16

— Eloignez-vous du râtelier d'armes, Sasha ! ordonna Max en descendant une autre marche. Dana, écartez-vous !

— Non.

— Ne jouez pas au héros, répliqua Max avec un petit rire méprisant. Le rôle n'est pas pour vous. Il conviendrait à Nick, mais il n'est pas là. Il est aux trousses d'Anthony Rush. Et, croyez-moi, mon cousin est un dur. Il est complètement cinglé, mais coriace. Heureusement pour moi, je le suis plus encore.

Pourtant sa main tremblait, remarqua Sasha malgré le choc et la peur.

Skye s'avança.

— Vous pouvez nous expliquer ce que ça veut dire, Max ?

— Il s'agit de survie. De *ma* survie. Anthony – nous l'appellerons ainsi parce que c'est le nom sous lequel vous le connaissez – avait besoin d'aide. Il était en fuite, et m'a demandé de lui procurer de l'argent et des faux papiers. Nous avions prévu de nous retrouver à Painter's Bluff, et il devait ensuite se rendre au Canada. Malheureusement, son véhicule est tombé en panne, et il est resté coincé là.

Sasha considéra l'arme.

— Max, pourquoi aidez-vous un tueur en série ? Vous serez accusé de complicité de meurtre si votre cousin – si Rush – s'échappe.

— Je n'irai pas en prison, affirma Max.

— Le fait de nous viser avec une arme n'est peut-être pas le meilleur moyen d'y échapper, rétorqua Sasha.

Elle aperçut Will en haut de l'escalier, son pistolet à la main.

Cette fois, la main de Max trembla.

— J'ignorais qu'il avait tué ! Je savais qu'il était un voyou, et je suis pratiquement certain qu'il est complètement cinglé, mais je pensais qu'il faisait seulement venir de la drogue de Colombie.

— Et là, ça ne vous dérangeait pas de l'aider ? lui demanda Dana d'un air de défi. Posez ce pistolet, Max. Il est évident que vous ne voulez blesser personne.

L'arme pointa vers le bas.

— Non. J'ai paniqué, ce soir. Je sais bien que Nick va l'attraper…

Il ferma les yeux.

— Mon cousin sait des choses sur moi qui doivent rester secrètes.

— Comme le fait que vous avez menti en prétendant être ingénieur ? suggéra Skye.

Max en resta bouche bée.

— Vous étiez au courant ?

— Je ne suis pas née d'hier, mon cher. Quand j'ai su qui votre entreprise envoyait à Painter's Bluff, j'ai fait quelques recherches. On n'est jamais trop prudent. Il y avait des zones d'ombre dans votre CV… Et j'ai également appris qu'il y a eu des allégations – jamais prouvées, je vous le concède – selon lesquelles vous auriez fait passer vos examens par d'autres que vous.

Sasha la dévisagea.

— Et vous l'avez quand même laissé venir à Painter's Bluff ?

— Je voulais voir de quoi il était capable. Les diplômes ne font pas tout.

Will était presque sur Max, maintenant.

Mais Max, qui l'avait entendu ou avait senti sa présence, se retourna brusquement et donna un coup à la main qui tenait l'arme. Elle tomba dans l'escalier, et Dana se précipita pour la ramasser.

Sasha se rua sur le cabinet d'armes et tenta de l'ouvrir, mais il était verrouillé. Elle entendit des pas dans l'escalier et un cri de douleur, mais elle restait concentrée sur sa tâche.

— C'est inutile, Sasha, fit soudain une voix juste derrière elle.

Elle sentit quelque chose de dur s'enfoncer dans son cou.

— Reculez, Skye. Montez cet escalier pour rejoindre les autres. Vous devez savoir qu'il ne me faudra pas longtemps pour la tuer. Et vous aussi.

Sasha était trop stupéfaite pour parler, trop effrayée pour faire le moindre geste. Elle arrivait seulement à penser : « Ce n'est pas Max. » Ni Max, ni Rush, ni personne qu'elle aurait suspecté.

— Tu comprends enfin, mon ange ?

Son agresseur semblait calme, mais, même si elle n'arrivait plus à penser, elle avait la certitude qu'il ferait exactement ce qu'il avait dit.

Il les tuerait, et il la tuerait aussi… Tout comme Kristiana Felgard, et sept autres femmes avant elle.

Nick traîna Rush jusqu'au chalet, tenant le col de son manteau d'une main et lui enfonçant son arme dans le cou de l'autre.

Ils s'étaient battus avant que Rush ne finisse par s'avouer vaincu. Nick sentait le sang couler le long de son bras. Les points de suture s'étaient rouverts.

— Qu'est-ce que vous faites ? demanda Rush lorsque

Nick le poussa dans le garage. Vous ne pouvez pas me laisser ici avec lui ! s'écria-t-il en apercevant le corps de Bo.

Nick ouvrit la portière de sa voiture, et fit un geste avec son arme.

— Prends les menottes qui sont dans ma boîte à gants ! ordonna-t-il.

— Je ne les ai pas tués.

— Tais-toi et prends les menottes !

Nick dut pousser Rush pour le faire obéir. Il se dit qu'il n'aurait bientôt plus la force de bouger son bras.

— J'ai vu la femme, marmonna Rush tout en tâtonnant dans la boîte à gants. Je suis allé à un endroit qui s'appelle Painter's Rock pour retrouver Max. Elle était là, étendue par terre, morte. Je n'ai pas vu la boule neigeuse, au début. Je suis tombé. Le globe s'est brisé et je me suis coupé. Je me suis débarrassé de la boule en ville, et c'est tout. C'est tout ce que j'ai fait. Enfin… à part le trafic de drogue. Mais je n'ai jamais tué personne, jamais !

— Hum hum…

— Je ne l'ai pas tuée ! s'exclama Rush en agitant les menottes qu'il avait enfin trouvées.

— Alors, pourquoi avoir agressé Sasha dans cette ferme ?

— Je voulais partir, c'était tout. Je voulais avoir une chance de m'échapper.

Nick lui prit les menottes et les lui referma sur les poignets en soupirant.

— Vous ne pouvez pas me laisser là, déclara Rush avec indignation. Il fait froid. Je vais finir comme l'ivrogne !

— Lui non plus, tu ne l'as pas tué ?

— Pourquoi j'aurais fait ça ? rétorqua Rush avec mépris. Je ne le connaissais pas ; je ne l'avais jamais vu avant que nous soyons coincés ici.

— Tu raconteras ça au juge. Avance, dit Nick en lui indiquant la porte.

— Nous allons à l'intérieur ?

— A moins que tu n'aies envie de finir comme Bo.

— Je n'ai pas…

Rush secoua violemment la tête.

— Sors d'ici ! hurla-t-il.

S'il n'avait pas déjà agi de la sorte cinq ou six fois sur le chemin, Nick aurait été surpris. Il se contenta de donner une petite poussée dans le dos de Rush pour le faire sortir du garage.

— Tu t'es tuée toute seule, marmonnait Rush alors qu'ils avançaient dans la neige. Pourquoi tu ne me laisses pas tranquille ?

Ils arrivèrent devant le chalet et Nick, qui avait les mains occupées, donna un coup de pied dans la porte.

— Ouvrez, Skye, c'est moi !

Comme personne ne répondait, il recommença.

— Vous avez de bons amis ! ironisa Rush.

Apparemment, sa crise était passée.

Nick n'aima pas le pressentiment qui monta en lui. Il se tourna vers Rush.

— C'est toi qui étais dans la pièce où il y a la radio, hier soir ?

— Quoi ? Vous rêvez ? Max m'a apporté des provisions. Je suis resté coincé dans un trou depuis que vous m'avez chassé de cette cabane.

C'était exactement ce que Nick ne voulait pas entendre… et ce qu'il ne voulait pas croire.

— Ton cousin aime les femmes blondes ?

— Non, Max n'aime pas les blondes. A vrai dire, je ne crois pas qu'il aime quelque femme que ce soit. Satisfait ?

— Pas vraiment. Il a déjà tué quelqu'un ?

— Non, mais il n'a jamais été désespéré non plus. Il

est difficile de dire ce que peut faire un homme quand il est poussé à bout.

Il avait insisté sur les derniers mots. Nick resta indifférent et essaya d'ouvrir la porte. Elle était fermée à clé.

La peur l'envahit.

— Ecarte-toi.

Il poussa Rush de côté et tira un coup de feu dans la serrure. Son angoisse grandit encore lorsqu'il se rendit compte que l'alarme ne se déclenchait pas.

Il propulsa Rush à l'intérieur.

— Sasha ?

Pas de réponse. Et, plus inquiétant encore, pas le moindre signe d'elle. Ni de qui que ce soit.

Nick avança rapidement jusqu'à l'escalier. Il ouvrit une des menottes de son prisonnier, et la fixa à la balustrade.

Rush eut un sourire mauvais.

— Je me suis peut-être trompé, pour Max… Ou alors, un de vos copains a fait des siennes.

— Sasha ! cria Nick en montant à l'étage.

Il entra d'abord dans sa chambre. Elle était vide, tout comme celles de Dana, Will et Skye.

Rush était aux prises avec le fantôme de sa mère lorsque Nick redescendit. Il s'intima l'ordre de se calmer, et de réévaluer la situation.

Rush était en fuite. C'était un trafiquant de drogue. La police était à ses trousses. Il avait eu besoin d'argent et de faux papiers pour passer la frontière canadienne.

Il se trouvait à Painter's Bluff la nuit où Kristiana Felgard avait été assassinée. Sachant qu'il allait être interrogé, il avait paniqué, volé un véhicule, et tenté de fuir pour finalement se retrouver coincé comme eux.

Mais ce n'était pas un tueur.

Nick remarqua des taches de sang sur les marches, le sol et les murs. Le sang de Sasha ? Il ne voulait même pas y penser. Il avait besoin de croire que le meurtrier l'avait emmenée quelque part, et avait enfermé les autres.

A moins qu'il ne les ait tués…

— Je vous avais bien dit que je n'ai tué personne ! cria Rush. Vous n'étiez pas après la bonne personne, inspecteur ! Finalement, il y avait un loup dans la bergerie.

Nick lui fit signe de se taire, et parcourut du regard la pièce étrangement silencieuse. Il était resté absent environ quarante minutes, à courir après Rush, se battre avec lui, et le ramener. Pendant ce laps de temps, quelqu'un avait pris Sasha et s'était débarrassé des autres.

Où l'avait-il emmenée ? Il explora mentalement les différentes possibilités. Vers la forêt ? C'était peu probable. Ce tueur préférait les espaces ouverts. Et ce n'était pas ce qui manquait sur Hollowback Mountain.

Il regarda autour de lui et ne vit rien d'anormal. Ce ne fut que lorsqu'il en vint à l'escalier qu'il remarqua le trousseau de clés sur l'une des marches.

Des clés ?

Tout en les regardant fixement, il se dirigea vers elles.

Il remarqua tout de suite le porte-clés. Au bout d'une chaînette se trouvait un morceau de métal cassé net, sur une base arrondie qui aurait parfaitement pu supporter une boule neigeuse miniature.

Nick examina les clés l'une après l'autre, cherchant un chiffre, une étiquette, un indice quelconque. En arrivant à la dernière, il eut soudain la nausée. C'était impossible ! Il n'arrivait pas à le croire. Mais cette vieille clé en laiton, polie par les ans, le défiait. C'était celle d'un vieux coffre, maintenant utilisé pour enfermer des objets de valeur loin des mains d'un petit garçon.

La conversation résonna dans l'esprit de Nick, claire et nette. Il ne pouvait pas se tromper. Le pire des cauchemars était en train de se jouer.

La clé lui brûlait la main, tout comme le porte-clés cassé. Il ferma un instant les yeux.

Où l'avait-il emmenée ? Quand étaient-ils partis ? Combien de temps attendrait-il ?

Nick imagina Sasha dans la neige, retint son souffle, et vérifia qu'il avait bien ses deux armes. Puis il sortit et courut vers la colline qui se trouvait derrière le chalet. C'était le meilleur point d'observation.

Il lui suffirait d'apercevoir un rai de lumière, une ombre, une empreinte de pas, d'entendre un bruit… Il n'arrivait pas à se défaire de l'image de Sasha étendue dans la neige.

Tuée par son ami d'enfance.

Le vent soufflait en rafales, envoyant de petits flocons de neige durs et piquants sur le visage de Sasha.

— Dana… Aïe ! Je n'y vois rien !

Il la tenait par les cheveux, et lui enfonçait le canon d'une arme – celle de Will – dans les côtes.

— Oh ! Barbara…, dit-il. Il me tarde tant de te voir mourir.

— Je ne suis pas Barbara !

— A moitié, si, répliqua Dana. Si vous mourez, une part d'elle mourra aussi. Mais, surtout, elle souffrira !

— Dana, je vous en prie…

— Vous êtes celle que je voulais. Pas un substitut, la véritable ! J'ai attendu longtemps, si longtemps… Savez-vous tout ce que j'ai dû faire pour mettre cela au point ? Pas l'avalanche, ça c'était un coup du sort. Mais pour le reste…

— C'est vous qui avez tout arrangé ?

— J'ai dû magouiller, passer des coups de fil, demander des services à des personnes qui connaissaient des proches de Skye… Par chance, l'un d'eux avait eu affaire à vous et aimait votre travail. Skye voulait un hôtel. Alors, un jour, je lui ai glissé : « J'ai appris que votre ami Jonah Weiss est allé chez Beat, Streete et Myer pour son chalet. Pourquoi n'iriez-vous pas le voir ? Vous pourriez vous adresser à la même agence, pour votre complexe hôtelier. »

Dana lui enfonça un peu plus l'arme dans les côtes.

— J'ai misé sur votre talent, Sasha. Vous auriez pu me décevoir. Mais si tout cela n'avait pas marché, je savais où vous habitiez. Je vous aurais enlevée, s'il l'avait fallu.

Malgré sa peur, Sasha essayait de comprendre.

— Mais vous avez contacté Nick après la mort de Kristiana Felgard, Dana ! C'est vous qui lui avez demandé de venir à Painter's Bluff !

— Je n'aurais pas dû. C'était stupide !

Elle sentait la haine vibrer en lui.

— Elle s'est moquée de moi. Votre mère s'est moquée de moi.

— Je ne suis pas Barbara !

— Elle a cassé ma boule neigeuse. Il y avait un ange dedans. Je voulais la lui donner ; je trouvais que c'était un beau cadeau. Mais quand je lui ai dit ce que je ressentais, elle a ri et me l'a rendue. J'ai refusé de la prendre, et elle l'a laissée tomber par terre et se casser. Elle a prétendu que c'était un accident, mais ce n'était pas vrai. Elle m'a brisé le cœur. Maintenant, je vais briser le sien.

Sasha comprit enfin.

— Ma mère a été votre professeur ?

— Quand j'avais quatorze ans. Elle était belle… Avancez !

Il la faisait marcher dans la neige, pour aller elle ne savait où. Vers la forêt peut-être… Ou le lac.

— Vous étiez amoureux d'elle ?

— Je l'aimais. Elle était superbe, comme vous…

« Réfléchis ! », se dit Sasha.

Que pouvait-elle faire ? Pour commencer, ne pas sombrer dans l'hystérie. Mais cela ne suffirait pas pour la sauver.

Nick. Dana l'écouterait… A condition qu'il les trouve…

Terrifiée, mais déterminée, elle libéra sa main droite et la glissa dans sa poche. Elle sentit les gants à l'intérieur, et en saisit un qu'elle laissa tomber dans la neige pour que Nick puisse les trouver plus facilement.

— Dana, je ne suis pas Barbara. Ni les autres femmes que vous avez tuées.

— Oh…, fit-il d'un air amusé. Vous êtes en train de me dire que je devrais plutôt tuer votre mère ?

— Vous ne devriez tuer personne.

Il répondit d'un ton rêveur :

— Je l'ai étranglée pour la huitième fois la nuit avant votre arrivée à Painter's Bluff. Je ne l'avais pas prévu, mais soudain, cette fille est apparue. Blonde et belle… J'ai su que je devais le faire quand je l'ai entendue rire. Après toutes ces années, j'entends encore le rire de Barbara quand elle s'est moquée de moi.

— Mais vous êtes marié, vous avez des enfants, vous êtes le maire de Painter's Bluff ! Les gens vous respectent. Barbara ne vaut pas que vous perdiez tout ça !

— Barbara ne vaut rien du tout, répondit-il. C'est pour cela que je la tue. Mais toutes les autres femmes n'étaient que des pis-aller, en fin de compte.

— Et moi pas ?

— Non.

Il soufflait dans son cou, et Sasha sentait son haleine chaude sur sa peau. Elle en eut la nausée. Pourtant, elle eut la présence d'esprit de laisser tomber son autre gant.

Il l'entraînait à travers les arbres, vers un plateau en haut d'une colline.

Elle tenta de résister.

— Dana, je vous en supplie ! Vous ne pouvez pas me faire ça !

— Elle a cassé ma boule neigeuse.

— C'est elle qui l'a fait ! Pas moi !

— Elle m'a dit de rentrer chez moi et de ne plus lui apporter de cadeaux. Elle savait que je l'aimais, et tout ce qu'elle a trouvé à me dire, c'était de rentrer chez moi !

Il faisait des bruits étranges lorsqu'il respirait maintenant, des sifflements rauques qui devenaient de plus en plus précipités. Elle le vit se passer la langue sur les lèvres, et frissonna de tout son corps.

— Je vais la tuer, Barbara, murmura-t-il en jetant Sasha sur la neige. Je vais faire mal à ta petite fille. Elle va me supplier. Et alors…

Tenant toujours son arme à la main, il s'agenouilla à côté d'elle.

— Je vais la tuer.

Essoufflé par sa course, Nick scruta les alentours de son point de vue. Et il distingua les silhouettes d'un homme et d'une femme.

Sasha…

Il ne fit que les apercevoir avant qu'ils ne disparaissent sous le couvert des arbres, mais ce fut suffisant. Il devait y avoir une clairière, un endroit que connaissait Dana et pas lui.

Mais il le trouverait. Il jeta un coup d'œil au sang qui coulait sur son poignet et son gant. Même s'il devait y laisser la vie, il empêcherait Dana Hollander de tuer la femme qu'il aimait.

« Tue-la ! », hurlait le monstre.

— Dana, écoutez-moi, l'implora Sasha.

« Dis-lui de se taire ! »

— Taisez-vous ! cria Dana.

Comme Sasha essaya de s'éloigner en rampant, Dana l'attrapa par la cheville. Le monstre ricana.

« Tue-la, maintenant ! »

Dana attira la tête de Sasha sur ses genoux, et posa le canon de son arme contre sa gorge.

C'est alors qu'il entendit un déclic caractéristique. Il se retourna.

— Nick… Nous sommes dans une impasse, mon ami.

La queue du monstre battait et étouffait le remords qui pointait.

— Tu ne peux pas tirer sur moi sans la tuer.

Son sourire s'élargit.

— Alors, Nick, qui mourra le premier ?

Nick aurait aimé éprouver du regret, de la culpabilité ou de la surprise, mais rien de tout cela ne vint. La terreur de perdre Sasha étouffait tout le reste. Elle lui tenaillait les entrailles et le fit hésiter alors qu'il savait qu'il aurait dû faire feu.

Maintenant, il en était réduit à négocier… et à batailler avec les restes d'une fausse amitié.

Il alla droit au but.

— Laisse-la partir, Dana.

— Jamais !

Dana la força à se relever et, s'abritant derrière elle, commença à la traîner vers le bas de la colline, là où se trouvait le lac.

— C'est à cause de Barbara, Nick… La belle Barbara Myer, professeur de littérature anglaise. Si belle au-dehors, mais un monstre à l'intérieur. Et maintenant, c'est moi le monstre, et quelqu'un que Barbara aime va mourir.

Nick garda les yeux sur Dana. Il ne voulait surtout pas regarder Sasha.

— Tu vas mourir toi aussi, Dana. C'est ce que tu veux ?

Dana ne répondit pas, mais Nick voyait que la tension qu'il ressentait le faisait trembler.

— Pourquoi m'as-tu appelé à Painter's Bluff ? demanda-t-il.

Les yeux de Dana se portèrent sur le lac.

— C'était dans un moment de faiblesse.

Nick les suivait, sans trop s'approcher.

— Tu veux guérir ?

— Bien sûr ! A ma place, tu le voudrais aussi. C'est pour ça que je dois la tuer.

Il tira brusquement sur Sasha, et Nick sentit sa gorge se serrer.

— Et Fawn ? Et tes enfants ?

Dana lui jeta un regard mauvais.

— J'ai contacté mon assistant par radio. Je lui ai demandé de dire à Fawn de ne pas se faire de souci, et de dire aux enfants que papa serait bientôt à la maison.

— Tu as aussi dit que papa avait quelque chose à faire d'abord ? Qu'il devait tuer une femme avant de rentrer à la maison ? Qu'il en avait assassiné une autre avant de partir, et sept autres encore auparavant ? Sans parler de Bo Sickerbie !

Pendant un instant, Dana resta pétrifié. Puis ses traits se durcirent.

— Bo m'espionnait. Il m'a vu entrer dans la chambre de Sasha. Quand j'ai sauté du toit, j'ai perdu la boule neigeuse. Il l'a trouvée et m'a suivi. J'ai été obligé de le tuer.

— Problème résolu, c'est ça ?

Des émotions trop fugaces pour que Nick puisse les interpréter traversèrent le visage de Dana. Il le suivit en tentant de trouver d'autres arguments. Un seul lui vint à l'esprit.

— Tu as eu un très beau mariage, Dana, lui dit-il doucement. Tu t'en souviens ? Toi, Fawn, votre famille et vos amis. Nous étions là, écrasés par le soleil, un peu fatigués après l'enterrement de ta vie de garçon… Puis Fawn est arrivée à l'église, et tu as dit que c'était un nouveau départ pour toi. Que tout irait mieux. Que tu allais avancer.

Dana cligna des yeux, ralentit le pas.

— J'ai dit ça ? Je ne m'en souviens pas.

Nick se rapprocha.

— Tu as dit que tu l'aimais ; tu as dit que tu voulais avoir des enfants.

— Je l'aimais vraiment. Je l'aime, Mes enfants aussi.

Nick abaissa son arme, et tendit la main.

— Laisse-la partir, Dana. C'est à mon tour d'aller enterrer ma vie de garçon et de t'inviter à mon mariage. Tu seras mon garçon d'honneur.

— Je peux… Non !

La fureur le prit si brusquement que Nick eut tout juste le temps de réagir. Il évita la balle que Dana tira, roula sur lui-même, et se retrouva accroupi au bord du lac.

— Elle va mourir, Nick, et toi aussi ! Plus d'embrouilles, plus de parlotte ! Il faut en finir !

Ses traits se figèrent en un masque horrible.

— Non ! cria-t-il soudain d'une voix rauque. Non !

A l'immense surprise de Nick, il poussa Sasha en avant et se prit la tête à deux mains. Elle s'enfuit – ou plutôt essaya de le faire – mais l'expression de Dana changea de nouveau et il la rattrapa en lui passant le bras autour du cou.

— Je dois la tuer, gémit-il en l'attirant sur le lac gelé.

Elle doit mourir. Je ne pourrai pas guérir tant qu'elle sera vivante.

Une seconde, songea Nick en le mettant en joue. Tout ce dont il avait besoin, c'était que Dana s'éloigne d'elle une seconde.

Il avait les mains moites et resserra sa prise sur la crosse de son pistolet. Il entendait le bruit de la glace qui craquait, la respiration bruyante de Dana, le souffle haletant de Sasha qui se débattait. Elle rencontra brièvement le regard de Nick, puis donna un violent coup de talon dans le tibia de Dana.

Dana perdit l'équilibre et se raccrocha à elle par réflexe, lâchant son arme qui glissa sur le lac. Les craquements s'amplifièrent, se multiplièrent.

— Dana, la glace se casse ! cria Sasha.

Il lui attrapa le bras gauche, et le lui tordit derrière le dos.

— Je m'en fous !

Sous l'effet de la fureur, son visage ordinairement pâle était écarlate.

— Peut-être que je vais mourir aussi, finalement, dit-il d'un ton railleur. Qu'en penses-tu, Nick ? Ça serait une bonne fin ?

Sasha essaya de se retourner, et Nick eut enfin l'angle de tir qu'il cherchait. Il appuya sur la détente en visant l'épaule de Dana.

Dana vacilla, sans lâcher Sasha qui malgré tous ses efforts n'arrivait pas à se dégager de son emprise.

Lorsqu'ils s'écrasèrent tous les deux sur la glace, il y eut un craquement de mauvais augure. L'instant d'après, ils disparaissaient tous deux dans le lac gelé.

Nick se précipita vers eux. Il enleva son manteau et, s'allongeant sur la glace qui tenait encore, rampa doucement vers le trou.

Il les entendit se débattre et serra les dents. Si Dana maintenait Sasha sous l'eau, jamais il ne pourrait la sauver.

A moins qu'il ne plonge dans le lac lui aussi…

Il était à genoux, prêt à entrer dans l'eau, lorsqu'il entendit Sasha crier :

— Non, Nick ! Il est… Il est parti. Ne saute pas.

Le cœur lourd, il se remit à plat ventre et lança son long manteau vers elle.

— Tu peux l'attraper ?

— Je crois.

— N'essaie pas de remonter sur la glace.

Mais elle savait parfaitement ce qu'elle devait faire. Sortir doucement, rester allongée, et le laisser tirer.

Une minute qui lui parut une éternité plus tard, elle était saine et sauve, à côté de lui sur le rivage. Il l'enveloppa de son manteau et de ses bras, posa son front contre le sien, et respira vraiment pour la première fois depuis qu'il avait vu Dana la tenir.

— Il m'a poussée, souffla Sasha.

Nick écarta ses cheveux mouillés de sa joue.

— Tu veux dire qu'il a essayé de t'attirer vers le fond ?

— Non.

Elle leva la tête et le regarda dans les yeux.

— D'abord, il m'a entraînée avec lui… Puis, tout à coup, il m'a lâchée, et m'a poussée vers la surface.

17

— C'est fini, ma chérie, c'est fini…

Tout était allé si vite que Sasha n'arrivait toujours pas à comprendre ce qui s'était passé.

— Il n'est plus là.

Nick s'effondra sur la rive. Il avait essayé sans succès de repêcher Dana, mais ce dernier n'avait pas appelé, ne s'était pas débattu… Rien.

Blottie contre Nick, dans son manteau, Sasha considéra le trou béant dans la glace.

— Je suis tellement désolée, Nick ! Le mot est mal choisi, mais je ne sais pas quoi dire d'autre ! Je me sens…

Elle essaya de comprendre toutes les émotions qui l'agitaient, sans parvenir à les démêler et à les isoler de sa peur.

— Je me sens un peu responsable, je crois… Comme si j'aurais dû voir, sentir ou deviner ce qui se passait.

Nick regarda le ciel étoilé tout en se mettant debout et en l'aidant à se relever.

— C'est la Grande Ourse, dit-il en lui indiquant la constellation. Et voici la Petite Ourse… C'est le contremaître de mon père qui m'a appris à les reconnaître. J'aurais dû l'écouter : il m'a toujours mis en garde contre Dana.

Il dévisagea Sasha avant de poursuivre :

— Tu n'es pas responsable, Sasha. Dana était obsédé par ta mère. Il la haïssait, et tuait les femmes qui la lui rappelaient

— Je sais, mais c'était moi qu'il voulait tuer, Nick ! C'est terrifiant de comprendre cela, et je pense que ça me rend un peu responsable. Kristiana Felgard est morte parce que je suis arrivée plus tard que prévu à Painter's Bluff.

— C'est un hasard malheureux. C'est Dana qui l'a tuée, pas toi.

Nick la tira doucement.

— Viens, nous avons fait tout ce que nous pouvions. Il faut que nous allions au chalet pour aider les autres et pour que tu te réchauffes.

— Il les a enfermés dans la cave. Dana a tiré une balle dans le bras de Will, qui s'est tout de même précipité sur lui pour qu'il me lâche. Puis il a assommé Max – qui, malgré ses liens avec Rush, mérite notre estime. Il a tout de suite prêté main-forte à Will. Pauvre Max ! Il a paniqué et nous a menacés d'une arme quand tu es parti à la poursuite de son cousin.

— Et Skye ?

— Dana l'a frappée avec la crosse de son arme juste avant de tirer sur Will.

Sasha se pressa les tempes.

— Je revois toute la scène comme si j'y étais, et ça va certainement hanter mes nuits pendant longtemps !

Elle se retrouva dans les bras de Nick avant de comprendre ce qui lui arrivait. Ils étaient en train de marcher, puis, soudain, il l'avait saisie pour la serrer passionnément contre lui.

— Il aurait pu te tuer, Sasha !

— Mais il ne l'a pas fait. Et, au dernier moment, je crois qu'il ne le voulait plus.

— Je tâcherai de m'en souvenir, murmura Nick contre ses cheveux.

Elle posa la tête sur son épaule.

— Et dire que tout ça est arrivé parce que ma mère a

cassé la boule neigeuse qu'il lui avait offerte lorsqu'elle était son professeur ! Tu crois qu'il avait conscience d'être malade ?

— Oui. C'est la raison pour laquelle il m'a appelé après la mort de Kristiana Felgard. Une partie de lui voulait mettre un terme à ces meurtres. J'ai déjà vu ça.

— Je t'ai déjà dit à quel point je suis désolée ?

— Une ou deux fois.

— Que vont devenir Fawn et les enfants ?

— Ça va être très dur pour eux.

Elle allait dire quelque chose, mais s'interrompit en le regardant fixement.

— Nick, tu saignes !

— Tu viens seulement de le remarquer ?

— Tes points ont lâché !

— Et toi, tu sors d'un lac gelé, répliqua-t-il avec un petit sourire qu'elle lui rendit. Ce n'est pas mieux.

Ça faisait du bien de sourire, même si c'était un peu forcé.

— Tu te rends compte, n'est-ce pas, que, lorsque les secours arriveront, ils vont trouver une bande d'éclopés ?

— Ils vont aussi trouver un trafiquant de drogue recherché par la police, répondit Nick. J'ai attaché Jason Watts, alias Anthony Rush, à la balustrade de l'escalier. J'espère que Skye voudra bien jouer au chirurgien et lui enlever la balle qu'il a dans le bras.

— Quand elle aura refait tes points.

— Quand je pense que tu es passée si près de…

Il ferma les yeux, et poussa un soupir.

— Bon Dieu ! Je suis un policier, et je n'arrive toujours pas à le dire !

— Ce n'est pas nécessaire. Je sais ce qui s'est passé.

Elle frissonna, et Nick la poussa en avant.

— Il faut que nous retournions au chalet avant que tu

ne sois complètement gelée. Will et Rush ont certainement besoin de soins eux aussi.

— Et Max ? Que va-t-il se passer pour lui ?

— Ce n'est pas à moi d'en décider. Il aidait un trafiquant de drogue, pas un meurtrier. Il aura certainement des circonstances atténuantes.

— Je crois qu'il essayait vraiment de réparer la radio de Skye. Il voulait partir d'ici, tout comme Rush. Mais j'imagine que, chaque fois qu'il était sur le point de remettre la radio en état, Dana sabotait ses réparations.

— A l'exception du moment où il a envoyé un message pour sa femme.

— Dis-moi, Nick, il était déjà malade avant de rencontrer ma mère, non ?

Nick la fit s'arrêter de nouveau.

— Ecoute, Sasha, il faut que tu comprennes que ce qui est arrivé n'est pas la faute de ta mère. Elle aurait bien sûr pu être plus gentille avec Dana lorsqu'il était enfant, mais elle a seulement été le révélateur.

Alors qu'ils n'étaient plus qu'à une centaine de mètres du chalet, ils entendirent les cris furieux de Rush.

— Et lui, quel est son problème ?

— Il pense que sa mère vit dans sa tête. Il dit qu'elle lui reproche de l'avoir tuée.

— C'est le cas ?

— J'en doute. Il faudra qu'il soit examiné par quelques experts psychiatres avant son procès.

Pour essayer de dissiper la tristesse qui menaçait de la submerger, Sasha donna un léger baiser à Nick.

— J'aime faire ça, murmura-t-elle. Tu as toujours l'air surpris.

Elle demeura silencieuse un instant et ajouta d'un air taquin :

— Et j'aimerais bien savoir ce que tu voulais dire quand tu parlais d'enterrer ta vie de garçon.

— Tu as entendu ça ?

Elle l'embrassa.

— Ça t'aiderait, si je te disais que je t'aime ?

Il la regarda dans les yeux.

— Oui. Ça rend les choses plus faciles… Je t'aime, Sasha.

Il lui caressa les lèvres du pouce.

— Je n'aurais jamais pensé que je dirais cela… Et je n'aurais jamais cru que ça pouvait arriver si vite !

— J'espère que tu le diras encore quand tu auras rencontré ma mère !

— Et toi, Sasha, il faudra que tu fasses la connaissance du contremaître de mon père.

— Marché conclu. Je n'ai pas peur de lui, tu sais.

Il fronça les sourcils.

— Peur de qui ?

— Du contremaître de ton père. Je ne suis pas comme ma mère, qui a peur de tout ce qu'elle ne contrôle pas. Je suis quelqu'un d'autre, avec une autre histoire.

— Ne parlons plus du passé. Tout commence aujourd'hui.

— Affaire classée, inspecteur ?

— Il ne manque plus qu'une chose, répondit-il en se penchant vers elle pour l'embrasser.

Le 1er juillet

Black Rose n°213

Le manoir des secrets - Jana DeLeon

En entrant dans le manoir qu'elle a loué dans le bayou pour écrire son prochain roman, Olivia ressent immédiatement un profond malaise. Elle en a l'intime conviction : quelqu'un l'épie dans l'ombre. Mais qui ? John Landry, le gardien du manoir ? En effet, depuis son arrivée, cet homme mystérieux et bien trop séduisant pour ne pas intriguer Olivia met tout en œuvre pour la convaincre de repartir au plus vite. Comme s'il cachait un secret, qu'elle est bien décidée à percer...

Coopération forcée - Meredith Fletcher

Eryn a d'abord cru à un canular. Alors qu'elle animait un enterrement de vie de garçon, un groupe d'hommes cagoulés et armés a fait irruption dans la salle pour enlever le futur marié... Mais, maintenant, la voilà pour de bon lancée à leur poursuite. Avec elle, il y a un certain Callan, le frère de la future épouse. C'est un militaire bâti comme un roc, qui lui a jeté un regard dédaigneux quand elle lui a appris qu'elle est garde du corps. Et si d'habitude elle se contrefiche des machos dans son genre, cette fois, elle ressent le besoin de prouver à celui-ci qu'elle a autant de courage que lui...

Black Rose n°214

Et si c'était elle ? - Beth Cornelison

Se pourrait-il que Grace, sa fille, soit toujours en vie ? Cette idée folle obsède Elise depuis que les Harrison, un couple qu'elle a rencontré dans un groupe de soutien psychologique et qui, comme elle, a perdu un bébé à la naissance, lui ont révélé soupçonner l'hôpital où Elise a accouché de se livrer à un trafic de bébés... Et si Grace est vivante, se pourrait-il qu'elle ne soit autre qu'Isabel, le bébé adopté par Jared Coleman, lequel fréquente lui aussi le groupe de soutien ? En effet, les deux fillettes sont nées le même jour, et se ressemblent étrangement... Mais comment aborder le sujet avec Jared ? Il risque de de vouloir lui voler sa fille...

Un dangereux partenaire - Debra Webb

Envoyée au Mexique pour enquêter sur un criminel, Casey enrage de découvrir que Levi Stark, un autre agent américain, est chargé de la même mission qu'elle. A deux, ils vont forcément attirer l'attention et se faire repérer ! Mais Levi n'entend pas lui céder le terrain. Contre toute attente, cette détermination se révèle une chance pour Casey quand Levi la sauve d'une embuscade. Désormais rassurée par sa présence, elle se surprend aussi à se laisser séduire par le charme et le charisme de son rival...

BLACK ROSE

Black Rose n°215

Attirance coupable - Elle Kennedy

Le suspect numéro un... C'est en ces termes qu'on lui a décrit Cole Donovan – un millionnaire soupçonné d'avoir assassiné son ex-femme. Mais selon Jamie, psychologue au FBI, les choses ne sont pas si simples. C'est vrai, tout semble accuser Cole, mais aucune preuve tangible ne le confond réellement. Et puis, l'instinct de Jamie ne l'a jamais trahie et, dès le premier entretien, elle a *su* que Cole était innocent. A moins qu'elle ne se laisse perturber par l'attirance inexplicable qu'elle a immédiatement ressentie pour lui ?

Une enfant pour enjeu - Cindy Dees

Quand Jagger Holtz, l'homme avec qui elle a passé la plus belle nuit de sa vie deux ans plus tôt – avant qu'il ne disparaisse sans jamais plus lui donner de nouvelles –, vient frapper à sa porte et lui demande de l'aider, Emily se retrouve confrontée au choix le plus difficile de sa vie. Car si la détresse de Jagger, blessé et poursuivi par de dangereux criminels, la pousse à lui offrir son secours, elle sait aussi qu'en l'hébergeant, elle risque gros : Jagger ignore qu'elle a eu un enfant de lui, la petite Michelle, et en le faisant de nouveau entrer dans sa vie, c'est son enfant qu'elle met en danger...

Black Rose n°216

Troublante dissimulation - Julie Miller

Pour Josie, c'est le choc : une seule nuit passée entre les bras de Rafe Delgado –, le policier qui a promis à son père sur son lit de mort de toujours veiller sur elle –, aura suffi pour que la vie grandisse en elle. Une vie qu'elle veut garder secrète car elle sait que, pour Rafe, leur nuit d'amour a été une erreur. Mais, alors qu'elle s'efforce de tout faire pour l'éloigner d'elle et lui laisser croire qu'elle ne veut plus le voir, elle assiste à un meurtre qui complique ses plans : placée, en tant que témoin, sous la surveillance de Rafe, combien de temps pourra-t-elle se taire, et lui dissimuler qu'il est le père de son bébé ?

Retour à Three Rivers - Aimée Thurlo

Dix ans qu'elle n'a pas mis les pieds à Three Rivers... Laura est bouleversée. Elle se serait bien passée de ce pénible retour en arrière. Mais Nancy, sa meilleure amie de lycée, vient d'être assassinée, et Laura en est persuadée : il s'agit de l'œuvre macabre d'un tueur en série. Puisque les autorités refusent d'envisager cette hypothèse, elle a décidé de mener sa propre enquête. Quitte à s'accommoder de la pénible présence de Travis Blacksheep, dont on lui impose l'autorité. Pénible, car Travis n'est pas un inconnu pour Laura : il lui a autrefois brisé le cœur, précipitant ainsi son départ de Three Rivers...

BLACK ROSE

A paraître le 1er mai

Best-Sellers n°510 • thriller

Le lys rouge - Karen Rose

Par une froide nuit de mars, à Chicago, une jeune fille se jette du vingt-deuxième étage. Chez elle, telle une signature macabre, la police découvre le sol jonché de lys. Quand il arrive sur les lieux, et qu'il y croise Tess Ciccotelli, psychiatre de la victime, l'inspecteur Aidan est sur la défensive, car des indices laissent penser que la jeune fille a été poussée au suicide par sa thérapeute. Soupçonnée de meurtre, Tess est interrogée par les policiers, puis libérée grâce à l'intervention de son avocate. Mais d'autres patients se suicident à leur tour. Lettres, empreintes, messages téléphoniques : tout accuse Tess. Etrangement, plus les preuves s'accumulent contre elle, plus Aidan est convaincu de son innocence. Quant à son avocate, elle refuse d'assurer sa défense. Seuls désormais face à la méfiance de leur entourage, Aidan et Tess vont devoir découvrir quel esprit manipulateur et pervers se cache derrière le piège diabolique qui se resserre autour de Tess…

Best-Sellers n°511 • suspense

Les disparus de Shadow Falls - Maggie Shayne

Le meilleur ami de son fils Sam a été retrouvé mort. Assassiné dans la forêt de Shadow Falls. Et pour le Dr Carrie Overton, cette tragédie fait soudain ressurgir les terreurs du passé. Depuis seize ans, en effet, Carrie est hantée par le souvenir de cette femme désespérée à qui elle a porté secours. Une inconnue qui a bouleversé sa vie à jamais en lui confiant son nouveau-né. Avant d'être assassinée, elle aussi… Depuis, Carrie porte seule le poids de ce lourd secret. Et aujourd'hui, elle se sent complètement désemparée. D'autant que Gabriel Cairn, récemment arrivé en ville, multiplie les questions sur son passé. Carrie doit-elle se méfier de cet homme mystérieux en qui elle a pourtant eu spontanément confiance ? Ou bien le jour est-il venu de mettre enfin un terme à son mensonge ?

Best-Sellers n°512 • suspense

L'île de la lune noire - Heather Graham

Quand deux jeunes acteurs sont assassinés sur un tournage, dans une petite île isolée de Floride, le thriller que réalise Vanessa Loren devient réalité. D'autant que le meurtrier demeure introuvable et que des phénomènes étranges conduisent Vanessa à se demander si l'île n'est pas hantée, comme le prétend la légende. Deux ans plus tard Vanessa, toujours bouleversée par ce crime impuni, revient à Key West où elle a appris que se préparait un documentaire sur l'histoire de la région. Elle souhaite absolument convaincre le réalisateur, Sean O'Hara, de l'embaucher pour inclure dans son film le récit du tournage tragique. Déterminée à surmonter les réticences de Sean qui semble se méfier d'elle, Vanessa le conduit sur les lieux du crime tout en lui faisant part de ses hypothèses. Mais elle est loin d'imaginer que le passé est sur le point de se répéter et que le tueur, accompagné d'ombres mystérieuses et inquiétantes, la guette déjà dans l'ombre.

Best-Sellers n°513 • thriller

Un danger dans la nuit - Lisa Jackson

Je sais ce que tu as fait, confesse tes péchés…

En écoutant ce message sur son répondeur, la psychologue Samantha Leeds plonge en plein cauchemar. Car l'appel lui rappelle le drame qui a marqué sa vie : le suicide d'Annie, une jeune auditrice perturbée qu'elle n'a pas pu sauver. Terrifiée, Samantha l'est d'autant plus que le harceleur est devenu un tueur qui viole et étrangle ses victimes en écoutant son émission. Tandis que les inspecteurs Bentz et Montoya pistent le meurtrier, Samantha se réfugie auprès de Ty Wheeler, son nouveau voisin, le seul homme auquel, croit-elle, elle peut encore faire confiance…

Best-Sellers n°514 • roman

L'écho de la rivière - Emilie Richards

Artiste peintre mariée à un avocat et mère d'une petite fille, Julia Warwick est un pur produit de l'aristocratie de Ridge's Race. Cette femme à qui tout semble sourire voit pourtant son monde s'écrouler lorsqu'elle perd la vue de manière inexpliquée. Les médecins ayant conclu à une cécité psychosomatique, Julia entreprend de fouiller son passé à la recherche d'un traumatisme qu'elle aurait pu enfouir au plus profond de sa mémoire. Ce faisant, elle ouvre peu à peu les yeux sur son mari, sa famille, et surtout sur elle-même. Faisant bientôt émerger, avec l'aide de Christian Carver, son amour de jeunesse, des secrets que beaucoup ont intérêt à ne jamais voir divulgués.

BestSellers

Best-Sellers n°515 • suspense

Noirs soupçons - Brenda Novak

Revenue à Stillwater avec sa petite Whitney pour oublier un passé difficile, Allie McCormick, brillant officier de police, est fermement décidée à faire toute la lumière sur le drame qui a bouleversé la ville durant son adolescence : la mystérieuse disparition du révérend Barker, dix-neuf ans plus tôt. Depuis, les soupçons les plus noirs, les rumeurs les plus graves, n'ont cessé de circuler dans la région… Des rumeurs terribles, accusant Clay Montgomery, le fils adoptif du révérend, d'avoir tué son beau-père et dissimulé son corps. Mais un soupçon n'a rien d'une preuve pour Allie, quels que soient ses doutes et la surprise qu'elle éprouve en découvrant, au lieu de l'adolescent au charme ténébreux dont elle a gardé le souvenir, un homme taciturne et solitaire, qui semble porter le poids d'un lourd secret. Intriguée, Allie veut à tout prix découvrir s'il est ou non l'assassin qu'elle est venue démasquer.

Best-Sellers n°516 • thriller

Le collectionneur - Alex Kava

Albert Stucky. On l'appelle le Collectionneur – parce qu'il aime collectionner les jeunes femmes, avant d'en disposer à sa manière. La plus horrible qui soit. Pour l'arrêter, Maggie O'Dell, profiler et agent du FBI, a payé le prix fort : enlevée et torturée par ce fou dangereux, elle n'a échappé à la mort que de justesse. Mais aujourd'hui, huit mois après les faits, la jeune femme apprend que Stucky est parvenu à s'évader. Pour elle, le cauchemar recommence…

Un face à face redoutable entre Maggie O'Dell, un des meilleurs profilers du FBI, et Albert Stucky, un tueur en série particulièrement intelligent et pervers, dont chaque crime marque une escalade dans l'horreur.

Best-Sellers n°517 • historique

Le prix du scandale - Kat Martin

Angleterre, 1855.

Depuis la disparition de son richissime époux, Elizabeth Holloway n'a qu'une inquiétude : se voir retirer la garde de son fils par sa cupide belle-famille, prête à tout pour s'emparer de l'héritage de l'enfant. Désespérée, et impuissante face aux Holloway, elle décide de faire appel au seul homme qu'elle ait jamais aimée, et qu'elle a pourtant trahi malgré elle… Reese Dewar. Reese, qui ne lui a jamais pardonné d'en avoir épousé un autre alors qu'elle lui avait promis sa main des années plus tôt. Reese, qui ignore tout de son secret et des raisons qui l'ont poussée à se détourner de lui…

Composé et édité par les

éditions HARLEQUIN

Achevé d'imprimer en France (Malesherbes)
par Maury-Imprimeur
en mai 2012

Dépôt légal en juin 2012
N° d'imprimeur : 172527